rowohlt
POLARIS

Eva Pantleon

Das Leben irgendwo dazwischen

Roman

Rowohlt Polaris

Originalausgabe
Veröffentlicht im Rowohlt Taschenbuch Verlag,
Hamburg, Februar 2021

Covergestaltung bürosüd, München
Coverabbildung bürosüd, München
Satz aus der DTL Documenta
Gesamtherstellung CPI books GmbH, Leck, Germany
ISBN 978-3-499-00390-5

Die Rowohlt Verlage haben sich zu einer nachhaltigen Buchproduktion verpflichtet. Gemeinsam mit unseren Partnern und Lieferanten setzen wir uns für eine klimaneutrale Buchproduktion ein, die den Erwerb von Klimazertifikaten zur Kompensation des CO_2-Ausstoßes einschließt.
www.klimaneutralerverlag.de

FSC
www.fsc.org
MIX
Papier aus verantwortungsvollen Quellen
FSC® C083411

Für die beiden W.'s

Liebe: Auch so ein Problem, das Marx nicht gelöst hat.
Jean Anouilh

‹You must remember›, remarked the King,
‹or I'll have you executed.›
Lewis Carroll, Alice in Wonderland

Heimat sind Leute, zu denen man zu Fuß gehen kann
und bei denen man dann einfach nur rumsitzt
und nicht geistreich sein muss.
Fanny Müller

1

Es war ein Dienstag – und einer dieser spülwassergrauen Novembertage, an denen die Wolken wie eine Herde dicker Seekühe über Hamburg herumtrudeln. Es roch nach Schnee, und der Nordwestwind fegte zischend durch jede Häuserspalte. Entsprechend frostiger Stimmung radelte ich gegen neun durch die Stadt Richtung Hafen und versuchte, meinem noch schlaftrunkenen Hirn ein paar praktische Informationen zu entlocken wie etwa: Was mache ich heute eigentlich?

Erst mal gehst du arbeiten bei Hans. Und heute Nachmittag musst du dann zu Herrn Hübchen, dem größten aller Chefredakteure, informierte mich mein Hirn und ließ damit meinen Stimmungspegel abrupt ins Minus sinken. *Du sollst ihm Themenvorschläge machen. Für die Weihnachtsausgabe von «Goldene Tage», der Illustrierten für die besten Jahre. Und denk dran*, näselte mein Hirn und grinste hämisch: *Herzzerreißend soll es sein. Du weißt schon – Schicksale, die bewegen.* Ich zog eine Grimasse. Der journalistische Weitblick Wilfried Hübchens entsprach etwa dem meines Föhns.

Wut brauste in mir auf. Auf das Leben und seine Zumutungen. Und auf das miesepetrige Wetter dieser ewig klammen Hafenstadt, in die ich nicht geboren war. Ich trat fester in die Pedale, duckte mich unter dem Nordwestwind, der in mein Gesicht stach wie mit feinen Eisnadeln. Daher hätte ich ihn beinahe nicht gesehen. Den Schatten.

Auf einer Plakatwand in St. Pauli ragte er meterhoch hinauf und tanzte. Oder so was Ähnliches. Eigentlich war es eine riesige dünne Schattenfrau. Sie hatte ihre Arme erhoben wie für einen unsichtbaren Tanzpartner und trug einen langen Rock, der melancholisch um ihre Beine schwang. Fast meinte man, von irgendwo die Klänge eines Dreivierteltaktes herüberwehen zu hören, zu dessen Tumtata Tumtata die Schattendame ihren einsamen Walzer tanzte. Zum Leben erweckt wurde sie von einem dicken roten Sonnenball, der hinter ihr melodramatisch am Firmament versank. Nosferatu meets Bacardi-Werbung, dachte ich noch im Vorbeiradeln und dass mir das Ganze vage bekannt vorkam.

Die Schatten, Dido, du musst die Schatten sehen – sie sind das Wesentliche.

Schnell, schnell weiter. Schon kamen die ersten Hafenkräne in Sicht, bunte Schemen, die aus einer dichten Nebelsuppe ragten. Der Herbst lag wie ein großes, graues Laken über der Elbe und verschluckte alles mit seinem diesigen Atem – die Werften, den Michel, die Landungsbrücken, an denen sich die Barkassen drängelten. Das einzig Erfreuliche an dieser Tag gewordenen Depression war die Luft: Es roch nach Salzwasser, Fisch, Schiffsdiesel, geröstetem Kaffee. Hafenduft – das beste Parfüm, das ich kenne.

Ich radelte hinunter bis zum Fischmarkt, blieb stehen und starrte ein paar Momente lang gedankenblind in den grauen Morgen – bis eine Möwe auf einem Tampen neben mir mit lautem Gekreische ihren Hering verteidigte. Da endlich machte es klick in meinem Kopf, und mir wurde klar, was ich da gerade gesehen hatte. Wessen Schatten auf dem Plakat an der Häuserwand seinen einsamen Walzer getanzt hatte. Ich spürte, wie es in mir ganz leer wurde – als täte sich ein riesiger Raum auf, angefüllt mit: nichts. Auch mein Gehirn schien jede normale Tätigkeit eingestellt zu haben, blinkte nur noch rot für «Störung».

Wie in Zeitlupe drehte ich mich um und fuhr zurück. Langsam, im Schritt-Tempo, so als müsste ich einen ganzen Pferdewagen hinter mir herziehen. Und im Grunde war es auch so. Es war mein halbes Leben, das ich hinter mir herzog – oder zumindest ein wesentlicher Teil davon.

Ein kurzer Blick auf die Schriftzüge des Plakats genügte, um zu bestätigen, was ich im Grunde bereits gewusst hatte: Ich selbst war es, die da tanzte. Ein Schatten meiner selbst – aufgenommen vor vielen Jahren, in einem anderen Leben, einer anderen Zeit. Ich spürte Tränen, die mir die Luft abdrückten, und versuchte zu schlucken. Doch der Hals war zu eng, alles schien plötzlich zu eng. Ich setzte mich wieder aufs Fahrrad und sauste los, als seien Höllenhunde hinter mir her.

Als ich in die kleine Straße oberhalb des Hamburger Hafens einbog, bekam ich zumindest wieder Luft. Auch die in Sturmstärke durch meinen Kopf wirbelnden Bilder beruhigten sich so weit, dass ich beim Bäcker an der Ecke in ganzen Sätzen Franzbrötchen und ein Käse-Baguette ordern konnte. Und dann war es zum Glück auch nicht mehr weit, bis ich den kleinen Laden im Erdgeschoss eines gelben

Jugendstilhauses erreichte, das hinter zwei Platanen fast verdeckt war: Hans Petersens «Antiquariat für Bücher aller Art» – wo ich zwei Tage in der Woche jobbte.

Das mit dem «aller Art» ist so ein Spleen von Hans. Eigentlich verkauft er hauptsächlich Krimis, Heftromane und Kochbücher aus einer Ära, als die deutsche Hausfrau Broccoli noch für einen Zwergstaat im Südpazifik hielt. Doch nachdem ihm im Jahr zuvor ein pensionierter Studienrat eine Kiste mit einer zerfledderten Schiller-Gesamtausgabe, einer Mengenlehre-Fibel sowie einer DDR-Version des «Struwwelpeters» überlassen hatte, sah Hans das geistige Spektrum seines Sortiments jäh erweitert. Also war er auf eine Leiter gestiegen und hatte mit grünem Acryllack «Bücher aller Art» auf das Ladenschild gepinselt.

Unter diesem Schild nun saß Lord Nelson und begehrte Einlass. Lord Nelson war ein Kater. Zumindest dem Anschein nach. In Wirklichkeit war er ein Tyrann. Ein Kater gewordener Charakterfehler, dessen jäh wechselnde Launen selbst hartnäckig miez-miez rufende Katzenfreunde eines Besseren belehrten. Sobald ich die Tür aufgeschlossen hatte, quetschte er sich an mir vorbei in Richtung Sofa – einem Möbel, das ausschließlich von ihm bewohnt wurde. Wir anderen mussten mit Holzstühlen vorliebnehmen – wir waren ja auch nur Menschen.

Ich kochte Kaffee und begann, eine neue Bücherlieferung zu sortieren, bis Hans kam und irgendwie komisch war. Und wenn Hans komisch ist, ist das schon ziemlich komisch. Denn Hans Petersen ist der netteste Mensch, den ich kenne. Trotz seiner beachtlichen Größe fühlt man sich bei ihm niemals klein. Wenn er einen mit seinen blauen

Hans-Albers-Augen ansieht und sein langes Gesicht, das mehr Furchen hat als ein Kartoffelacker, zu einem Grinsen verzieht, ist die Welt einfach in Ordnung. An diesem Morgen aber druckste er komisch rum.

«Hans, was ist los?»

Er setzte sich. Brummte ein wenig.

«Nu ja», fing er an und nestelte an seinem senffarbenen Pullover herum – Hans ist schrecklich farbenblind. «Du hast ja nie viel über ihn gesagt ...»

Jetzt wurde er tatsächlich etwas rot im Gesicht.

«Aber ein-, zweimal hast du seinen Namen erwähnt und ... ach, Deern, so was fällt ja selbst einem ollen Döskopp wie mir auf», sagte er in seinem typischen Hamburger Singsang – mit Vokalen so lang wie der Mississippi.

«Hans?»

«Na ja, am besten liest du es einfach selbst.»

Er reichte mir das Hamburger Abendblatt.

Es war gleich auf der Titelseite: ein Foto, das fast die halbe Seite einnahm. Darauf ein knorriger alter Baum in einer kargen Landschaft. Sein Schatten malte ein seltsames Muster auf den Boden, als wäre der Baum in einem Spinnennetz gefangen. Meine Hände zitterten, als ich die Zeitung aufschlug. Seite drei. Da war die Ankündigung zum Titelbild:

Schattenwege
Die erste Ausstellung von Lukas Lenzendorf
seit acht Jahren.
Ab Mittwoch in der Galerie «Kunstpark West»

Ich hatte es natürlich gewusst. Von dem Moment an, als das Plakat mit der Schattenfrau in mein Bewusstsein gesickert war. Und ich hatte es all die Jahre gefürchtet. Unter dem Artikel war ein Foto. Seine Augen waren noch dieselben. Wach. Nett. Ein wenig spöttisch. Mehr Falten drum herum.

Er trägt eine Krawatte. Mein Gott, wie kann er eine Krawatte tragen? Er hasst Krawatten. Ich lauf doch nicht als Pinguin herum, hatte er immer gesagt. Die haben aber keine Krawatten, hatte ich erwidert, die haben einen Frack. Ach, du weißt schon, was ich meine. Und dann hatte er gegrinst, bis kleine Lichter in den eisblauen Augen tanzten.

Er hatte also eine Ausstellung. Seine erste große Ausstellung seit Jahren. Na schön. Was scherte es mich? Sollte er doch. Ich reichte Hans die Zeitung zurück.

«Danke.»

Er legte den Kopf schief. «Och Deern, nimm dir das doch nicht so zu Herzen. Muss ein ganz dummer Bengel sein, dass er so eine wie dich ...», er wedelte mit der Hand durch die Luft, «na, was immer euch zwei passiert ist.»

«Danke, Hans. Ist schon okay. Ich räum jetzt noch die Kiste hier aus, dann gibt's Frühstück, ja?»

«Hm.»

«Hans?»

«Hm?»

«Es ist wirklich okay. Lange her. Nur noch eine Erinnerung, sonst nichts.»

«Na, denn is ja gut, Lütte.»

Hans sah mich noch immer forschend an, doch zum Glück öffnete sich in diesem Moment die Ladentür, und eine gedrungene Gestalt schob sich in den Laden.

«Spooky-Ears», seufzte ich und stupste Hans an die Schulter: «Du bist dran.»

Keiner von uns beiden wusste, wie die alte Dame wirklich hieß. Sie kaufte seit Jahren ihre Arzt-Romane bei Hans. Was an sich eine Sache von fünf Minuten wäre. Doch Spooky-Ears, so genannt wegen ihrer großen, spitz zulaufenden Mr.-Spock-Ohren, machte daraus stets ein Spektakel in zwei Akten.

Zunächst rollte sie ihre großen Eulenaugen hinter der Hornbrille und zischte durch gelbe Vorderzähne finstere Schmähungen auf den Wetter-Verantwortlichen – «Petrus, diese Flitzpiepe». Danach kam sie direkt zum zweiten zentralen Thema ihres Daseins: die Abenteuer von Dr. med. Hubertus Wiedemann und seiner hinreißend rothaarigen Assistentin.

Während sie nun Hans das letzte Abenteuer des schönen Hubertus kolportierte, verzog ich mich in den hinteren Teil des Ladens, um weiter Kochbücher auszupacken. Nach den Kochbüchern kamen die Lexika. Schließlich noch ein paar zerlesene Krimis. Und die ganze Zeit über sagte ich mir, dass die Welt vollkommen in Ordnung sei. Absolut vollkommen in Ordnung.

Dann aber, als ich mich nachmittags auf den Weg zu Herrn Hübchen machen wollte, sah ich diese Frau. Sie saß an einer Ecke, war in eine Decke gehüllt und murmelte vor sich hin. Vor ihr stand ein alter Emaille-Topf und ein Schild, auf das jemand «Danke» gekrakelt hatte. Der Topf war leer. Ich holte Geld aus meiner Hosentasche. Als meine Münze in den Topf klimperte, hob die Frau den Kopf. Sie war nicht so alt, wie ich erwartet hatte. Sie war überhaupt nicht alt.

Das Einzige an ihr, was alt war, waren ihre Augen. Mit diesen zu alten Augen sah sie mich einen Moment lang prüfend an. Dann holte sie etwas unter ihrer Decke hervor. Es war eine dieser Spielzeugfiguren aus den Überraschungseiern, ein kleines Plastikkrokodil. Sie reichte es mir. Ich nahm es und sah sie ungläubig an. Doch sie beachtete mich nicht mehr, versank wieder unter ihrer Decke und in einen leisen Singsang.

Ich aber starrte auf das Tier in meiner Hand, drückte leicht auf seinen Bauch, woraufhin es langsam und etwas hakelig seine orange-rosa Plastikzunge herausschob. Ungläubig schüttelte ich den Kopf, fühlte, wie sich kalter Schweiß in meinem Nacken bildete. Denn es war unleugbar: Wie es seine spitzen Plastikzähne bleckte und mich albern angrinste, glich es aufs Haar einem anderen Spielzeugkrokodil – jenem, das zu Hause in meiner Schreibtischschublade lagerte. Und das mir kein anderer als Lukas Lenzendorf vor neun Jahren auf einem Amsterdamer Flohmarkt gekauft hatte.

In meinem Kopf begann es zu surren, als wäre ein Schwarm Bienen darin gefangen. Wie ferngesteuert setzte ich mich aufs Fahrrad, radelte los. Eigentlich sollte ich Richtung Altona fahren, doch mein Termin, Herr Hübchen, ein neuer Auftrag – all das war nicht mehr wichtig. Entscheidend schien nur eins: wegzukommen. Schnell. Egal wohin.

Irgendeine masochistische Ader in mir hatte das Steuer übernommen und lenkte mich ins Karolinenviertel. Direkt in die Marktstraße, wo das Café Oriental als zentraler Sammelplatz für Langschläfer und Tagträumer diente – und in dem Lukas und ich über Jahre samstags gefrühstückt hatten. Ich fuhr weiter, trat schneller in die Pedale, streifte mit den Augen die Kitty-Bar und andere Orte, an denen Erinnerungen auf mich schossen wie kleine spitze Pfeile. Ich beschleunigte noch weiter, sauste im Affentempo durch die Stadt. Immer weiter und weiter ohne Sinn und Verstand – so wie eine Kassettenspule sich einfach weiterdreht, auch wenn das Band darin längst gerissen ist.

Irgendwann, als der Verkehr weniger wurde, der Lärm der Stadt erträglicher und die Luft klarer, merkte ich, dass ich doch ein Ziel gehabt hatte. Dass ich einer Rettungsinsel gleich den Ort einer bestimmten Erinnerung aufgesucht hatte, die nur mir, mir allein gehörte: Es war ein sandfarbener Stein, von Jahrmillionen im Meer glatt geschliffen wie Papier. M stand darauf. M wie Max – wie mein Sohn. Mein Sohn, der nie auf dieser Welt gelebt hatte. Von dem nur ein paar Ultraschallbilder geblieben waren und dieser Stein – unter einer Kastanie auf dem Friedhof in Hamburg-Ohlsdorf.

Ich blieb lange dort. Blieb stehen, bis ich meine Zehen vor Kälte nicht mehr spürte und auch meine Gedanken endlich eingefroren waren.

Das Heulen kam erst abends. Zu Hause. Dann aber heulte ich wie ein Kind, laut und wütend, voller Groll auf ihn, auf mich, auf alles. Ich machte eine Flasche Rotwein auf. Es half nicht. Bis zehn war ich bei Whiskey angelangt und brüllte: «Zum Teufel mit dir!» Dann nahm ich das Plastikkrokodil, das die Frau mir geschenkt hatte, und schmiss es an die Wand. Es machte plopp und fiel auf den Boden. Das war auch ungefähr das Geräusch gewesen, das mein Herz gemacht hatte – acht Jahre zuvor. Und man sollte meinen, dass das Zeit genug ist. Zeit genug, um beim Anblick eines Plastiktiers nicht mehr in Tränen auszubrechen. Das sagte ich mir jedenfalls, als ich ins Bett ging. Es war ein Uhr morgens. Vorher hob ich noch das Krokodil vom Boden auf und stellte es auf die Fensterbank. Neben die schon etwas schlappen roten Tulpen.

2

Mich weckte ein wiederkehrendes Humpf-humpf-humpf, untermalt von durchdringendem Surren. Es klang, als fänden nebenan Drohnen-Testflüge statt. Doch es war nur Kiki. Kiki und ihr Heimtrainer.

Kiki ist meine Mitbewohnerin. Außerdem ist sie Psychologin, Frühaufsteherin und ein Fitnessfreak. Das alles zusammen kann zuweilen eine Plage sein. Ich sah auf die Uhr. Es war acht.

«Da, Post für dich», sagte die Plage, als ich etwas später in die Küche schlurfte, um den Tag mit einem Alka Seltzer zu beginnen. «Steckte neben der Zeitung im Briefkasten.»

Ich nahm den Umschlag, das sprudelnde Alka Seltzer und entschied, dass mein Organismus noch nicht bereit für den Aufrechtgang war.

«Danke», murmelte ich und ging zurück ins Bett.

Der Umschlag war länglich und aus teurem weißem Büttenpapier. Die Adresse hatte jemand mit winzigen und so akkuraten Buchstaben aufs Papier gezwungen, dass diese wie kleine Soldaten aussahen. Ich hatte die Handschrift noch nie gesehen. Dafür kannte ich die Hand auf dem Foto, das auf der Karte im Inneren des Umschlags prangte – es war meine eigene. Sie lag auf einem weißen Kissen und sah aus wie immer: groß, knochig, kurz geschnittene Nägel. Von links fiel ein Schatten auf die Hand. Ich wusste, dass es die Zweige des Ahornbaumes waren, der in Lukas' und meiner früheren Wohnung vor dem Schlafzimmerfenster gestanden hatte. Auf dem Foto aber sah es aus, als sei meine Hand gefangen. In einem Netz aus Schatten.

«Na, toll», murmelte ich, «was kommt als Nächstes? Das Foto aus Kreta, wie ich schlafend vor einem Zelt liege, eine leere Ouzoflasche im Arm?»

Auf der Innenseite der Karte stand lediglich:

Schattenwege

Fotografien von Lukas Lenzendorf

Vernissage: Mittwoch, 15. November 2006, 19 Uhr

Das war heute. Mein Kopf hämmerte. Draußen krähte ein Hahn. Ich kannte den Hahn. Er lebte in den Schrebergärten, die an unseren Wohnblock grenzten. Er war alt, schon etwas zuselig in den Federn und nicht mehr ganz sicher auf den Beinen. Und er krähte, wann immer es ihm passte, ein heiseres, leierndes Krähen, das sich anhörte wie ein Wecker, dem die Batterien schwach geworden sind.

Kiki kam ins Zimmer und setzte sich auf mein Bett. Sie war frisch geduscht und bester Laune und schnappte sich sogleich die Einladungskarte.

«Soll ich mitkommen?», fragte sie.

«Wohin?»

«Na, dahin.» Sie wedelte mit der Einladung. Dann zog sie ihre sorgsam gezupften Augenbrauen zusammen. «Du gehst doch hin, oder?»

Ich zuckte mit den Schultern und rollte mich unter der Bettdecke zusammen.

«Dido, du kannst nicht immer nur davonlaufen», sagte sie und setzte ihr strenges Therapeutinnengesicht auf.

«Ich kann machen, was ich will», nuschelte ich in mein Kopfkissen.

Sie seufzte. Laut und vernehmlich. Dann verschwand sie und kehrte mit einem Buch in der Hand zurück.

«Da, du Schlumpf», sagte sie und legte das Buch neben mein Kopfkissen, «lies das mal.»

Ich blinzelte.

«Was ist das? Wieder eines dieser ‹Hilf-dir-selbst-sonst-hilft-dir-keiner›-Ratgeberbücher?»

Sie grinste nur und ging in die Küche, wo sie sich lautstark «Dancing Queen» singend des Abwasches annahm. Kiki ist ein herzensguter Mensch, aber ihre Energie, ihre Zielstrebigkeit und vor allem ihr ungebrochenes Verhältnis zu Pop-Schnulzen der 70er sind zuweilen sehr anstrengend.

Ich fingerte nach dem Buch. Der Titel lautete «Frauen-Power für Powerfrauen», und das Foto auf dem Einband erinnerte an das alte Filmplakat von «Kohlhiesels Töchter» mit Lilo Pulver. Links war eine Frau zu sehen, die als Heidi-Klum-Klon durchgehen konnte, rechts daneben dieselbe Frau. Nur sah sie jetzt dank eines grottenhässlichen Make-ups und einer Frisur, die ein Außerirdischer gestaltet haben musste, aus wie Tiffy aus der Sesamstraße. Ich blätterte lustlos darin herum, dann quälte ich mich aus dem Bett und ins Bad. Dort klatschte ich mir eine Handvoll Creme ins Gesicht, wedelte mit einer Puderquaste darüber und türmte zum Abschluss meine störrischen Locken auf dem Kopf zusammen. Das Ergebnis war niederschmetternd und erinnerte an einen toupierten Königspudel. Jede Powerfrau wäre umgefallen vor Neid.

Dreißig Minuten später saß ich auf meinem Fahrrad und strampelte an der Elbe entlang. Der Tag war so grau wie sein Vorgänger. Dicke Nebelfrauen tanzten auf dem Fluss, dessen Hochwasser träge an die Kaimauern schwappte. Der Wind heulte schniefend von Nordwest, zwei Möwen zankten sich mit lauten Gekreische.

Deprimierender kann ein Tag nicht werden, dachte ich.

Doch er konnte. Schließlich radelte ich dem ärgerlichsten Termin der Woche entgegen: dem Treffen mit Chefredakteur Wilfried Hübchen, das am Tag zuvor dem heulenden Elend zum Opfer gefallen war.

Kurz vor Altona tauchte auf der rechten Seite jener Betonklotz auf, der mir zwischen den grauen Fischhallen ringsherum immer wie ein verirrter Zirkusclown vorkam. Sein Erbauer musste entweder farbenblind oder ein spätes Blumenkind gewesen sein. Riesige prielblumenartige Gebilde leuchteten hier orange und rosa von der Fassade und scherten sich einen Schnurz um die vornehme hanseatische Zurückhaltung. Daher schien es mir immer überaus passend, dass hier der Mann residierte, für den konstante Selbstüberschätzung quasi zum guten Ton gehörte: Wilfried Hübchen war nicht nur der Chefredakteur von «Goldene Tage», einer windigen Seniorenpostille, sondern litt auch an galoppierendem Größenwahn. Beides zusammen machte mir den Mann etwa so sympathisch wie einen Haufen Klapperschlangen.

Zu meinem ewigen Verdruss aber hatte er mir trotzdem und unleugbar ein Talent voraus: Er wusste, wie man Geld macht. Viel Geld. Mit ihm als Chefredakteur und König des Anzeigenverkaufs in Personalunion lief das Blatt so prächtig, dass er nicht nur anständige, sondern unverschämt gute Honorare zahlen konnte. Ich nannte sie «Bestechungsgeld». Denn die Texte, die er dafür verlangte, waren so windelweich und glatt, dass man beim Tippen eigentlich vom Stuhl hätte rutschen müssen.

Ebenso deprimierend aber war, dass im Jahr zuvor ein akuter finanzieller Engpass mir nur zwei Optionen gelassen hatte: in einem Bussi-Bär-Kostüm über den Rathausmarkt zu trotten und Flyer zu verteilen oder einen gut bezahlten, aber grässlichen Schreibauftrag anzunehmen – bei «Goldene Tage», der Zeitschrift für die besten Jahre, geleitet von Wilfried Hübchen.

Und so saß ich auch jetzt – eine gute halbe Stunde später – wieder einmal vor seinem albern großen Schreibtisch und nippte Cappuccino, während Herr Hübchen die Chance ergriff, mir einen besonders nervigen Auftrag aufzuschwatzen.

«Meine Liebe», setzte er an, «Sie sind doch eine gebildete Frau.»

Meine Nackenhärchen stellten sich auf. Wenn er sich auf schmierige Komplimente verlegte, folgten in der Regel die schlimmsten Aufträge. Er nestelte an den Knöpfen der Lederweste herum, die er über seinem rot-weiß gestreiften Hemd trug. Eine Kluft, die er sich aus irgendeinem US-

Film abgeguckt hatte. So einem, in dem die Journalisten immerzu in Cocktailbars herumstehen und irrsinnig witzige Dinge sagen, statt den ganzen Tag müde auf einen Bildschirm zu starren und in vertrocknete Wurstbrötchen zu beißen wie normale Journalisten.

«Wissen Sie, ich hätte da so einen Auftrag ...», fuhr er fort.

Ich ahnte Schlimmes: eine Reportage über den Bingo-Verein der Senioren in Groß-Borstel. Eine schmissige Abhandlung zum Thema «Erste Hilfe bei Hämorrhoiden». Oder ein Porträt über Freddy Quinn. Ja, das musste es sein. Das große Freddy-Quinn-Porträt.

«Also ...» Er räusperte sich. «Sie haben sicher schon einmal von ihr gehört. Elisabeth Matthissen.»

Ich zuckte die Schultern. «Da muss ich passen, Herr Hübchen.»

«Na, macht nichts», sagte er großzügig, «man kann nicht alles wissen.»

Nein, du Kretin. Und wenn du nicht gleich mit der Sprache rausrückst, mach ich Kleinholz aus dir.

«Sie ist eine unserer großen Heimatdichterinnen.»

Oh Gott. Ich wusste es. Eine Heimatdichterin. Ruckelnde Reime zum Ruhme der norddeutschen Tiefebene. Oden an Eichenwald und Erbsensuppe. Vorgetragen beim geselligen Nachmittag der Trachtengruppe. Und ich mittendrin, neugierig betuschelt: «Guck mal, Hanni, das ist das Fräulein von der Presse.»

Ich schüttelte mich.

«Hören Sie, Herr Hübchen. Ich weiß nicht, ob ich die Richtige dafür bin.»

Er winkte ab. «Nicht immer so bescheiden, meine Liebe. Sie haben das doch studiert, ich meine, Sie kennen sich doch aus mit Literatur, nicht wahr?»

«Ja, schon, aber ...»

«Na, sehen Sie, ich hab doch gleich gewusst, dass Sie die Richtige sind.»

Er legte seine Karpfenlippen an die Tasse und schlürfte Cappuccino-Brühe ein. Dann schob er einen Keks hinterher und redete kauend weiter.

«Was wir brauchen, ist ein großes Porträt mit allen Schikanen – Hintergrund, Werdegang und Fotos natürlich, aber nicht zu intellektuell, eher so 'n bisschen was ...»

«Mit Herz», ergänzte ich.

Seine Schweinsäuglein funkelten. «Sehen Sie, ich wusste, dass wir uns verstehen.»

«Bis wann brauchen Sie es?», fragte ich resigniert. Denn ein kurzes Überschlagen meines Kontostandes hatte ergeben, dass dies weder Zeit noch Ort war, um meine Vision Realität werden zu lassen: eines Tages Wilfried Hübchen zu sagen, was ich von seinem Käseblättchen hielt, dann dieses Büro zu verlassen und niemals, niemals wiederzukehren.

«Oh, das hat Zeit.» Er schlürfte noch mehr Kaffee. «In zwei Wochen?»

«Na gut», sagte ich, «dann also die Heimatdichterin. Gibt es irgendwelche Unterlagen? Frühere Interviews, Artikel?»

Er rutschte etwas nervös auf seinem Stuhl herum. «Äh. Nein.»

«Gar nichts? Ich dachte, die Dame ist berühmt?»

«Jaja, das schon. Aber sie scheint den Medien etwas ... nun, abwartend gegenüberzustehen.»

«Wie meinen Sie das?»

Er beäugte mich wie ein großer tumber Truthahn. «Na ja, soweit ich weiß, hat sie noch nie ein Interview gegeben.»

«Vielleicht wollte ja nie jemand eines machen?»

«Wo denken Sie hin? Das Hamburger Abendblatt soll schon x-mal angefragt haben, und die Kollegen vom Stern haben es auch schon versucht.»

Ich musste grinsen – wie immer, wenn Hübchen von den «Kollegen vom Stern» sprach. Gäbe es eine Medaille für konsequente Selbstüberschätzung, der Mann hätte die Brust voll damit.

«Soso, die große Heimatdichterin mag also keine Journalisten. Und wie soll ich das dann machen? Mich als Avon-Beraterin tarnen?»

Er strahlte. «Na, sehen Sie. Sie haben doch immer gute Ideen.»

Ich verließ fluchtartig sein Büro.

Zehn Minuten später radelte ich zurück Richtung Hafenstraße und führte Selbstgespräche: Heimatdichtung … mein Gott … bist du nicht ganz bei Trost? Heimat. Heimat. Was für ein altmodischer Begriff. Ist doch alles global heute, die Welt ist ein Dorf und …

Heimat ist dort, wo das Herz spricht.

Wer hatte das gesagt? Eichendorff? Tucholsky? Oder war es Heine? Heine, der Vertriebene? Der in seiner «Matratzengruft» in Paris jämmerlich gestorben war, die Sehnsucht nach Hamburg im Herzen?

Heimat ist dort, wo das Herz spricht.

Ein Bild schob sich in mein Bewusstsein. Es war eine Küche, in der eine rundliche Frau mit Schürze stand und bleiche Wurstscheiben auf einem Stück Graubrot verteilte. Später hatte sie mich ins Bett gebracht. Die Frau mit den Apfelbäckchen, die nach fremdländischen Gewürzen duftete und mich gern an ihren gewaltigen Busen drückte. Sie war immer da gewesen. Als mein erster Milchzahn rausfiel. Als mein Hamster starb. Und als Bettina Dippmann mir auf dem Nachhauseweg ein Bein gestellt und mich in die Pfütze geschubst hatte. Für fünf Mark die Stunde machte Consuelo Gonzales unsere Wohnung sauber und war mir die Mutter, die ich dringend brauchte. Meist war die Tür zum Kinderzimmer erst spätabends noch einmal aufgegangen, eine schmale Gestalt war ins Zimmer gehuscht und hatte mir einen flüchtigen Kuss auf die Stirn gedrückt. Ich hatte dann immer so getan, als wenn ich schon schliefe.

Ich schob das Bild beiseite, notierte aber im Geiste: Mutter anrufen. Mutter. Die schmale Frau mit der Brille, die nur selten von ihren Büchern aufsah.

Das Tuten der Queen Mary 2 riss mich aus meinen Gedanken. Ich stoppte einen Moment und beobachtete, wie sich der als Schiff getarnte Hotelberg langsam aus dem Hafen Richtung Nordsee schob – wahrscheinlich mit mindestens zweitausend Exemplaren von «Goldene Tage» an Bord. Ich lächelte verkniffen und winkte meinen Lesern, die auf dem Oberdeck so emphatisch die Arme schwenkten, als gäbe es einen Preis dafür.

Am Fischmarkt angekommen, entschied ich, dass Zeit genug für einen Kurzbesuch bei Hans war, und fuhr zum

Pinnasberg hoch. Schließlich wartete zu Hause nur eine weitere Langzeit-Baustelle meines Lebens auf mich: meine Doktorarbeit. Es gibt Grenzen dessen, was man an einem Morgen ertragen kann.

Als ich das Antiquariat betrat, stand Hans am Fenster und beäugte dort seine kleine Wetterstation.

«Moin, Deern», murmelte er geistesabwesend, «wat mokst du denn hier? Is schon Freitag?»

Ich zuckte mit den Schultern. «Ich war gerade bei Hübchen und dachte, ich muss jetzt mal mit 'nem normalen Menschen reden.»

Er nickte verständnisvoll.

«Kaffee s-teht in der Küche.»

Ich holte mir eine Tasse, zog zwei meiner drei Lagen Pullis aus und setzte mich neben ihn ans Fenster.

«Na, Hans, was sagt die Wetterfee?»

Er rieb sich das Kinn und fixierte jetzt den Himmel, an dem sich in der grauen Watte dunkle Wolkengebirge aufbauschten.

«Er wird wohl bald kommen», murmelte er.

«Wer?», fragte ich, obwohl ich das Spiel schon aus anderen Jahren kannte.

«Na, der Blanke Hans, Deern, er dreht den Wind auf Nordwest und bringt den S-turm in den Hafen», brummte Hans.

Ich nickte und bemühte mich um eine mitfühlende Miene. «Aber sicher, und den Klabautermann bringt er gleich mit, was?»

Hans guckte beleidigt und zog sein Ich-bin-ein-alter-Seebär-Gesicht. «Brauchst gar nicht so zu grienen, Deern, den Blanken Hans gibt's wirklich. Jetzt im Spätherbst treibt er die Nordsee die Elbe hoch. Wirst schon sehen, dann ist wieder Land unter am Fischmarkt.»

«Hu, hu», machte ich und wandte mich einem etwas unmittelbareren Problem zu, das dicht neben mir asthmatisch miaute. Lord Nelson war mit einer für seine Gewichtsklasse erstaunlichen Leichtigkeit auf die Fensterbank gesprungen, litt in der Folge aber unter akuter Atemnot.

«Hans, dein Kater ist zu fett.»

«Hm.» Hans tätschelte Lord Nelson den Rücken. «Das mag wohl sein. Aber was meinst du, wie gnatterig der wird, wenn ich ihn auf Diät setze?»

Ich nickte. «Grauenhafte Vorstellung.»

Dann machte ich mich, da ich ja nun schon mal da war, daran, eine neu eingetroffene Kiste mit alten Schulbüchern zu inspizieren. Als ich in einem der Deutschbücher Storms «Die Stadt» entdeckte, fiel es mir wieder ein: Heimatdichtung.

«Du, Hans», fragte ich, «kennst du eigentlich eine Elisabeth Matthissen?»

Hans, der inzwischen an seinem Schreibtisch saß und sich über der Buchführung die Haare raufte, antwortete nicht. Ich blickte von der Kiste hoch. Hans sah mich an, sein Gesicht war völlig reglos.

«W... wen?» Sein rollender Bassbariton hörte sich seltsam fipsig an.

«Elisabeth Matthissen. Muss so 'ne alte Dame sein, die Heimatdichtung schreibt. Hübchen will, dass ich ein Porträt über sie mache.»

Hans sagte nichts weiter, stand auf und verschwand im

Lager. Ich starrte ihm hinterher – zu verblüfft, um anderes zu tun. Lord Nelson aber sprang auf Hans' Schreibtisch und entschied, dass das Kassenbuch die beste Wahl war, um seine Krallen daran zu schärfen. Ratsch machte es, und Papierschnipsel flogen durch die Luft.

«Na, wenigstens du bist ganz der Alte», sagte ich und ging hinüber, um das Buch zu retten.

Unterdes kam Hans zurück, mit zwei schmalen zerlesenen Büchern in der Hand. Dem Einband nach zu urteilen mussten sie einige Jahrzehnte alt sein.

«Hans, dieser Kater macht, was er will. Und das ist meistens Blödsinn.»

«Ach, lass ihn doch.»

Lord Nelson blinzelte mich boshaft an.

«Hier», sagte Hans und drückte mir die beiden Bücher in die Hand, «eins habe ich noch zu Hause. Kann ich dir aber morgen mitbringen, wenn du willst.»

Die Bücher waren von Elisabeth Matthissen.

«Ich wusste gar nicht, dass du auf Heimatdichtung stehst.»

Er wurde etwas rot, mied meinen Blick und setzte sich wieder an den Schreibtisch.

Ich blätterte in einem der Bände und begann zu lesen. Und was immer ich erwartet hatte, nicht das: eine karge, fast harsche Prosa, die mich an Böll oder Borchert erinnerte. Es waren Kurzgeschichten, die in den ersten Nachkriegsjahren spielten. Alle Titel hatten mit Hamburg zu tun. «Elbe 17», «Landungsbrücken», «Teufelsbrück». Deswegen also hatte Hübchen von *Heimat*dichtung gesprochen. Ich war mir sicher, dass er nie eine Zeile von Elisabeth Matthissen gelesen hatte. Denn das hier war alles Mögliche, aber bestimmt keine Heimatdichtung.

Mit wenigen Worten wurde ein Alltag, ein Leben beschworen, das im Zeitalter von Internet und Fertigpizza so weit weg schien wie der Dreißigjährige Krieg. Es ging um Männer, die ein Bein, ein Auge oder gleich den Verstand verloren hatten. Es ging um Hunger, Überleben und um Fragen, für die es keine Antworten gab. Als Widmung vorne hatte die Autorin ein Zitat von Mascha Kaléko gewählt: «O Röslein auf der Heide», stand da, «dich brach die Kraftdurchfreude.»

Ich schaute nach den Veröffentlichungsdaten. Erstauflage 1952, drei Jahre später der nächste Band. Warum hatte ich nie von ihr gehört?

Vergessen, murmelte ich, wie so viele. Untergegangen. Erst in der bleiernen Stille der Nachkriegsjahre, dann im Wir-sind-wieder-wer der 50er und 60er, wo für solche wie sie kein Platz mehr war: eine Heimatdichterin ohne Heimat.

Ich legte das Buch zur Seite und sah zu Hans hinüber. Er war über seine Unterlagen gebeugt, kritzelte irgendetwas in ein Notizbuch. Aber ich wusste genau, dass er mich beobachtet hatte.

«Hans?»

«Mh?»

«Wer ist Elisabeth Matthissen?»

Er sah hoch, wurde wieder rot. Dann steckte er sich seine Pfeife in den Mund, ohne sie anzuzünden, und kaute darauf herum. Ich wartete.

«Ich kannte sie mal», sagte er schließlich.

«Aha.»

«Ist lang her.»

«Ja?»

«Sehr lang.» Er nickte vor sich hin, zündete die Pfeife schließlich doch noch an.

«Und?»

«Wir haben uns aus den Augen verloren», er paffte zwei Rauchkringel in die Luft, «wie das eben so ist. Nach und nach findet man nichts mehr wieder. Kugelschreiber. Regenschirme. Erinnerungen.»

«Ist das so?», fragte ich.

Seine Augen waren auf mich gerichtet, sahen aber durch mich hindurch, starrten blicklos in eine Vergangenheit, in der, da war ich plötzlich ganz sicher, Elisabeth Matthissen eine nicht unbeträchtliche Rolle gespielt hatte.

«Aber das solltest du doch wissen», konterte er einen Moment später und hielt den Artikel aus dem Hamburger Abendblatt hoch, der noch immer auf seinem Schreibtisch lag. Den Artikel über Lukas Lenzendorfs Ausstellung. «Nur noch eine Erinnerung, sonst nichts. Das waren doch deine Worte, nicht?»

«Touché», sagte ich und schluckte.

Als ich eine halbe Stunde später meine Jacke anzog, um endlich nach Hause zu radeln, drückte Hans mir ein weiteres Buch in die Hand. Es war ein nachtblauer Leinenband. Mit Gedichten von Heinrich Heine, gebunden in einem kleinen altmodischen Format mit Goldschnitt an den Seiten. Das Buch sah ziemlich mitgenommen aus. Hans räusperte sich, starrte auf einen Punkt neben mir an der Wand.

«Kannst du ihr das geben, wenn du sie siehst?»

«Mit sie meinst du ... Elisabeth Matthissen?»

Hans nickte, und wieder ging sein Blick durch mich hindurch. Mit zögerlichen, unsicher wirkenden Schritten stakste er zu seinem Schreibtisch zurück. Dann drehte er sich noch einmal um und sah mir endlich richtig in die Augen.

«Dido?»

«Ja?»

«Mach nicht denselben Fehler.»

«Hm?»

Er deutete auf das Buch in meiner Hand. «Ich habe zu lange gewartet.»

Was mich auf dem Nachhauseweg am meisten beschäftigte, war nicht die Tatsache, dass es da irgendeine Frau in Hans' Vergangenheit gab, die wunderbare Prosa schrieb. Es war die Tatsache, dass Hans lupenreines Hochdeutsch gesprochen hatte. Etwas, was ich in den fünf Jahren, seit ich ihn kannte, nicht ein Mal erlebt hatte.

3

Zu Hause klebte die Einladung zu Lukas' Ausstellung am Badezimmerspiegel. Kiki hatte sie mit zwei Tesastreifen dort befestigt und einen roten Post-it-Zettel danebengehängt, auf dem stand: «Was nützt ein hoher IQ, wenn man ein emotionaler Trottel ist?»

Ich schmierte mir zwei Nutellabrötchen und setzte mich an den Schreibtisch. Es war halb sechs. Die Vernissage war um sieben. Draußen krähte wieder der heisere Hahn.

Armer Kerl, dachte ich, komplett verrückt geworden. Aber das passiert schon mal. Dass man durchdreht.

Ich schmiss den Computer an, klickte herum, bis die Textstelle meiner Doktorarbeit erschien, an der ich schon vor drei Tagen verzweifelt war. Sie lautete: «Ottos Mops trifft zute Tute – trieb Dada die Lyrik an die Grenzen des Sagbaren?»

Auch ich schien mit meiner Arbeit, an der ich seit Jahren herumschrieb, an die Grenzen des Sagbaren gekommen zu sein. Ich starrte auf den Bildschirm, versuchte, etwas Konstruktives zu denken. Doch alles, was mir einfiel, war: Katzenfutter. Ich hatte vergessen, es für Hans zu besorgen. Genervt patschte ich auf die Tastatur, fabrizierte ein «hfjhsöghljsthömpf» und nickte. Endlich ein Wort, das meiner Stimmung wirklich Ausdruck verlieh.

Nein. Ich überlegte nicht ernsthaft hinzugehen. Nein. Ich würde da nicht hingehen. Womöglich wäre auch Katja da. Katja mit dem silbrigen Gelächel. Und Katja, die … Nein, ich würde da nicht hingehen.

Ich schluckte, öffnete den Browser und gab die Webadresse der Galerie ein, in der die Ausstellung stattfand.

Als nächstes sah ich mich einem Schwarz-Weiß-Foto gegenüber, das mein zehn Jahre jüngeres Ich von hinten zeigte. Mein Ich trug eine schwarze Lederjacke, schluffige Jeans und schwarze Doc Martens. In dieser Montur stand es breitbeinig vor einem jener romantischen Blicke auf das Elbsandsteingebirge, die Caspar David Friedrich einst zu seinem «Wanderer über dem Nebelmeer» inspiriert hatten.

«Rock the romantics» hatte Lukas das Foto untertitelt. «Krawallschachtel über dem Nebelmeer» wäre vielleicht passender gewesen, dachte ich und musste wider Willen grinsen. Nur zu gut erinnerte ich mich noch an den Nachmittag, an dem das Bild entstanden war: Lukas und ich hatten uns gestritten wegen Ich-weiß-nicht-mehr-was, und am Ende hatte ich mich bockig auf den Aussichtspunkt gestellt und beschlossen, nie mehr mit ihm zu reden.

Mein Grinsen gefror allerdings, als ich das nächste Foto betrachtete. Es zeigte die Prager Karlsbrücke – menschenleer und mitten in der Nacht. Ihre Laternen warfen lange Schatten auf die Moldau, während die Brückenheiligen sich wie Scherenschnitte gegen einen nachtblauen Himmel abzeichneten. Ein Motiv, das so romantisch ist, dass es schon fast albern wirkt – aber mir trotzdem immer unvergesslich geblieben war.

Alle Schatten erzählen von der Sonne, Dido, sie sind die Erinnerung des Lichts.

Ich presste die Lippen zusammen und murmelte: «Mistkerl. Verdammter Mistkerl.» Doch es war schon zu spät. Erinnerungen schwappten in mir hoch wie eine Flutwelle. Als hätten sie nur auf ihren Einsatz gewartet, stürzten sich meine Gedanken jetzt durch jene Tür, die ich so viele Jahre in mir verbarrikadiert hatte. Katapultierten mich zurück durch Monate und Jahre zu jenem Tag, der irgendwo in mir fest verschnürt in einer Kiste lagerte mit der Aufschrift: «Dangerous. Don't touch.» Der Tag, an dem alles angefangen hatte.

4

Elf Jahre vorher

Ich war zwanzig und gerade von Kelkheim im Taunus nach Hamburg gezogen, um im Herbst mit dem Literaturstudium zu beginnen. Meine Haare trug ich zu dieser Zeit in einer Art karottenrotem Bürstenmob. In meinem Bücherregal wimmelte es von Existenzialisten und radikaler Frauenliteratur, und als Berufsziel gab ich wahlweise Greenpeace-Aktivistin oder Feministin an. Alles in allem war ich vermutlich eine ziemliche Nervensäge.

An jenem Morgen vor elf Jahren nun saß ich im Büro von Berthold B. Lenzendorf, genannt Berti, und fragte mich zum hundertsten Mal, was ich da eigentlich wollte. Berti war der Artdirector von Baumann, Heuß & Roschwitz, einer Hamburger Werbeagentur, und demonstrierte seine Wichtigkeit gern dadurch, dass er den Praktikanten – in diesem Falle mir – Vorträge über Kreativität hielt. Berti war gerade mit rudernden Armen beim Höhepunkt seiner Ausführungen angelangt, da ging ohne Anklopfen die Tür auf. Ein hochgewachsener Mann in einer roten, triefend nassen Regenjacke stapfte ins Zimmer. Er trug ein großes flaches

Paket und fluchte vor sich hin. Dann ließ er sich auf Bertis Kalbsleder-Besucher-Sesselchen fallen und knurrte: «Dieses Wetter gehört verboten.»

Berti klappte unterdes seinen Mund auf und zu und starrte den Regenmann an wie eine Geistererscheinung.

«Was machst du hier?», brachte er schließlich heraus. «Ich dachte, du bist in New York?»

Mr. Unwirsch wedelte mit der Hand: «Abgeblasen.»

Dann zeigte er auf das Paket, das er mitten auf Bertis heiligen Arne-Jacobsen-Schreibtisch gelegt hatte.

«Da. Dein Bild. In 1,20 mal 1,60. Wie gewünscht. Und ich hätte dann gern meinen Scheck, Brüderchen.»

Diesmal klappte mir der Mund lautlos auf und zu. Wenn das Bertis Bruder war, war ich der Osterhase. Schließlich hatte der Gute mit seinem Dackelblick und den über die Glatze geföhnten Resthaaren etwa so viel Sex-Appeal wie eine Flasche Eierlikör. Dieser Bursche hier aber sah aus wie der Marlboro-Mann in verwahrlost: eisblaue Augen in einem etwas grob gehauenen Nussknacker-Gesicht, raspelkurze Haare, die aussahen wie selbst geschnitten, und dazu eine Nase, die sicher einmal recht ansehnlich gewesen war – bevor sie ihm jemand kaputt gehauen hatte.

«Und wer sind Sie?», fragte der Boxernasen-Mann und taxierte mich ungeniert von meinen Doc-Martens-Stiefeln über die ausgefranste Cordhose bis zu dem roten Gestoppel auf meinem Kopf.

«Ich bin die Praktikantin.»

«Aha», sagte er und: «Hallo, Praktikantin.»

Dann zog er die Augenbrauen hoch und sah sich demonstrativ in Bertis Büro um. Direkt gegenüber an der Wand prangte ein Foto von einem riesigen Frauenmund, dessen Besitzerin sich gerade ein Snickers zwischen die knallrot geschminkten Lippen schob.

«Und was wollen Sie hier lernen? Wie man aus einem Schokoriegel einen Lebensinhalt macht?»

Na warte, dachte ich, stand auf und schnappte mir einen Coca-Cola-Wimpel von Bertis Schreibtisch.

«Ich will hier lernen», begann ich, drehte mich herum und lächelte boshaft, «mit welchen Mitteln kapitalistische Unternehmensmultis aus Marken und Logos mythisch aufgeladene Kultobjekte machen.»

Ich holte kurz Luft und fuchtelte mit dem Cola-Wimpel.

«Genauer gesagt, welche Mechanismen die Werbung anwendet, um Menschen zu manipulieren und zu willenlosen Konsumjüngern zu verblöden, damit man ihnen das Geld aus der Tasche ziehen kann.»

Danach war es einen Moment sehr still. Berti starrte mich an wie einen besonders ekligen Mistkäfer. Sein Bruder aber grinste nur und fragte: «Rekrutierst du deine Praktikanten neuerdings im Jugendclub der KPD, Berti?»

Dann stand er auf und wickelte aus dem Paket, das er mitgebracht hatte, ein gerahmtes Foto. Technisch gesehen war es phantastisch. Licht und Schatten gaben ihm eine Leuchtkraft und Tiefe, die fast greifbar schienen. Das Motiv aber ließ mich schlucken. Das Foto zeigte einen nackten, rundlichen und sehr weißen Frauenkörper, der sich auf blauem Samt rekelte. Das Gesicht der Frau war abgewandt und blieb im Schatten. Auf ihrer Hüfte aber lag eine

Männerhand, eine breite Männerhand, die den Körper der Frau zu streicheln oder niederzudrücken schien – je nach Perspektive.

Sexistisch. Grässlich. Indiskutabel. Ratterte mein Hirn. Zugleich war da irgendetwas in dem Bild, das mich nur schwer die Augen abwenden ließ.

«Und?», hörte ich wieder die spöttische Stimme. «Wie finden Sie's?»

Und das war der Moment, in dem ich wirklich dankbar war für die Existenz von Berthold B. Lenzendorf.

«Großartig, Lukas, da hast du dich selbst übertroffen», sabbelte Berti jetzt nämlich los und lief wie ein aufgeregtes Hühnchen in seinem Büro herum. «Das wird der Knaller auf unserer After-Work-Party morgen. Wirst sehen.»

«Halt doch mal die Klappe, Berti, ich will wissen, was unsere Rosa Luxemburg zu dem Foto sagt …» Er sah mich herausfordernd an.

«Ph…», machte ich und maß ihn ebenso anzüglich von oben bis unten, wie er das zuvor mit mir getan hatte. Dann sagte ich und betonte jedes Wort: «Ich glaube, das wollen Sie nicht wirklich wissen.»

Und damit ließ ich die beiden stehen und stolzierte mit hochrotem Kopf aus dem Zimmer.

«Blöder Arsch», murmelte ich, während ich auf den Empfangstresen zulief, um mit Katja zu plauschen. Katja war die Empfangsdame der Agentur. Außerdem war sie meine beste Freundin und ein freundliches, sanftes Wesen, das silbrig lächelte, während ich die meiste Zeit herumlief wie ein boshafter Rauhaardackel und die Leute anbellte. In der Schule hatten sie uns immer Jekyll und Hyde genannt. Jetzt allerdings schien irgendetwas Katja aus ihrem gewohnten Gleichmut gebracht zu haben.

«Hast du ihn gesehen?», fragte sie mit weit aufgerissenen Augen.

«Wen?» Ich sah mich um.

«Na, *ihn*», sagte sie und nickte zu Bertis Büro hinüber. Auf ihren Wangen erschienen zwei hektische rote Flecken.

«Ach, den Typen mit dem Foto, meinst du? Jaja, der platzte bei Berti ins Büro rein und redete allen möglichen Müll.»

Katja sah mich an, als ob ich schwachsinnig geworden wäre. «Du hast keine Ahnung, wer das ist, oder?»

«Na, Bertis Bruder offensichtlich. Erstaunlich eigentlich, dass eine Frau gleich zweimal hintereinander Schwachköpfe produziert. Hoffe, es gibt nicht noch mehr von der Sorte.»

«Dido …» Katja wimmerte jetzt regelrecht. «Denk doch mal nach. Lukas Lenzendorf. Klingelt da nicht was bei dir?»

Ich starrte sie an. «*Der* Lukas Lenzendorf?»

Katja nickte.

Und dann klingelte es tatsächlich – oder vielmehr schrillte es in meinem Kopf mit der Sanftmut eines Presslufthammers. Ich fühlte mich, wie sich wohl eine Dreizehnjährige fühlen würde, sollte sie zufällig ihr Popidol beim Einkaufen treffen und feststellen, dass Mr. Superstar nach Schweiß riecht oder Hühneraugen hat – wie andere, ganz normale Menschen auch. Natürlich würde kein Popstar jemals zu Edeka gehen. Aber was ich meine, ist eben dieser böse kleine Moment, dieses leichte Rieseln, wenn die Heldenanbetung in sich zusammenkrumpelt und schneller verpufft ist als Popcorn in der Mikrowelle.

Denn Lukas Lenzendorf war mein Held gewesen. Der Mann, der jahrelang wie ein lebendiger Krisenmelder durch Kriegsgebiete gerobbt, gekrochen und gewandert war, um preisgekrönte Fotos zu schießen. Fotos, die der Welt einen Spiegel vorhielten, aber nie mit dem Elend hausieren gingen.

Eines davon war mir besonders in Erinnerung geblieben: das Bild eines Kindersoldaten aus dem Kongo. Der Junge trug Tarnkleidung, ein Maschinengewehr, das fast seinen ganzen Körper verdeckte, und viel zu große Gummistiefel. Das Eindrücklichste aber war sein Gesicht gewesen: die noch etwas rundlichen Kinderwangen, die seltsam verloren aussahen zwischen der Kalaschnikow in seinen Händen und den wie eingefroren wirkenden, starren Augen. Augen, in denen man, wenn man genau hinguckte, den Fotografen widergespiegelt sah – jenen Fotografen, der jetzt offenbar lieber nackte Frauen auf Samt ablichtete.

Es gibt nichts Schlimmeres als gefallene Götter.

«Na, und wenn schon», sagte ich zu Katja und zuckte mit den Schultern, «es gibt Tausende, die gekonnt auf einen Auslöser drücken können.» Dann griff ich in die große Box auf dem Tresen, die mit der Aufschrift Spaß-Lollis, steckte mir einen davon in den Mund und trabte hinüber in die Besenkammer. So nannte ich das kleine Kabuff am Ende des Flurs, in dem die Praktikanten deponiert wurden – und dessen muffiges Depri-Flair, wie ich fand, meiner Tagesaufgabe durchaus angemessen war: Texte für einen Duschkopf-Katalog zu schreiben.

Ich wühlte gerade ganz unten im Regal hinter dem Schreibtisch nach einem Duschkopf namens Spritz-Fitz, als jemand in den Raum kam.

«Na, wieder erholt von der Heldenanbetung?», nuschelte ich von unten, sicher, dass es Katja war.

Ein Räuspern erklang. Es hörte sich an wie eine hustende Bulldogge und konnte unmöglich Katjas hellem Sopran entstammen.

Ich beugte mich vorsichtig vor, blinzelte unter dem Schreibtisch durch – und starrte auf ein nicht identifizierbares Paar grober Stiefel.

«Oh. Hallo», murmelte ich von unten, «bin gleich wieder da.»

Die Stiefel bewegten sich, und einen Moment später sah ich in die Augen von Lukas Lenzendorf, der seine gut hundertneunzig Zentimeter zusammengefaltet hatte und nun vor dem Tisch auf dem Boden hockte.

«Hallo noch mal», sagte er, und das leichte Kringeln seiner Mundwinkel ließ mich vermuten, dass ich von der Suche nach Spritz-Fitz noch etliche Spinnweben im Haar und wahrscheinlich auch einen grünen Spaß-Lolli-Rand um den Mund hatte.

«Ich dachte mir schon, dass Sie ungewöhnliche Kreativ-Methoden haben. Aber wie nennt man das hier? Action-Writing? Und sagen Sie, wie macht Berti das mit den älteren Textern? Müssen die auch auf dem Boden herumkrabbeln, um Geistesblitze zu produzieren?»

«Richtig. Ohne Gymnastik geht hier gar nichts, Berti legt Wert darauf, dass seine Mitarbeiter fit bleiben», antwortete ich und erhob mich so würdevoll, wie es eben geht, wenn man bangt und betet, dass die durchgeschabte Stelle an der eigenen Cordhose nicht gerade jetzt platzen möge.

Doch die Enge hinter dem Schreibtisch und die drei

Stück Käsekuchen vom Wochenende forderten unbarmherzig ihren Tribut. Es machte «Ratsch!» – und das kühle Gefühl im Bereich meiner linken Pobacke verriet mir, dass dort, wo vorher blauer Cord war, nun ein Riss etwa von der Breite des Suezkanals klaffte.

Ich versuchte, mein zerschlissenes Hinterteil unauffällig an das Regal hinter mir zu drücken und dabei ruhig und gelassen auszusehen. Wie man sich eben so fühlt, wenn ein Mann mit der Aura eines Sergio-Leone-Westernhelden vor einem steht, während einem hinten eine verwaschene Unterhose mit ausgeleiertem Gummi aus der Hose guckt.

Er schien aber nichts gemerkt zu haben. Oder er überlegte gerade, ob er mich in seine neue Fotoserie mit dem Titel «Skurrile Praktikanten» einbauen sollte. Jedenfalls lungerte er maulfaul vor dem Schreibtisch rum und grinste vor sich hin (was zwei entzückend uncoole Grübchen in den Westernheldenwangen zum Vorschein brachte, aber das tut jetzt nichts zur Sache).

«Was ist denn so komisch?», krächzte ich. Denn ich mag Stille nicht. Sie ist mir zu gefährlich. Also fülle ich sie mit Gerede, das meist zielsicher in größtmögliche Peinlichkeiten ausartet. Doch bevor Dido, Fachfrau für Fettnäpfchen-aller-Art, ihr reiches Können unter Beweis stellen konnte, kam zum Glück Bewegung in den Mann. Er fummelte ein zerknittertes Stück Papier aus seiner Jackentasche und reichte es mir über den Tresen.

«Da, das haben Sie vorhin in Bertis Büro vergessen», die Grübchen wurden breiter, «das Duschkopf-Briefing. Die Basis für einen weiteren flammenden Beitrag gegen den Konsumterror.»

«Es kann eben nicht jeder Frischfleisch auf Samt ablichten.»

Er stutzte einen Moment, die Grübchen verschwanden, und ein Schatten huschte über sein Gesicht.

«Nein, das kann nicht jeder.» Er griff nach dem Buch, das auf meinem Schreibtisch lag. Es war Sartres «Das Sein und das Nichts». Er starrte einen Moment auf das Titelbild, dann lächelte er etwas schief. «Und man kann auch nicht sein Leben lang alles in Frage stellen.»

«Wie meinen Sie das?»

«Wollen Sie das wirklich wissen?»

Ich nickte, wenn auch zögerlich.

Er legte eine schlichte weiße Visitenkarte vor mir auf den Tisch. «Dann kommen Sie mich doch morgen in meinem Atelier besuchen. Vielleicht 18 Uhr?»

Ich nickte, noch zögerlicher.

Im Rausgehen drehte er sich noch einmal um. «Und was ich noch sagen wollte ... ich bin nicht immer ein blöder Arsch.»

Ich errötete.

«Aber Sie haben ja recht. Mein Bruder bringt nicht gerade die besten Seiten in mir hervor.»

Am nächsten Nachmittag stand ich gegen 18 Uhr vor einem Werkhof in Altona. Es war ein riesiges Gelände, auf dem Lastwagen hin und her fuhren, Kreissägen quietschten und Typen im Blaumann sich Dinge wie «Schraubmuffen! 83er!» und «Schmeiß mal den Gewindeknochen rüber» zubrüllten. Hinter einem Gabelstapler entdeckte ich ein weißes Schild mit der Aufschrift «Fotostudio» und dahinter einen schmalen Weg, der zu einem flachen Gebäude führte.

Die Tür zum Atelier war angelehnt. Da weit und breit nichts Klingelartiges zu entdecken war, ging ich hinein und tapste einen dunklen Flur entlang, bis ich zu einer Eisentür kam. Ich schob sie mühsam auf – nur um plötzlich von etlichen Augenpaaren so entgeistert angestarrt zu werden, als sei ich die kleine Schwester von E. T.

«Äh», stotterte ich und verstummte. Vor mir in einem loftartigen Raum saßen fünf Hunde auf hohen Podesten und sahen aus, als würden sie ihren Lieblingsknochen dafür geben, hier und sofort im Erdboden versinken zu können. Dann nämlich würde es ihnen erspart bleiben, mit einem Diamantenkollier um den Hals auf einem Samtkissen Männchen zu machen. Ebendies aber schien das Ziel der Übung zu sein – dem Wurstzipfel nach zu urteilen, den eine Frau gerade dem kleinsten der Gruppe vor die Nase hielt.

«Komm, Hermann, schön Wurst fassen!», zirpte sie.

Doch Hermann, ein meerschweinchengroßes Wesen mit Fledermausohren, dachte gar nicht daran, Wurst zu fassen. Er hatte mich entdeckt und damit seine Chance, dem Diamanten-Hokuspokus zu entgehen. Kurzerhand sprang er vom Podest, raste auf mich zu und begann zu bellen. Es klang wie ein heiserer Frosch. Während Hermann mich umkreiste, begannen auch seine Leidensgenossen zu kläffen und wären wohl ebenfalls von ihren Kissen gehopst, wären nicht weitere zirpende Betreuerinnen aus den Ecken gehuscht, um die Meute zu bändigen.

Inzwischen war Lukas Lenzendorf zu mir herübergekommen und dirigierte mich zu einem Stuhl.

«Tut mir leid, dauert noch einen Moment», sagte er, und nach einem Blick auf das Hundefiasko fügte er hinzu: «Vielleicht auch zwei.»

Dann ging er wieder an die Arbeit.

Der arme Hermann sollte jetzt doch noch Männchen machen, tat er aber nicht. Dafür schien einer der Gruppe ein Blasenproblem oder schlicht die Schnauze voll zu haben. Jedenfalls begann es, recht süßlich nach Urin zu riechen. Und dann sah ich, wie es unter dem Rottweiler, der derweil ungerührt in die Kamera blickte, gelblich vom Kissen tropfte.

«Iiiiihh, Benno hat genässt!», kreischte eine der Hundetanten.

Und zu meiner großen Erleichterung sah ich den Master-of-Dog-Photography in diesem Moment demonstrativ auf seine Armbanduhr starren.

Zehn Minuten später waren die Damen samt dem nässenden Benno und seinen Leidensgenossen verschwunden. Zurück blieb einzig die gelbliche Lache am Boden, ein zerkrümelter Hundekeks und der intensive Geruch von Hermann, dem 16-Karat-Pinscher.

Und erst jetzt begann ich, den Raum überhaupt richtig wahrzunehmen: Er war riesig, fast eine Halle, lichtdurchflutet und weiß. Alles war hier arktisch weiß. Die Wände, der Boden, selbst die wenigen Möbel, ein Regal, ein Tisch und zwei Stühle.

«Sieht hier aus wie in einem Zoogehege für Pinguine», sagte ich.

Lukas Lenzendorf lachte und stellte eine Schale dampfenden Tee vor mir auf den Tisch. «Da, das trinken die Pinguine besonders gern.»

Ich schnupperte. Ein leichtes Raucharoma stieg aus der Schale.

«Was ist das?»

«Matchatee. Wie man ihn für die japanische Teezeremonie verwendet.»

«Aha. Dann leben hier also japanische Pinguine?»

«Richtig. Aber sie verstecken sich im Moment.»

«Schade eigentlich, ich liebe Pinguine», sagte ich leicht abwesend, denn meine Aufmerksamkeit war von etwas anderem gefesselt: Auf dem Regal neben dem Tisch hatte ich einen Stapel Fotos entdeckt.

«Darf ich?», fragte ich.

Er nickte.

Obenauf war ein Foto, das einen alten Mann und eine alte Frau zeigte. Sie lagen an einem Flussufer und schliefen – innig oder auch nur gewohnheitsmäßig ineinander verschlungen. Beide trugen knallrote Plastikbadelatschen an ihren nackten alten Füßen.

«Das ist schön», sagte ich. «Warum machen Sie daneben diesen Lifestyle-Mist für Berti?»

Er blickte mich einen Moment schweigend an. Dann zog er einen Bildband aus dem Regal. Es war eines der Jahrbücher der World Press Photo Organisation. Er öffnete es an einer Stelle, die mit einem gelben Schildchen markiert war. «Hier», sagte er, «haben Sie sich mal überlegt, wie so ein Bild zustande kommt?»

Er hielt mir das Buch hin. Das Foto zeigte einen kleinen Jungen mit toten Augen. «Das ist das Kind, das nach einem Angriff auf Sarajewo so schlimm unter einem Pfeiler eingeklemmt war, dass man es nicht rechtzeitig befreien konnte.

Es starb vor den Augen der Öffentlichkeit – und vor der Linse des Fotografen.» Er schwieg einen Moment. Dann setzte er hinzu: «Und der bekam dafür einen Preis.»

Ich spähte verstohlen nach der Bild-Legende. Das Foto war, ich hatte es nicht anders erwartet, von Lukas Lenzendorf.

«Und hier», er blätterte weiter, «alles preisgekrönt: Milizen, die Gefangene massakrieren, brennende Kinder im Libanon. Wer heute einen Preis bekommen will, der muss mit seiner Kamera dorthin gehen, wo die schlimmsten Gräuel herrschen. Es gibt nichts, was die Menschen so fasziniert wie der Tod. Dafür gibt's dann sogar den Pulitzer.»

«Hm», machte ich, «und weil das alles so ist, fotografieren Sie jetzt also lieber diesen Erotik-Quatsch?»

«Nein», grinste er, «das hat einfach Spaß gemacht. 'nen tollen Hintern hatte die.»

«Chauvi.»

«Angenehm.»

Dann zeigte er mir seine Schnappschüsse. Hunde. Überall Hunde. Schlafende Hunde in Indien. Kettenhunde in Sibirien. Eine mopsig blickende Bulldogge vor einem Schaufenster in Wien. Ein Dalmatiner mit Schal in einem Cabriolet. Ein struppiger Straßenhund in Rumänien.

«Haben Sie da irgendwie einen Tick?», fragte ich vorsichtig.

Er zuckte die Schultern. «Ich mag sie halt.»

Dann nestelte er an seinen Fotokartons herum und murmelte: «Ich mag auch kleine struppige Leute sehr gern.»

«Ach ja?», murmelte ich und bemühte mich um einen ironischen Tonfall.

Lukas brummte noch einmal zustimmend, dann hob er den Kopf und sah mich an. Und dabei wurde der Mann, der auf der ganzen Welt preisgekrönte Fotos geschossen hatte, tatsächlich etwas rot im Gesicht.

Und da dachte ich, dass Oma doch recht gehabt hatte. Dass es das tatsächlich gab – was sie mir immer mit vor Rührung fast aussetzender Stimme aus ihren Groschenromanen vorgelesen hatte: «... dass die Welt um sie versank.»

Meine Welt versank vielleicht nicht, aber sie kam mächtig ins Trudeln – und je länger ich in diese viel zu blauen Augen blickte, desto mehr fühlte ich mich, wie sich ein Goldgräber fühlen muss. An dem Tag, an dem er einen besonders dicken schweren Lehmklumpen in der Hand hält und ihn vorsichtig in seine Hütte trägt. Und als ich sah, wie der etwas zynische Zug um Lukas Lenzendorfs Mund verschwand und stattdessen wieder ein Grübchen in seiner Wange erschien, begann ich zu ahnen, dass ich nicht nur einen Nugget, sondern eine ganze Goldmine gefunden hatte.

So hat es angefangen. Worüber wir sonst noch sprachen in dieser Nacht oder während wir frühmorgens zum Kiosk liefen, um uns rosa Schaumwaffeln zum Frühstück zu holen, ist schwer zu erklären. Auch später hatten Freunde oft Probleme zu verstehen, was wir zueinander sagten. Es war ein Dialekt der Vernarrtheit, den wir sprachen – ein emotionaler Geheimcode, der aus Albernheiten, Anagrammen und Monty-Python-Zitaten bestand.

Einen Monat später zog ich in seine Wohnung. Und ich bin mir nicht sicher, was ich über die Zeit sagen sollte, die folgte. Vielleicht dass ich von ihm lernte, wie man Schnecken isst? Dass ich für ihn kochte, obwohl ich gar nicht kochen konnte? Dass er mir mit verstellter Stimme Donald-Duck-Comics vorlas, wenn ich nicht schlafen konnte? Oder dass ich für ihn den Himmel angemalt hätte, wenn er mich darum gebeten hätte? Vielleicht auch, nein, ganz bestimmt sollte ich erzählen, dass wir eine ganze Nacht lang zusammen durch das alte Krakau wanderten und frühmorgens vor der Marienkirche Tschaikowskys Streicherserenade hörten. Gefiedelt von drei alten Herrn mit Pan-Tau-Hüten. Und natürlich dass ich glücklich war.

«Alles ist anders», schrieb ich in mein Tagebuch, «ich habe mich verliebt.» Zwar fühlte ich mich, als ich die Worte las, etwas als Verräterin an der feministischen Revolution. Doch das war nicht wichtig. Wirklich wichtig schien nur noch eins: dieses Gefühl, mit dem anderen bis ans Ende der Welt gehen zu können. Drei Jahre, vier Monate und fünf Tage lang – in denen das Leben wie eine Kinder-Geburtstagsparty war. Eine, die nie endete.

Nur dass sie es dann doch tat. Weil so etwas wohl enden muss. Auch Disneyland gibt es nicht rund um die Uhr. Irgendwann ist es Abend, die Lichter gehen aus, und Peter Pan und Wendy fahren ein letztes Mal auf ihrer Gondel in den Magic Mountain hinein. Dann schließen die Tore des Wunderlandes. Und du stehst draußen vor dem Zaun und kehrst zurück in dein kleines Leben. Was ja nicht unbedingt schlecht ist. Es geschehen dort nur eben Dinge, die nicht in einen Walt-Disney-Film passen.

Und so kann es sein, dass du eines Abends in deinem Badezimmer stehst und verwundert auf das Plastikstäbchen in deiner Hand blickst. Eines, das dir anhand zweier roter Linien erklärt, warum dir seit einigen Tagen morgens so seltsam ist. Nach einem kurzen Schreckmoment stellst du fest, dass du zwar erst dreiundzwanzig bist und dir dein Leben irgendwie anders gedacht hattest – aber dass das eigentlich egal ist. Denn da ist zugleich ein Glück dir. Eines, das sich noch etwas schüchtern in einer Ecke versteckt, aber Potenzial hat zu etwas Großem. Es zaubert dir ein Lächeln ins Gesicht. Und so denkst du dir He!-Wir-werden-das-Kind-schon-schaukeln und andere dämliche Sachen, die man so sagt – und läufst zu Fuß quer durch die Stadt, weil dir keine U-Bahn schnell genug scheint, um dich zu ihm zu bringen.

Dann aber passiert das Unfassbare. Es dauert nur eine Sekunde. Doch du siehst es ganz genau. Als du keuchend vom Laufen und halb verrückt vom Gedankenwirbeln in deinem Kopf vor ihm stehst: Du siehst, wie bei der Nachricht etwas in ihm verlischt. Einfach ausgeht. Als habe jemand den Stecker gezogen. Lass uns später darüber reden, sagt seine fremd gewordene Stimme. Bei diesem «Später» fallen dann Worte wie «geschockt», «ich weiß nicht» – und am Ende auch «Eingriff».

Man denkt, man kennt einen Menschen. Wie man irren kann. Wie unglaublich man irren kann.

Daher kapierte ich anfangs nicht wirklich, was vor sich ging. Dachte, er würde sich schon daran gewöhnen. Dachte, wir würden das schon schaffen.

Ich hatte nicht verstanden, dass es kein *Wir* mehr gab.

Das tat ich erst zwei Monate später. An dem Abend, als ich an einer Straßenecke in Hamburg-Altona stand und begriff, was Hilflosigkeit wirklich bedeutet. Dass es Momente gibt, in denen man so verloren ist, dass einem nicht mal mehr Worte dafür einfallen – ja, eigentlich nicht mal mehr Gefühle, um es zu beschreiben. Im Grunde war es wie nicht aufwachen können. Wie feststecken in einem Albtraum, bei dem das Sandmännchen den Ausschalter vergessen hat.

Error error, stammelte mein Gehirn. Doch meine Augen wiederholten hartnäckig ihre Botschaft: Vor mir in einer dunklen Häuserecke, beschienen nur vom Mond, der seine fahlen Finger herunterstreckte, stand der Mann, den ich liebte. Er war nicht allein. Eine Frau war bei ihm. Eine Frau, die er gerade sehr konzentriert und innig küsste und dabei seine Hände in ihre langen blonden Walle-Haare wühlte.

Ich kannte diese Haare gut. Es war erst ein paar Jahre her, da hatte ich versucht, sie mit Hilfe eines Liters Zuckerwasser in eine Punkfrisur zu verwandeln. Und noch ein paar Jahre früher waren sie wie auch meine zu Zöpfen geflochten gewesen mit Mickey-Maus-Spangen an den Enden.

Es waren die Haare von Katja, der Frau, die ich seit fünfzehn Jahren für meine beste Freundin hielt. Katja, mit der zusammen ich nach Hamburg gezogen war. Katja, der ich alles erzählte, was in meinem Leben wichtig war.

Ich wollte wegrennen. Doch meine Füße versagten mir den Dienst. Blieben einfach stehen und ließen mich weiter starren. So lange, bis sie mich entdeckten.

Es gibt diese Momente im Leben, die brennen sich auf der Netzhaut ein wie auf den Bildplatten alter Fotokameras. Für ewig eingefroren. Ihre Blicke werde ich nie vergessen.

Katjas weit aufgerissene Augen, die Hand, die sie vor den Mund presste, als sähe sie ein Gespenst. Lukas aber blickte mich einfach nur an. Ganz ruhig. Der Mond warf lange Schatten auf sein Gesicht. Und wie in einem Trickfilm zerfiel es vor mir in tausend Teile. Ich sah den Mund, der, es war nur ein paar Wochen her, gesagt hatte, es sei für immer. Immer ist ganz schön lang, hatte ich erwidert. Na eben, hatte er gesagt.

Ich sah die Grübchen rechts und links dieses Mundes, die mein Herz schon bei unserer ersten Begegnung zum Hüpfen gebracht hatten. Ich sah die kleine Falte über der Nasenwurzel, die mir Hunderte Male guten Morgen gesagt hatte. Und die dichten Augenbrauen, die sich bei schlechter Laune ihres Besitzers zu einem Querstrich zusammenzurrten und ihm den knurrigen Charme eines alten Grizzlys verliehen. Und schließlich sah ich in seine Augen, den einzigen Fixpunkt in diesem wirbelnden Bilderbogen, und versuchte noch einen Moment lang, mich daran festzuhalten.

«Was soll das?», fragte ich, als er zu mir herüber kam und gut einen Meter vor mir stehen blieb. Meine Stimme klang wie ein Roboter.

Seine Augen wandten sich von mir ab, wanderten herum und blieben an einer großen Reklamewand an der gegenüberliegenden Straßenseite hängen. Sie zeigte seine Aufnahme des russischen Paars, das gemeinsam am Flussufer schlief. Mit roten Plastikbadeschuhen an ihren nackten alten Füßen. Lukas hatte das Bild vor ein paar Monaten für eine Kampagne verkauft. Er starrte es einige Sekunden lang an. Dann senkte sich sein Blick, blieb auf dem Asphalt liegen. Trotz des Straßenlärms, trotz der Stimmen, die aus einer Cocktailbar drangen, trat eine Stille ein. Eine Stille, die nur ihn und mich einhüllte und die so hörbar wurde, dass die Luft zu platzen drohte, würde er nicht endlich ein verdammtes Wort aus seinem verdammten Mund bewegen. Doch er blieb stumm.

Erstaunlich, was man in einer Sekunde so alles denken kann. Wie viele Wörter sich durch einen Kopf drehen können wie bei einem dieser einarmigen Banditen – bis dann plötzlich alles still steht und klarwird: Das Spiel ist aus. Und ich habe mich niemals wieder so verloren gefühlt wie in diesem Moment. Als mein Märchen, die wunderbare schillernde Seifenblase, in der ich dreieinhalb Jahre gelebt hatte, mit nichts als einem kleinen Puff zerplatzte. Man meint ja immer, solche Momente seien groß und dramatisch – dieser war einfach klein und gemein. Da waren nur der fremd gewordene Mann vor mir und sein Schweigen, sein unfassbares Schweigen. Das mich zurückließ mit einem Gefühl so großer Verlorenheit, dass ich dachte zu ertrinken. Mir war, als schwappte die Verzweiflung in einer riesigen Welle über mich, durchtränkte mich und meine Kleidung und zöge mich langsam in die Tiefe. Also tat ich das Einzige, was blieb. Ich drehte mich um und ging nach Hause. Packte meine Sachen und verließ unsere Wohnung. Verließ sein Leben. Und ich glaube, auch meins.

Eine Woche später verlor ich unser Kind.

«Passiert oft beim ersten», sagte der Arzt im Krankenhaus, «der Körper muss sich erst mal warmlaufen. Passen Sie auf, beim nächsten läuft es wie geschmiert.»

Ich nickte. Und sah auf den Ultraschall. Auf das kleine zusammengekauerte Wesen, in dessen Mitte es jetzt nicht mehr jenen stetig blinkenden Punkt gab, der mich vor Freude hatte singen lassen – all jene Kinderlieder, die seine winzigen Ohren nun nicht mehr hören würden. Vielleicht ist es das, was ich am meisten in Erinnerung behalten werde. Seine perfekten kleinen Ohren. Es war die dreizehnte Woche gewesen. Da ist alles schon fertig: Augen, Nase, selbst Fingernägel hatte unser Kind gehabt. Und dann war es einfach gestorben. War er einfach gestorben. Männliches Genmaterial hieß es im Bericht des Pathologen. Und: Abort-Ursache unbekannt.

Es war eiskalt, als ich das Krankenhaus verließ. Eigentlich hätte ich noch eine Nacht bleiben sollen. Doch die Frau im Bett neben mir redete unablässig. Sie hatte einen großen, sehr rot geschminkten Mund. Um kurz vor einundzwanzig Uhr unterschrieb ich die Entlassungspapiere und lief zur Bushaltestelle. Es dauerte achtundzwanzig Minuten, bis der Bus kam. Ich fror erbärmlich, ich hatte seit zwei Tagen nichts gegessen und auf einem piepsenden Ultraschall-Monitor Abschied von meinem Kind genommen. Meinem Kind, das perfekte Ohren gehabt hatte und dessen Überreste nun aus mir herausoperiert worden waren.

Ich habe nie wieder mit ihm gesprochen. Er schrieb mir Briefe. Ich habe sie nicht gelesen. Er rief an. Morgens, mittags, abends, nachts. Ich legte auf. Schließlich stand er eines Morgens vor dem Haus, in das ich gezogen war. Er hatte seine Haare schneiden lassen. Ein riesiger Kerl mit fast kahlem Schädel, der jetzt zögernd die Hand hob, sich eines anderen besann und sie langsam wieder heruntersinken ließ.

Ich weiß nicht, wie lange wir da gestanden haben. Er auf der einen Straßenseite. Ich auf der anderen. Vielleicht waren es Minuten. Vielleicht auch nur Sekunden. Es regnete. Es muss wohl regnen in solchen Augenblicken. Und dann machte er einen Schritt. Vorwärts. Auf mich zu. Und das war der Moment, in dem ich mich umdrehte. Einfach umdrehte und die Straße hinaufging.

Ich sah mich nicht um. Nicht ein einziges Mal. Ich ging einfach immer weiter. Schritt für Schritt.

Und so war es im Grunde geblieben. Doch es hatte Monate, eigentlich Jahre gedauert, bis ich nicht mehr das Gefühl hatte, dass er noch immer dort am anderen Ende der Straße stand und wartete. Aber worauf eigentlich? Dass ich mich umdrehte, zu ihm ging und sagte: «Hör zu, ich fand es höchst unerfreulich, dass du dich von mir abgewandt hast, als ich dich am dringendsten brauchte. Unschön fand ich auch, dich kurze Zeit später an einer Straßenecke im Knutsch-Modus mit meiner besten Freundin anzutreffen. Das erschien mir sogar ausgesprochen geschmacklos und verletzend. Aber weil ich dich so liebe, verzeihe ich dir.»

Es müssen edle Gemüter sein, die so etwas können.

Ich konnte es nicht.

5

Lange Zeit konnte ich danach auch sonst nicht viel: nicht gut schlafen, lachen oder Weihnachten feiern, mich nicht über Blumen freuen oder Kindern beim Spielen zusehen – und schon gar nicht rosa Schaumwaffeln essen. Das mit dem Leben funktionierte einfach nicht mehr so richtig.

Natürlich hatte es andere Männer gegeben. Momente, in denen ich testweise die Hand ausstreckte und überrascht war, wie leicht das alles plötzlich fiel: das Flirten, die bedeutungsvollen Blicke, der erste Kuss – ein Kinderspiel, wenn man nur als halber Mensch beteiligt ist. Die andere Hälfte stand immer daneben, sah leicht kopfschüttelnd zu und raunte mir schließlich leise «Vergiss es» zu.

Und irgendwann mochte ich dann einfach nicht mehr. Immer wieder Beziehung proben und mich dabei fühlen, als sei ich nur ein Statist – das Licht-Double, das verschwinden muss, wenn der echte Film gedreht wird.

Also suchte ich mir ein anderes Leben. Eines, in dem ich ziemlich allein war und ziemlich viele Tiefkühlmenüs aß. Es war nicht das, was ich mir unter meinem Leben vorgestellt hatte, aber wer bekommt das schon? Und ich war so weit ganz zufrieden – hätte es nur nicht jene Momente gegeben. In denen mir die Angst ins Ohr wisperte wie ein aufgeregtes Hühnchen und erklärte, dass ich gerade dabei war, die Sache komplett in den Sand zu setzen – die Sache mit dem Leben und die mit dem Glück, ja, vor allem die. Denn mir war zwar klar, dass ich durchaus in der Lage war, lebenslang lächelnd die «Ich-bin-ein-cooler-Single-Show» zu geben. Aber irgendwo lauerte sie eben immer doch, die Frage. Und tönte auch gern mal als mehrstimmiger Choral aus eher düsteren Ecken meines Innenlebens: die Frage, ob ich mich nicht doch spätestens jedes Weihnachten immer wie das letzte Einhorn fühlen würde – ein Wesen, das zu keinem anderen passt und das romantische Gefühle bestenfalls bei Menschen auslöst, die noch alle Milchzähne haben.

Aber wie, fragte ich mich jetzt, während ich wieder einmal am PC saß und die aufsteigenden Blubberblasen meines Bildschirmschoners zählte, wie verdammt soll man sie denn hinkriegen – diese Sache mit der Liebe –, wenn einen die Vergangenheit nicht loslässt, sondern umklammert hält wie eine Würgeschlange?

Ein Bild irrlichterte durch meinen Kopf. Es zeigte Erwin, die alte Boa constrictor aus dem Frankfurter Zoo, die ich als Kind immer bewundert hatte. Auch Erwin war immer allein geblieben – nicht zuletzt, weil er alles gefressen hatte, was in seine Nähe kam. Würde ich also enden wie eine Würgeschlange?

Und als kenne er sein Stichwort, krähte draußen nun auch noch der verrückte Hahn – und machte so den Zoo in meinem Kopf komplett. Scheppernd schrie das Tier seit Tagen sein leierndes, näselndes Käkäräkä in die Welt, es schien ihm wirklich ein Anliegen zu sein.

Vielleicht ist das auch eine Idee, dachte ich – einfach mal

«rauslassen, was rauswill», wie Kiki immer sagte. Stattdessen war ich verstummt. So wie meine Mutter – die Frau, die nie von ihren Büchern aufsah.

Ich stellte den Computer aus. Ich wusste, dass ich heute keine einzige Zeile mehr zustande bringen würde. Es war zwanzig vor sieben. Ich nahm meine Jacke, rannte die Treppe hinunter, schnappte mir mein Fahrrad und fuhr los. Wohin, das wusste ich selbst nicht so genau.

Ich radelte die Osterstraße hinunter. Der Wind wirbelte braune Blätter durch die Luft und schlug seine Zähne in den Star-Wars-Aufsteller eines Fantasy-Ladens: Darth Vader wackelte und fiel zu Boden.

Im Eingang zu Karstadt stand ein früher Weihnachtsengel und rauchte eine Zigarette. Es roch nach Regen und nassem Asphalt.

An der Kreuzung Ecke Doormannsweg blieb ich stehen und überlegte. Ein Auto hupte hinter mir, der Fahrer fuchtelte wütend mit der Hand, ich solle auf dem Fahrradweg fahren. Ich brüllte «Idiot!», fühlte, wie mir die Tränen in die Augen schossen.

Mensch, Dido, reiß dich zusammen, dachte ich noch, und dann dachte ich nicht mehr viel, sondern radelte weiter und wie ferngesteuert direkt in den Eppendorfer Weg.

Ich sah die Galerie schon aus der Entfernung. Sie war hell beleuchtet, und jede Menge Wichtigtuer-Autos rangelte davor um Parkplätze. Ich hatte es nicht anders erwartet. Wenn Lukas Lenzendorf nach neun Jahren eine Ausstellung hatte, war das ein «Must» für die hanseatische Medien-Hautevolee – oder die, die sich dafür hielten. Ich hatte solche Veranstaltungen mit Lukas damals zur Genüge besucht.

Meist wimmelte es von chronisch blonden Fernsehmoderatorinnen und einer Spezies, die sich Society-Ladies nannte. Die Herren dazu trugen Smart Casual und waren rührend bemüht, in jedem Satz ihre Bekanntschaft mit einem C-Promi zu erwähnen. Das einzige Unterhaltsame bei solchen Anlässen waren die selbsternannten Kunstkenner mit den Woody-Allen-Brillen. Sie lungerten meist am Häppchenwagen herum und kommentierten die Ausstellung mit Sätzen, die wie mit lateinischem Silben-Konfetti bestreut wirkten. Lukas und ich hatten uns früher bei solchen «Events» immer schnell verzogen und den Abend lieber in einer Hafenkneipe beendet.

Jetzt stand ich allein draußen im Regen und führte Selbstgespräche.

Wenn der dicke Mann dort drüben sich umdreht, geh ich rein. Das hatte ich als Kind oft gemacht. Ein Spiel mit Gott. *Wenn du mir meinen Turnbeutel zurückgibst, ohne dass Mama merkt, dass er weg war, werde ich mir jeden Abend die Zähne putzen.* Gott hatte mich oft im Stich gelassen. Auch der Mann drüben ließ mich im Stich. Er drehte sich nicht um. Also blieb ich, wo ich war, lungerte weiter auf der anderen Straßenseite herum, durchnässt von Ingo, dem Sturmtief, und starrte zu den beleuchteten Räumen hinüber, in denen sich meine Vergangenheit befand. Eine Vergangenheit, die mich leise anquengelte wie ein Kind, das keine Ruhe gibt. Doch ich konnte nicht. Es tat zu weh. Noch immer.

Eine Welle von Selbstmitleid ergriff mich. Ich schluckte.

So geht das nicht, Dido, sagte ich mir, du musst etwas tun. Geh jetzt da rein. Oder fahr nach Hause. Aber tu was.

Am Ende schloss ich mein Fahrrad an einen Laternenpfahl, setzte mich in die Bar gegenüber der Galerie und begann, Martinis zu trinken.

Das da drüben, sagte ich mir nach dem ersten Glas, der Mann da in der Galerie, das ist Vergangenheit. Finito. Ein Gespenst. Sonst nichts.

Nach dem zweiten sagte ich mir: Eben, und deshalb kannst du doch da reingehen und ihm guten Tag sagen, oder?

Nach dem dritten fing ich an zu heulen. Und als ich den vierten Martini bestellen wollte, lispelte die Barfrau durch ihre drei Lippenpiercings hindurch: «Biz-ze sicher?»

Ich schüttelte den Kopf, bezahlte und ging nach draußen.

Drüben in der Galerie herrschte noch immer Hochbetrieb, doch ich wollte jetzt nur noch nach Hause. Mit etwas zittrigen Fingern nestelte ich an meinem Fahrradschloss herum. Das verflixte Ding schien durch den Regen noch rostiger geworden zu sein, als es ohnehin schon war. Ich ruckte und rüttelte und stieß gerade wüste Verwünschungen auf sämtliche Fahrradschloss-Hersteller Mitteleuropas aus, als ich eine Stimme hinter mir hörte: «Dieses Schloss wolltest du schon vor acht Jahren austauschen. Und was hast du eigentlich mit deinen Haaren gemacht?»

Ich brauchte mich nicht umdrehen, ich hätte diese Stimme auch im Koma erkannt.

Wie in Zeitlupe richtete ich mich auf und drehte mich um.

Er stand direkt vor mir. In einem teuren Zweireiher, der an seinem großen Körper trotzdem wie ein Konfirmandenanzug aussah.

Seine Augen, war das Erste, was ich dachte. Was ist mit seinen Augen passiert?

Sie waren anders. Als hätte jemand sie zu lange in die Waschmaschine gesteckt. Aus dem strahlenden Blau war ein verblichener Jeans-Ton geworden, umrahmt von einem Bündel kleiner Falten. Er sieht müde aus, dachte ich. Älter und müde. Zweifel hatte sich in die feinen Linien um seinen Mund gegraben. Hatte auch seine Lider beschwert, als zöge er es vor, der Welt nicht mehr allzu direkt ins Gesicht zu blicken.

«Was hast du bloß mit deinen Haaren gemacht?», wiederholte er und hob die Hand, um das schon seit Jahren schwarz gefärbte Gestrüpp auf meinem Kopf zu berühren.

Ich zuckte zurück, ging unwillkürlich einen Schritt zur Seite und verschränkte die Arme vor der Brust: «Ich wüsste nicht, was dich das angeht.»

Er taxierte mich ebenso sorgfältig wie ich ihn, dann erschien ein klitzekleines Lächeln in seinem rechten Mundwinkel, und er sagte leise: «Deine Haare sahen morgens immer wie ein Bund Karotten auf dem Kopfkissen aus.»

Ich merkte, wie meine Knie zu zittern anfingen. Mein Körper, das Weichei, ließ mich wieder mal im Stich. Höchste Zeit zu verschwinden.

«Kann ich jetzt bitte mal an mein Fahrrad?»

«Gleich. Ich muss erst noch etwas mit dir besprechen.»

«Ich spreche nicht mit dir.»

«Das weiß ich. Aber ich habe nur eine kurze Frage, und du musst sie nicht mal beantworten.»

Er kam näher und sah mir so forschend ins Gesicht, als suche er darin irgendetwas. Dann sagte er: «Mich würde einfach nur interessieren, weißt du, ich frage mich das schon sehr lange … ob du sie noch immer magst – Pinguine, meine ich?»

Ins Schwarze getroffen, du Mistkerl, dachte ich, als mir die Tränen in die Augen schossen. Halbblind ruderte ich mit den Armen durch die Luft und schob ihn zur Seite. Als ich mich aufs Fahrrad schwang und losradelte, hörte ich ihn hinter mir rufen: «Jeder Angeklagte hat das Recht auf eine Anhörung – ich nicht?»

Ich blickte stur geradeaus und fuhr davon.

«Ich wollte es nicht», brüllte er hinter mir in den Regen, der mit unfehlbarem Gespür für Dramatik in just diesem Moment vom Himmel zu platschen begonnen hatte.

Später, bevor ich einschlief, ging mir ein Satz durch den Kopf, den ich morgens beim Blättern in einem von Elisabeth Matthissens Büchern gelesen hatte. Es ging um Enttäuschungen: «Sie sind nicht mehr als Fußnoten», hatte sie geschrieben, «Fußnoten im Manuskript des Lebens, die wir hinnehmen müssen und dann aufstehen und tun, was alle tun: weitermachen, als sei nichts geschehen.»

Vielleicht kannst du das, Elisabeth, dachte ich noch. Ich wünsche es dir. Aber es sind nicht alle, die das können. Dann schlief ich ein.

6

In dieser Nacht träumte ich, dass ich gefangen war. In einer dieser kleinen Plexiglas-Kugeln mit wirbelndem Kunstschnee darin sowie einem Plastik-Reh und einem hämisch grinsenden Plastik-Zwerg. Wieder und wieder rannte ich gegen die Glaswand der Kugel, doch nur ein Teil von mir kam hindurch – ein Schattenbild, das entschwand, während ich zurückblieb im Schneetreiben. Mit einem Zwerg, der jetzt auch noch zu sprechen anfing: «Du kommst hier nicht raus», schnarrte er, «du musst warten, bis sich der Schnee gelegt hat.» Er lachte – es klang etwa wie Jack Nicholson in «Einer flog über das Kuckucksnest».

Kiki hingegen lachte nicht, als ich ihr am nächsten Morgen von meinen abendlichen Erlebnissen erzählte.

«Und du hast ihn einfach da stehen lassen?», fragte sie. «Obwohl er offenbar den ganzen Abend auf dich gewartet hatte?»

«Woher willst du wissen, dass er auf mich gewartet hatte?»

Sie seufzte, ihre Stirn schob sich in kleine Falten. «Ach, Dido … wer dich so gut kennt, dass er dich auf hundert Meter in deiner Fahrrad-Regenmontur erkennt, der stand bestimmt nicht da draußen herum, weil das Wetter so nett war.»

«Der Mann ist Fotograf. Gucken ist sein Geschäft.»

«Schon klar», sagte Kiki, rutschte auf unserer Kücheneckbank an mich heran und stupste mich an die Schulter, «und du bist ein Feigling.»

Vielleicht waren es die drei Martinis vom Abend vorher. Oder die Kopfschmerzen, die an meiner Schläfe pochten. Jedenfalls knallte ich meine Kaffeetasse auf den Tisch und zeterte: «Was habt ihr denn nur alle? Warum soll ich hingehen und dem Mistkerl die Hand schütteln, der Kleinholz aus meinem Leben gemacht hat? Warum soll ich mir irgendwelche lauwarmen Erklärungen dafür anhören, dass er mit meiner besten Freundin rummachen musste – und jetzt offenbar noch erwartet, dass ich ihm in meiner großen Güte über die übrigens schon sehr grau werdenden Haare streiche und sage: Du armer Mann, da hat die böse Katja dich also verführt, und du konntest doch gar nichts dafür, dass du plötzlich deine Zunge in ihrem Mund hattest, eigentlich kannst du es dir bis heute nicht erklären, wie die dahin kam – also verzeihe ich dir, und lass uns wieder Freunde sein? Am besten gute? So etwa, ja?»

«Hui», machte Kiki, «bist du fertig?»

Dann fegte sie ein paar Brötchenkrümel vom Tisch und sah mich mitleidig an.

«Tja, wo fangen wir an? Also vielleicht damit, dass du acht Jahre nach eurer Trennung immer noch rumläufst wie ein traumatisierter Teletubby – und dich in der ganzen Zeit in puncto Männer allenfalls mit Olaf Huttenreuther zum Schach getroffen hast. Und der hat den Sex-Appeal eines Karpfens. Hinzu kommt, dass du meines Wissens nicht einen einzigen seiner Briefe gelesen hast. Meinst du, der Mann schreibt dir nach acht Jahren immer noch Briefe, weil er den Anhänglichkeitstrieb eines Golden Retrievers hat – oder nicht etwa, weil er dir ernsthaft etwas zu sagen hat? Und drittens ist es eine anerkannte Wahrheit, die auch dir als Theorie geläufig sein sollte, dass Menschen Fehler machen. Oft auch sehr dumme. Und dass sie es nachher bereuen. Meinst du nicht, dass manche vielleicht eine zweite Chance verdient haben? Wer bist du – das Jüngste Gericht?»

Ich schwieg, zog mangels Taschentuch schniefend die Nase hoch. Dann wackelte ich vage mit dem Kopf.

«Gutes Mädchen», lobte Kiki und schenkte mir einen Kaffee ein, der so höllisch stark war, dass es mir den Atem verschlug. Kiki mag eine hervorragende Therapeutin sein, aber beim Kochen ist sie wirklich ein hoffnungsloser Fall.

«Was hast du da reingetan?»

«Oh, nur den Rest aus der Tüte da.» Sie deutete auf eine Packung neben der Kaffeemaschine.

«Den Rest …?» Ich besah die Tüte, die zu meiner Verblüffung tatsächlich leer war. «Kiki, ich hatte die gerade erst angebrochen. Du hast ernsthaft zweihundert Gramm sauteuren Espressokaffee in den Filter gekippt – nur, um vier Tassen Kaffee zu kochen?»

Sie wurde ein bisschen rot.

«Ich dachte, ein starker Kaffee würde dir guttun.»

Ich seufzte und schmiss den Wasserkocher an, um das Teufelsgebräu zu verdünnen. Kiki verschwand unterdes in ihrem Zimmer, um ihre alte Jogginghose gegen Bluse, Rock und Perlenkette einzutauschen und ihre störrischen Haare in eine Hochsteckfrisur zu zwängen. Jeden Tag staunte ich von neuem, wie sie sich in Minutenschnelle in die renommierte Kinder- und Jugendpsychologin Dr. Katharina Nonnenberg verwandeln konnte. David Copperfield war ein Amateur dagegen.

«Und was machst du heute so?», fragte sie, als sie schließlich wieder in die Küche kam.

Ich schwieg erst mal bockig angesichts ihrer nur schlecht verhohlenen Neugierde, dann brummte ich: «*Nein*, ich werde nicht in Lukas' Ausstellung gehen, wenn du das meinst. Ich muss mich um einen weiteren hoffnungslosen Fall kümmern. Eine Reportage für Hübchen über eine alte Dame, die vor über fünfzig Jahren mal Kurzgeschichten veröffentlicht hat.»

«Klingt *echt* aufregend.» Kiki grinste. «Aber so was ist heute sicher genau das Richtige für dich – nur keine großen Gemütswallungen, das bringt dich aus deiner Mitte.»

«Meine Mitte, ach ja.» Ich nickte und lächelte gequält.

Dann verschwand Kiki, und ich war allein. Mit sieben ungelesenen Briefen. Und zwei schon lange nicht mehr aufgelegten Büchern. Meiner Vergangenheit und der einer alten Frau.

Ich schmiss den Rechner an, suchte online nach Elisabeth Matthissens Telefonnummer und fand tatsächlich eine oder einen Matthissen, E. in der Dorotheenstraße – was mir aber nicht weiterhalf. Denn sooft ich die Nummer auch wählte, Matthissen, E. schien nicht zu Hause zu sein oder wollte vielleicht einfach mit niemandem sprechen. Das überlegte auch ich kurzfristig, als es gegen 11 Uhr an der Tür klingelte. Doch als es dann ein zweites Mal klingelte, länger und energischer, fiel mein Blick auf den Terminkalender, und in meinem Kopf formte sich erst ein «Oh», dann ein «Nein», dicht gefolgt von einem «Verdammt».

Es war Donnerstag. Es war elf. Und vor der Tür stand niemand anderes als meine Mutter, die an diesem Tag für einen Gastvortrag in Hamburg weilte.

Ein kurzer Blick auf den Zustand der Wohnung und mich selbst bestätigte mir, was ich bereits geahnt hatte: Ich konnte die Tür nicht aufmachen. Nicht, wenn ich nicht willens war, DEN Blick zu ertragen. Jenen Blick, in dem sie Verärgerung, Unverständnis und mitleidige Verachtung zu einem so hochprozentigen Psycho-Mix zu mischen vermochte, dass selbst die Topfblumen Depressionen bekamen.

Es klingelte erneut.

Ich zog meine Jogginghose hoch, bemerkte das große Loch in meinem linken Socken, das ungemachte Bett und die leere Weinflasche, die noch vom Dienstag danebenstand. Dann zuckte ich die Schultern und ergab mich meinem Schicksal.

Sie segelte herein wie eine Königin – und hatte in ihrer ganzen Pracht schon etwas Atemberaubendes, wie sie da in unserem Flur stand zwischen zwei Billy-Regalen und der altersschwachen Garderobe. Meine Mutter war eine wandelnde Jil-Sander-Reklame. Alles an ihr war wohlbemessen, edel und von jener schlichten Eleganz, die es erst ab drei- und vierstelligen Beträgen zu kaufen gibt. Ebenso karg und kühl war das Lächeln, mit dem sie mich jetzt musterte.

Wäre ich ein Hund gewesen, hätten sich meine Rückenhaare zur Bürste aufgestellt. Stattdessen kochte ich ihr einen Tee, servierte dazu klobige Vollkornkekse, die sie wie ein UFO beäugte, und stellte mich – dem Verhör.

«Wie geht es dir, Kind?»

«Gut. Und dir?»

«Danke. Bestens. Der Kongress ist hochinteressant.»

«Aha.»

Schweigen.

«Was macht die Doktorarbeit?»

«Geht so.»

«Was heißt das?»

«Geht so eben.»

«Wann willst du damit fertig sein?»

«Wann immer sie fertig ist.»

«Das ist doch keine Antwort, Dido.»

«Natürlich ist das eine Antwort, Mutter, eine schlichte grammatikalische Wendung: wann immer –»

«Ach … Kind …»

Seufzen aus der seidenschalumwundenen Kehle.

«Ja?»

«Ich will doch nicht mit dir streiten, aber ich finde, ein bisschen Planung tä-»

«Ist schon gut, Mutter.»

Ich stand auf und verzog mich erst mal ins Bad. Als ich zurückkam, hielt sie eine weiße Karte in der Hand. Irgendwer meinte es heute wirklich nicht gut mit mir. Es war die Einladungskarte zu Lukas' Ausstellung, die auf der Fensterbank gelegen haben musste. Sie hielt sie mir hin, als stünden Hieroglyphen darauf.

«Was ist das, Dido?»

«Eine Einladung, Mutter.»

Es war nur kurz. Doch ich sah es deutlich – das kurze Zittern der Unterlippe, als sie ansetzte: «Aber …»

«Aber?»

«Kind, du wirst doch …»

«Was?»

Sie klimperte mit den Lidern, ihr Blick hüpfte nervös im Zimmer herum.

«Ich meine … dieser Mann …»

«Es ist alles in Ordnung, Mutter, ich bin nicht hingegangen, wenn es das ist, was du wissen möchtest», unterbrach ich sie, weil ich es nicht noch einmal hören wollte. Das, was sie damals nie müde geworden war, mir in den Kopf zu hämmern: dass Lukas ein verantwortungsloser Hallodri war und dass man «mit einem wie ihm» nie wieder etwas zu tun haben» – nicht mal auch nur daran denken sollte.

Sie nickte, trotzdem schien die ohnehin schon zum Schneiden gespannte Atmosphäre nun vollends im Eimer. Mir fielen nicht mal mehr müde Smalltalk-Floskeln ein, ich starrte verbissen auf den Tisch. Sie aber schaffte es noch, ein paar höflich verpackte Sticheleien abzufeuern, ihren ungezuckerten Tee auszunippen und exakt einen halben Keks in sich hineinzukrümeln – meine Mutter, die Meisterin der Selbstbeherrschung.

Sie war nicht immer so gewesen. Als ich klein war, hatte sie getanzt und gefunkelt vor Glück. Doch irgendwann, als mein Vater immer seltener zu Hause war und ich nachts aufwachte von lauten Stimmen in der Küche, begann sie zu verblassen, als hätte jemand die Farbe aus ihr herausgesogen. Sie ließ sich ihre Haare kurz schneiden, ersetzte Pünktchenkleider durch Designerkostüme und zog mit mir in eine Vorortsiedlung.

Meinen Vater sah ich nur noch selten. Ab und zu holte

er mich samstags ab und ging mit mir in den Zoo. Wenn wir zurückkamen, stand sie meist in der Tür, und die beiden sprachen dann miteinander wie Leute aus dem Fernsehen. Als wenn sie einen auswendig gelernten Text aufsagten.

Ich wusste, dass meine Mutter heute eine Koryphäe ihres Fachs war. Spezialistin für phönizische Kunst. Ich wusste auch, dass sie in der Uni-Hierarchie jenen Status erklommen hatte, den mein Vater sich immer gewünscht hatte. Aber machte sie das glücklich? Ich bezweifelte es. Wenn ich in Momenten, in denen sie sich unbeobachtet fühlte, sah, wie Prof. Dr. Heidemarie Huntemann von ihr abfiel und unter dem Edel-Kostüm, den sorgfältig frisierten Dreißiger-Jahre-Wellen, dem ganzen perfekten Äußeren die Frau mit den erloschenen Augen zum Vorschein kam, bezweifelte ich es.

Sie ging um kurz vor zwölf – «Mein Lunchtermin, du weißt.»

«Ich weiß», sagte ich und zuckte zurück, als sie mich zum Abschied umarmen wollte.

Ich kann nicht behaupten, dass ich mich danach besser fühlte. Auch nicht nach der Tüte Schaumgummi-Erdbeeren, die ich innerhalb der nächsten Stunde in mich reinstopfte. Und schon gar nicht, als mein Blick auf eine Frauenzeitschrift fiel, die Kiki auf meinem Schreibtisch deponiert hatte.

«Und welcher Karrieretyp sind Sie?», fragte dort in neonpinken Lettern eine adrette Dame. Ich nahm einen Kugelschreiber und malte ihr einen dicken Schnurrbart über die makellos geschminkten Lippen.

Bis 15 Uhr hatte ich noch zweimal vergeblich unter der Nummer von Matthissen, E. angerufen, zwei Seiten an meiner Doktorarbeit geschrieben und anderthalb Seiten davon wieder gelöscht. Ich stellte den Computer aus, kochte mir einen Kaffee und nahm den Band mit den Heine-Gedichten zur Hand, die Hans mir gestern für Elisabeth Matthissen gegeben hatte. Das schmale nachtblaue Büchlein verströmte jenen Duft nach altem vergilbten Papier, den Antiquare unter Tausenden von Aromen erkennen: leicht süßlich und je nach Lagerung auch etwas muffig oder mit der morastigen Duftnote alter Kartoffeln.

Ich hatte Lyrik nie gemocht. Der frühere Besitzer des Buches anscheinend schon. Überall auf den Seiten fanden sich Bleistiftmarkierungen, ab und an ein Ausrufezeichen und auf einer Seite die Worte «der weiße Lärm der Trauer» – in einer eilig dahinfliegenden Schrift, die sich kaum Zeit zu nehmen schien. Ich blätterte nach vorn, suchte nach einem Namen, einer Adresse, irgendetwas, das Aufschluss geben konnte. Aber da war nur ein verschnörkeltes Jugendstil-Exlibris mit den Buchstaben G und M. Und ein Datum: Hamburg, April 1943. Wieder in der dahinfliegenden Schrift. Doch kein Sütterlin – geschweige denn die Kurrentschrift der vor 1910 Geborenen. Er konnte also noch nicht so alt gewesen sein, dieser G. M. – oder war G. M. eine Frau? Ich verwarf den Gedanken. Diese Handschrift mit ihren ausladenden Initialen und dem markant geschwungenen Schriftbild schien mir eher männlich. Was wohl aus ihm geworden war? Ein Literaturprofessor? Ich ging im Geiste die Namen meiner Dozenten durch. Aber nein, er wäre schon zu alt gewesen, als ich an die Uni kam. Wenn er überhaupt so alt geworden war. 1943. Nicht die beste Zeit, um jung zu sein. Nicht die beste Zeit, um in Deutschland Heine-Gedichte zu lieben.

Ich klappte das Buch wieder zu und sah aus dem Fenster.

«Der weiße Lärm der Trauer» hallte es durch meinen Kopf. Verdammte Lyrik, dachte ich. Veraltet, dieses ganze Gewäsch. Niemandem bricht es heute mehr das Herz. Nicht im 21. Jahrhundert. Das ist Quatsch, gehört in die Abteilung Schmonzette. Ich schmiss die leere Schaumgummi-Erdbeeren-Tüte in den Papierkorb. Niemandem bricht es heute mehr das Herz. Nein. Es klumpt sich einfach irgendwie zusammen und zieht das Blut aus einem heraus, bis man ein Gesicht wie Nebel hat.

Ich schrieb einen Post-it-Zettel für Kiki («Ich bin der Karriere-Typ, der gar nicht erst anfängt») und hängte ihn an den Kühlschrank. Dann nahm ich den Band mit den Heine-Gedichten und machte mich auf den Weg, um Elisabeth Matthissen einen Besuch abzustatten – das hoffte ich zumindest.

7

Das Haus in der Dorotheenstraße war eines dieser riesigen, alten Gründerzeitgebäude, die den Krieg überlebt hatten. Ein bisschen bröckelig in der Außenfassade, doch immer noch schön – wie ein gealterter Stummfilmstar.

Auf der Tafel mit den Klingeln stand Matthissen an dritter Stelle von unten. Ich sah an den Fenstern hinauf und entdeckte im zweiten und dritten Stock teilweise Licht. Es war kurz nach vier. Vielleicht nicht gerade die beste Zeit für einen unangemeldeten Besuch bei einer Frau, die Journalisten hasst. Ich klingelte trotzdem. Nichts passierte. Ich versuchte es ein zweites und drittes Mal – vergeblich.

Gerade als ich mich umdrehen und auf mein Fahrrad steigen wollte, ging die Haustür auf. Im Türrahmen erschien eine kleine rundliche Gestalt. Es war eine ältere Dame, die mich an die frühere Queen Mum erinnerte, nur ohne Hut und mit einem Mülleimer in der Hand.

«Oh, wollten Sie zu mir?»

«Das kommt darauf an», sagte ich. «Sind Sie Elisabeth Matthissen?»

Sie stand jetzt im Licht des Hauseingangs, sodass ich sie besser erkennen konnte. Die Frau sah aus wie eine gealterte Puppe. Alles an ihr war rosig. Das altrosa Wollkleid, das über dem Bauch etwas spannte, die altmodischen Hauspantoffeln mit dem rosa Plüsch auf der Spitze, aber vor allem ihre Wangen, die für ihr Alter, ich schätzte sie auf Anfang achtzig, erstaunlich faltenfrei waren. Runde rosige Wangen, über denen mich jetzt freundliche Kulleraugen erstaunt anblickten.

«Ich?» Ein kleiner glucksender Laut. «Nein, ich bin Gisela Noack.»

Ich war schon halb auf dem Fahrrad, da setzte sie hinzu: «Die Schwester.»

Ich stieg wieder ab, doch gerade als ich zur nächsten Frage ansetzen wollte, trat sie zur Seite und wies auf die Tür hinter sich.

«Aber kommen Sie doch herein.»

«Ich will nicht stören.»

Queen Mum lächelte freundlich. «Ach, wissen Sie, wenn man so alt ist wie ich, ist jede Störung willkommen.»

Sie brachte schnell den Müll weg, während ich am Zaun vor dem Haus die Winterhuder Fahrrad-Schickeria beäugte – und dann zwischen Retro-Cruiser «Augustinus» und einem Gefährt namens «Conan The Fatbike» Platz für mein armes altes No-name-Rad suchte. Dann folgte ich ihr ins Treppenhaus und vernahm einen zarten Duft nach Maiglöckchen und Veilchenpastillen. Wir stiegen eine Holztreppe hinauf, die sich schneckenartig in die Stockwerke emporwand und knarzte wie ein alter Baum.

Gisela Noacks Wohnung lag im zweiten Stock und glich einem Supermarkt für Nippes-Bedarf. Von Porzellan-Tänzerinnen mit Tüllrock über Engelsfiguren mit Speckärmchen bis hin zum Pfefferstreuer im Bambi-Format war alles vertreten, was Sammleraugen glänzen lässt.

«Setzen Sie sich doch», sagte die alte Dame. «Ich hole uns nur gerade etwas zur Erfrischung.»

Ich ließ mich auf dem Sofa nieder und schnappte mir den dort ansässigen Pudel. Er fühlte sich an wie der Persianermantel meiner Oma. Und so roch er auch: Lavendel gemischt mit Mottenpulver und ein bisschen staubig – wie ein in die Jahre gekommenes Stofftier eben riecht.

«Hallo, Pudel», sagte ich und grinste, «Lord Nelson würde dich mögen.»

«Lord Nelson, Lord Nelson», hörte ich jemanden im Zimmer sagen, es klang wie ein Kind. Ich sah mich um. Auf einer Stange saß ein Graupapagei und blickte mich mit seinen schwarzen Knopfaugen neugierig an.

«Hallo, Papagei», sagte ich.

«Hallo, hallo», echote er und wackelte auf seiner Stange von einem Bein auf das andere.

Die Tür ging auf. Queen Mum kam herein und schob einen vergoldeten Teewagen mit einem Keksteller und einer Flasche vor sich her.

«Kekse, Kekse», rief der Papagei vergnügt.

«Gleich, Hannibal», sagte seine Mitbewohnerin, «erst ist unser Besuch dran.»

Sie nahm auf einem der altmodisch geschwungenen Sessel Platz und schenkte etwas Dunkles in Likörgläser mit Goldrand.

«Ich hoffe, Sie mögen Schlehenlikör. Meine Zugehfrau bringt ihn immer vom Land mit. Selbstgemacht und sehr bekömmlich.»

«Kekse, Kekse», plärrte der Papagei noch mal, und dann trillerte er, so laut wie ein Schiedsrichter beim Elfmeter.

Queen Mum nahm eine der dünnen Waffeln vom Teller. «Er gibt sonst keine Ruhe», murmelte sie und erhob sich, um dem randalierenden Tier seinen Keks zu bringen.

Ich aber sah mich weiter im Zimmer um. Die alte Dame las offenbar gern. Vier Bücherregale waren vollgestopft mit dicken Schwarten, deren Autorinnen, soweit ich erkennen konnte, eines gemeinsam hatten: Es ging in ihren Büchern um die Liebe. Die ganz große. Hedwig Courths-Mahler, Barbara Cartland, Utta Danella – sie waren alle da: die früheren Königinnen des Herzschmerzes, die mit stramm gescheitelten Traumprinzen auf dem Titel um die sehnsüchtigen Herzen ihrer Leserinnen rangelten.

«Mögen Sie Bücher?», fragte Gisela Noack, während der Papagei nun lautstark seinen Keks zerkrümelte.

«Ja, schon», sagte ich vorsichtig.

Sie setzte sich wieder und schob ihren Körper gemütlich wie ein kleines Meerschweinchen in die Polster hinein. Dann nahm sie das Buch zur Hand, das neben ihr auf einem Tischchen lag. Es hieß *Das Tal der Tränen.* Auf dem Titel heulte eine Blondine dekorativ in ihr Rokokokleid, während ein Mann mit Errol-Flynn-Bärtchen auf einem Pferd davongaloppierte.

«Es rührt mich immer wieder zu Tränen», sagte sie und seufzte. Dann kicherte sie plötzlich. «Elli schimpft ja immer mit mir. Sie sagt, solche Romane seien Schund. Aber was weiß sie schon?»

«Elli?», wiederholte ich. «Elisabeth Matthissen?»

Sie nickte, dann verdüsterte sich ihr freundliches Vollmondgesicht. «Wenn sie doch nur hier wäre, um mit mir zu schimpfen.»

«Was ist denn mit ihr?», fragte ich und ahnte Ungutes.

Tränen glitzerten in den Kulleraugen, das ganze rosa Wollkleid wackelte vor unterdrücktem Schluchzen.

«Sie ist verschwunden.»

«Wie bitte?»

«Einfach weggefahren, mitten in der Nacht – nur einen Zettel hat sie mir hinterlassen. Hier.» Sie klappte *Das Tal der Tränen* auf und reichte mir einen Notizzettel. Darauf stand in einer eckigen, klaren Schrift, die so gar nicht zu einer alten Dame passen wollte:

Liebe Gisa, ich fahre ein paar Tage weg. Mach dir keine Sorgen – ich erkläre dir alles, wenn ich wieder da bin. Denk an deine Blutdrucktabletten und gib Hannibal nicht so viele Kekse. Deine Elli

Ich machte «Hm» und sah mein Interview samt der Monatsmiete dahinschwinden. «Und Sie haben keine Ahnung, wo sie hingefahren sein könnte?»

Queen Mum schüttelte den Kopf und biss immer noch schniefend in ein Plätzchen.

«Ich weiß ja überhaupt sehr wenig …», murmelte sie, «sie redet ja nicht. Nie hat sie geredet.»

«Sie meinen Ihre Schwester?»

Sie nickte, eifrig wie ein kleines Mädchen. «Sehen Sie, letzte Woche zum Beispiel, Elli war gerade nicht da, da kam dieser Brief für sie von einem N. Greenbaum. Den Namen hatte ich noch nie gehört, und der Absender war auch ganz komisch … Bai… Cli…? Ach, ich erinnere mich nicht mehr.» Sie patschte sich traurig an die Wange.

«Vielleicht Baile Átha Cliath?»

Queen Mum formte ihren Mund zu einem stillen «Oh». Dann nickte sie.

«Das bedeutet Dublin, es ist der irisch-gälische Name», sagte ich – glücklich, dass Jahre meines Lebens nicht vergebens gewesen waren. *Lateinische Lehnwörter im Irischen* hieß schließlich ein Spezialgebiet meines Vaters, über das er gern und laut und am liebsten beim Frühstück sprach. «Von dort hat Ihre Schwester also einen Brief bekommen?»

«Ja. Und danach war sie dann ganz seltsam. Hat noch weniger gesprochen als ohnehin schon und wenn, nur so verdrehtes Zeug.»

«Verdrehtes Zeug?»

«Sie sagte …» Ihr Kinn begann wieder gefährlich zu zittern. «Gisa, sagte sie, im Moment komme ich mir wieder vor wie ohne Kette.»

«Kette?», wiederholte ich, nur um etwas zu sagen.

«Doch, doch», schniefte sie, «genauso fühle sie sich, sagte Elli – eben wie damals als Kind, als von ihrem Fahrrad ständig die Kette abfiel und sie immerzu ins Leere trat.»

«Und warum sie sich so fühlte, hat sie nicht gesagt?»

Die kleine alte Dame schüttelte den Kopf und schluckte.

«Papperlapapp, papperlapapp», kreischte der Papagei.

Ich stand auf, ging zu ihm hinüber und gab ihm das letzte Stück von meinem Keks. Dann drehte ich mich wieder um. «Ich muss jetzt leider gehen, Frau Noack. Machen Sie sich keine Sorgen, Ihre Schwester ist sicher in ein paar Tagen wieder da.»

Ich drückte ihr noch eine Karte mit meiner Adresse und Telefonnummer in die Hand.

«Hier, bitte schön», sagte ich, «es wäre sehr nett, wenn Sie Ihrer Schwester erzählen könnten, dass ich hier war. Denn eigentlich wollte ich gern ein Interview mit ihr machen.»

«Oje.» Queen Mum hielt sich die Hand vor den Mund. «Von der Presse sind Sie? Elisabeth spricht nicht mit der Presse.»

«Vielleicht macht sie ja mal eine Ausnahme. Sagen Sie ihr doch bitte, dass ich hier war, Schlehenlikör getrunken und mit Hannibal gesprochen habe. Vielleicht stimmt sie das milde.»

Queen Mum nickte etwas verwirrt. Dann brachte sie mich zur Tür, während ihr schräger Vogel auf seiner Stange *Lili Marleen* zu singen begann.

«Sch…», machte Queen Mum, doch das Tier ließ sich nicht beirren und schmetterte im besten Lale-Andersen-Tonfall «So wollen wir uns da wiedersehen».

«Eben», grinste ich und reichte Queen Mum die Hand, «auf Wiedersehen.»

«Auf Wiedersehen», murmelte sie und guckte mich immer noch etwas verstört an. «Und Sie werden Elisabeth auch nichts erzählen? Ich meine, von all dem, was ich Ihnen …»

«Nein, Frau Noack», beruhigte ich sie, «in meinem Artikel werde ich allenfalls Ihren gefiederten Sängerknaben hier erwähnen.» Ich nickte zu Hannibal hinüber.

Jetzt strahlte sie wieder. «Ja? Würden Sie das tun? Sie können auch gern Fotos von ihm machen, allerdings müssen Sie aufpassen, Hannibal mag keine Kameras.»

Der Papagei war auf seiner Stange inzwischen zu schmatzenden Kusslauten übergegangen und rief: «Hannibal, gib Küsschen, Hannibal, gib Küsschen …»

Ein Gedanke schoss mir durch den Kopf. Und zum ersten Mal seit acht Jahren musste ich, als ich seinen Namen dachte, wieder lächeln. Denn ich stellte mir vor, wie es wäre, wenn Lukas Lenzendorf und seine hoch und heilig gehaltene Superduper-Fotoausrüstung es mit dem kleinen Feder-Strolch dort auf der Stange aufnehmen müssten.

Ich winkte noch einmal und stieg die knarzende Holztreppe hinab.

Auf der Heimfahrt hielt ich kurz in dem kleinen Park an der Bellevue. Normalerweise sieht die Außenalster um diese Jahreszeit wie ein nasser grauer Feudel aus, den jemand mitten in die Stadt geworfen hat. Doch jetzt im Licht der Dämmerung zeigte sie sich von ihrer besten Seite. Lautlos glitten die letzten Segelboote des Jahres vorbei. In der Ferne tanzten die Lichter der Innenstadt. Dazwischen aber ragten Hamburgs Kirchtürme wie ein Scherenschnitt in den Himmel, der in theatralischem Purpur den Schlussapplaus des Tages beleuchtete.

«Tra cane e lupo» nennen die Italiener diese Tageszeit – zwischen Hund und Wolf. Ich wartete, bis der Hund vollends verschwunden war, dann radelte ich nach Hause in einer seltsam frohen Stimmung – als hätten der Nachmittag mit der kleinen alten Dame und das violette Licht der Dämmerung einen weichen Schal auf alles gelegt, was mir Kopfweh bereitete.

Noch immer lächelnd, betrat ich etwas später die Wohnung, misstrauisch beäugt von Kiki, die gerade versuchte, Erbsensuppe zu kochen.

«Was ist los? Hast du Drogen genommen?», empfing sie mich.

Ich grinste noch breiter. «Nein, ich habe Hannibal kennengelernt, Schlehenlikör getrunken und Lale Andersen live gehört.»

«Du, meine Liebe», sagte sie und tippte mir mit ihrem spitzen Zeigefinger auf die Nase, «bist nicht ganz bei Trost. Aber vermutlich macht gerade das dich so charmant, dass die Männer dir auch nach Jahren noch hinterherlaufen.»

Ich sah sie ratlos an.

«Da, dein Postillon d'Amour war schon wieder da», sagte sie und zeigte auf einen Briefumschlag, der auf dem Küchentisch lag. «Steckte im Briefkasten, als ich nach Hause kam.»

Dann wandte sie sich wieder dem Topf auf dem Herd zu, aus dem es mittlerweile ziemlich angebrannt roch.

«Wirst du diesen nun endlich lesen?», wollte sie wissen, während sie mit einem Löffel auf dem Topfboden herumkratzte.

«Kiki, was machst du da?»

«Erbsensuppe», antwortete sie in leicht störrischem Tonfall.

«Nein, du zerstörst unseren einzigen großen Kochtopf», korrigierte ich sie und nahm ihr den Löffel aus der Hand.

Ich sah in den Topf, in dem sich eine dicke Schicht verbrannter gelber Erbsen befand, und tat das einzig Mögliche, um ihn zu retten: Ich hievte ihn vom Herd und ließ heißes Wasser hineinlaufen. Dann tätschelte ich ihr die Schulter.

«Komm, wir bestellen Pizza.»

Zwei Stunden später saß ich in unserem Wohnzimmer, in meinem alten Ohrensessel aus Leder. Den hatte mir mein Opa vermacht, als er sich einen dieser elektrischen Fernsehsessel mit Aufsteh-Funktion kaufte. Zweimal hat er sich seitdem selbst aus dem Sessel katapultiert, und ich frage ihn oft, ob er nicht seinen gemütlichen alten Sessel zurück möchte. Doch Opa schüttelt dann immer energisch den Kopf und krampft seine knöchrige Hand so fest um die Fernbedienung, als sei er Captain Kirk, der gerade den Warp-Antrieb der Enterprise auslöst – mein Opa, der älteste Technik-Freak von Frankfurt-Sossenheim.

Ich saß also in Opas Sessel und starrte vor mich auf den Tisch. Dort lag der Brief, der heute gekommen war. Als Adresse stand nur «Dido» darauf – in der weit ausholenden, etwas krakeligen Handschrift, die ich so gut kannte.

Mir war elend. Denn ich wusste, was er wollte. Was Lukas mit jedem der Briefe gewollt hatte, die in den letzten acht Jahren gekommen waren. Was er gestern Abend gewollt hatte, als er da pitschnass vor mir im Regen stand mit seinen blassen blauen Augen. Er wollte, dass ich ihm verzeihe. Doch genau das war der Punkt. Ich konnte es nicht.

«Du brauchst ’ne Traumatherapie», hatte Kiki oft zu mir gesagt, «du kriegst das einfach nicht auf die Reihe.» Vielleicht hatte sie recht. Aber vielleicht wollte ich es auch gar nicht auf die Reihe kriegen. Vielleicht hatte ich tatsächlich eine zu dünne Haut – so, wie Oma früher immer gesagt hatte. Als Kind hatte ich tagelang getrauert, wenn ich einen toten Vogel fand oder weil das Mädchen mit den Schwefelhölzern in der eisigen Kälte von Andersens Märchen erfroren war. Vielleicht war ich nun mal nicht dafür gemacht – für das Dinge-leicht-Nehmen und Den-Schwamm-drüber-Wischen. Und vielleicht gab es auch einfach Dinge, die man nicht verzeihen konnte, dachte ich, nahm den Brief und stopfte ihn in meine Schreibtischschublade. Nach ganz hinten, noch hinter die zerbröckelnden Muscheln und die Radiergummi-Restesammlung – zu den sieben anderen ungelesenen Briefen.

Dann schnappte ich mir einen der Splatter-Krimis, die haufenweise im Wohnzimmer herumlagen. Laut Kiki gab es nichts Besseres für angespannte Nerven als spritzendes Blut und herumfliegende Körperteile. Doch nach drei Seiten und vier abgehackten Fingern hatte ich genug und griff nach einem der Bücher von Elisabeth Matthissen, die Hans mir gegeben hatte.

Es war ein Band mit Kurzgeschichten. Er wirkte etwas mitgenommen, die Ecken abgeschabt, das Papier vergilbt. Im Inneren sah es nicht viel besser aus: Auch hier hatte jemand auf etlichen Seiten Notizen und Ausrufezeichen hinterlassen – und an einer Stelle ein riesiges Fragezeichen. Ich sah genauer hin und war mir schnell sicher: Mochte die Schrift auch eckiger und größer sein als heute, so war dieser Jemand eindeutig Hans gewesen. Ich runzelte die Stirn. Denn es passte nicht – passte nicht zu dem Hans, den ich kannte. Der selten ein Wort zu viel sagte, gewiss kein Mann für riesige Fragezeichen war und schon gar nicht für jene Phalanx an Ausrufezeichen, die hier förmlich auf die Seiten geschleudert worden waren.

Dann begann ich zu lesen und langsam, von Seite zu Seite, auch etwas zu ahnen.

Es war die dritte Erzählung, die mich am meisten fesselte – die Geschichte einer jungen Frau namens Emma. Sie begann damit, dass Emma, genannt Minchen, durch eine Stadt lief. Eine Stadt, *die Hamburg war und es doch nicht war, so* hatte Elisabeth Matthissen geschrieben: *Da waren einfach nur noch Steine. Millionen. Milliarden von Steinen. Der Krieg hatte die Stadt zerkrümelt wie einen Keks.*

Mit kurzen knappen Sätzen, die wie dicke schwarze Pinselstriche wirkten, malte die Autorin dann Bilder einer düsteren Zeit. Einer Zeit, in der jung zu sein vor allem eines bedeutete: gefährdet zu sein – ob als *Kanonenfutter irre gewordener Kriegsherren* oder weil der Überschwang der Jugend einen Dinge sagen ließ, die nicht konform waren. *Wir waren nicht gewünscht und unsere Gedanken schon gar nicht: Gewehr bei Fuß, marsch marsch – Gedanken bei Fuß, marsch marsch.* Elisabeth Matthissens Sätze stolperten, kickten und schrien jetzt in alle Richtungen. Ich spürte die Wut dahinter – aber auch die Verzweiflung, besonders nachdem Minchens «Junger-Mann», der in der Geschichte keinen Namen hatte, als sei er stellvertretend für Millionen anderer junger Männer, «geholt» worden war: *Sie haben ihn geholt und mir nicht wiedergegeben. Was ich zurückbekam, drei Jahre, vier Monate und zwei Tage später, war nicht mehr Junger-Mann – das waren der Gesichtslose und der Sprachlose. Die standen eines Tages an der Gartentür. Doch als ich die Tür öffnete, kamen sie nicht herein. Sie blieben am Zaun stehen und starrten. Starrten auf die Apfelbäume, die blühten, als wenn nie irgendetwas geschehen sei.*

Vielleicht hätte ich mir nichts dabei gedacht. Eine traurige Nachkriegsgeschichte eben, wie so viele aus dieser Zeit. Dann aber folgte gegen Ende dieser Absatz:

Junger-Mann war jetzt Alter-Mann und hielt seine ellenlangen Arme und Beine ständig an den Ofen. Manchmal schüttelte er den Kopf und sagte «bregenklöterig». Immerzu wiederholte er das Wort, als wolle er darauf herumkauen, und dann schienen seine Augen, die immer so blau – so unverschämt blau – gewesen waren, ganz grau. Junger-Mann kam nie wieder, den hatten sie in Russland gelassen.

Ich sagte mir, dass in Hamburg damals bestimmt jeder Zweite blaue Augen gehabt hatte – ob unverschämt, himmel- oder kornblumenblau. Und dass es viele Männer mit ellenlangen Armen und Beinen gab. Auch das Wort *bregenklöterig* war nichts Ungewöhnliches – Hans hatte es mir eines Tages erklärt: «Na, der Bregen, Deern, also das Gehirn, das klappert dann eben so 'n büschen. Ihr würdet heute wahrscheinlich *gaga* sagen.»

Allerdings hatte Hans in dieser Geschichte mehr Stellen angestrichen als in jeder anderen – und das mehrfach mit verschiedenen Stiften. Und ich fragte mich allmählich, ob das alles wirklich ein Zufall war.

Wir haben uns aus den Augen verloren, hatte Hans gesagt, als ich ihn nach Elisabeth Matthissen fragte, und *dass es lang her sei. Sehr lang.* Er hatte nicht glücklich ausgesehen dabei. Und er hatte Hochdeutsch gesprochen – als wenn plötzlich eine förmlichere, Distanz schaffende Ausdrucksweise nötig gewesen wäre.

Daran dachte ich, als ich das Ende der Geschichte las: ein knapper Dialog zwischen Minchen und einer nur «die Andere» genannten Stimme. Die fragte immer wieder, quengelig wie ein Kind: «*Warum hast du gelächelt, Minchen? Auch noch so freundlich und artig? Warum hast du nicht geweint? Laut herumgeschrien? Dem Schicksal gesagt, dass es sich zum Teufel scheren soll?* Sie ließ sich einfach nicht zum Schweigen bringen, diese Andere. So endete die Geschichte fast wie eine Beschwörung. *Ich habe lange geschwiegen*, rief sie. *Zu lange. Jetzt nicht mehr, hörst du? Jetzt nicht mehr …*»

Dieses «Jetzt nicht mehr» war es, das mir noch im Bett durch den Kopf hallte und mich nicht zur Ruhe kommen ließ. Gegen vier Uhr stand ich auf und kochte mir einen Tee. Dann setzte ich mich wieder in Opas Ohrensessel, schob die Beine unter mich und las noch drei weitere der Geschichten.

Als ich gegen sieben Uhr die ersten hellen Streifen am Himmel sah, legte ich das Buch aus der Hand, trank meinen letzten Schluck Tee und dachte: «Wer zum Teufel ist Elisabeth Matthissen?»

8

Genau das fragte ich Hans am nächsten Morgen – zum zweiten Mal. Und ich hatte nicht vor, mich wieder mit freundlichen Floskeln abspeisen zu lassen. Was meinem alten Freund natürlich schnell klar war. Unmotiviert räumte er einige Bücherkisten von rechts nach links. Und wieder zurück. Dann murmelte er Unverständliches, verschwand in der kleinen Küche und kehrte mit meinem XL-Kaffeebecher in der Hand zurück. Mit einem «Hier, setz dich erst mal und trink deinen Kaffee» platzierte er das nachtschwarze Gebräu neben mir auf dem Tisch.

«Ich kann nicht, dein Kater sitzt auf meinem Fuß.»

«Sch, sch ...» Hans wedelte vor Lord Nelsons Nase herum. Der zog missmutigen Blicks auf seine Katerdecke um, während ich mich an den Kaffee machte. Hans aber drehte sich um und verschwand wieder zwischen den Bücherregalen.

«Hans ...?»

«Ich komme gleich, Deern», murmelte es aus der Abteilung «Sagen & Märchen». Dabei blitzte sein weißes Haar von Zeit zu Zeit irrlichternd zwischen den Buchreihen hervor und entlockte mir so ein Grinsen. Denn der Anblick erinnerte mich an den Tag, an dem ich ihn das erste Mal gesehen hatte.

Es musste gut fünf Jahre her sein, dass ich den kleinen Laden unter den Platanen das erste Mal betreten hatte. Nach einem kurzen Blick auf das Chaos aus alten Folianten und Mickey-Maus-Büchern, das nur für Eingeweihte wirklich überschaubar war, hatte ich schnell wieder gehen wollen. Doch gerade als ich die Türklinke hinunterdrückte, dröhnte eine Bassstimme: «Das wollen Sie nicht wirklich.»

Ich drehte mich um.

«Einfach so wieder gehen, meine ich.»

Was dann folgte, war eine der denkwürdigsten Begegnungen meines Lebens. Zuerst nahm ich nur eine Art Turm wahr, der sich hinter einem Bücherregal am anderen Ende des Ladens bewegte und langsam auf mich zukam. Einen winzigen Moment lang kämpfte ich mit Panik. Doch dann schob sich ein Bild in mein Bewusstsein, das meine Mundwinkel unweigerlich nach oben schnellen ließ: Es war das von Herrn Turtur – dem Scheinriesen, dem Jim Knopf und Lukas in der Wüste der Augsburger Puppenkiste begegnen. Doch anders als dieser war Hans nicht kleiner geworden, als er näher kam. Er trug auch weder Zottelbart noch Zipfelmütze. Trotzdem erinnerte mich irgendetwas an ihm so sehr an den Helden meiner Kindheit, dass ich nur mit Mühe meinen Mund wieder zuklappen konnte.

Diesen etwas peinlichen Moment überbrückte Hans zunächst mit höflicher Kunden-Konversation. Dann kramte er aus einer Kiste zwei Miss-Marple-Krimis, eine Schwarte über afrikanische Käfer und schließlich auch das Buch hervor, nach dem ich seit Tagen ganz Hamburg und das Internet abgesucht hatte: eine Biographie über Sylvia Plath. Als er mir dazu noch ein Gedicht von Ted Hughes zitierte – dem Ehemann der armen Sylvia – und mich dabei aus fast zwei Metern Höhe freundlich angriente, war es um mich geschehen. Wäre er nur zwanzig Jahre jünger gewesen, hätte ich ihm wahrscheinlich einen Heiratsantrag gemacht.

So aber kam ich einfach immer öfter in das kleine Haus unter den Platanen. Nicht nur wegen der Bücher, sondern auch weil der alte Hans mit seinem Käpt'n-Blaubär-Gehabe, seinem missgelaunten Kater und seiner Neigung, das meiste im Leben mit einem Zitat von Ringelnatz zu kommentieren, mein Freund wurde. Einer, der einfach da war und zum Glück keine Fragen stellte – was ich umgekehrt genauso hielt.

Nun aber schien es mir an der Zeit, dass vielleicht doch ein paar Fragen gestellt – und vor allem auch beantwortet würden.

Hans hatte inzwischen eine zweite Tasse Kaffee geholt. Er setzte sich zu mir und löffelte mit seinen großen Händen, in denen der Teelöffel wie ein Puppenbesteck wirkte, Zucker hinein. Dann hob er den Blick und sah mich an. Und als dabei der Versuch eines Lächelns über sein langes, eckiges Gesicht zuckte und ihm die Aura eines traurigen Komödianten verlieh, da wusste ich es endlich. Es hatte nicht an der Größe gelegen. Oder den freundlichen Augen. Nein, dafür, dass ich bei unserer ersten Begegnung an Herrn Turtur gedacht hatte, gab es einen anderen Grund. Wie Michael Endes freundlichen Riesen, der allein in der Wüste lebte, weil sich alle vor ihm fürchteten, umgab auch Hans eine leise Traurigkeit – die niemals wegging.

Seine Stimme klang heiser, als er schließlich zu sprechen

begann: «Elli ... ich meine Elisabeth ... sie war ...» Er stockte, räusperte sich, setzte erneut an: «Sie war damals wie ... wie Licht. Es war unbeschreiblich. Sie funkelte geradezu ... in ihrem weißen Kleid, dazu die hellen Haare, die sie meist auf ihrem Kopf auftürmte wie eine wilde Blumenkrone.»

Die letzten Worte flüsterte er nur noch, er starrte mich an und zugleich durch mich hindurch. Ich konnte spüren, wie er fiel – durch die Zeit fiel, als sei diese nichts als ein dünnes Spinnennetz, das uns nur mit Mühe in der Gegenwart zu halten vermag.

Draußen klapperte der Wind an den Fensterläden und sang im letzten Laub der Platanen. Im Laden aber war es still. Selbst Lord Nelson bewies so etwas wie Feingefühl und hatte aufgehört, schmatzend sein Fell abzulecken.

Dann presste Hans kurz die Lippen zusammen und fuhr plötzlich im unbeteiligten Ton eines Nachrichtensprechers fort: «Das meiste Licht aber kam aus ihrem Gesicht. Es leuchtete wie eine Sonne, wenn sie ihn nur ansah.»

«Ihn?», echote ich.

Hans blickte mich einen Moment erstaunt an, dann nickte er.

«Natürlich, woher sollst du das wissen. Gregor hieß er, Gregor Malek, und er war ...» Seine Stimme trudelte ihm davon, er holte tief Luft, stieß sie hörbar wieder aus und sagte schließlich leiser: «Er war ihre große Liebe.»

«Aha», machte ich, weil ich nicht wusste, was ich sonst sagen sollte.

Hans sah mich an, als sei ich etwas zurückgeblieben. «Verstehst du nicht, Dido, was ich dir sagen will? Er war ihre große Liebe: Gregor Malek.»

«Ja, Hans, das habe ich verstanden», erwiderte ich und bemühte mich um den sedierenden Tonfall, den Kiki mir in meinen schwärzesten Stunden angedeihen ließ, «aber damit ich es noch besser verstehe, solltest du mir jetzt vielleicht endlich erklären, wer Elisabeth Matthissen ist und woher du sie kennst.»

Er stützte die Ellbogen auf den Tisch und das Kinn in beide Hände. Sein Gesicht sah jetzt sehr alt aus. Schließlich sagte er so langsam, als bereite ihm jedes Wort große Mühe: «Sie war … sie ist … meine Frau.»

Sein Kopf neigte sich wie in Zeitlupe nach unten, er legte seine Stirn auf die geballten Fäuste.

Ich hatte Hans noch nie weinen gesehen. Als es jetzt geschah, fühlte ich mich komplett hilflos. Um irgendetwas zu tun, ging ich zur Ladentür und drehte das Schild auf «Heute geschlossen».

Danach setzte ich mich neben ihn und nahm ihn in den Arm – soweit meine Reichweite das bei seiner Größe zuließ. Er lehnte seinen Kopf an meinen, und als ich spürte, wie ihn das Schluchzen schüttelte, strich ich ihm über das weiche, weiße Haar, das immer ein wenig nach Pfirsich roch. Hans liebte den Duft eines quietschegelben Babyshampoos, von dem er mindestens zwei Flaschen im Monat verbrauchte. In diesem Moment wünschte ich mir, eine ganze Wagenladung davon zur Hand zu haben. Oder irgendetwas anderes, um das zu lindern, wofür mir nur ein sehr altmodisches Wort einfiel: Herzeleid.

Es ist die eine Sache, es selbst zu spüren – und jahrelang als grauen Gast mit sich herumzutragen. Und eine andere, sehr viel schwierigere, wenn es ein Freund ist, der solchen

Kummer hat. Denn irgendwie spürt man so die Hilflosigkeit noch viel deutlicher. Dieses verdammte Nichtsändern-Können. Daran, dass das Leben manchmal ganz miese Nummern abzieht. Und daran, dass es dann einfach weitergeht, dieses Leben – als sei nichts gewesen. Wir aber bleiben zurück. Sitzen ratlos und verwirrt vor dem leer gewordenen Platz neben uns, den Resten unserer zerplatzten Träume und wissen nicht, wie weiter. Denn Wegweiser wie etwa «Verzweiflung bewältigen – bitte hier entlang» oder «Neuer Lebensmut for Dummies» hat das Schicksal ja nun mal nicht im Angebot.

Und so tat auch Hans jetzt einfach das, was die meisten von uns ihr Leben lang tun: Er wischte sich mit einer energischen Bewegung die Augen und hob den Kopf.

«Es geht schon wieder, Dido. Danke.»

Er versuchte ein schiefes Lächeln. Doch seine Augen blickten noch immer wie ein Kind. Fassungslos. Fast staunend über das, was passiert war – und dass es ihn so schmerzte.

«Hans», sagte ich vorsichtig, «möchtest du mir noch mehr erzählen, oder soll ich uns erst einmal einen frischen Kaffee kochen?»

«Beides, Deern – wenn du so einem alten Kerl wie mir denn zuhören magst?»

Ich nickte.

Daraufhin wurde sein Lächeln breiter und erreichte schon fast wieder gewohnte Dimensionen, als er hinzufügte: «Kaffee geht immer, aber nimm mal den koffeinfreien – ist besser für Großväterchens Pumpe.»

Ich lächelte erleichtert zurück.

«Du bist nicht alt, Hans, und Großvater bist du meines

Wissens auch nicht – oder kommen jetzt noch mehr Überraschungen?»

Er hatte nie von Kindern oder Enkeln gesprochen. Er hatte eigentlich überhaupt nie viel erzählt. Ich wusste, dass er 1922 geboren und einer der Millionen von jungen Männern gewesen war, die die Nazis in einen sinnlosen Krieg geschickt hatten. Was genau er dabei durchgemacht hatte, wusste ich genauso wenig wie den Grund, warum er ein paar Jahre später als Matrose an Bord eines Bananendampfers angeheuert hatte.

«Zu viel Joseph Conrad gelesen», war die einzige Erklärung, die ich bisher dazu bekommen hatte. Und tatsächlich standen in Hans' kleinem Büro noch heute von «Lord Jim» bis «Herz der Finsternis» alle Werke des schriftstellernden Ex-Kapitäns, der auch an der Uni immer ein großes Thema gewesen war. Nicht zuletzt in einem Symposium, das mir unvergesslich geblieben war. Dort hatte es den ausgesprochen unterhaltsamen Beitrag eines in asthmatisch kurzen Sätzen vor sich hin sächselnden Anglisten gegeben, der mir in Rekordzeit klarmachte, wofür ein ganzes Hauptseminar nicht gereicht hatte: dass all das Wasser – all die Meere, die überquert, und all die Flüsse, die befahren würden – in Conrads Romanen immer nur für eines stünde: die ungeheure Einsamkeit ihrer Protagonisten.

War es das, was Hans passiert war? War er dem Sirenengesang des Meeres gefolgt und die Seefahrerei ein romantischer Traum gewesen, in den er sich verlaufen hatte?

Ich runzelte die Stirn. Der Mann da vor mir war vieles – ein kluger Kopf, ein sturer Hund, manchmal auch ein Clown –, aber gewiss kein Träumer. Nein, was immer es war, das sein Gesicht jetzt so blass wirken ließ wie den Gips-Mozart, der auf seinem Schreibtisch stand – es musste dafür sehr konkrete Gründe geben. Und die hatten offenbar einen Namen: Elisabeth Matthissen.

«Ich habe zu lange gewartet», hatte er gesagt, als er mir den Heine-Band für sie gegeben hatte. Aber gab es das? Ein «zu spät» – ein Verfallsdatum für menschliche Beziehungen? Ich bezweifelte es. Vor allem, als ich jetzt bemerkte, dass er die Hände noch immer geballt hielt, als wolle er sie am Zittern hindern.

Ich strich ihm noch einmal über den Rücken, dann stand ich auf und ging in die Küche, um Kaffee zu kochen. Währenddessen hörte ich Hans noch kurz mit dem Kater schimpfen, dann vernahm ich ein lautes Krachen.

«Hans, alles in Ordnung?», rief ich.

Keine Antwort. Wahrscheinlich ist er ins Lager gegangen, dachte ich. Dann aber kam plötzlich Lord Nelson in die Küche gesaust – und allein diese schnelle Fortbewegungsart war für das Tier so ungewöhnlich, dass ich misstrauisch wurde. Als der Kater dann noch kläglich zu maunzen begann, wusste ich, dass etwas passiert war.

Ich fand Hans auf dem Fußboden neben seinem umgekippten Stuhl. Er war bei Bewusstsein, aber aschgrau im Gesicht und hielt sich die linke Brustseite.

«Schmer-», versuchte er zu sagen, musste dann aber husten.

«Pssst», machte ich und fingerte nach meinem Handy.

Nach gut 15 Minuten, die mir wie eine Ewigkeit vorkamen, hörte ich das rettende Tatütata näher kommen. Hans war inzwischen kaum noch bei Bewusstsein, und sein Gesicht wirkte eigentümlich verzerrt. Ich hatte seinen Oberkörper hochgebettet und seine Kleidung gelockert, weil irgendein Fernseharzt das mal so erklärt hatte. Doch ansonsten hatte ich hilflos neben ihm gesessen, seine Hand gehalten und gebetet, wie ich es zuletzt als Kind getan hatte.

Dann ging alles sehr schnell. «Verdacht auf Herzinfarkt», bestätigte der Notarzt meine Befürchtung und bellte dann «Notaufnahme, UKE» in Richtung der beiden Sanitäter, die Hans vorsichtig auf eine Bahre hoben und zum Krankenwagen trugen.

An die Stunden danach erinnere ich mich nur schemenhaft. Ich weiß aber noch, dass ich im Krankenhaus in einer Warteecke saß zusammen mit einer Frau, die wie ein Gespenst aussah. Ihr Gesicht war so weiß wie Ziegenkäse. Aber das war es gar nicht, was sie so gespenstisch machte, sondern ihre Haltung: Sie saß vollkommen reglos auf einem roten Plastikstuhl und schien komplett inwendig, als seien ihre Außenfunktionen – sehen, hören, sprechen – vorübergehend ausgestellt.

Irgendwann erschien ein Arzt und fragte, ob ich die Angehörige sei. Als ich dies ohne Zögern bejahte, erklärte er mir, dass der Patient «stabil» sei. Mehr könne man erst nach weiteren Untersuchungen sagen. Aber wenn ich wolle, könne ich kurz zu ihm. Ich nickte.

«Schwester Hilde?», rief der Arzt einer vorbeieilenden Pflegekraft zu. «Nehmen Sie die Dame mit?»

Schwester Hilde schien nicht eben erfreut, schleuste mich aber pflichtschuldigst durch diverse Gänge und Türen bis zur Intensivstation. Dort wies sie mich an, einen grünen Kittel und eine Haube anzuziehen und meine Hände zu desinfizieren. Als ich fertig war, musterte sie mich mit einem Blick, der schon Generationen von Schwesternschülerinnen Albträume bereitet haben musste. Dann nickte sie gnädig.

Hans lag allein in einem Zimmer, umgeben von diversen Maschinen, die leise vor sich hin piepten. Auf einem Monitor sah ich seine Herzfrequenz regelmäßig auf und ab blubbern. In seinem rechten Arm steckte eine Kanüle, aus der zwei Schläuche zu einem Infusionsständer führten. Ich nahm seine linke Hand vorsichtig in meine und setzte mich auf einen Stuhl neben das Bett.

«Fünf Minuten», mahnte Schwester Hilde und verschwand.

«Hans», flüsterte ich und fühlte, wie mir die Tränen in die Augen schossen.

Ich beugte mich zu ihm herunter, sagte noch einmal seinen Namen. Doch er regte sich nicht. Lag einfach da, die Augen geschlossen, den Mund leicht geöffnet, das weiße, volle Haar, das er immer so sorgfältig kämmte, ganz feucht und zerstrubbelt.

Zum ersten Mal, seit ich ihn kannte, sah er so alt aus, wie er war. Irgendwann wird Hans sterben, dachte ich, und mein Herz, oder was auch immer in so einem Moment zuständig ist, knäulte sich zusammen und presste sich wie ein schwerer Klumpen von innen gegen meine Brust.

Immer wieder streichelte ich seine Hand, die groß und müde in meiner lag. Und ich sprach mit ihm. Unablässig. Irgendwelches wirres Zeug … von der Segeltour, die wir doch immer noch machen wollten, und dass er deshalb schnell wieder auf die Beine kommen müsse und dass er mir jetzt nicht wegsterben dürfe ... alles, aber nicht das. Und bevor ich vollends zu heulen anfing, kam zum Glück Schwester Hilde und tippte mir für ihre Verhältnisse erstaunlich sanft an die Schulter.

«Die Zeit ist um», sagte sie und nickte zur Tür hinüber.

Ich stand auf, beugte mich aber noch einmal zu Hans hinunter, um ihm einen Kuss auf die Wange zu geben. Und als ich den Kopf wieder hob, sah ich es: dass er fast unmerklich lächelte und die Lippen bewegte.

«Hans?» Ich beugte mich noch einmal zu ihm, und dieses Mal verstand ich es.

«Elli», flüsterte er mit rauer Stimme, und wieder spiegelte sich ein klitzekleines Lächeln in seinen Zügen. Dann erschlaffte sein Gesicht, er war wieder eingeschlafen.

Schwester Hilde räusperte sich sehr energisch hinter mir. Also verließ ich das Zimmer, ging wieder durch zahllose Gänge und Sesam-öffne-dich-Türen und trat schließlich hinaus in die kalte Novemberluft.

Dunkle, graue Wolken türmten sich am Himmel. Der Wind pfiff ungeduldig über die Krankenhausanlage. Bald ist Winter, dachte ich, schlang meinen Mantel enger um mich und tapste Richtung Ausgang. Dort angekommen, war ich dann allerdings ratlos. Was sollte ich jetzt eigentlich tun? Wohin sollte ich gehen und wozu? Der Tag oder eigentlich alles schien mir plötzlich ohne Konturen, nur ein Schemen zu sein. Als sei das alles nicht wirklich und gleich komme das verrückte Kaninchen aus Alice im Wunderland und zeige mir den Weg in eine andere Welt – eine Welt, in der mein bester Freund nicht einfach umfallen und dann graugesichtig in einem Krankenhausbett liegen würde.

Aber sosehr ich auch wartete, es kam kein Kaninchen, und der Tag blieb der, der er war: der trübe Novembertag, an dem Hans einen schweren Herzinfarkt erlitten hatte und ich mich fragte, ob ich daran schuld war.

Ich setzte mich auf einen großen Stein und blickte eine Weile auf jene Szenerie, die wohl vor allen Krankenhaus-Portalen der Welt die gleiche ist: Krankenwagen, die eingelassen werden und nur am Tempo, mit dem sie heranpreschen, vermuten lassen, welches Schicksal sich in ihnen verbirgt. Ärzte, Schwestern und Pfleger, die kommen oder gehen und aus deren Gesprächen man Wörter wie «insuffizient» oder «katheterisiert» aufschnappen kann. Und schließlich die Besucher. Alte Damen, ausgerüstet mit Thermoskannen und Proviantbeuteln, die sie ihrem Heinrich oder Hermann ans Krankenbett bringen wollen. Mütter mit fein herausgeputzten Kindern: «Gib Opa auch schön die Hand, hörst du, Jan-Phillip?» Eine Horde Teenager, die sich giggelnd beim Pförtner nach der Chirurgie erkundigen. Und schließlich die Gesichtslosen. Menschen, die lautlos an mir vorbeihuschten, sodass ich sie fast nicht bemerkt hätte. Ihre Gesichter waren fahl, die Augen blicklos.

Erstaunlich, dass sie ihr Ziel fanden, dachte ich. Sie schienen mir so orientierungslos, wie auch ich mich fühlte – als sei ihnen der Boden unter den Füßen weggezogen worden.

Schließlich tat ich etwas, das ich seit vielen Jahren nicht mehr gemacht hatte: Ich schnorrte bei einem der Taxifahrer, die vor dem Krankenhaus warteten, eine Zigarette und rauchte. Es war die erste nach fünf Jahren Abstinenz, und sie verfehlte ihre Wirkung nicht: Ich beruhigte mich ein wenig und sah eine Weile dem Qualm hinterher, wie er sich in Kringeln Richtung Himmel wand. Und dann wusste ich plötzlich, was ich zu tun hatte: Ich musste, nein, ich würde Elisabeth Matthissen finden. «Elli» hatte Hans geflüstert. Und genau die würde ich ihm bringen.

9

Queen Mum öffnete sofort und schien kaum erstaunt, mich zu sehen.

«Elli ist immer noch nicht wieder da», sagte sie statt einer Begrüßung und starrte mich so hoffnungsvoll an, als könne ich ihre Schwester wie ein Kaninchen aus dem Hut zaubern.

«Deshalb bin ich hier, Frau Noack», sagte ich und schob gleich nach: «Gehe ich richtig in der Annahme, dass Sie Hans Petersen kennen?»

Ich hätte auch fragen können «Mögen Sie Mocca-Pralinen?» oder «Möchten Sie ein Wochenende mit Howard Carpendale verbringen?» – die Wirkung wäre wohl dieselbe gewesen: Ihre Augen begannen zu leuchten, als hätte jemand darin eine Wunderkerze angezündet.

Eine Stunde und drei Schlehenliköre später kannte ich zumindest die groben Fakten der Geschichte: Hans und Elisabeth hatten sich während des Krieges bei einer Tanzveranstaltung im Alster-Pavillon kennengelernt. Geheiratet hatten sie aber erst nach dem Krieg, und dann musste irgendetwas gigantisch schiefgelaufen sein. Jedenfalls hatten sie sich drei Jahre später wieder getrennt, aber nie scheiden lassen.

«Ich habe nie ganz verstanden, was passiert ist», murmelte die alte Dame abschließend. Dann stand sie auf, ging zu ihrem ehrfurchtgebietenden Wohnzimmerschrank aus Eichenfurnier und kramte etwas aus einem alten Schuhkarton hervor.

«Schauen Sie, hier», sagte sie und reichte mir ein Schwarz-Weiß-Foto, «sie waren ein so schönes Paar.»

Der blonde junge Mann auf dem Foto war hochgewachsen und fürchterlich mager. Dennoch blickte mir aus seinen Augen so eindeutig der alte Hans entgegen, dass ich lächeln musste.

«Hallo, Hans», murmelte ich und schaute kurz auf die Rückseite, wo in verblasster blauer Tinte «Februar 1947» stand. Dann betrachtete ich die schmale junge Frau, die auf dem Foto neben ihm stand, ihre Hand in seiner. Sie reichte ihm nur bis zum Kinn, trug klobige Holzschuhe an den Füßen und ein geblümtes Kleid. Fast noch ein Kind hätte man meinen können. Wäre da nicht ihr Gesicht gewesen.

Unter einem Wust etwas wirrer heller Haare blickte mich ein Gesicht an, das wie eine Mischung aus Greta Garbo und einem Kobold wirkte. Ihre großen, leicht schräg gestellten Augen blitzten und schienen sich über den Fotografen lustig zu machen. Gleichzeitig aber hatte ihr Gesicht mit den ausgeprägten Wangenknochen etwas von jener herben Schönheit, die einen an stille Waldseen in Schweden oder die Frauen aus Fassbinder-Filmen denken lässt.

«Das ist Ihre Schwester?», fragte ich Queen Mum vorsichtshalber noch einmal, da sich eine Verwandtschaft nicht eben aufdrängte.

Sie nickte. Und patschte gerührt mit ihrer molligen Hand auf das Foto.

«Ja, man glaubt es kaum, nicht wahr?», sagte sie. «Und wissen Sie was? Sie sieht heute immer noch genauso aus. Älter, ja, aber immer noch rappeldürr und immer noch diese Augen. Feenaugen, hat Hans immer gesagt, Elli hat Augen wie die Fliederfee aus meinem alten Märchenbuch.»

Sie blickte immer noch gedankenverloren auf das Foto und gab ein kleines Geräusch von sich, das traurig klang.

«Da war er gerade heimgekommen, und alles war noch in Ordnung ... na ja, zumindest ein bisschen.»

«In Ordnung, in Ordnung», echote ihr Papagei von seiner Stange herunter, und Queen Mum wedelte ärgerlich mit der Hand.

«Sei still, Hannibal.»

«Von wo war Hans heimgekommen, Frau Noack?»

«Von wo?», wiederholte sie, sichtlich erstaunt. Dann nickte sie. «Aber ja, Sie sind ja noch so jung. Sie können das nicht wissen ...»

Und dann erfuhr ich, was Hans in den fünf Jahren, die ich ihn kannte, mit keinem Sterbenswörtchen erwähnt hatte: dass er 1944 in russische Gefangenschaft geraten und erst 1946 wieder nach Hause gekommen war.

«So dünn war er», murmelte Queen Mum, «ich habe ihn nicht erkannt. Elli, da steht ein Mann im Garten, habe ich gerufen, und dann ist sie hinaus zu ihm. Dort haben sie dann gesessen. Unter dem Apfelbaum, stundenlang. Aber geredet haben sie nicht. Sich bloß bei den Händen gehalten, sonst nichts.»

Sie schwieg einen Moment, wischte sich die Augen. Dann fuhr sie fort: «Auch später hat er nie viel erzählt.

Aber ...» Ihre Stimme wurde wackelig, sie räusperte sich. «Geweint hat er, wissen Sie. Einfach so.»

Ich nickte, musste selber schlucken.

Die alte Dame aber sah mich an, als wartete sie auf etwas. Als könnte ich hier und jetzt einen Schutzschild weben, ein milderndes Korrektiv für eine Vergangenheit, in der Menschen unter Apfelbäumen weinten.

Ich wartete einen Moment, betrachtete noch einmal das Foto.

Sie war wie Licht, hatte Hans gesagt, *und Gregor Malek ...*

«Frau Noack», sagte ich, «eine Frage noch: Sagt Ihnen der Name Gregor Malek etwas?»

Sie überlegte, dann nickte sie.

«Ich glaube, es war ein Freund von Hans ... so ein lustiger Kerl, der gern Witze riss ... aber genau erinnere ich mich nicht mehr.» Sie schüttelte mit bedauernder Miene den Kopf.

«Macht nichts», sagte ich und betrachtete noch einmal die nordische Elfenprinzessin auf dem Foto, die also offenbar den König der Spaßmacher geliebt hatte. «Viel wichtiger wäre die Frage, wo Ihre Schwester eigentlich ist. Sagen Sie, ist Elisabeth früher schon mal einfach so für Tage verschwunden?»

Queen Mum schüttelte den Kopf.

«Sie ist seit Jahren nicht weggefahren, wissen Sie. Sie sagt immer, reisen muss nur der, der keine Abenteuer im Kopf hat. Und davon hat sie ja jede Menge.» Sie lächelte und tippte sich an die Stirn. «Hier drin meine ich.»

«Aha», machte ich vage.

«Kennen Sie denn ihre Bücher nicht?»

«Ja, doch, schon», sagte ich, «die beiden aus den fünfziger Jahren.»

Sie machte eine wegwerfende Handbewegung. «Ach, das olle düstere Zeug. Nein, ich meine ihre Jugendromane. Kennen Sie nicht *Die Stadt der verlorenen Bücher* oder *Die ungleichen Brüder*?»

Als ich verneinte, griff sie in das Bücherregal neben sich, zog ein dickes, zerlesenes Buch heraus und drückte es mir in die Hand. «Hier, das schenke ich Ihnen.»

«Danke», sagte ich, verstaute es in meinem Rucksack und sah auf die Uhr. Es war bereits 18 Uhr. Ich holte tief Luft.

«Frau Noack, ich will nicht länger drum herumreden. Es gibt einen Grund, warum ich heute hier bin. Hans Petersen liegt im Krankenhaus. Er hatte heute Morgen ei–» Hier ließ mich meine Stimme im Stich, ich hob hilflos die Schultern.

Queen Mum sah mich erschrocken an. «Krankenhaus?»

Ich nickte.

«Doch hoffentlich nichts Schlimmes?»

Ich öffnete den Mund, blieb aber stumm, da der Klumpen in meiner Brust mir wieder die Luft abschnürte. Doch schließlich brachte ich es über die Lippen: «Herzinfarkt. Aber er ist stabil. Und …», ich stockte, «er hat nach Ihrer Schwester gefragt. Sagen Sie, hat Elisabeth denn kein Handy, dass wir sie irgendwie erreichen können?»

Queen Mums Gesichtsausdruck nach zu urteilen, hätte ich genauso gut fragen können, ob Wladimir Putin eine Barbiepuppe hat. Doch dann hellte sich ihre Miene plötzlich auf, und sie griff nach der Porzellandose auf dem Tischchen neben sich.

«Das ist ein Notfall, oder?», fragte sie und hielt einen Schlüssel in die Höhe.

Ich sah sie irritiert an.

Sie aber stand erstaunlich energisch auf und signalisierte mir mit einer Kopfbewegung, ihr zu folgen.

«Kommen Sie, das ist der Schlüssel zur Wohnung meiner Schwester.»

Elisabeth Matthissens Wohnung wirkte wie die eines Menschen, der gern möglichst alles unter Kontrolle hat: sehr schlicht, sehr stilvoll und picobello aufgeräumt. Da gab es weder leere Chipstüten auf dem Sofa noch zerlesene Zeitungen auf dem Tisch davor. Keine an absurden Orten herumliegenden Kleidungsstücke, nicht mal eine von Altglas überquellende Ecke im Flur. Nein, hier schien alles einer festen Ordnung zu dienen – selbst die betagte Zimmerpalme in der Ecke gab sich Mühe, kerzengerade nach oben zu wachsen.

Nichts ließ daher darauf schließen, dass die Bewohnerin eilig abgereist war – oder auch nur erwogen hatte, derart Spontanes zu tun.

Dann aber, als Queen Mum eine Tür neben der Küche öffnete, kam die Überraschung. Das Zimmer, das wir betraten, wirkte, als sei ein Tornado hindurchgefegt. Der einzige Fixpunkt war ein riesiger Eichen-Schreibtisch, der Tonnen wiegen musste und die beruhigende Behäbigkeit einer alten Dampflok ausstrahlte. Um ihn herum aber herrschte das Chaos: Auf dem Boden stapelten sich so viele Bücher, Zeitschriften und Papiere, dass nur ein schmaler Pfad blieb, um zum Tisch zu gelangen.

Auf dessen Schreibfläche türmten sich noch mehr Papiere und Bücher, dazwischen standen zwei Kaffeetassen, umrahmt von zerknüllten Bonbonpapieren. Elisabeth Matthissen aß offenbar gern Karamellbonbons. Ein Punkt für sie. In der Mitte des Tisches aber thronte eine große schwarze Schreibmaschine, die über sechzig Jahre alt sein musste: eine Original «Continental» mit runden Tasten und Typenhebeln, die wie lange Finger wirkten. Noch ein Punkt für Elisabeth. Vielleicht auch zwei.

Ansonsten aber fanden wir leider nichts, was uns irgendeinen Anhaltspunkt hätte geben können. Außer einer gigantischen Bücherwand und zwei Otto-Dix-Bildern gab es keinerlei Dekoration. Ich betrachtete die Bilder genauer. Es waren Kriegs- und Bordellszenarien aus Dix' früher Phase. Eine seltsame Wahl für eine alte Dame. Doch langsam dämmerte mir, dass Elisabeth Matthissen alles Mögliche war – nur nicht das, was man von einer alten Dame erwarten würde.

«Schauen Sie mal», sagte Queen Mum – wir gingen gerade durch den Flur zurück nach draußen und an einem Telefon vorbei, das ein weiteres Museumsstück war: grün, mit Tasten und zwanzig Metern Kabel. Sie hatte einen Zettel vom Boden aufgehoben und reichte ihn mir.

Darauf fanden sich einzelne Wörter, offenbar Notizen. Sie waren in einer Schrift verfasst, die ich vage als Kyrillisch einordnen konnte.

«Spricht Ihre Schwester Russisch?», fragte ich.

Sie nickte.

«Sie hat es sogar studiert.»

«Und Sie vielleicht auch?»

Queen Mum schüttelte den Kopf, machte wieder ihr trauriges Nagetiergesicht und hatte zum Glück keine Einwände, mich den Zettel mitnehmen zu lassen.

Auf dem Nachhauseweg ging ich im Geiste eine Liste meiner Bekannten durch, die in Fremdsprachen bewandert und so vertrauenswürdig waren, dass ich ihnen Elisabeth Matthissens Notizen hätte zeigen können. Doch meine Bekannten konnten kein Russisch. Unser Hausmeister dagegen schon, der fiel aber nicht unter die Kategorie vertrauenswürdig. So blieb am Ende nur eine Person übrig, die in Frage gekommen wäre. Aber das war undenkbar.

«Wieso nicht?», fragte Kiki am Abend. «Ich meine, einen Gefallen schuldet er dir ja wohl allemal. Und es ist doch ein phantastischer Anlass, um ganz unverbindlich ins Gespräch zu kommen.»

«Ja, absolut phantastisch», höhnte ich und ging erst mal in die Badewanne. Während ich zusah, wie meine Füße und Hände in dem dampfenden Wasser langsam schrumpelig wurden, und sich angenehm dumpfe Müdigkeit in meinem Kopf breitmachte, hörte ich, wie Kiki in der Küche versuchte, Lord Nelson dazu zu bewegen, den einzigen freien Sessel zu räumen.

«Eieiei», machte sie, auch «miez miez», und ich dachte, gleich springt er ihr ins Gesicht. Doch dann hörte ich ein ruhiges, energisches «Runter» und kurz danach das ploppende Geräusch von Katzenpfoten, die auf dem Boden landeten.

Offenbar hatte Lord Nelson seine Lehrmeisterin gefunden, und ich begann zu ahnen, weshalb Kiki in ihrem Job so gut war. Sie wusste nicht nur, was Menschen, sondern auch, was dicke, missmutige Kater brauchen. Und vielleicht, dachte ich, weiß sie ja tatsächlich auch, was ich brauche.

Ich zählte es noch einmal an den Seifenblasen um mich herum ab. Doch auch das Badeschaum-Orakel ließ mir keinen Ausweg: Ich gehe … gehe nicht … gehe … – und dann zerplatzte die letzte Seifenblase vor meinen Augen. Es war beschlossen: Ich würde Lukas einen Besuch abstatten. Lukas, der mir immer noch gestohlen bleiben konnte, der aber fließend Russisch sprach.

10

Ich habe ziemlich viele schlechte Eigenschaften: Ich spreche zu laut und meistens auch zu schnell. Ich bin ungeduldig, hypochondrisch, esse gern kalte Erbsen aus der Dose, betrüge beim Minigolf und lüge selbst dann nicht, wenn es notwendig wäre. Daneben gibt es aber auch die eine oder andere gute Eigenschaft – und eine davon ist, dass ich die Dinge, die ich einmal beschlossen habe, schnell in die Tat umsetze. Daher stand ich am nächsten Morgen um neun vor jenem Fotoatelier in Altona, das ich nie wieder hatte betreten wollen, und wartete auf den Mann, mit dem ich nie wieder hatte sprechen wollen.

Er kam, wie ich es eigentlich nicht anders erwartet hatte, erst um halb zehn, pfiff so laut wie falsch die Filmmelodie aus «Der Pate» vor sich hin und verstummte jäh, als er mich vor der Tür seines Ateliers entdeckte.

«Bild dir jetzt bloß nichts darauf ein», begrüßte ich ihn.

Lukas feixte vor sich hin und machte eine ironische Verbeugung. «Ich freu mich auch, dich zu sehen.»

«Hör zu», fuhr ich fort, «ich bin nicht hier, weil ich so gern Fotos gucke, auf denen ich ziemlich bescheuert aussehe.» Ich nickte zu dem Ausstellungsplakat hoch, das über der Eingangstür hing. Es zeigte das Foto aus dem Elbsandsteingebirge.

Er antwortete nicht, grinste nur ein bisschen.

«Ich brauche deine Hilfe», fuhr ich fort.

Theatralisch wie ein Zirkusdirektor öffnete er die Arme, sein Mund zog sich weiter in die Breite, versuchte ein Lächeln. «Stets zu Diensten, Madame.»

«Was grinst du so?»

«Ich freu mich nur.»

«Kannst du dir schenken. Du musst mir nur kurz was übersetzen, dann bin ich weg.»

Ich kramte in meiner Jacke und drückte ihm den Zettel aus Elisabeth Matthissens Wohnung in die Hand.

«Da. Kannst du lesen, was da steht?»

Er überflog das Blatt, hmhmte dabei ein paarmal. Dann las er erneut, begann, sich das Kinn zu reiben und fragte schließlich: «Wer ist Maxim Grigorov?»

«Das geht dich nichts an», blaffte ich, obwohl ich genau das selbst gern gewusst hätte.

«Na gut, aber wer immer es ist, er hat ein Problem, würde ich sagen.»

«Wieso?»

«Was hier steht, sind natürlich nur Stichworte ...» Er räusperte sich, runzelte die Stirn.

«Ja ...?»

«Na ja, soweit ich es erkennen kann, ist das die Beschreibung eines Krankheitszustandes mit der abschließenden Diagnose Herzinfarkt.»

«Aber wieso hat sie in Russisch geschrieben?», murmelte ich.

«Wer ist sie?», fragte Lukas und sah mich durchdringend an.

«Steht da sonst noch irgendetwas?», erwiderte ich statt einer Antwort.

Er schüttelte den Kopf, besah aber noch mal den Zettel, dann stutzte er. «Moment mal, das hier, das habe ich vorhin überlesen. Das heißt nicht krank, das heißt Krankenhaus, genauer gesagt das ...», er kniff die Augen zusammen, «Liskovskaya-Krankenhaus.»

«Lisa ... was?»

«Liskovskaya-Krankenhaus. Das ist im Zentrum von St. Petersburg. Ziemlich alter Kasten, ich habe da mal ... Dido?»

«Mh?»

«Was machst du da?»

«Moment nur ...», murmelte ich, während ich in meiner Tasche wühlte und schließlich mein Notizbuch samt Bleistift herauskramte. «Okay, schieß los.»

«Madame wünschen?»

Ich stöhnte. Wie konnte ein Mann so begriffsstutzig sein.

«Den Namen und die Adresse brauche ich, vielleicht auch die Zimmernummer oder was immer da noch steht.»

«Da steht nur Maxim Grigorov und Kardiologie, Zimmer 7a. Dido, aber was soll das heißen? Du willst doch nicht etwa ...?»

«Sonst nichts?»

Er schüttelte den Kopf.

«Mist», grummelte ich, nahm ihm das Papier aus der Hand, stopfte es in meine Hosentasche und griff nach meinem Rucksack.

Dann rang ich mit ein «Okay, danke» ab und drehte mich um zu meinem Fahrrad.

«Okay? Danke? Und das war's?», hörte ich Lukas hinter mir sagen.

Ich wandte mich zu ihm um. «Was willst du? Soll ich auf die Knie fallen vor Dankbarkeit?»

«Keine schlechte Idee eigentlich.» Lukas betrachtete mich einen Moment wie eine Katze einen besonders fetten Mäusebraten. Dann fragte er: «Du willst da hinfahren, oder? Nach St. Petersburg, meine ich?»

«Wüsste nicht, was dich das angeht», blaffte ich erneut.

Er verschränkte die Arme vor der Brust und guckte wichtig.

«Meinst du nicht, dass dabei ein Dolmetscher ganz gelegen käme? Wenn ich mich recht erinnere, beschränkte sich dein Russisch auf ‹Nasdrowje›. Und das dürfte unter diesen Umständen nicht sehr hilfreich sein.»

Ich tippte mir an die Stirn und stieg aufs Fahrrad: «Lieber fahre ich mit dem Teufel persönlich.»

Er machte eine ironische Verbeugung. «Dagegen komme ich natürlich nicht an.»

Ich radelte los, hörte aber noch, wie er mir hinterherrief: «Aber kennt der Teufel das Metrosystem von St. Petersburg? Ich für meinen Teil kenne es bestens …»

Und das waren die Worte, die mir noch etliche Stunden später durch den Kopf hallen sollten, als ich wieder an meinem Schreibtisch saß. Denn in der Tat dachte ich darüber nach, nach St. Petersburg zu fahren.

Zuerst aber versuchte ich, über das Internet einen oder eine N. Greenbaum in Dublin ausfindig zu machen. Also jene Person, von der Elisabeth Matthissen in der Woche zuvor den «seltsamen» Brief bekommen hatte, den ihre Schwester erwähnt hatte. Doch es waren einfach zu viele. Ganz Dublin schien bevölkert zu sein von Ninas und Nancys, Nelsons und Nigels. Und alle, alle hießen sie Greenbaum.

Ich starrte eine Weile auf den Bildschirm, auf dem «Nancy's Best Muffins in Town» rotierten, und überlegte. Am Nachmittag hatte ich wieder Hans im Krankenhaus besucht. Er war immer noch schwach, aber ansprechbar gewesen. Und er hatte nach ihr gefragt. Nach Elli.

Ich hatte ihm allerdings nur eine sehr partielle Version der Wahrheit übermittelt. Was hätte ich auch sagen sollen? Deine Frau ist unbekannt verreist, steckt aber wahrscheinlich in St. Petersburg, und niemand weiß, warum. Und deswegen werde ich jetzt mein Sparschwein schlachten, ein Flugticket dorthin kaufen und versuchen, die Dame nach Hause zu bringen, damit ihr euch endlich aussprechen könnt?

Das nämlich war ungefähr mein Plan. Ich war mir sicher, dass Hans davon alles andere als begeistert gewesen wäre. Doch sein blasses Gesicht und die Erinnerung daran, wie seine Augen geleuchtet hatten, als er tags zuvor ihren Namen ausgesprochen hatte, ließen mir keine Ruhe. Außerdem hatte ich ja nun einen Anhaltspunkt, wo ich suchen musste. Und wer wusste schon, wann Elisabeth Matthissen wieder in Hamburg aufkreuzen würde, wenn ich sie nicht zurückholte? Und ob es dann nicht vielleicht zu spät sein würde?

11

Zwei Tage später stand ich vor dem Liskovskaya-Krankenhaus in St. Petersburg und fühlte mich, als wenn ich selbst dort ein Bett bräuchte. Denn zuerst hatte ich einen halben Tag im russischen Generalkonsulat in Hamburg verbracht und den Konsulatsangestellten nur unter Aufbietung all meines Charmes und einiges Ersparten überzeugen können, mir umgehend ein Visum in meinen Pass zu stempeln.

Dann war ich mit dem Zug nach Berlin gefahren und von dort über Moskau nach St. Petersburg geflogen mit einer Maschine, die wie eine riesige, eiserne Mausefalle ausgesehen und einer mir nicht bekannten Airline angehört hatte. Ich war durch gut zwanzig Luftlöcher geplumpst und hatte «Original Russian Piroshki» gegessen, deren Rezeptur eine baldige Perestroika zu wünschen wäre. Danach war ich mit einem schrottreifen Taxi gefühlte drei Stunden durch eine Stadt gefahren, in der ich nicht einmal die Straßenschilder lesen konnte. Doch nun war ich hier. Und hoffentlich nur noch ein paar Schritte davon entfernt, jene Frau zu treffen, an die mein bester Freund vor fast sechzig Jahren sein Herz verloren hatte.

Zunächst aber traf ich einen russischen Pförtner, an den wohl niemand so schnell sein Herz verlor. Der Mann saß wie ein dicker Käfer in seiner dunklen Box und starrte mich unter beeindruckenden Breschnew-Augenbrauen durchdringend an.

Als ich an ihm vorbeigehen wollte, bellte er etwas auf Russisch, das für mich klang wie: «Wenn Sie nicht sofort stehen bleiben, rufe ich den KGB, und der schickt Sie nach Sibirien, wo Sie für die nächsten zehn Jahre Kartoffeln aus der gefrorenen Erde graben können.»

Wahrscheinlicher aber war, dass der Mann sich schlicht erkundigt hatte, ob er mir weiterhelfen könne – und ich einfach zu viele James-Bond-Filme gesehen hatte.

Also nickte ich lächelnd, kramte den Zettel raus, den ich zu Hause mit Hilfe einer Übersetzungsseite im Internet vorbereitet hatte, und hoffte, dass die Wörter darauf seine russische Beamtenseele milde stimmen würden. Er las, runzelte die Stirn, las abermals, legte den Kopf etwas schief, doch schließlich nickte er zu meiner unsäglichen Erleichterung und holte einen Lageplan hervor, auf dem er mir den Weg zeigte.

Der führte mich über ein parkähnliches Gelände, das mehrere alte Gebäude säumten. Diese wären durchaus imposant zu nennen gewesen – hätte irgendjemand in den letzten hundert Jahren ihnen etwas Mörtel, neue Dachpfannen und ein paar hundert Liter Farbe zugutekommen lassen. So aber standen sie einfach nur grau und kaputt in der Gegend herum und vermittelten einen ebenso desolaten Eindruck wie die Patienten, die meinen Weg kreuzten. Einer trug eine riesige Flasche im Arm. Sie hing an einem wirren Knäuel aus Schläuchen, die wiederum zu etwas führten, das wie eine Gasmaske aussah, aber wahrscheinlich ein Beatmungsgerät war. Ein anderer fuhr in einem Rollstuhl-Modell herum, wie ich es zuletzt in einem 50er Jahre Arztfilm mit O. W. Fischer gesehen hatte.

Mich beschlich die Vermutung, dass die Ausstattung dieses Krankenhauses nicht ganz auf der Höhe der Zeit war. Dies wurde zur Gewissheit, als ich Haus 12 und die Kardiologie betrat. In den Gängen, die ich durchquerte, bröckelte nicht nur der Putz von der Decke. Leitungen hingen herunter, Lampen waren zerbrochen und nie ersetzt worden, und eine Schwester schob einen Wagen mit etwas vorbei, das wie eine Sammlung Urinproben aussah, allerdings in unterschiedlich großen und zudem offenen Glasflaschen. Als sie einen Moment anhielt, sah ich, dass unter den Flaschen lose Zettel lagen – offenbar die dazugehörigen Namen.

Wer auch immer dieser Maxim Grigorov war, den Elisabeth Matthissen hier besuchen wollte, angesichts der medizinischen Ausstattung blieb ihm nur zu wünschen, dass er nicht allzu schwer erkrankt war – und das umso mehr, als ich nun nach leichtem Klopfen Zimmer 7a betrat und fast zurückgetaumelt wäre. Mir schlug ein Geruch entgegen, der mit Altherren-Mief nur unzureichend beschrieben wäre. Vielmehr schien es so, als hätten Generationen ungewaschener Trunkenbolde im reifen Mannesalter hier ihre Ausdünstungen sorgsam konserviert und zu einem Odeur verdichtet, das als biologische Nahkampfwaffe gute Dienste leisten könnte. Ich versuchte, möglichst nicht zu atmen. Was sich von dem Herren im Bett zu meiner Rechten nicht sagen ließ. Er schnarchte wie der sprichwörtliche russische Bär. Die anderen Bewohner des Sechsbettzimmers schienen indes äußerst wach. Jedenfalls starrten mich jetzt vier ältere Herren an wie eine Jungfrauenerscheinung, sagten aber kein Wort.

Ich versuchte es mit einem freundlichen «Dobry djen», was mir mein Reiseführer als Grußformel an die Einheimischen empfohlen hatte. Das zeigte wenig Wirkung. Dafür aber hatten meine Schuhe das Interesse des Glatzkopfes im Bett links am Fenster geweckt. Jedenfalls zeigte er immer wieder auf meine Stiefel und fuchtelte dabei so aufgeregt mit seinem an drei Schläuchen hängenden Arm herum, dass ich besorgt auf den betagten Monitor neben seinem Nachttisch sah. Um ihn zu beruhigen, ging ich näher an sein Bett heran, auch wenn ich nicht die leiseste Ahnung hatte, was ihn so aufregte. Was um alles in der Welt sollte einen russischen Rentner an den komischen braunen Knautsch-Tretern interessieren, die Kiki mir vor meiner Abreise aufgedrängt hatte?

«Da», hatte sie gemurmelt und ein paar unförmige weiche Stiefel mit dickem Innenfell auf mein Bett plumpsen lassen, «wenn du schon Blödsinn machst, dann wenigstens mit warmen Füßen. Du weißt doch, in Russland wohnt Väterchen Frost, und der kann sehr unangenehm werden.»

Das kranke Väterchen vor mir im Bett war zwar nicht unangenehm, aber dafür offenbar geistig etwas verwirrt.

«Akbut, Akbut», rief er immer wieder und starrte auf meine Füße. Um ihn zu beruhigen, hob ich das linke Bein ein wenig an, damit er das Objekt seiner Begierde besser in Augenschein nehmen konnte. Unterdes versuchte ich, mit den anderen Zimmer-Insassen ins Gespräch zu kommen.

«Elisabeth Matthissen?», versuchte ich es auf gut Glück mit dem ersten Namen, der mir einfiel, und machte dazu

Handzeichen, die erst «hier» und dann «weggehen» signalisieren sollten.

Doch genauso gut hätte ich in Zentral-Dschibuti nach dem Verbleib von Dieter Bohlen fragen können.

Sie sahen mich ratlos an, schüttelten die Köpfe und rangen ihre mageren Arme.

Also versuchte ich es mit dem zweiten Namen, der mir irgendeinen Anhaltspunkt bot, und fragte: «Maxim Grigorov?»

Einen Moment war es still, dann lachten und gestikulierten die vier alten Kerle, was die Katheter und die Puste hielten. Ich machte wieder ein Handzeichen für «hier» und fragte auf Deutsch: «Ist ein Maxim Grigorov hier»?

«Njema», tuschelten sie jetzt und grinsten.

Ich nickte auf gut Glück und wiederholte: «Maxim Grigorov hier?»

«Akbut». Der Schuh-Fetischist hatte mich offenbar verstanden, denn er schüttelte den Kopf. Dann zeigte er auf dem Kalender, der auf seinem Nachttisch stand, auf das Datum vom Tag zuvor, sagte: «Maxim», und wies mit der Hand zur Tür. Offenbar war Maxim Grigorov, wer immer er sein mochte, bis gestern hier gewesen.

Ich seufzte erleichtert und merkte, wie sich die verknoteten Muskeln in meinem Nacken ein wenig lockerten. Denn ich hatte anscheinend ins Schwarze getroffen. Die Notizen aus Elisabeth Matthissens Arbeitszimmer hatten sich also tatsächlich auf ihn bezogen – auf Maxim Grigorov, den großen Unbekannten in dem Rätsel, das ich lösen wollte. Wo aber steckte er jetzt – und vor allem: Wo war Elisabeth Matthissen?

Ich wandte mich wieder an Akbut, der mir der Verständigste des Herren-Quartetts schien. Doch bevor ich weitere Fragen an den Mann bringen konnte, ging die Tür auf. Eine Schwester kam herein, um neue Infusionsbeutel zu bringen. Bei meinem Anblick blinzelte sie überrascht, dann blaffte sie etwas auf Russisch, was nicht wirklich freundlich klang. Als ich bedauernd die Hände rang, runzelte sie ihre zu einer strengen Linie zusammengewachsenen Augenbrauen und musterte mich wie ein seltenes, aber eher widerwärtiges Insekt.

Akbut, das muss man ihm lassen, versuchte zu vermitteln. Doch Schwester Erbarmungslos schnitt ihm das Wort ab und sagte etwas zu mir, was ich dank ihres Richtung Tür fuchtelnden Zeigefingers als «Raus hier» identifizieren konnte. Widerstand schien mir relativ zwecklos. Also winkte ich Akbut und seinen Kumpanen zum Abschied und verließ das Zimmer.

Draußen auf dem Krankenhausflur war jetzt Hochbetrieb. Riesige Wagen mit Tabletts wurden durch die Gänge geschoben. Es roch nach Kohl und Pfefferminztee. Ich sah auf die Uhr. 17 Uhr 30. Abendessenszeit. Mein Magen machte durch zartes Knurren auf sich aufmerksam. Doch das musste warten. Was ich wirklich brauchte, war kein Essen, sondern eine Idee. Und zwar eine möglichst gute. Denn meine durch Schlafmangel ohnehin recht verknappte Phantasie hatte eigentlich nur bis in das Krankenhauszimmer Nr. 7a gereicht. Dort hatte ich Elisabeth Matthissen anzutreffen gedacht oder wenigstens diesen Grigorov, der mir hätte sagen können, wo die alte Dame steckte. Nachdem nun weder das eine noch das andere eingetroffen war, war ich nicht nur planlos. Ich hatte genauer gesagt nicht einmal den Hauch einer Idee, wie um alles in der Welt ich Elisabeth Matthissen in dieser Millionenstadt finden sollte – vor allem, ohne ein Wort Russisch zu sprechen.

Nervös tigerte ich den Krankenhausflur auf und ab, überlegte und beäugte dabei das Personal. Irgendeine von den jüngeren Schwestern würde doch bestimmt ein paar Brocken Englisch sprechen? Gab es YouTube & Co. nicht auch in Russland? Doch während ich noch nach einem geeigneten Opfer Ausschau hielt, bellte mich plötzlich jemand von links an. Und das ist durchaus nicht metaphorisch gemeint. Der Mann bellte wirklich. Und ein zweiter Mann, der jetzt auf meiner rechten Seite auftauchte, bellte zurück. Im Hintergrund nahm ich Schwester Erbarmungslos wahr, und dann wurde mir klar, was die beiden Kampfhunde von mir wollten. Offenbar war meine Anwesenheit auf dieser Station nicht mehr erwünscht. Ich nickte, machte eine beschwichtigende Handbewegung und wandte mich Richtung Ausgang. Die beiden Typen folgten mir, und allmählich fühlte ich mich tatsächlich wie in einem James-Bond-Film. An der Ausgangstür drehte ich mich noch einmal um, warum, weiß ich auch nicht, reiner Instinkt. Jedenfalls sah ich in der Entfernung noch immer die Schwester stehen. Sie tuschelte mit einem Mann im weißen Kittel, und beide sahen sie angestrengt in meine Richtung. Mehr konnte ich nicht erkennen, denn dann fasste Kampfhund Nr. 1 mich doch tatsächlich am Ellbogen und schob mich recht unsanft zur Tür hinaus.

«He, loslassen», schnauzte ich ihn an.

Doch genauso gut hätte ich ihn auffordern können, im

Flur Pirouetten zu drehen. Die beiden 120-Kilo-Typen, die von der Statur her an die Klitschko-Brüder erinnerten, lachten nur. Auf diese Art, wie nur Männer lachen können, die noch nie in ihrem Erwachsenenleben im Sitzen gepinkelt haben.

Draußen hatte sich Väterchen Frost inzwischen empfindlich breitgemacht. Der Boden war steinhart gefroren, und die Kälte stach mir in die Wangen. Dafür glitzerte der Mond malerisch im Schnee, und auch die hohen alten Bäume im Park des Krankenhauses gaben sich alle Mühe, eine Art russische Caspar-David-Friedrich-Stimmung zu verbreiten: Wie knöcherne Riesen ragten sie mit ihren kahlen Ästen in die helle Nacht und erinnerten mich an die «Ents», die Baumwesen in «Herr der Ringe». Gleich würden sie mit ihren knorrigen alten Armen wackeln und ihre Borkenmünder aufreißen, um sich etwas zuzutuscheln. Eine Vorstellung, die mich auf seltsame Weise tröstete. Und das tat bitter not.

Denn abgesehen davon, dass ich mich in St. Petersburg in einem arktisch temperierten Krankenhauspark befand und keine Ahnung hatte, wie um alles in der Welt ich die herumvagabundierende Gattin meines kranken Freundes finden sollte, fühlte ich mich ganz einfach auch sehr allein. Ich setzte mich auf eine Bank, die von einer funzeligen Straßenlaterne in ein dämmriges Licht gehüllt wurde, und überlegte, ob es irgendetwas gäbe, was ich jetzt tun könnte. Außer zu heulen.

Ich überlegte sehr lange, musste dann aber feststellen, dass mir nichts, aber auch gar nichts Brauchbares einfallen wollte. Denn was auch immer mir in den Sinn kam, die Umsetzung schien erschwert, wenn nicht unmöglich aufgrund einer Tatsache, die nicht wirklich überraschend kam: Ich sprach kein Wort Russisch. Ja, ich konnte hier ja nicht einmal die Straßenschilder lesen.

«Das habe ich dir doch gleich gesagt», hörte ich Kiki im Geiste sagen und äffte sie leise nach. Aber sie hatte ja recht. Leider hatte ich nur bis hierher gedacht und keinen Schritt weiter. Ich hatte einfach felsenfest damit gerechnet, Elisabeth Matthissen oder zumindest Maxim Grigorov hier im Krankenhaus anzutreffen.

Und da es mir nun zusätzlich auch noch an einem Mindestvorrat an Schlaf, Nahrung und Optimismus fehlte, schlug etwas über mir zusammen, das mit heulendem Elend noch freundlich beschrieben wäre. Ich schluchzte und schniefte, bis mein ganzer Körper sich wie Wackelpudding anfühlte, machte mir Vorwürfe über meine Blödheit und zudem Sorgen um Hans – und mit all dem hätte ich wohl noch eine ganze Weile weitergemacht, wenn ich nicht plötzlich etwas Seltsames gesehen hätte. Durch meine Finger hindurch, in die ich mein Gesicht vergraben hatte.

Das Seltsame kam näher. Und ich sagte mir, dass ich wirklich dringend etwas essen sollte. Und trinken. Ja, vor allem trinken. Am besten einen Wodka. Denn wenn man anfängt, auf einer Parkbank in St. Petersburg Personen zu halluzinieren, die zweitausend Kilometer weit weg sind, liegt das, glaube ich, nahe. Ich kniff mir versuchsweise in den Oberschenkel, doch die Halluzination verschwand nicht. Sie kam immer näher und setzte sich schließlich neben mich auf die Parkbank, ohne ein Wort zu sagen.

Ich starrte ihn an und brachte schließlich ein «Bist du echt?» über die Lippen.

Er streckte die Beine von sich und schob seine Kapuze herunter. Seine Augen schienen mir jetzt gar nicht mehr verblasst. Im Gegenteil. Unter dem dicken gelben Krankenhaus-Mond von St. Petersburg überschwemmten sie mich mit ihrem Meer-Blau wie zwei hell leuchtende Klicker-Murmeln.

Verdammter Kerl mit seinen verdammten Augen, dachte ich, und doch war ich so unsäglich froh, ihn zu sehen, dass ich ihm fast um den Hals gefallen wäre.

«Ich dachte mir, du könntest etwas Unterstützung brauchen», fing er schließlich an, da ich nichts sagte.

Ich nickte, brachte aber kein Wort über die Lippen.

«Und?», fragte er. «Hast du gefunden, was du gesucht hast?»

Ich schüttelte den Kopf, noch immer stumm, und konnte zu meinem großen Ärger nicht verhindern, dass mir eine dicke Krokodilsträne über die Wange kullerte.

Er hob die Hand, wollte sie mir abwischen, doch ich wich unwillkürlich zurück und fauchte: «Fass mich nicht an.»

«Ist ja gut», murmelte er und zog seine Hand zurück.

Wir schwiegen. Und starrten in den Park, in dem ein magerer Hase herumhoppelte und nach Essbarem suchte.

«Armes Häschen», sagte Lukas schließlich.

«Na ja, er weiß wenigstens, was er sucht», murmelte ich.

Lukas sah mich fragend an.

«Ich muss herausfinden, wo dieser Maxim Grigorov wohnt, dessen Name auf dem Zettel stand», erklärte ich, «aber ich habe keine Ahnung, wer das eigentlich ist. Irgendeine Idee, wie man das anstellen könnte?»

«Hm», erwiderte er. «Schon. Aber ...» Er blickte nachdenklich in den eisgrauen Park. «Weißt du, ich würde für die nähere Planung einen etwas beheizteren Ort vorziehen. Ich meine, es ist wirklich sehr idyllisch hier, die alten Bäume, das hoppelnde Häslein, aber findest du es nicht etwas –»

«Blödmann», schnitt ich ihm das Wort ab und stand auf. «Okay, gehen wir.»

Zwei Stunden später saßen wir auf dem leicht gammeligen Gästesofa einer kleinen Pension in der Nähe des Newski Prospekts, der Prachtmeile St. Petersburgs. Wir tranken Tee mit Wodka und fluchten abwechselnd oder auch unisono. Grund dafür war das museumsreife Modem, welches seiner Arbeit nur sehr sporadisch und auch dann nur unter übellaunigem Gefiepe nachging.

«Sagtest du nicht, es gebe hier Internet?»

Lukas seufzte und rang die Hände. «Ich war vor sieben Jahren das letzte Mal hier. Und damals war dieses Modem für russische Verhältnisse wirklich eine ganz heiße Nummer, das kann ich dir sagen.»

«Kaum zu glauben», antwortete ich und betrachtete angewidert das blaue Plastikteil, das auf den Namen Namsy hörte und ein Immigrant aus Korea war. Es fiepte jetzt wieder und meldete stolz, es sei «ready to register» – was eine dreiste Lüge war.

Erst nach diversen Anläufen ertönte das ersehnte Gurgeln in der Leitung, und dann hatte Namsy endlich den Weg in die weite Welt des Internets gefunden.

Als Erstes zogen wir die Online-Version des St. Petersburger Telefonbuchs zu Rate. Das teilte uns mit, dass es hier keinen «Maxim Grigorov» gab, aber dafür an die 50-mal «M. Grigorov».

«Puh», sagte ich, «hätte der Kerl nicht Xavier mit Vornamen heißen können?»

Dann suchte Lukas den Namen über das russische Google und fand einen Maxim Grigorov, der im Osten von Moskau eine Software-Firma betrieb. Dem Foto nach zu urteilen war er noch keine 30 Jahre alt. Ich schüttelte den Kopf.

Es folgten ein Metzger aus Kasachstan, ein Tanzlehrer aus Novosibirsk, ein estländischer Trekkie im Mr.-Spock-Dress und ein Maxim Grigorov, der im Forum einer Porno-Website nach etwas suchte, das Lukas mir nicht übersetzen wollte.

Und gerade als ich es aufgeben und lieber Queen Mum anrufen und fragen wollte, ob sie etwas von ihrer Schwester gehört habe, murmelte Lukas hinter mir: «Sag mal, Maxim Grigorov ist nicht zufällig ein emeritierter Literaturprofessor, oder?»

Meine Nackenhärchen stellten sich auf. Ich schmiss den Rucksack, in dem ich gerade nach meinem Handy gekramt hatte, in die Ecke und sauste zum Sofa zurück.

«Wie alt ist er?»

«Das steht hier nicht. Aber warte mal …» Lukas scrollte die Seite weiter nach unten, las ein paar Sätze und blickte mich triumphierend an: «Er hat früher oft Gast-Vorlesungen an der Humboldt-Universität in Berlin gehalten. Hilft dir das vielleicht weiter?»

Ich nickte und starrte gebannt auf die kyrillischen Buchstaben vor mir auf dem Bildschirm. «Gibt es da irgendeine Kontaktmöglichkeit?»

«Nur die Adresse der Petersburger Universität.»

«Dann gehen wir hin», sagte ich und stand auf.

«Jetzt?» Lukas sah mich zweifelnd an. «Dido, es ist zehn Uhr abends.»

Ich zuckte mit den Schultern. «Okay, dann morgen früh.»

Die drei Wodka hatten inzwischen in meinem Blutsystem ganze Arbeit geleistet. Ich merkte, dass der Boden leicht zu schwanken begann, und ließ mich schnell wieder auf dem Sofa nieder.

«Was steht denn da noch über den alten Herren?»

Lukas vertiefte sich wieder in die kryptischen Zeichen auf dem Bildschirm, und ich zapfte mir vom leise zischenden Samowar noch ein Glas Tee ab.

«Heine», sagte er schließlich, «er ist Experte für Heine. Über dessen ‹Deutschland. Ein Wintermärchen› hat er seine Habilitation geschrieben und später ein bekanntes Buch veröffentlicht.»

«Was?» Ich war plötzlich hellwach. «Heine, sagst du?»

«Ja, wieso?»

Ich griff wieder nach meinem Rucksack und kramte darin nach dem Buch. Den Heine-Gedichten, die mir Hans für Elisabeth Matthissen gegeben hatte. Ich Idiot aber auch, dass ich nicht eher darauf gekommen war: der Mann mit der eiligen Handschrift. Ich schlug den schmalen Band auf und starrte auf die beiden ineinander verschnörkelten Buchstaben im Exlibris, über die ich immer wieder gerätselt hatte. G. M. – oder eben M. G. Aber natürlich! Ich lächelte. Zum ersten Mal seit acht Jahren lächelte ich Lukas an.

«Ich glaube, wir haben ihn.»

«Ihn?»

«Na, den Maxim Grigorov, den ich suche. Schau hier.» Ich zeigte ihm das Exlibris.

«Darf ich?», fragte er.

Ich nickte, er nahm das Buch und blätterte vorsichtig darin herum. Und weil ich so glücklich und auch ein bisschen betrunken war und alles so unwirklich schien – St. Petersburg, die komische Pension, das alte Buch, in das vor über sechzig Jahren ein junger Mann seine Notizen geschrieben hatte –, vergaß ich alles andere. Ich sah Lukas an und er mich, und es kam, wie es wohl kommen musste. Unter dem hysterischen Gepfeife von Namsy, das sich offenbar selbst aus dem System abgemeldet hatte, küssten wir uns. Ganz vorsichtig. Als könne einer von uns beiden auseinanderbrechen.

Und ich weiß nicht, was es war, was mich dann plötzlich so wütend machte. Vielleicht waren es seine Augen, diese viel zu vertrauten Augen, die jetzt in mich hineinkrochen, direkt in mein Herz krochen und sich dort breitmachen wollten. Vielleicht war es auch das Stück nackte Haut in seinem offenen Hemdkragen, das plötzlich zum Greifen nah schien – jedenfalls stieß ich ihn zurück und schrie: «So nicht, verdammt!»

Und dann tat ich etwas, was ich noch nie in meinem Leben getan hatte und vorher auch nicht für möglich gehalten hätte: Ich knallte ihm eine. So fest, dass meine Hand brannte und sich ein roter Abdruck auf seiner Wange zeigte.

Danach war es ziemlich still. Er sah mich immer noch an. Ich ihn ebenfalls. Und für einen Moment war es wie ein stilles Kräftemessen zwischen zwei Bulldoggen, die sich gegenüberstehen und darauf warten, wer zuerst die Zähne fletscht.

«Gib her», zischte ich schließlich, riss ihm das Buch aus der Hand, das er noch immer hielt, und schnappte mir meinen Rucksack. «Ich gehe jetzt ins Bett.»

Lukas nickte.

«Ruhe sanft, kleine Fee.»

«Blödmann.»

«Angenehm.»

«Ts.»

Ich stolzierte aus dem Raum, eine Treppe hinunter und in mein etwas muffiges Zimmer, das neben einer funktionierenden Heizung auch mit einem großen, sauberen Bett aufwarten konnte. Und das war weitaus mehr, als ich von diesem Tag noch zu erwarten gehofft hatte.

12

Ich erwachte mit dem unguten Gefühl, am Abend vorher nicht nur zu viel getrunken, sondern mich auch komplett zum Narren gemacht zu haben. Immerhin war der Mann fast zweitausend Kilometer gereist, um mir aus der Patsche zu helfen. Und ich hatte nichts Besseres zu tun gehabt, als ihm mitten in der Nacht eine runterzuhauen.

Nicht gerade die feine Art, was hast du dir eigentlich dabei gedacht?, meldete sich das gute alte Nörgel-Ich zu Wort – wie stets gern zur Stelle, wenn es Momente größter Peinlichkeit zu kommentieren galt.

Und da mir nicht viel einfiel, was ich erwidern konnte, vergrub ich den Kopf in den muffigen Kissen meines Marie-Antoinette-Gedächtnis-Bettes, einer obskuren Eisen-Konstruktion auf Löwenfüßen. Während ich aus den Augenwinkeln eine Kakerlake dabei beobachtete, wie sie langsam, fast schüchtern an der Wand entlang Richtung Decke kroch, meldete sich plötzlich eine andere Stimme in meinem Kopf. Es war eine leise, etwas zögerliche Stimme, eine, die ich seit Jahren für verschollen gehalten hatte.

Aber …, sagte die Stimme.

Doch bevor sie weiterreden konnte, plärrte Nörgel-Ich bereits los: *Was soll das denn? Diese dramatische Gefühlsnummer auch noch verteidigen?*

Aber ... es hat gutgetan, murmelte die Stimme zaghaft, *vielleicht kam es ein bisschen spät, genauer gesagt, acht Jahre zu spät. Aber er hatte es verdient ...*

Ach, ist doch auch egal.

Ist es das?

Natürlich. Er soll mir jetzt einfach hier bei der Sache mit Hans helfen, und dann kann er mir gestohlen bleiben.

Das kannst du deiner Großmutter erzählen, sagte die leise Stimme nun gar nicht mehr zögerlich.

Ach, halt die Klappe.

Die Stimme kicherte besserwisserisch, und ich beschloss aufzustehen, bevor ich ein Fall für den Psychiater würde.

Eine Dusche, drei Tassen heißen Tee und zwei frisch gebackene Wareniki später sah die Welt deutlich besser aus. Und das war nicht nur metaphorisch gemeint, wie ich nach dem Frühstück feststellen konnte. Zwar schlug uns, als wir das Haus verließen und Richtung Bushaltestelle stapften, ein höchst unfreundlicher eisiger Wind entgegen. Doch dafür hatte der russische Winter die Stadt über Nacht mit frischem Schnee überzuckert und so in eine Märchenmetropole verwandelt, wie sie Walt Disney auch nicht besser hingekriegt hätte.

Alle Kirchen, Giebel und Zwiebeltürmchen trugen weiße Zipfelmützen. Und selbst Genosse Lenin, der am Newski Prospekt auf seinem Stein trohnte, schien unter seiner weißen Schnee-Kappe etwas weniger streng auf das Volk herabzusehen als sonst. Wozu es allerdings keinen Anlass gab. Denn offenbar hatte ebendieses Volk Lenins kommunistische Lehren nach 1989 komplett auf den Müll der

Geschichte geworfen: Die St. Petersburger frönten in der Vorweihnachtszeit einer Sportform, die mit «Power-Shopping» noch dezent umschrieben wäre. Die gigantischen Kaufhäuser, die wie Paläste aussahen, hatten Mühe, dem Ansturm gerecht zu werden. Selbst in den teuren Geschäften am Newski Prospekt, St. Petersburgs Champs-Élysées, wimmelte es von Leuten, beladen mit Tüten und Taschen, als gäbe es dort Kaviar umsonst. Und auch auf den Straßen drängelten sich die Ladas und westliche Luxuslimousinen, als hätten sie alle Angst, zu spät zum großen Ausverkauf zu kommen.

Das Seltsame dabei aber war, dass die Stadt selbst – das alte St. Petersburg mit seinen pastellig schimmernden Barock-Fassaden, den geschwungenen Brücken und vergoldeten Kuppeln – von all dem gänzlich unberührt schien. Ja, es wirkte fast, als betrachte es den Tumult um sich herum mit einigem Erstaunen – doch ohne sich auch nur im mindesten davon stören zu lassen.

Als wir dann an der Eremitage aus dem Bus stiegen und über einen dieser Parade-Plätze gingen, deren Ausmaße an Spielwiesen für Riesen erinnern, komplettierte sich mein Eindruck: Trotz der Myriaden an stinkenden Autos, der in Bonbonfarben funkelnden Weihnachtsbeleuchtung und der von einem Nobel-Store zum nächsten hastenden Leute schien es, als sei in St. Petersburg einfach irgendwann die Zeit stehengeblieben. Als kümmere diese ganze plärrende, quietschende, stinkende Moderne die alte Stadt nicht mehr als einen Baum, an dem sich ein Schwein kratzt – und als könne in der nächsten Minute ein Troika-Schlitten um die Ecke biegen mit den Brüdern Karamasow darin.

Das allerdings konnte man von der slawistischen Fakultät der Universität St. Petersburg nicht gerade behaupten – oder zumindest nicht von ihren Angestellten. Polina Lubin war etwa einen Meter fünfzig groß und an den meisten sichtbaren Zentimetern ihres kleinen Körpers mit einem Tattoo oder Piercing geschmückt. Alles in allem wirkte sie wie die Tresenkraft einer Harley-Davidson-Kneipe. Hier aber fungierte sie als Empfangsdame für verwirrte Studenten oder vielmehr als «Assistant faculty manager», wie ihr zweisprachiges Namensschild vermeldete.

Leider bewegten sich auch ihre Englischkenntnisse auf Assistenten-Niveau, sodass Lukas unser Anliegen schließlich doch auf Russisch vortrug.

Es war das erste Mal, dass ich ihn länger Russisch sprechen hörte, und ich war erstaunt, wie anders, melodiöser seine Stimme klang. Er sprach, ohne zu stocken, und Piercing-Polina schien ihn auch bestens zu verstehen. Jedenfalls nickte sie rhythmisch und sagte von Zeit zu Zeit «da», was offenbar «ja» bedeutete. Am Ende aber klimperte sie, nachdem sie etwas am Computer geprüft hatte, traurig mit ihren dick getuschten Wimpern und sagte «njet» – wofür selbst ich keine Übersetzung brauchte. Trotzdem händigte sie Lukas einen Zettel aus, der uns ins slawistische Seminar und dort zu einem Professor Jewgenij Tschudnowski führen sollte. Der nämlich könne uns vielleicht weiterhelfen, erklärte mir Lukas, während wir durch den Schnee zum nächsten Gebäude stapften. Wobei das Wort Gebäude stark untertrieben ist. Denn in St. Petersburg sieht selbst die Universität wie das Wochenendhaus des letzten Zaren aus. In Pastelltöne getränkt, wie die meisten alten Gebäude hier, zog sie sich vor meinen Augen mit ihrem imposanten Neoklassik-Look am Ufer der Newa entlang.

Das vermochte meine Laune aber auch nicht zu bessern, die allmählich gemeinsam mit meinen Füßen an einer starken Unterkühlung litt. Offenbar hatten Kikis komische Stiefel vor den gefühlten minus 30 Grad der russischen Winterfrische kapituliert. Jedenfalls spührte ich unterhalb der Wadenknöchel nur noch Eis. Und eisig war auch meine Stimmlage, als ich jetzt vor mich hin zu schimpfen begann. Auf schludrige russische Personalverwaltungssysteme im Allgemeinen. Auf gepiercte Sowjet-Tussis ohne Durchblick im Besonderen. Und warum überhaupt wir denn nun noch zu diesem «Tschutschitschowski-oder-wie-immer-der-hieß» müssten?

Lukas zuckte die Schultern. «Keine Ahnung. Jedenfalls durfte die Tattoo-Mamsell anscheinend keine Auskunft über Maxim Grigorov erteilen.»

«Wir wollten ja nicht seine Personalakte sehen, sondern lediglich eine Kontaktmöglichkeit. Ich meine, immerhin war der Mann hier einmal Professor. Was sollen denn seine Studenten machen?», blaffte ich.

«Die sind ja im Normalfall auch keine Deutschen», erwiderte Lukas.

Ich zog ein ungläubiges Gesicht, soweit meine tiefgekühlte Mimik dies zuließ. «Du glaubst doch nicht im Ernst, dass das eine Rolle spielt? Der Krieg ist seit über sechzig Jahren zu Ende, oder nicht?»

Lukas zuckte noch mal die Schultern. «Ist nur so ein Gefühl. Vielleicht spinne ich ja.»

Dann waren wir endlich da, stapften durch eine Eingangshalle, an deren zehn Meter hoher Decke sich der Stuck kräuselte, und standen schließlich vor jener Tür, hinter der sich Professor Jewgenij Tschudnowski verbergen sollte. Was derselbe leider sehr erfolgreich tat. Niemand öffnete auf unser Klopfen, und die Tür war verschlossen.

«Mist», sagte ich.

«Mist», bestätigte Lukas.

Doch zum Glück sprach die Fakultätssekretärin nicht nur besser Englisch, sondern war auch um einiges aufgeschlossener als ihre Kollegin am Empfang. Auf unsere Nachfrage hin überlegte sie einen Moment, feilte seelenruhig ihren linken korallenroten Fingernagel fertig und riet uns dann, in die Teestube auf dem Campus zu gehen. Denn da, übersetzte mir Lukas später grinsend, «hänge der Professor bestimmt mit den Kollegen beim zweiten Frühstück herum».

Die unieigene Teestube war ein dunkler Raum im Souterrain, in dem anscheinend seit gut 200 Jahren täglich die Vorräte eines halben Tabakladens in die Luft gepafft wurden. Von Rauchverbot hatte in St. Petersburg offenbar noch nie jemand etwas gehört. Am allerwenigsten die launige Herrenrunde, der wir uns jetzt vorsichtig näherten. In einem Nebel von Nikotinschwaden erkannte ich vier ältere Männer, die ganz offensichtlich keine Studenten waren. Sie trugen schlecht sitzende Anzüge, die an manchen Stellen schon speckig glänzten und ebenso wie ihre blechern blitzenden Zahnkronen ahnen ließen, dass es um das durchschnittliche russische Professorengehalt nicht allzu gut bestellt war.

Die vier beäugten uns neugierig, als wir näher kamen,

und auf Lukas' Nachfrage entpuppte sich der kleinste und dickste von ihnen tatsächlich als Jewgenij Tschudnowski.

Nachdem wir uns vorgestellt, etliche Tassen Tee getrunken und massenweise Herzegowina Flor geraucht hatten – Tschudnowski versicherte mir: «War schon Lieblings-Zigarettenmarke von Genosse Stalin», was das Kraut auch nicht besser machte –, hatten wir immer noch keine Adresse. Mit der wollte der kleine dicke Professor nicht rausrücken. Dafür aber bekamen wir den Tipp, dass der verehrte Kollege Grigorov sich gerne in einem Etablissement aufhalte, dessen Name mir Lukas als «Zum alten Bären» übersetzte.

«Meinst du ernsthaft, dass der Mann sich nach einem Herzinfarkt und frisch aus dem Krankenhaus entlassen gleich wieder in einer Petersburger Vorstadtkneipe rumtreibt?», fragte ich Lukas, als wir wieder draußen im Schnee standen und meine Füße sich sogleich wieder ans Frieren machten.

Lukas zuckte die Achseln.

«Unterschätze niemals den Alkoholbedarf russischer Männer. Und außerdem: Haben wir irgendwelche Alternativen?»

«Wir könnten die Fakultätssekretärin mit deinem Taschenmesser bedrohen, bis sie die Adresse rausgibt.»

«Blendender Vorschlag, doch leider liegt es in der Pension», murmelte Lukas und kramte aus der Innentasche seiner Jacke ein Notizbuch hervor, das eindeutig schon bessere Tage gesehen hatte.

«Was ist das? Deine Aufzeichnungen von der Oktoberrevolution?»

Lukas antwortete nicht, sondern blätterte in dem völlig zerfledderten Büchlein herum, aus dem immer wieder bunte Zettel in den Schnee fielen.

Einen davon hob ich auf. Es war eine halb zerrissene, verblichene Eintrittskarte für ein Museum in Prag. Dort waren wir zusammen gewesen. Vor neun Jahren. In einem Sommer, der mir nun rückblickend so unwirklich schien wie eine riesige Seifenblase: wunderschön, schillernd und doch nicht mehr als ein seifiges Nichts. Denn am Ende war es einfach zerplatzt, unser gemeinsames Leben. Hatte sich als schal und nichtig erwiesen.

Ich gab Lukas die Eintrittskarte schnell zurück.

Er blätterte noch immer, unterbrochen von gemurmelten Flüchen und gelegentlichem Geknurre, und machte schließlich: «Ha!»

«Ha?», fragte ich.

«Ha», nickte er, zückte sein Handy und wählte eine Nummer aus dem Notizbuch. Offenbar erfolgreich. Kurz darauf schickte er einen Schwall russischer Zischlaute in sein Handy, lachte und sagte dann etwas, was seinen Gesprächspartner wohl ebenfalls erheiterte. Jedenfalls hörte ich ein schepperndes Dröhnen, das, wenn nicht aus dem Handy, von einer zufällig vorbeirollenden Pressluftwalze hätte stammen können.

«Mit wem hast du da telefoniert?», fragte ich, als er das Telefon wieder wegsteckte. «Mit Rasputin? Dem Golem?»

«Ja, so ungefähr.» Er grinste immer noch kopfschüttelnd vor sich hin.

Dann zückte er wieder sein Notizbuch, hielt es mir hin und sagte: «Schreib mir die Namen der beiden Personen auf, die du suchst. Ich kann nichts versprechen, aber ich denke, wenn einer in der Lage ist, sie zu finden, dann er.»

«Er?»

«Leider kann ich dir nicht mehr sagen. Und leider kannst du auch nicht mitkommen, wenn ich mich mit ihm treffe. Aber es könnte sein, dass er uns helfen kann.»

«Klingt kryptisch.»

«Ist es auch», erwiderte er, und das Grinsen verschwand aus seinem Gesicht, als er nach einer Pause hinzufügte: «Es mag sich hier ja einiges geändert haben in den letzten zwanzig Jahren, aber eines offenbar nicht: Es ist in Russland noch immer sehr ungesund, zu viel zu wissen.»

Und genau das war der Satz, der einige Stunden später gebetsmühlenartig seine Runden durch meinen Kopf drehen sollte.

Ich hatte den Abend in der Pension verbracht. Zuerst hatte ich mir von Namsy, dem Antik-Modem, Gesellschaft leisten lassen. Doch Namsy entwickelte sich immer mehr zum Internet-Schreck: Maximal drei Minuten gönnte es mir, dann wurde ich fiepsend ins Online-Off katapultiert.

Nach dem vierten Anlauf hatte ich genug und versuchte es mit einem weniger störanfälligen Medium – auch wenn klar war, dass ein Handygespräch nach Deutschland mein Konto in komatöse Zustände stürzen würde. Doch der Anruf, den ich dann tätigte, sollte alles Geld der Erde wert sein. Denn im Hamburger Universitätskrankenhaus erklärte mir die müde klingende Nachtschwester, dass Hans zwar immer noch auf der Intensivstation sei, aber auf jeden Fall stabil und inzwischen auch ansprechbar.

Mindestens drei Zentner Beton bröckelten von meinen Schultern. Ich legte auf, tanzte durch das Zimmer, küsste den schwarz-weißen Porzellanhund, der auf der Anrichte stand und mopsig guckte, und schließlich schaffte ich es sogar, dem zischenden Samowar einen Tee zu entlocken, ohne mir die Finger zu verbrennen. Alles in allem hätte man also von einem gelungenen Abend sprechen können. Vorausgesetzt, er hätte irgendwann geendet.

Gegen 22.30 Uhr guckte ich das erste Mal auf die Uhr. Lukas war seit vier Stunden weg. Ich fand, dass das reichen sollte, um seinem mysteriösen russischen Bekannten ein paar Informationen zu entlocken. Also setzte ich frischen Tee auf – und mich selbst ans Fenster, um ihn gleich zu sehen, wenn er die Straße entlanggestapft käme. Es schneite draußen und stürmte dabei so stark, dass der Schnee fast quer vom Himmel zu fallen schien.

Eine Zeitlang starrte ich einfach hinaus in das weiße Treiben und empfand seit Tagen zum ersten Mal so etwas wie Ruhe. Und Müdigkeit. Plötzlich merkte ich, wie entsetzlich müde ich war. Wie die Erschöpfung sich in jedem meiner Glieder breitmachte und mein Hirn einlullte. So sehr, dass es nur noch lahme Motivationsformeln von sich gab. *Alles wird gut*, säuselte es mir leise zu und entlockte mir damit tatsächlich ein Lächeln. Und als hätten meine Mundwinkel eine Direktschaltung zu meinen verknoteten Nackenmuskeln entwickelt, entspannte ich mich tatsächlich etwas, schaute noch eine Weile in den Schneesturm hinaus und ließ schließlich meinen Blick müde durch das Zimmer streunen.

Jetzt, wo ich es zum ersten Mal richtig wahrnahm,

entpuppte sich dieses als Paradestück einer EV-Fremdenbehausung. EV – wie extrem vergammelt. Neben einer beige-braun karierten Sofa-Garnitur von unfassbarer Scheußlichkeit gab es noch einen gekachelten Couchtisch mit einem fleckigen Häkeldeckchen darauf. Zudem drei rosa Plastiktulpen, die schlapp und staubig aus einer leeren Wodkaflasche hingen, sowie einen alten Plattenspieler von Telefunken, für den ein deutscher Hi-Fi-Freak wahrscheinlich ein Vermögen gegeben hätte. Neben diesem Audio-Fossil lehnte ein Stapel Schallplatten an der Wand. Das Cover der obersten Platte zeigte einen Mann, der mit seiner weißblonden Topffrisur jederzeit als Heinos kleiner Bruder hätte durchgehen können. Trotzdem hatte er, wie ich nach vager Entschlüsselung der kyrillisch beschrifteten Rückseite beschloss, eine Chance verdient.

Leicht knarzend und kratzend erschallte kurz darauf das zweite Klavierkonzert von Chopin und machte mir bewusst, dass ich Heinos Verwandtschaft bisher stark unterschätzt hatte. Wer auch immer der Pianist war, er hatte seine achtundachtzig Tasten gut im Griff. Kein Pathos, keine gewollt wirkenden Verzögerungen und auch sonst keine der Manierismen, mit denen die Zirkuspferde unter den Pianisten ihr Publikum zu beeindrucken versuchen. Er spielte den alten Chopin klar, direkt und mit einer leisen Tragik, die mir die Tränen in die Augen spülte und meinen Widerstand schneller auflöste als eine Brausetablette.

Und so wanderten meine Gedanken schließlich doch zu jenem Moment – diesem einen Moment, der mich viel mehr beschäftigte, als ich zugeben wollte. Es hatte mich wütend gemacht, ihn zu küssen. Keine Frage. Und es war auch völlig in Ordnung gewesen, ihm eine runterzuhauen, fand ich jetzt. Doch wenn ich ganz ehrlich war, waren es weder Mann noch Kuss gewesen, die mich derart in Rage versetzt hatten: Es war schlicht und einfach die Tatsache, dass es sich richtig angefühlt hatte. Mehr als acht Jahre waren vergangen. Dennoch fühlte sich ihn zu küssen noch immer an wie nach Hause kommen.

«Dir ist nicht zu helfen», murmelte ich und streckte meinem Spiegelbild in der Scheibe die Zunge heraus. Dann schüttelte ich mich wie ein Hund, der aus dem Wasser kommt.

Mein Blick fiel auf die Uhr. Sie zeigte halb zwölf. Lukas war jetzt schon fünf Stunden weg. Ich spürte ein leichtes Flattern in der Magengegend. Denn mittlerweile war es für St. Petersburger Verhältnisse totenstill geworden. In der Pension regte sich niemand mehr. Draußen auf der Straße brannte nur noch eine Art Notbeleuchtung, anscheinend verkaufte Putin alle Energiereserven nach Europa. Und nur ganz entfernt war ab und an das Aufheulen einer Krankenwagensirene zu hören, was meine Nerven nicht wirklich beruhigte. Besonders, als mir nun auch wieder einfiel, wie unhöflich ich am Abend vorher von den beiden Muskelprotzen aus dem Krankenhaus katapultiert worden war. Und plötzlich fragte ich mich, was ich denn eigentlich über diesen Maxim Grigorov wusste – außer dass er gern Heine las und in einer wie auch immer gearteten Beziehung zu Elisabeth Matthissen stand. Vielleicht war er ja ein gesuchter Dissident? Schmorte seit Jahrzehnten in irgendwelchen sibirischen Lagern? Und sein Krankenhausaufenthalt war nur fingiert, um Elisabeth Matthissen nach St. Petersburg zu locken und zu verhören? War der oder die ominöse N. Greenbaum aus Dublin eigentlich vom Geheimdienst?

Mein Hirn arbeitete jetzt auf Hochtouren und alarmierte alle verfügbaren Panikabteilungen seines Nervensystems. Daher war ich binnen weniger Minuten vollkommen überzeugt, dass Lukas nicht mehr kommen würde, dass finstere Schergen ihn irgendwo festhielten und im grellen Licht russischer Verhörlampen immer wieder fragten, was er hier in Russland tue – und warum er nach Maxim Grigorov gesucht habe.

Und was um alles in der Welt sollte der Mann dann sagen? Die Wahrheit? Dass er in ein Flugzeug gestiegen und seiner Exfreundin, die seit acht Jahren nicht mehr mit ihm spricht, zweitausend Kilometer hinterhergereist war, ohne auch nur die geringste Ahnung zu haben, zu welchem Zweck? Das würde ihm nicht mal der Verhör-Azubi glauben.

Ich kramte mein Handy raus und versuchte, Lukas anzurufen, doch eine Frauenstimme erklärte mir in sehr bestimmtem Tonfall, dass er leider *not available* sei. Ich schmiss das Handy aufs Sofa und begann, im Zimmer auf und ab zu tigern. Dabei versuchte ich, meine herumspringenden Gedanken auf das Einzige zu konzentrieren, was mir weiterhelfen konnte: die wenigen Informationen, die Lukas und mich hierhergeführt hatten – und die Frage, was er herausgefunden haben könnte, das ihn so lange aufhielt.

Im Internet hatte gestanden, dass Grigorov früher Gastvorlesungen in Berlin gehalten hatte. Aber was hatte das mit Elisabeth Matthissen oder gar mit Hans zu tun? Und wie kam Hans an ein Buch mit Heine-Gedichten, das möglicherweise einmal Grigorov gehört hatte? In den spärlichen Angaben, die ich über die alte Dame gefunden hatte, hatte immer nur «wohnhaft in Hamburg» gestanden. Aber wer weiß, vielleicht hatte sie ein flottes Studentenleben im Nachkriegsberlin geführt und sich dabei in ihren russischen Literaturprofessor verliebt?

Fehlanzeige, morste mein Hirn, *da war sie doch schon längst mit Hans verheiratet.* Schließlich hatten die beiden direkt nach dem Krieg geheiratet. Aber hatten sie sich nicht schon drei Jahre später wieder getrennt? Und das offenbar auf so unerfreuliche Art und Weise, dass die beiden seitdem nicht mehr miteinander sprachen. Das wiederum konnte aber nicht an Professor Unbekannt liegen. Denn der Name, den Hans mir als «Elisabeths große Liebe» genannt hatte, lautete nicht Maxim Grigorov, sondern Gregor Malek. Und der war die größte Leerstelle in meiner Geschichte.

Um wenigstens irgendetwas zu tun, startete ich das widerspenstige Namsy noch einmal und gab den Namen in den Google-Übersetzer ein. Mit den kyrillischen Buchstaben, die ich erhielt, fütterte ich die russische Google-Suche. Und bekam so zumindest die Bestätigung, dass ich als Journalistin nicht ganz unbegabt war. Jedenfalls tauchte der Name Gregor Malek auf einer Vielzahl russischsprachiger Seiten auf, die ich natürlich nicht lesen, aber trotzdem identifizieren konnte.

Denn es wimmelte darauf von Symbolen und Fotos, die ziemlich unzweideutig waren: ob Hakenkreuze, Hitler-Bilder oder Foren-Mitgliedsfotos, auf denen deutsche Schäferhunde oder Männer mit Bürstenhaarschnitten zu sehen waren. Ich wusste zwar, dass es in Russland eine aktive Neonazi-Szene gab, aber die schiere Menge an Seiten machte mich doch sprachlos – und auch komplett ratlos: Was hatte ein russischer Neonazi, wenn der Gregor Malek meiner Geschichte denn einer sein sollte, mit einer alten Dame aus Hamburg zu tun, die Kinderbücher schrieb?

Verwirrt schaltete ich den Computer ab, starrte wieder in die Nacht hinaus und wurde von Minute zu Minute panischer. Ich versuchte noch mal, Lukas per Handy zu erreichen – vergebens.

Als er um drei Uhr noch immer nicht wieder da war, erwog ich, die hiesige Polizei mittels meiner beredten internationalen Pantomime-Künste davon zu überzeugen, eine Großsuche zu starten.

Um vier Uhr suchte ich im Internet die Nummer der deutschen Botschaft in St. Petersburg heraus, wurde dort aber von einem knarzenden Anrufbeantworter auf zehn Uhr am nächsten Tag vertröstet.

Und gegen halb fünf war ich schließlich so überzeugt, dass Lukas irgendetwas zugestoßen war, dass ich zitternd am Fenster saß und in einem monomanischen Brabbelgebet Selbstanschuldigungen vor mich hin murmelte: «Du hast ihn da reingetrieben. Du bist schuld, wenn ihm etwas passiert. Er war unvernünftig, um dir etwas zu beweisen.»

Ich fühlte Tränen im Hals brennen, konnte schlecht atmen. Und wie in einer Art Kuhhandel mit dem Schicksal versprach ich, alles anders zu machen, mich endlich mit ihm auszusprechen – wenn er nur zurückkäme, wieder vor mir stünde mit seinem schiefen Lächeln.

Und als habe er nur auf diesen Schwur gewartet, sah ich im nächsten Moment eine Gestalt die Straße entlanggestapft kommen. Eine Gestalt, die sich zwar seltsam, fast wie in Zeitlupe bewegte, aber sich eindeutig als Lukas entpuppte.

Die immense Erleichterung, die mich überflutete, verflog allerdings schnell. Und zwar in just dem Augenblick, als Lukas nach dem dritten Versuch, mit dem Schlüssel das Türschloss zu treffen, das Zimmer betrat. Der Mann war nicht nur betrunken, er war so sternhagelvoll, dass er mich offensichtlich nur mit Mühe fokussieren konnte. Sein Blick schwappte hin und her wie die Arme eines Scheibenwischers bei Regen. Dabei lächelte er leicht debil und schwankte auf mich zu.

Ich wich gerade noch aus, sodass er nicht auf mich, sondern auf das beige-braune Sofa-Monster fiel. «Hoppla», brabbelte er, lächelte noch breiter und streckte die Arme nach mir aus.

Als ich seiner Aufforderung nicht Folge leistete, verdüsterte sich sein glasiger Blick und schien mitsamt den ihn umwabernden Alkoholschwaden in weite Fernen zu entgleiten.

«Wo warst du so lange?», fragte ich.

Doch er hörte mich nicht. Sein Blick klebte jetzt an den welken, roten Blumen in der Wodkaflasche, und er murmelte: «Vorbei.» Immer wieder nur: «vorbei», und das in einem so trostlosen Tonfall, dass die Blumen gleich noch viel schlapper aussahen.

«Lukas», probierte ich es mit meinem für Kinder-unter-drei-und-widerspenstige-Haustiere-reservierten-Tonfall, «Lukas, sag, hast du irgendetwas herausgefunden?»

Er versuchte, seine Augen auf mich zu fokussieren,

streckte nochmals die Hand nach mir aus und blickte dabei so kläglich und verloren, dass es jeden Stein erweicht hätte – von mir ganz zu schweigen.

Vorsichtig setzte ich mich zu ihm aufs Sofa, eigentlich nur auf die Kante. Doch sofort schlang er die Arme um mich und umklammerte mich mit der Finesse einer Würgeschlange. Dann rülpste er leise, bettete seinen Kopf in meine Halsbeuge – und schlief ein. So abrupt, wie es nur der Konsum von mindestens einem Liter Stark-Alkohol mit sich bringt.

Da lag ich nun. Um fünf Uhr morgens. In St. Petersburg. Auf dem hässlichsten Sofa, das ich je gesehen hatte. Unter dem alkoholisierten Mann meiner Jugendträume, dessen Wodka-Kneipen-Parfüm mir allmählich die Sinne vernebelte. Und trotzdem war ich froh. Froh, dass er wieder da war. Froh, sein leises Schnarchen zu hören. Und froh, dass mir in dieser langen Nacht zumindest eines klargeworden war: Diese Geschichte – seine und meine – war noch lange nicht zu Ende.

13

Ich erwachte vom Geknatter einer Schneemaschine unter dem Fenster. Es war immer noch stockfinster draußen, doch die Straßenlaterne warf ihr blauweißes Magermilch-Licht durchs Fenster und verlieh dem Zimmer damit den Charme eines Riesen-Aquariums. Über mir hörte ich jemanden aufstehen und etwas betätigen, das sich wie eine Saftpresse anhörte. Von irgendwo drang Kaffeeduft in meine Nase, und ein Blick auf die Uhr verriet mir, dass ich immerhin fast drei Stunden geschlafen hatte – soweit das zu zweit auf einem altersschwachen Sofa möglich war. Mir tat jeder einzelne Knochen weh, und ich wäre gern aufgestanden. Doch der Arm, der über meiner Hüfte lag, und die Nase, die sich von hinten in meinen Nacken bohrte, schienen Zentner zu wiegen. Physisch und psychisch.

Mein Blick fiel auf Lukas' Hand, die auf meinem Bauch lag. Er hatte lange, kräftige, fast ein bisschen wurstige Finger. Metzgerhände, hatte er immer gesagt. Und dann hatte er von seinem Urgroßvater erzählt. Dem, der sein Leben zwischen baumelnden Schweinehälften verbracht und das Hackebeil noch in der Hand gehabt hatte, als ein jäher Tod ihn dahinraffte. Nun lag diese Hand, die Metzger-Opas Gene geformt hatten, auf meinem Bauch und tat so, als wenn sie da hingehörte. Und das wirklich Dumme war, dass ich der Hand nicht mal widersprechen konnte. Schließlich hatte sie jahrelang genau da ihren Platz gehabt.

Fünf wurstige Finger mit blonden Härchen darauf – das ist also der Stoff, aus dem die Träume sind, dachte ich und kam mir wie ein Trottel vor. Aber es half ja nichts. Denn mögen die Biologen der Gattung Mensch auch ein «sapiens» angedichtet haben – so wirklich klug ist diese Spezies in dreißig Millionen Jahren nicht geworden. Oder wie sonst sollte man sie erklären, diese unleugbare Macht, die alles Vertraute ausübt?

Experimente zeigen regelmäßig, dass Menschen positiv auf alles, wirklich alles reagieren – wenn es ihnen nur vertraut ist. Selbst wenn es die Hand ist, die sie als Kind geschlagen hat, so bleibt es doch die Hand des Vaters. Selbst wenn es der penetrante Fischgeruch ist, der jeden anderen grün anlaufen lässt – die Tochter des Fischhändlers wird sich entzückt danach umdrehen. Und selbst wenn dies die Hand des Mannes war, dem ich vor acht Jahren die Pest an den Hals gewünscht hatte – so war es doch eine Hand, die einmal zu mir gehört hatte. Die mir morgens nach dem Aufwachen durch die Haare gestrubbelt, die mir beim Frühstück eine Hälfte vom Mohnbrötchen gereicht und die die meine festgehalten hatte, damals, als Oma gestorben war. Und so nahm ich diese Hand jetzt mit äußerster Vorsicht in meine und hielt sie einen Moment ganz fest.

Lukas, Lukas, morsten die Tastzellen meiner Haut an mein Gehirn. *Klappe, Klappe*, morste ich zurück, konnte mich, nachdem ich vom Sofa aufgestanden war, aber dennoch nicht davon abhalten, ihm eine Haarsträhne aus der Stirn zu streichen. Eine dunkelblonde, schon leicht graue

Strähne, die nach muffiger Wodkakneipe roch – aber ein klitzekleines bisschen auch noch immer nach jenem Wind, der frühmorgens manchmal um die Häuser zieht.

Ich begab mich auf die Suche nach dem Kaffeeduft und wurde schnell fündig. Ludmilla Iwanova, die Pensionsbesitzerin, residierte bereits am Dreh- und Angelpunkt ihres Daseins: einem riesigen, kohlebefeuerten Herd, der in der Gemeinschaftsküche ihrer Fünf-Zimmer-Pension stand. Sie hielt mir einen dampfenden Becher Kaffee entgegen und schickte eine Kolonne von freundlichen Zischlauten hinterher.

Ich nahm den Becher, stotterte aufs Geratewohl «Good Morning» und dann noch «no, no, thank you», als Ludmilla mich gestikulierend dafür gewinnen wollte, am Esstisch Platz zu nehmen. Wobei Tisch eigentlich das falsche Wort war. Was sich da vor mir unter geschätzten drei Millionen Kalorien bog, war schon eher eine Tafel.

Bereits am Tag zuvor hatte es Selbstgebackenes und davon reichlich gegeben. Doch an diesem Morgen schien Ludmilla nicht nur selbst gebacken, sondern auch eine Piroggenfabrik geplündert zu haben: Appetitlich gebräunte Hefeteilchen türmten sich auf den Platten. Daneben gab es Räucherlachs, Salzheringe, gefüllte Eier, eingelegte Früchte und nicht zu vergessen eine große Schüssel mit jenem Pamps, den Lukas als russischen Frühstückskult bezeichnet hatte: Kasha. Es war ein klebriger Brei aus Buchweizen, Sahne und Zucker, der ernährungstechnisch auf russischen Landgütern des 19. Jahrhunderts sicherlich gute Dienste geleistet hatte. Mir aber war an diesem Morgen nach weniger substanzieller Nahrungszufuhr. Daher griff ich nur nach einem Stück Zwieback – dem einzigen Bestandteil der Frühstückstafel, der ohne Fett auszukommen schien.

Ich winkte Ludmilla im Rausgehen zu, die freundlich, aber etwas enttäuscht mit ihren falschen Wimpern klimperte, und stapfte mit meiner Beute zurück ins Zimmer.

Dort bot sich ein Anblick des Jammers: Lukas saß auf dem Sofa und hielt sich den Kopf. Er sagte nichts, gab nur zuweilen ein leises Stöhnen von sich.

Ich ging ins Bad, holte ein Glas Wasser und zwei Aspirin und stellte alles neben ihn. Dann hielt ich ihm versuchsweise den Kaffee unter die Nase. Er griff danach wie nach einem Rettungsring.

«Kaffee», murmelte er, hob den Kopf und versuchte zu lächeln. Doch sein Mund brachte nur ein einseitiges schiefes Grinsen zustande und ließ ihn wie einen sehr traurigen Clown aussehen.

«Kaffee», bestätigte ich und setzte mich neben ihn. Wir tranken schweigend unsere Tassen leer.

«Mehr?», fragte ich.

Er nickte.

Als ich wenig später mit zwei frisch gefüllten Bechern aus der Küche zurückkam, hatte Lukas seine Jacke in der Hand und kramte in der Brusttasche herum. Er förderte eine U-Bahn-Karte, ein Päckchen Streichhölzer und sein Handy zutage und schließlich einen zerdrückten Bierdeckel, der mit kyrillischen Buchstaben bedeckt war.

«Da», murmelte er, «das hat mich fast anderthalb Flaschen Wodka gekostet.»

«Ich bezahle sie dir», sagte ich reumütig.

Er starrte mich aus rot unterlaufenen Augen an.

«Bezahlen?», krächzte es von irgendwo tief in seiner Kehle. «Darum geht es nicht, ich musste das Zeug trinken.»

Ich nickte und tätschelte ihm mitleidig den Arm. Woraufhin er nach meiner Hand griff und sie in Richtung seiner Lippen zog. Solch ritterlichem Tun schien jedoch sein verkaterter Kopf nicht gewachsen zu sein.

«Autsch», jammerte er, ließ meine Hand los und hielt sich die Schläfen, «was haben die mir da bloß eingeflößt? Terpentin?»

Ich reichte ihm das Aspirin und wandte mich dann den Hieroglyphen auf dem Bierdeckel zu. «Und? Was steht da?»

Er nahm den Deckel in die Hand, kniff die Augen zusammen und kratzte sich am Kopf. «Wenn ich noch wüsste, was das bedeuten soll ...»

Sein Blick heischte um Mitleid wie eine ganze Kinderhilfswerk-Kampagne. Doch genauso gut hätte er Dagobert Duck um eine milde Gabe bitten können. Meine Stimmung verschob sich abrupt in Richtung Siedepunkt. Der Kerl hatte also die ganze Nacht in irgendeiner Tataren-Spelunke fuseligen Wodka gesoffen, während ich hier fast umgekommen war vor Sorge – und das alles für krakelige Notizen, die nichts bedeuteten?

Ich hatte schon den Mund geöffnet, um ein Best-of der mir verfügbaren Beschimpfungen auf sein müdes Haupt regnen zu lassen, als ich in seinem Gesicht exakt jene dümmlich-harmlose Miene entdeckte, mit der er mich schon früher oft zum Narren gehalten hatte.

«Haha. Extrem komisch», sagte ich, boxte ihn in die Seite und raunzte: «Los, lies vor, was da steht.»

Er hielt sich lachend die Seite, würdigte den Bierdeckel keines Blickes und sagte: «Elisabeth Matthissen wohnt in einem Hotel namens Newski Inn, nicht weit von hier, Zimmer 142.»

Nach einer kleinen Pause fügte er hinzu: «Du kannst den Mund ruhig wieder zumachen.»

«W... w... wie hast du das herausbekommen?», stotterte ich.

Er zuckte die Schultern. «Viel Glück, würde ich sagen und ...», er grinste, «eine gute Leber.»

Ich legte den Kopf schief und überlegte. «Was heißt Mariendistel auf Russisch?»

«Was für 'ne Marie?»

«Na, das mindeste, was ich tun kann, ist, deine Leber zu retten. Mariendistel ist gut zur Entgiftung.»

«Ich wüsste da noch was ganz anderes, was mir guttun könnte», murmelte er, und sein Lächeln nahm Breitmaulfrosch-Dimensionen an.

«Träum weiter», antwortete ich und tippte ihm mit dem Zeigefinger auf die Brust.

Er sackte in gespieltem Elend nach hinten und rang die Hände. «Prinzessin Dido, werdet Ihr mir je verzeihen?»

«Vielleicht wenn du rasiert bist, nicht mehr wie zehn sibirische Kosakenstiefel stinkst und weniger als ein Promille im Blut hast», antwortete ich und stand auf. «Bis dahin werde ich mich nun dem eigentlichen Grund meines Hierseins widmen. Du kannst inzwischen Peter Alexander hören.»

Er sah mich verwirrt an.

Ich deutete zu dem Plattenstapel hinüber. Dann schnappte ich mir Jacke und Rucksack, wickelte mich in zwei Schals und ergänzte die Anti-Tiefkühl-Rüstung noch durch Stirnband und Bommelmütze, bevor ich den Stadtplan vom Tisch nahm.

«Newski Inn, Zimmer 142, ja?»

Lukas nickte und sah mich zweifelnd an. «Soll ich nicht lieber mitkommen?»

«Nein danke. Das mache ich lieber allein. Und ich glaube, dir würde ein wenig Ruhe guttun und …» Ich stockte. «Eine Dusche wäre auch nicht die schlechteste Idee.»

Er warf ein Kissen nach mir, streckte sich dann aber auf dem Sofa aus und schloss die Augen.

Ich verließ das Zimmer und schnappte mir in der Küche noch zwei Piroschki für den Weg. Dann stapfte ich Richtung Newski Prospekt, um endlich die Frau zu treffen, die mir zwar allmählich wie ein Phantom erschien, bei der sich aber hoffentlich alle Antworten finden würden: Elisabeth Matthissen.

14

Was hatte ich eigentlich erwartet? Eine nette ältere Dame, die mit Tee und Keksen bereit saß, um sich von mir ihre Lebensbeichte abnehmen zu lassen? Eine exzentrische alte Diva, die auf geheimnisvolle Weise nicht von dieser Welt zu sein schien?

Vor mir in der Tür des Hotelzimmers am Newski Prospekt stand eine Frau mit raspelkurzen weißen Haaren. Sie trug verbeulte Cordhosen, eine weiße Hemdbluse sowie eine schmale Lesebrille auf der Nase.

«*Da?*», sagte sie auf Russisch und musterte mich. Sie hatte weiche geschwungene Lippen, dabei aber einen resoluten Zug um den Mund. So resolut, dass ich verlegen von einem Bein auf das andere trat.

Eine etwas peinliche Stille trat ein.

Dann sagte sie noch etwas auf Russisch, das ich nicht verstand. Ihre Stimme war tiefer als erwartet, ein bisschen rau, aber sehr kräftig, was einen seltsamen Kontrast zu ihrem zierlichen Körperbau bildete. Eine Elfe mit der Stimme von Joe Cocker – und eine Elfe, die allmählich die Geduld verlor mit der stummen Frau vor ihrer Zimmertür.

Sie murmelte noch einmal etwas auf Russisch und wollte die Tür schon wieder schließen. Da fiel mir endlich etwas ein, was ich sagen könnte.

«Ich ... ich habe etwas für Sie», stotterte ich.

Elisabeth Matthissen stutzte, zog die Tür wieder auf und musterte mich mit ihren hellen, leicht schräg gestellten Augen. Katzenaugen. So hatte Queen Mum gesagt. Trotzdem musste ich mich vergewissern.

«Sie sind doch Elisabeth Matthissen?»

Sie nickte und lächelte etwas ironisch. «Doch, soweit ich mich erinnern kann, war ich das bis eben noch», sagte sie auf Deutsch.

«Hier.» Ich zog das Buch aus der Tasche und hielt es ihr hin. «Das soll ich Ihnen geben. Von Hans. Hans Petersen, meine ich», stotterte ich und wurde etwas rot.

Einen Moment lang starrte sie das Buch einfach nur an. Dann nahm sie es, wog es vorsichtig wie einen zerbrechlichen Vogel in ihren schmalen runzligen Händen. Ihr Gesicht zeigte keine Regung. Doch ihre Hände zitterten ein wenig, als sie das Buch öffnete und darin herumblätterte. Schließlich schien sie gefunden zu haben, was sie suchte. Elisabeth Matthissen nickte und bewegte lautlos die Lippen, als sie ein paar Zeilen las. Dann klappte sie das Buch wieder zu und sah mich an.

Ihre Augen über der schwarzen Lesebrille waren grau. Und klug. Und ohne jene Lebensverdrossenheit, die sich den meisten ins Gesicht gräbt, wenn die Träume vergilbt oder abgeblättert sind wie alte Rinde.

Sie sah mich einfach nur an. Nicht unfreundlich, aber sehr genau.

«Und woher kennen Sie ... Hans?», fragte sie schließlich.

«Ich arbeite für ihn», sagte ich.

Sie hob erstaunt eine Augenbraue.

«Im Buchladen.»

Die zweite Augenbraue ging hoch.

«Unten am Hafen, in Hamburg, ein kleines Antiquariat.»

Sie lächelte. Fast unmerklich. Doch sie lächelte. «Ich hätte es mir denken können», murmelte sie.

Sie sah noch einmal auf das Buch und strich mit den Fingerspitzen so vorsichtig darüber, als habe sie Angst, es könne zu Staub zerfallen. Als sie den Blick wieder hob, war ihre Miene unergründlich. Ihre Augen aber fixierten mich aufmerksam über den dunklen Halbmond ihrer Brille.

«Ich danke Ihnen. Wer auch immer Sie sind und wie und warum auch immer Sie hierherkommen – ich danke Ihnen.»

In diesem Moment rief eine Stimme von hinten im Zimmer: «Elli?» Und nach einem Moment: «Gibt es ein Problem?»

Die Stimme gehörte einem Mann. Einem älteren Mann. Und sie hatte einen leichten russischen Akzent. Binnen einer Sekunde veränderte sich Elisabeth Matthissens Gesicht. Als sei eine Tür zugeschlagen. Sie wirkte plötzlich abweisend, und ich dachte schon, sie würde mir die Tür vor der Nase zumachen. Dann aber sagte sie:

«Heute Abend. Um sieben. In der Halle unten.»

Die Tür schloss sich. Und ich stand allein in einem Hotelflur in der St. Petersburger Innenstadt und fing an zu lachen. Ich hätte auch heulen können oder das Ave-Maria pfeifen – oder sonst etwas aus dem Baukasten für verwirrte Übersprungshandlungen. Es war eben einfach zu verrückt, dass ich hier vor Elisabeth Matthissens Tür aufgetaucht war wie ein Gespenst aus der Vergangenheit, während die nette ältere Dame da drin offenbar mit ihrem Petersburger Liebhaber turtelte.

Als ich mich beruhigt hatte, verließ ich das Hotel und stapfte durch den hier offenbar nie versiegenden Schnee den Newski Prospekt entlang. Zuerst über die Moika-Brücke, an der ungerührt von Frost und Eis einige Maler standen und alles feilboten, was das Touristenherz begehrte: von Ballettmädchen in Pose bis zur Eremitage in Purpur.

Ich ging weiter, bis auf der anderen Straßenseite die Kasaner Kathedrale aufragte, ein Bauwerk, das mit seiner gewaltigen Kuppel jederzeit als russischer Bruder des Petersdoms durchgehen kann. Nicht weit davon sollte das Kaufhaus sein, das Lukas mir genannt hatte. Und in der Tat erblickte ich nur ein paar hundert Meter weiter jenen Konsumtempel namens «Gostiny Dwor», dessen mit Säulen und Arkaden gespickte Fassade dem Wort gigantisch noch durchaus neue Facetten verlieh: Das Shopping-Monstrum zog sich mehr als einen Kilometer lang durchs Stadtbild, und innen drin war ich erst einmal verlorener als Rotkäppchen im tiefen Wald. Doch mit Hilfe meines Wörterbuchs erstand ich am Ende tatsächlich Mariendistel-Kapseln sowie eine Großpackung Alka Seltzer und machte mich auf den Weg zurück in die Pension.

Lukas hatte inzwischen wieder eine normale Gesichtsfarbe angenommen, sich rasiert und sah, abgesehen von den blutunterlaufenen Augen, nur noch entfernt wie der Urgroßenkel Rasputins aus. Ich erzählte ihm von meiner Begegnung mit Elisabeth Matthissen. Als ich die männliche Stimme mit dem russischen Akzent erwähnte, griente er infantiler als ein Dreijähriger. «Tja, großer Zauber, einfache Lösung: Auch mit achtzig plus hat man noch viel Spaß beim Sex.»

«Wie kommst du denn darauf?»

«Meinst du, sie und der russische Knabe haben da in ihrem Hotelzimmer zusammen Briefmarkenalben angesehen?»

«Warum nicht? Es muss ja nicht gleich immer so was sein.»

«*So was* macht aber am meisten Spaß.»

«Na, du musst es ja wissen», versetzte ich und betonte jedes Wort.

Er schwieg einen Moment, dann hob er beschwichtigend Hände und Augenbrauen. «Ist ja gut. Sollte ein Scherz sein.»

«Haha.»

Ich setzte mich aufs Sofa und schaltete den Laptop ein. Dann gab ich noch einmal die kyrillischen Buchstaben für «Gregor Malek» in das russische Google ein.

«Komm her», sagte ich zu Lukas, «du kannst zur Abwechslung mal was Nützliches tun.»

Er kam näher, und angesichts der Ergebnisse meiner Internet-Suche legten sich die beiden Falten über seiner Nasenwurzel in tiefe Furchen. «Was ist das denn? Hitler als Donkosak?»

«So was Ähnliches.»

Ich klickte mich durch Google-Pictures, das unter dem von mir gewählten Suchwort eine Auswahl an Neonazi-Scheußlichkeiten präsentierte. Und dann hielt ich inne. Sekunden, Minuten – bevor ich mich traute, den nächsten Klick zu machen. Denn was ich da zwischen Springerstiefeln, Glatzköpfen und diversen Schäferhund-Tattoos entdeckt hatte, war ein Schwarz-Weiß-Bild. Eines, das einen Mann vor einem altmodischen Propellerflugzeug zeigte. Es war nicht sehr scharf, doch eindeutig historisch, und der Mann war noch recht jung, vielleicht 20 oder 22.

«Wer ist das?», fragte Lukas.

«Das solltest du mir sagen», antwortete ich und wies auf die Bildunterschrift. «Wird hier vielleicht ein Gregor Malek erwähnt?»

Lukas beugte sich über den Bildschirm, dann stieß er einen leisen Pfiff aus. «In der Tat, das ist Gregor Malek.»

«Ja, und weiter?»

«Wie, *und weiter*?»

«Was macht er da?»

«Er steht vor einem Flugzeug, würde ich sagen.»

«Haha.»

«Na, dann mach mal Platz, Miss Ungeduldig.»

Lukas schob mich zur Seite, setzte sich vor den Bildschirm, und einige Minuten später murmelte er: «Na, da schau her.»

«Ja?», fragte ich und versuchte, nicht an meinen Fingernägeln herumzubeißen.

Lukas sah mich an. «Ich weiß zwar nicht, warum du nun auch noch einen Gregor Malek suchst, aber das ist wohl eher eine Sackgasse. Dieser Gregor war ein Österreicher, der ab 39 zackig Karriere gemacht hat bei den Nazis. War ein echtes Fliegerass, hochdekoriert mit zig Auszeichnungen, ist aber 1943 ums Leben gekommen – bei einem gewagten Einsatz für Führer und Vaterland. Und deswegen haben unsere russischen Freunde mit den schicken Kurzhaarfrisuren hier ihn nun posthum zum Helden stilisiert.»

Er klickte zurück auf die Suchergebnisse und schüttelte den Kopf.

«Schon ein Witz der Geschichte, das, oder? Wusstest du, dass hier jährlich Zehntausende Hitlers Geburtstag feiern? Dass es im russischen Internet ‹Miss Hitler›-Wahlen gibt? Echt schräg, wenn man bedenkt, dass der die Russen als nichtarische Untermenschen unterwerfen wollte.»

Während er redete, war mein Blick auf ein anderes Foto der Suchergebnisse gefallen. Es zeigte wieder Gregor Malek. Diesmal saß er in seinem Flugzeug, einen weißen Pilotenschal lässig um den Hals gebunden. Hinter ihm aber war ein anderer junger Mann zu sehen, der ihn um fast einen ganzen Kopf überragte. Das Foto war ebenfalls recht unscharf, doch irgendetwas an diesem zweiten Mann machte mich stutzig. Ich vergrößerte das Foto und betrachtete es eine Weile, bis ich meiner Sache ganz sicher war. Dann drehte ich mich zu Lukas um und sagte: «Das ist der Gregor Malek, den ich suche.»

Lukas hob die Augenbrauen und sah mich einige Momente durchdringend an. Dann lehnte er sich in der Couch zurück, verschränkte die Arme und sagte: «Ich denke, es ist an der Zeit, dass du mich eventuell doch über das eine oder andere Detail dieser Geschichte aufklärst.»

Mein Blick schweifte noch einmal zu dem Foto. Nein, ich hatte mich nicht getäuscht. Der Mann, der hinter Gregor Malek im Flugzeug saß, war niemand anderes als Hans. Ein sehr junger Hans mit einem noch etwas rundlichen, kindlichen Gesicht, das ernst unter einer ledernen Fliegerkappe hervorguckte. Und nein, ich konnte mir definitiv nicht erklären, wie das alles zusammenhängen sollte.

Ich stand auf, lief ans Fenster und betrachtete eine Weile stumm die eisige weiße Welt davor. Durch meinen Kopf wirbelten Bilder und Begegnungen, Satzfetzen hallten in meinen Ohren: «Mach nicht denselben Fehler, Dido ... Ich habe zu lange gewartet ... Er war ihre große Liebe, ihre große Liebe, hörst du?»

Als ich mich schließlich umdrehte, war mir eines klargeworden: Irgendetwas war hier sehr seltsam – und allein würde ich damit nicht weiterkommen. Nicht in St. Petersburg. Und nicht mit dem wachsenden Gefühl von Panik, das sich im Rauschen meiner Ohren ankündigte. Also setzte ich mich wieder und erzählte Lukas die ganze Geschichte – so weit ich sie eben kannte. Und das war nicht besonders weit. Zumindest das war mir inzwischen klargeworden.

«Hm», machte Lukas gut zwei Stunden später.

«Hm», antwortete ich und zog das Päckchen Zigaretten aus dem Rucksack, das ich seit drei Tagen mit mir herumschleppte.

«Ich rauche nicht mehr», sagte er.

«Ich auch nicht», sagte ich.

Dann nahmen wir jeder eine Zigarette aus der Packung und zündeten sie an.

«Klingt, als wenn deine Elli eine ganz schöne Herzensbrecherin war», sagte Lukas und paffte einen Rauchkringel in die Luft.

Ich dachte an die resolute ältere Dame mit dem Elfengesicht und zuckte die Schultern. «Kann schon sein.»

«... und immer noch ist», fügte er hinzu, «wenn ihr gleich

zwei alte Knaben hinterherschmachten.» Er sah gedankenverloren seinem Rauchkringel hinterher. «Und? Gehst du hin?»

«Wohin?»

«Na, heute Abend, dein mysteriöses Date in der Hotelbar.»

«Klar.»

«Glaubst du, sie wird dir sagen, was du wissen willst?»

«Nein.»

«Warum gehst du dann hin?»

«Weil es mir im Grunde egal ist, wer was mit wem und warum vor über sechzig Jahren hatte. Ich will nur eines: dass sie zurück nach Hamburg fährt und mit Hans spricht. Und davon werde ich sie heute Abend überzeugen.»

Lukas schwieg eine Weile vor sich hin.

«Du gibst niemals auf, oder?», sagte er schließlich.

«Nicht, wenn es wichtig ist», antwortete ich, stand auf und ging wieder ans Fenster, um meinen heiß gelaufenen Kopf an die kühle Scheibe zu lehnen. Draußen fiel ein leiser Schnee. Und dann hörte ich es. Hinter mir. Es war so leise wie der Schnee.

«Waren wir nicht wichtig?»

Ich drehte mich um. Er sah mich an. Sah mich an mit einem so dünnhäutigen Blick, dass es keine Ausflüchte mehr gab. Also nahm ich einen letzten Zug von der Zigarette, drückte sie aus und legte beide Hände um den dicken Samowar auf der Kommode neben mir – einfach, um mich an etwas festhalten zu können. Dann sagte ich: «Es gab nichts Wichtigeres.»

Er nickte. Und wartete. Doch ich tat ihm den Gefallen

nicht. Nicht jetzt, dachte ich. Lass mich erst dieses beenden.

Ich stand auf und ging hinüber zu dem Stapel mit den LPs. Dieses Mal wählte ich eine, auf deren Cover Chagall-artige blaue Vögel herumflogen, die rote, brennende Äste im Schnabel trugen. Das schien mir symbolisch zwar etwas in die Vollen gegriffen, war aber durchaus ein Fortschritt gegenüber dem Heino-Cover vom Vortag. Also legte ich sie auf und ließ mich in den Sessel neben dem Fenster fallen. Draußen breitete sich die Dunkelheit über der Stadt aus wie eine Decke. Hier drinnen aber sang sich jetzt jemand auf der LP seine russische Seele aus dem Leib, nein, eigentlich sang der Mann nicht, sondern brüllte, röhrte und schluchzte. Es schien fast erstaunlich, dass die Platte nicht in tausend Teile zersprang, so rabiat brachte hier jemand seine Botschaft unters lauschende Volk.

«Wer ist das?», fragte ich Lukas schließlich, der das Plattencover in der Hand hielt und seltsam lächelte. «Wolf Biermann in der Tsunami-Version?»

Lukas trat zu mir ans Fenster, an dem sich erste Eisblumen bildeten. «Wladimir Wyssozki heißt der Mann.»

«Aha», antwortete ich, «und warum schreit er so? Tut ihm was weh?»

«Er schrie, weil alle anderen schwiegen.»

Ich sah ihn an. Noch immer lächelte er ein wenig.

«Kennst du ihn?», fragte ich aus einem Instinkt heraus.

«Wohl kaum», antwortete er, «er ist 1980 gestorben. Da wohnte ich in Bad Godesberg, kämpfte mit meiner Pubertätsakne und hielt ‹Fehlfarben› für die beste Band des Universums.»

«Aber …?»

«Sei nicht so neugierig.»

«Ach, komm schon.»

Er seufzte und setzte sich auf die Lehne des Sessels. «Im Moment gibt es Wichtigeres.»

«Gibt es etwas Wichtigeres als den Moment?», konterte ich, und meine Gedanken wanderten zu Hans und zu dem, was er über seine Beziehung zu Elisabeth Matthissen gesagt hatte. *Ich habe zu lange gewartet*, hatte er gesagt. Aber vielleicht täuschte er sich ja auch. Vielleicht gibt es das gar nicht? Ein Zu-lange, ein Zu-spät? Ein Mindesthaltbarkeitsdatum, was menschliche Gefühle angeht?

Ich dachte an Elisabeth Matthissen. An ihr Gesicht in dem Moment, als ich ihr an diesem Vormittag das Buch von Hans gegeben hatte.

Es war nur ein kurzer Augenblick gewesen. Vielleicht nur eine Sekunde. Doch in dieser Sekunde hatte sich etwas in ihren Augen gezeigt, das mir sagte, dass ich nicht umsonst gekommen war. Dass ein Name und ein altes Buch reichten, um alles andere, was Elisabeth Matthissen in fast sechs Jahrzehnten gelebt, gedacht und gefühlt hatte, einen Moment lang verblassen zu lassen.

«Seltsam eigentlich», sagte ich zu Lukas.

«Was?», fragte er, während er die LP des russischen Brüllbarden zurück in ihre Hülle bugsierte.

«Dass Gefühle so gar nicht modern.»

Er sah mich mit der Miene eines freundlichen Irrenarztes an und nickte unbestimmt. «Jaja, lustige kleine Dinger, diese Gefühle, und sie werden nicht mal schlecht über die Jahre.»

«Blödmann», sagte ich und winkte ab, «was rede ich mit dir.»

Doch im nächsten Moment stand er vor mir. «Dann kapierst du es jetzt endlich?»

«Was?»

Er seufzte theatralisch und rang die Hände in gespieltem Entsetzen. «Herr, sie bringt mich noch ins Grab.»

«Du glaubst nicht an Gott.»

«Nein, aber ich glaube an uns.»

Das Grinsen war aus seinem Gesicht verschwunden, ich spürte seine Anspannung.

«Starr mich nicht an wie ein Kater das Mauseloch», sagte ich und versuchte, das Sausen in meinen Ohren zu ignorieren. Eine Art Singsang war es, der immer lauter wurde und in den jemand – wahrscheinlich war es Lukas, aber so genau konnte ich es nicht sagen – die Worte «nie aufgehört» und irgendwas mit «Liebe» reinbrüllte. Dazwischen rappte eine Art zickige Girlie-Group in meinem Kopf *Kann mir gestohlen bleiben* und *Erzählt doch nur Mist.* Alles in allem fühlte es sich an, als sei ich Lucia di Lammermoor kurz vor ihrer Wahnsinnsarie – nur dass das Ganze bei mir nicht mit Belcanto, sondern schlicht mit heulendem Elend geendet hätte.

Daher krächzte ich: «Nicht jetzt», und schüttelte den Kopf wie ein hospitalisierender Eisbär, «ich muss mich erst hierum kümmern.»

Dabei nickte ich zu Gregor Malek hinüber, der auf dem Laptop-Bildschirm noch immer mit Hans in einem Nazi-Kampfflugzeug saß – auch wenn ich nicht die leiseste Ahnung hatte, wieso.

Lukas hob seine unvermeidliche linke Braue – ich hatte sie früher das Spötter-Mobil genannt – und murmelte: «Aber sicher, Nazis sind eben weniger gefährlich und komfortablerweise in den meisten Fällen tot. Aber mach nur, Stöpsel.»

Plötzlich wurde es sehr still. Der alte Kosename hing in der Luft wie eine dunkle Gewitterwolke. Lukas sah mich an und wirkte tatsächlich etwas verlegen. Dann zuckte er die Schultern und grinste, als wolle er sagen: «Was erwartest du?»

Ich machte «pfft» und verließ das Zimmer, bevor die Reste meiner emotionalen Stabilität auch noch zu Pudding würden.

15

Ich machte ein Nickerchen und brauchte danach noch gefühlte zwei Stunden, bis ich Lukas überzeugt hatte, mich allein gehen zu lassen. Dann brach ich auf und saß Punkt neunzehn Uhr in der mit rotem Sowjet-Pomp überladenen Lobby von Elisabeth Matthissens Hotel und wartete. Ich wartete lange.

Währenddessen rührte ich in meinem Tee und starrte Alexander Wassiljewitsch Suworow-Rymnikski an. Der starrte zurück – von einem gut drei Meter großen Ölgemälde und über einen wirklich beeindruckenden Schnurrbart hinweg. Dem Stil seiner mit Orden behängten Paradeuniform nach zu urteilen, war er schon eine ganze Weile tot. Das galt auch für die Stimmung in der Hotel-Lobby. Außer mir harrten dort nur ein zeitunglesender älterer Herr und der muffige Rezeptionist aus, der alle paar Minuten heimlich hinter dem Tresen aus einem Flachmann trank.

Um zehn nach acht fuhr ich nach oben, um an Elisabeth Matthissens Zimmertür zu klopfen. Und war nicht wirklich überrascht, als ich dort nur ein Zimmermädchen antraf. Es war eine junge Frau, die den Kopf schüttelte und hilflos die Hände rang, als ich immer wieder nach «Elisabeth Matthissen?» fragte. Der Rezeptionist, der inzwischen merklich angetrunken war, bestätigte meine Befürchtung kurz darauf mit einem schlichten «Njet».

Sie war abgereist. Sang- und klanglos. Innerhalb weniger Stunden. Und ich hatte weder eine Ahnung, wohin sie gefahren war, noch irgendeine Idee, wie ich es herausfinden sollte. Meine Mission war am Ende, und meine Stimmung taumelte von Wut zu Verzweiflung und wieder zurück, während ich das Hotel verließ und auf ein Taxi wartete. Ich konnte es einfach nicht glauben. Was für ein Spiel spielte die alte Dame? Oder war es gar kein Spiel, hing das alles irgendwie zusammen – das Fliegerass vom Foto, der alte Russe im Hotelzimmer und mein trauriger Hans? Gab es da irgendetwas, von dem ich keine Ahnung hatte, was aber diese Männer mit ihr verband – auch noch 60 Jahre nach einer Jugendliebelei? Irgendetwas, was offenbar so geheim war, dass Elisabeth Matthissen nicht einmal ihrer Schwester davon erzählt hatte?

Du hast zu viele Filme mit lausigen Drehbüchern gesehen, sagte ich mir. So was passiert vielleicht sonntagabends im ZDF, aber nicht in der Realität. Andererseits, dachte ich weiter, ist das Ganze schon sehr seltsam – warum sollte sie einfach so verschwinden, ohne eine Nachricht für mich zu hinterlassen? Das passte so gar nicht zu der Frau mit der klaren Stimme und dem festen Blick, die mich im Hotelflur zu diesem Treffen eingeladen hatte. Doch was sollte ich jetzt machen?

Ich hatte nicht die geringste Ahnung, hoffte aber, dass Lukas eine haben würde – vorausgesetzt, sein Gehirn hatte sich vom Alkoholbad der letzten Nacht erholt. Also ruderte ich wild mit den Armen, als endlich ein alter Wolga mit

Taxischildchen auf dem Dach um die Ecke rumpelte, und betete, sein Fahrer möge außer Russisch und unwirschem Knurren auch ein mir verständliches Idiom beherrschen.

Doch bevor ich das herausfinden konnte, sagte plötzlich eine Stimme hinter mir: «Entschuldigung, sind Sie vielleicht die junge Dame, die heute Vormittag bei Elisabeth Matthissen war?»

Die Stimme hatte einen leichten, undefinierbaren Akzent und gehörte jemandem, der schräg hinter mir stand. Ich fuhr herum. Der Mann war nur wenig größer als ich, ein schmaler alter Herr in einem blauen Parka. Er hatte schlohweiße Haare, die ein wenig struppig in alle Richtungen standen, und ebensolche Augenbrauen. Sie bewegten sich in seinem Gesicht so lebhaft wie zwei kleine Pelztiere.

Ich traktierte ihn mit verständnislosen Blicken. Er aber legte den Kopf ein wenig schief und lächelte, was die kleinen Pelztiere wieder zum Tanzen brachte.

«Wertes Fräulein», sagte er schließlich, «es passiert in meinem Alter nicht sehr oft, dass man von jungen Damen angestarrt wird, und ich weiß das sehr zu schätzen. Aber vielleicht könnten wir uns dafür einen weniger zugigen Ort suchen?»

Ich nickte und versuchte, mich zusammenzureißen. «Wer sind Sie?», brachte ich schließlich hervor.

«Oh Verzeihung, wie unhöflich», erwiderte er und errötete, was ihn gut zwanzig Jahre jünger aussehen ließ. «Wissen Sie, ich spreche sonst nie unbekannte junge Damen auf der Straße an …» Er verneigte sich ein wenig und sagte: «Darf ich mich vorstellen? Maxim Grigorov.»

Er hätte auch sagen können, er sei Doktor Schiwago,

Lady Gaga oder der liebe Gott. Es hätte in etwa dieselbe Wirkung auf mich gehabt.

Vor mir stand also niemand anderes als das Phantom. Der große Unbekannte in meiner Gleichung. Der russische Literaturprofessor mit einer Vorliebe für Heine. Ich starrte ihn immer noch an. Währenddessen hatte der Taxifahrer sein Antik-Mobil am Straßenrand geparkt und kurbelte mit einiger Mühe die Beifahrerseite herunter. Dann schnarrte er etwas auf Russisch und bedeutete mir einzusteigen.

Der alte Herr wies unterdes einladend auf eine Filiale von «Idealnaja Tschaschka» auf der anderen Straßenseite und bellte dann dem Taxifahrer etwas zu, was dem Ton nach zu urteilen wahrscheinlich «Halt die Klappe» hieß.

Bei der Übersetzung von «Idealnaja Tschaschka» musste ich dagegen nicht mal sprachorakeln. Mein Reiseführer hatte es als «Die ideale Tasse» vorgestellt, eine Art russische Konkurrenz zu Starbucks. Und in diesem Moment fühlte ich zum ersten Mal in meinem Leben eine gewisse Dankbarkeit für die globale Kaffeehausketten-Plage. Garantierte die «ideale Tasse» mir doch etwas, was ich nun dringend nötig hatte: einen Espresso, der so stark war wie meine Verwirrung groß.

Ich winkte dem Taxifahrer ab und folgte Maxim Grigorov und dem Ruf des Espressos, der sich glücklicherweise als original italienisch herausstellte und einen Toten hätte wecken können.

In dem schummrigen Café mit seinen durchgesessenen Sofas und wackeligen Sesseln scharte sich ein bunt gemischtes Publikum. Studenten, Touristen und drei Männer im

Bärenkostüm, die sonst als Maskottchen über den Newski Prospekt trotteten. Die Luft war zum Schneiden dick, aber das kannte ich schon. Die von der Regierung immer mal wieder angedachten Rauchverbote waren in Russland etwa so populär wie Waffenverbote in Texas.

Der Professor steuerte einen kleinen Tisch in der hintersten Ecke an, rückte mir dort höflich einen Stuhl zurecht und machte sich dann auf, um an der Theke Getränke zu holen. Das gab mir Zeit, ihn noch einmal ausgiebig zu mustern.

Mit den weißen Haaren und klugen Augen, die sein zerknittertes Gesicht mit der langen Nase überstrahlten, erinnerte er mich stark an Albus Dumbledore, den Chefzauberer aus Harry Potter. Zwar fehlte ihm der zottelige Vollbart. Doch sein etwas rätselhaftes Lächeln und die linkische Bewegung, mit der er von Zeit zu Zeit seine schmale Halbmondbrille zurechtrückte, waren so typisch für Dumbledore, dass ich ein Grinsen nicht unterdrücken konnte. Was aber auch an meiner Müdigkeit oder schlicht der mehr als surrealen Situation liegen konnte. Schließlich saß ich mit einem mir unbekannten Russen in einem Café in einer mir unbekannten Stadt und sollte nun mit ihm über eine mir weitestgehend unbekannte Frau sprechen. Vielleicht wäre es einfacher, über Heine zu diskutieren, dachte ich noch und bereute kurz, dass ich in der Ringvorlesung über ihn immer zu spät gekommen war. Doch wie sich zeigen sollte, kam ich gar nicht in die Verlegenheit, überhaupt irgendetwas zu sagen.

Kaum hatte der Professor Tee und Espresso sicher an den Tisch balanciert, verbeugte er sich knapp vor mir und sagte:

«Und nun darf ich mich entschuldigen. Hier ist jemand, der dringender mit Ihnen sprechen möchte als ich – auch wenn ich dies sehr bedaure. Es war mir ein Vergnügen, mein Fräulein.»

Damit drehte er sich um und verließ das Café, noch ehe ich den Mund richtig wieder zuklappen konnte.

Ich rührte noch immer verwirrt in meinem Espresso, als eine schmale Gestalt auf den Stuhl mir gegenüber huschte. Trotz einer mehr als winterlichen Vermummung – die blaue Pudelmütze war tief ins Gesicht gezogen, ein dicker Wollschal verbarg Kinn und Nase – erkannte ich sie sofort wieder.

Vor mir saß Elisabeth Matthissen. Und grinste. Ich hatte nie zuvor eine über 80-jährige Frau mit solch einem Grinsen gesehen. Es blitzte in ihrem Gesicht auf wie eine 1000-Watt-Birne und ließ aus einem Meer von Fältchen ein junges Mädchen auftauchen – das Mädchen mit dem Koboldgesicht, das ich auf dem alten Foto bei Queen Mum gesehen hatte.

«Entschuldigen Sie die kleine Scharade», sagte sie statt einer Begrüßung und befreite sich von Schal und Mütze, «aber auch heutzutage ist Russland leider nicht das, was es zu sein vorgibt.»

Ich nickte, erwiderte aber nichts. Schlicht und einfach deshalb, weil mir nichts Passendes einfiel. Stattdessen musterte ich sie dezent, während sie sich aus ihrer Vermummung wickelte. Sie trug heute keine Brille. Und so konnte ich es viel genauer erkennen als in dem schummrigen Hotelflur: Fast sechzig Jahre hatten ihr Gesicht zwar altern lassen, aber kaum verändert. Die leicht schräg gestellten, wachen Augen und hohen Wangenknochen, der eckige Gesichtsschnitt. Weicher geworden durch das Alter, sicher, doch noch immer war klar erkennbar, was Hans gemeint hatte.

Licht, hatte er gesagt, *sie war wie Licht.*

«Und?», fragte das Licht jetzt und hob spöttisch eine Augenbraue. «Wie schneide ich ab?»

Ich wurde rot.

«Na, sagen Sie schon. Deswegen sind Sie doch hier, oder?»

«Wie meinen Sie das?» Ich hob fragend die Schultern.

«Ach, kommen Sie schon. Ich bin zwar alt, aber nicht blöd. Sie sind doch keine zweitausend Kilometer gereist, um für Hans den Paketboten zu spielen.» Sie runzelte jetzt etwas unwillig die Stirn.

«Ich verstehe nicht», sagte ich und verstand wirklich nichts.

«Hören Sie, es ist ja nicht so, dass es mir nicht schmeicheln würde, wenn mir jemand Tausende von Kilometern hinterherreist. Aber ich möchte schon, dass mit offenen Karten gespielt wird. Also, für welche Zeitung schreiben Sie, Frau Huntemann? Das sind Sie doch, oder?»

Die hellen Augen sahen mich jetzt sehr durchdringend an.

Endlich fiel bei mir der Groschen. «Sie haben mit Ihrer Schwester telefoniert.»

«Aber natürlich habe ich das.» Sie nickte. «Und ich würde Sie bitten, mich in Zukunft persönlich um Auskünfte zu ersuchen statt hinter meinem Rücken bei meinen Verwandten herumzuschnüffeln.»

«Nun, Sie waren ja nicht erreichbar», erwiderte ich kühl, «und ich habe nicht geschnüffelt, sondern lediglich kurz mit Ihrer Schwester gesprochen.»

In einem jähen Stimmungswechsel, wie ich ihn noch oft an ihr beobachten sollte, begann sie plötzlich und für ihr Alter erstaunlich laut zu lachen. So sehr, dass sie schließlich husten musste und nach Luft ringend japste:

«Erzählen Sie mir nichts. Niemand spricht kurz mit meiner Schwester. Aber sagen Sie, hat Sie Ihnen auch dieses schreckliche Zeug aufgenötigt ... was ist es noch ... Holunderlikör?»

Ich grinste. «Schlehenlikör. Und ich musste drei trinken.»

«Drei», prustete sie und mühte sich um Fassung, «na gut, dann haben Sie Ihr Interview wirklich verdient. Aber zunächst erzählen Sie mir doch: Welchen Bären haben Sie der armen Gisela denn aufgebunden, dass sie Sie in meinen Sachen hat rumschnüffeln lassen? Sie jammerte noch irgendwas von einem Notfall, aber weiter kam sie leider nicht, dann war der Akku an ihrem Telefon alle. Das passiert dauernd, das Ding gehört schon längst auf den Müll.»

Eine steile Falte formte sich über ihrer Nasenwurzel, während sie verständnislos den Kopf schüttelte. Mir schwante, dass ihre Schwester diese Miene wohl öfters zu sehen bekam. Davon abgesehen hatte Elisabeth Matthissen aber offenbar keine Ahnung, warum ich wirklich hier war.

Als ich es ihr erzählte, wurde sie ganz still. Es schien, als sei ihr ganzer Körper eingefroren. Ihr Blick hing starr auf meinem Gesicht. Auch als ich geendet hatte, rührte sie sich nicht. Bestimmt ein oder zwei Minuten lang. Dann räusperte sie sich und sprach mit einer Stimme, die um mindestens eine Oktave höher war und wirkte, als käme sie nur mühsam aus dem schmalen Körper der alten Dame heraus.

«Und er hat gesagt, er will mich sehen?»

«Er hat immer wieder Ihren Namen gemurmelt.»

In ihrem Gesicht zuckte es: Die Mundwinkel schnellten hoch und runter, nicht lächelnd, sondern wie eine schmerzhafte Grimasse. Dann folgten die Augen, die sich blinzelnd zusammenkniffen. Einmal. Zweimal. Dreimal. Schließlich presste Elisabeth Matthissen die Lippen fest zusammen, um ihre Gesichtsmuskeln unter Kontrolle zu bringen.

«Ihnen liegt viel an Hans, oder?», fragte sie.

Ich nickte und konnte nicht verhindern, dass Tränen in meine Augen traten.

Sie musterte mich. Und ich spürte fast körperlich, wie die Gedanken durch ihren Kopf wirbelten. Gerade als ich dachte, sie würde überhaupt nichts mehr von sich geben und ich könne einpacken und nach Hause fahren, hörte ich es. Leise, aber sehr bestimmt, wie alles, was sie sagte: «Dann helfen Sie mir bitte.»

Ich nickte noch einmal. «Was soll ich tun?»

Sie nestelte an dem Rucksack herum, den sie neben ihren Stuhl gestellt hatte, und förderte ein flaches Päckchen zutage.

«Können Sie das hier bitte Maxim für mich geben? Ich wollte es ihm eigentlich persönlich überreichen, aber …» Ihre Worte liefen ins Leere.

«Wo finde ich ihn?»

Sie neigte den Kopf zur Seite und taxierte mich noch einmal sehr eindringlich, dann sagte sie: «Er trifft sich morgen Nachmittag gegen vier mit seinen Studenten. Warten Sie … Hier.» Sie holte ein abgegriffenes Notizbuch aus ihrem Rucksack, riss eine Seite heraus und kritzelte eine Adresse darauf. «Und bitte geben Sie es ihm nur persönlich, niemand anderem.»

«In Ordnung.» Ich nahm das Päckchen und sah ihr zu, wie sie den Rucksack zuzog, sich den Schal um den Hals wickelte und die Mütze tief ins Gesicht rückte. Dann reichte sie mir die Hand.

«Ich werde Ihnen für den Rest meines Lebens dankbar sein, dass Sie hierhergekommen sind.»

Ich griff nach ihrer Hand und erschrak, weil sie eiskalt war.

«Wohin wollen Sie?», fragte ich.

Sie sah mich an. Ihr Gesicht wirkte jetzt nicht mehr wie das eines jungen Mädchens. Es sah alt aus und sehr müde. «Zum Flughafen natürlich.»

«Aber Hans geht es doch schon etwas besser. Ich denke, Sie können bis morgen warten.»

Ein kleines Lächeln erschien in ihren Mundwinkeln und erreichte doch nie die Augen. «Wissen Sie, es gibt Dinge, die haben einfach keine Zeit mehr.»

Dann drehte sie sich um und ging. Ich sah ihr nach. Eine kleine, sehr aufrechte Gestalt, die nur mit Mühe die schwere Glastür des Cafés öffnete, dann aber raschen Schrittes im nebligen Abend verschwand.

Ich war allein. Soweit man das in einem überfüllten Café abends um halb neun eben sein kann. Mein Blick fiel auf das Päckchen in meiner Hand. Ich betastete es vorsichtig. Der

Inhalt fühlte sich seltsam an, weich, aber auch ein bisschen klumpig, wie ein in die Jahre gekommenes Schmusetier. Die Zeit der seltsamen Aufträge war offenbar noch nicht vorbei. Dennoch griff jetzt eine bleischwere Müdigkeit nach mir. Meine wichtigste Mission war erfüllt. Sie würde zu Hans gehen. *Elli*, hatte er gemurmelt. Und die hatte ich ihm nun geschickt.

Was die alte Dame eigentlich in St. Petersburg gesucht und welche Rolle der russisch-deutsche Dumbledore dabei gespielt hatte, war mir im Moment ziemlich egal. Ich konnte mich endlich entspannen. Mein Kopf bewegte sich sachte Richtung Brust. Und wahrscheinlich wäre ich kurze Zeit später komplett auf den Tisch vor mir gesackt und hätte von den Myriaden an Holz-Babuschkas geträumt, die in St. Petersburg von den Souvenir-Tresen lächelten. Doch bevor es so weit kam, trat ein Mann an meinen Tisch und sagte etwas auf Russisch.

Ich hob langsam den Kopf – und war nach den seltsamen Geschehnissen der letzten Stunden nur noch mäßig erstaunt, dass der Mann an meinem Tisch niemand anders war als der auferstandene Lenin. Alles stimmte. Der akkurat gestutzte Ziegenbart, der graue Dreiteiler mit Krawatte, das obligatorische rote Fähnchen am Revers. Selbst die Augenbrauen, die dicht an der Nasenwurzel begannen und die Augen wie dunkle Flügel überschatteten.

Ich muss den armen Mann angestarrt haben wie eine Geisteskranke. Es war einfach zu viel: erst die echten Geister der Vergangenheit, die mir aus Elisabeth Matthissens traurigem Gesicht und der fragenden Miene des Professors entgegengeblickt hatten. Und nun die Talmi-Version des berühmten Revolutionärs – ein Disneyland-Lenin, der angetreten war, um den bourgeoisen Touristen das Geld aus der Tasche zu ziehen.

«Photo only fourhundred Rrrubels», schnarrte er und fügte, als ich leicht kichernd «Njet, danke» sagte, hinzu: «Njemka? Nor zähn Euro, Fräulein.»

Ich winkte ab, nahm meine Sachen und stand auf. Für heute war es definitiv genug.

Draußen vor dem Café schlug mir eine Kälte entgegen, die dem Begriff eine völlig neue Dimension gab. Es war so eisig, dass selbst der Schneemann, den Kinder auf dem Platz vor der Kasaner Kathedrale gebaut hatten, mit seinen Kohlezähnen zu klappern schien.

Dafür aber hatte sich der Newski Prospekt inzwischen abendfein gemacht und lenkte mich damit vom Frieren ab. Denn St. Petersburg bei Nacht war etwas, auf das mich niemand vorbereitet hatte: Die elegante, zaristische Märchen-Metropole hatte sich in eine Tiefkühlversion von Las Vegas verwandelt. Oben an den Giebeln der großen Kaufhäuser flackerten Coca-Cola- und Burger-King-Reklamen. Unten hatte jemand Weihnachtsbeleuchtung verteilt wie Zuckerperlen auf einem Donut: Stern-Girlanden glitzerten in Pink, Grün und Silber über den Straßen. Und vor der Kathedrale drehten sich riesige, goldrote Discokugeln unter einem Himmel aus Mini-Neonlichtern.

Auf dem Newski Prospekt selbst aber glitten jetzt weiße Stretch-Limousinen auf und ab wie Muränen auf der Suche nach Beute. Dann und wann blieb eine von ihnen stehen, öffnete ihr Maul, und heraus kamen ganze Pulks von ausgehbereiten Mittzwanzigern, deren Anblick mir einen Moment lang unvorteilhaft den Mund offen stehen ließ. Denn mir war zwar durchaus bewusst, dass russische Frauen viel Wert auf Styling legten und dass meine Jeans-Pulli-Parka-Kluft für die durchschnittliche Russin etwa so attraktiv wirkte wie ein alter Feudel. Doch was sich hier meinen staunenden Augen darbot, übertraf alles bisher Gesehene: Bei gut 25 Grad unter null stöckelten die jungen St. Petersburgerinnen in mehr Mikro- als Mini-Röckchen und mit Riemchensandalen übers verschneite Pflaster, deren Absatzhöhe mit «schwindelerregend» nur vage beschrieben ist. Ihre Gesichter waren mit diversen Lagen von Edelkosmetik beschichtet, an den Armen schaukelte von Gucci bis Prada alles, was im Reich der Handtasche einen Namen hat. Und als kleine Verneigung an den Breitengrad ihres Wohnortes hatten sie sich perfekt auf Taille geschnittene Edel-Pelzjäckchen übergeworfen.

Begleitet wurden sie von Männern, die neben diesen slawischen Prinzessinnen-Puppen so adrett wirkten wie Backsteine. Mit ihren Bürstenhaarschnitten, den speckigen, schwarzen Lederjacken und dem Auftreten eines Kiezclub-Türstehers ließen sie zudem erahnen, warum eine meiner Dozentinnen Russland einmal das Ödland des Feminismus genannt hatte.

Ich schüttelte meinen müden Kopf und sagte mir, dass dies weder Zeit noch Ort für gesellschaftliche Grundsatzdebatten war und dass ich dabei in einem drei Tage alten T-Shirt ohnehin den Kürzeren ziehen würde.

Also winkte ich nach einem Taxi. Doch sämtliche der Auto-Veteranen, die hier dem Personentransport dienten, bretterten an mir vorbei und schwankten dabei wie unerfahrene Eisläufer auf der Newa. Daher beschloss ich, dass dies der richtige Abend für einen Spaziergang sei.

Eine Stunde und drei Kilometer wirrer Umwege später erreichte ich die Pension, wo mir Lukas die Tür öffnete und «Wieso hast du dein Handy nicht an?» entgegenbellte.

Anscheinend hatte die fortgeschrittene Stunde, kombiniert mit seiner jahrelangen Erfahrung auf dem Sektor des russischen Taxiwesens eine gewisse Unruhe in ihm erzeugt hinsichtlich meines Verbleibs. Was ich ihm nicht verdenken konnte. Wenn ich noch hätte denken können.

Doch so weit kam es nicht mehr. Das Einzige, an das ich mich später noch erinnerte, war, dass im Zimmer der Fernseher lief und gerade Putin gezeigt wurde, wie er eine sehr blonde Reporterin mit seinem Pythonlächeln bedachte. Danach muss ich inklusive Mantel, Mütze, Schal und Rucksack auf das Sofa gesunken und ohne weitere Umstände in einen Schlaf gefallen sein, den Lukas am nächsten Mittag als steinähnlich umschrieb.

Ich erwachte ohne Rucksack, aber dafür in einem mir unbekannten Herren-T-Shirt. Und ich lag auch nicht mehr auf dem Sofa, sondern in dem riesigen Bett mit den Löwenfüßen. Es war kurz vor eins, zeigte meine Armbanduhr. Und die durch die Jalousien blitzende Wintersonne bestätigte ebenfalls, was Lukas mir mit breit dimensioniertem Lächeln mitteilte: Ich hatte fast vierzehn Stunden geschlafen.

Und als wolle es gleich damit weitermachen, nahm mein Gehirn nur langsam wieder seine Betriebsfunktion auf. Ich versuchte, von den Ereignissen des vorigen Abends zu berichten, hatte aber Mühe, mehr als nur ein paar lose Einzelheiten zusammenzubringen.

«Du hast also mit Lenin gesprochen, Elisabeth Matthissen trägt eine blaue Pudelmütze, und Maxim Grigorov besitzt Augenbrauen wie Harry Potter – hab ich das richtig verstanden?»

Ich nickte lahm.

Auch Lukas nickte und griff nach meiner Hand. «Na bestens, und da Lenin ansonsten ziemlich tot, Grigorov offenbar ein netter Kerl und Frau Matthissen vermutlich schon in Hamburg ist, können wir zwei jetzt doch eigentlich auch wieder nach Hause fliegen. Oder hast du noch andere Freunde, deren Lebensrätsel du in St. Petersburg lösen möchtest?»

«Haha», machte ich und schüttelte den Kopf, doch dann fiel es mir ein. «Das Päckchen!»

Ich sprang aus dem Bett, wurschtelte das Päckchen, das Elisabeth Matthissen mir gegeben hatte, aus meinem Rucksack und legte es vor Lukas auf den Tisch. «Da, das ist für Maxim Grigorov. Und ich soll es unbedingt persönlich überbringen.»

Lukas seufzte und machte eine resignierte Handbewegung. «Ich hatte es geahnt. Das konnte es ja einfach noch nicht gewesen sein.» Er nahm das Päckchen und befühlte es mit beiden Händen. «Was ist da drin? Ein Andenken aus dem Heine-Fanshop? Ein altes Stofftier? Lenins letzter Waschlappen?»

Ich zuckte die Schultern. «Keine Ahnung. Ist mir auch egal. Jedenfalls hat sie gesagt, dass ich Grigorov heute

Nachmittag in einem Studentenwohnheim antreffen kann, in der Nähe der Metrostation ... Warte mal.» Ich kramte nach dem Zettel in meiner Jacke. «Metrostation Frunsenskaja. Also werde ich nachher da hinfahren.»

Lukas seufzte ergeben. «Okay. Abflug also frühestens gegen Abend.»

«Abflug?»

«Na ja, oder willst du nach Hause laufen?»

So weit hatte ich nicht gedacht. Ich hatte im Grunde überhaupt nicht nachgedacht, sondern den billigsten Flug gebucht, der zu kriegen war. Und der war one-way gewesen. Ich zuckte die Schultern und nuschelte: «Irgendwie werde ich schon nach Hamburg kommen.»

Statt einer Antwort machte sich ein Lass-mich-mal-machen-Grinsen auf Lukas' Gesicht breit, für das er den ersten Platz bei «Deutschland-sucht-den-Super-Macho» verdient hätte. Aber das war mir in diesem Moment egal.

Nachdem ich geduscht hatte, packten wir unsere Sachen und verabschiedeten uns von Ludmilla und ihrem dauerzischenden Samowar. Dann machten wir uns auf den Weg zur Metro – wo meinen Nerven eine weitere Bewährungsprobe bevorstand.

Denn waren mir schon Jahre zuvor die Rolltreppen zur Londoner U-Bahn wie rotierende «Highways to Hell» vorgekommen, so war das kein Vergleich zu dem, was die St. Petersburger Metro zu bieten hatte. Selbst Orpheus' Abstieg in den Hades war nichts gegen die endlosen Stiegen, die uns hier zweispurig und in beeindruckendem Tempo und Steilwinkel gen Untergrund beförderten. Zwei weitere Rolltreppen sausten uns entgegen – sie waren so steil, dass die Menschen darauf ganz schief aussahen. Doch angesichts des Morastes unter der noblen Zarenstadt wussten die Metrobauer sich offenbar nicht anders zu helfen: Bis zu 120 Meter mussten sie sich in die Tiefe graben, da ihnen St. Petersburgs feuchte Füße einen Strich durch all die schöne Planung machten. Zum Ausgleich dekorierten sie die Metrostationen wie kleine Kathedralen: Marmor, Kronleuchter, Mosaike und Statuen schmückten hier die unterirdischen Paläste fürs Volk.

Als wir eine halbe Stunde später die Metro verließen, konnte von Glanz nicht mehr die Rede sein. Die Sonne war inzwischen hinter grauen Wolken verschwunden und hatte ein etwas schmuddliges Hell hinterlassen, was passend schien zu dem Bild, das sich uns bot. Weit weg vom Pomp der Paläste zeigte sich hier das wahre St. Petersburg: eine verwahrloste, bis zu zwanzig Meter hohe Plattenbausiedlung, gegen die Berlin-Marzahn wie das Phantasialand aussah. So weit das Auge reichte, säumten Betonriesen die schnurgeraden Ausfahrtsstraßen. Grau, monoton und seelenlos ragten sie in den Himmel wie multiple Mehrlinge. Wer hier nicht depressiv wurde, war wahrscheinlich schon tot.

«Bist du sicher, dass das die richtige Adresse ist?», fragte ich Lukas.

Der nickte nur und murmelte: «Das monatliche Durchschnittseinkommen in Russland liegt bei 500 Euro. Damit kann man sich nicht gerade in der Eremitage einmieten.»

«Aber Grigorov ist doch Professor.»

«Eben drum. Was meinst du, warum seine Kollegen diese

speckigen Anzüge und schlecht sitzenden Gebisse hatten? Die russischen Akademiker gehören zu den schlechtest bezahlten der Welt. Ich glaube, nur die armenischen kriegen noch weniger.»

Wir stapften die Häuserreihen entlang, die bei genauerem Hinsehen noch schäbiger waren als befürchtet. Der Putz blätterte in kuhfladengroßen Stücken von den Wänden. Neben den Haustüren hingen Klingelbatterien lose an den Kabeln herab. Nicht wenige der Panzerglas-Haustüren waren zerschmettert. Wie das passiert sein mochte, wollte ich mir lieber nicht vorstellen.

«Sie nehmen Gullydeckel dazu», sagte Lukas, als er meinen Blick auf die Haustüren bemerkte.

«Aha», antwortete ich lahm. Mir schwante bereits, dass demolierte Haustüren bloße Ästhetik-Probleme waren im Vergleich zu dem, was uns im Inneren der Häuser erwarten würde.

Doch das volle Ausmaß der St. Petersburger Wohnsubkultur offenbarte sich uns erst, nachdem wir schließlich die von Elisabeth Matthissen genannte Adresse gefunden hatten. Es handelte sich bei dem Gebäude tatsächlich um ein Studentenwohnheim, versicherte mir Lukas mit Blick auf die verrostete Blechtafel am Haus.

Die Haustür war nicht verschlossen, was mir bei der draußen herumlungernden Klientel keine so gute Idee schien. Andererseits gab es hier wahrscheinlich auch nicht allzu viel zu klauen. Im Treppenhaus, das eine epileptische Glühbirne nur spärlich beleuchtete, jammerten uns zerbeulte und teils offen stehende Briefkästen entgegen. Als wir den Mut fanden, einen der beiden Aufzüge zu betreten, empfing uns dort ein Geruch, der mit «alkoholisiertem Iltis» noch freundlich beschrieben wäre.

«Bist du sicher, dass wir hier richtig sind?», fragte Lukas.

Ich sah noch mal auf meinen Zettel und nickte. «Siebter Stock, hat sie gesagt.»

Wir versuchten, uns irgendeinen Reim auf die kaputten und zum Teil verkohlten Plastikknöpfe in der Aufzugkabine zu machen. Die danebenstehende Beschriftung war wahrscheinlich zuletzt unter Chruschtschow lesbar gewesen. Also drückten wir auf gut Glück ein blassblaues Exemplar, das sich an siebter Stelle von unten befand. Es ruckelte, zischte und pufftе. Dann setzte sich das Schreckgespenst eines Aufzuges in Bewegung und fuhr tatsächlich nach oben.

Dort angekommen, spuckte das Gefährt uns auf einem langen Flur aus, zischte noch einmal zum Abschied und zuckelte dann wieder nach unten. Wir standen unterdes ratlos herum. Es roch nach aufgewärmten Bratkartoffeln und alter Turnhalle. Hinweise auf etwaig vorhandene Professoren waren keine auszumachen. Was aber auch schlicht an der Beleuchtung liegen konnte. Die bestand zwar immerhin aus einer richtigen Deckenlampe, leider aber war deren Milchglas offensichtlich der letzte Treffpunkt ganzer Dynastien von Stubenfliegen gewesen und daher stark verdunkelt.

«Und jetzt?», fragte Lukas.

Ich holte das Päckchen aus meinem Rucksack und marschierte entschlossen an der Phalanx von niedrigen Türen vorbei, die im Abstand von knapp zwei Metern die Seiten des Flurs säumten. Offenbar kannten auch russische Studierende die zweite Bedeutung des Wortes «Studentenschließfach».

Am Ende des Korridors meinte ich Stimmen zu hören. Und auch wenn es mir in der letzten halben Stunde von Minute zu Minute unwahrscheinlicher erschienen war, gelangten wir dort schließlich an eine angelehnte Tür, durch die ich jemanden auf Deutsch sagen hörte: «Nun, was denken Sie, wie verhandelt Rilke den Begriff der Einsamkeit in diesem Gedicht – und findet sich damit zusammenhängend auch eine poetologische Aussage?»

Ich seufzte erleichtert und schob die Tür vorsichtig auf.

Für einen Mann seines Alters bewies der Professor rasante Reaktionsschnelligkeit.

«Frau Huntemann, wie nett», rief er, ohne auch nur einen Moment zu zögern und als sei mein Erscheinen das Natürlichste auf der Welt.

Die sechs jungen Leute, die um ihn herumsaßen, starrten uns indes an wie eine Fata Morgana.

«Hallo, Professor Grigorov, entschuldigen Sie die Störung.»

«Ach was, kommen Sie, kommen Sie.» Der alte Herr lächelte und winkte uns herein in eine Küche von ausnehmender, türkisblau gekachelter Scheußlichkeit. Als sein Blick auf Lukas fiel, schien er jedoch etwas ratlos.

«Elisabeth ist nicht …?», begann er, fuhr aber nicht fort, als er das Päckchen in meiner Hand entdeckte.

«Hier, das soll ich Ihnen von Frau Matthissen geben», sagte ich und reichte es ihm.

Seine Augenbrauen schnellten nach oben. «Wo ist sie?», fragte er. «Wo ist Elisabeth? Sie ist nicht hier?»

«Jetzt hoffentlich schon in Hamburg», erklärte ich.

Eine Sekunde lang sah ich etwas in seinen Augen, das mich an einen wachsamen Jagdhund erinnerte. Doch wenn er überrascht war, so zeigte er es zumindest nicht.

«Meine Damen und Herren», wandte er sich stattdessen an seine Studenten, «die Lektürestunde ist für heute beendet. Wir sehen uns am Freitag zur selben Zeit. Führen Sie unsere Überlegungen bis dahin bitte in einem Aufsatz aus. Danke.»

Die Studenten packten ihre Bücher ein und verschwanden, nicht ohne forschende Blicke auf Lukas und mich.

Der Professor wog derweil unschlüssig das Päckchen in seinen Händen, entschied sich aber gegen seine Neugier und verstaute es in einer alten Aktentasche, die neben seinem Stuhl lehnte. Dann ging er zu dem riesigen Samowar, der in einer Ecke vor sich hin zischte.

«Darf ich Ihnen und ... Ihrem Begleiter einen Tee anbieten?»

«Oh, Entschuldigung», haspelte ich, «das ist Lukas Lenzendorf.»

«Angenehm.» Grigorov nickte.

Lukas nickte ebenfalls, blieb aber stumm und sah ihn nur immer wieder verstohlen an.

«Und Tee? Nein danke», beantwortete ich seine Frage. «Wir müssen gleich weiter zum Flughafen.»

«Zu schade», sagte Grigorov, der seine Fassung wiedergewonnen zu haben schien. «Ich hätte dieses Mal gern etwas länger mit Ihnen geplaudert.»

Ich lächelte und reichte ihm die Hand, irgendwie mochte ich den alten Herrn. «Vielleicht ein anderes Mal. Auf Wiedersehen, Professor.»

Er nahm meine Hand, behielt sie einen Moment in seiner und sah mich an. Dann sagte er: «So regen wir die Ruder, stemmen uns gegen den Strom – und treiben doch stetig zurück, dem Vergangenen zu.»

«Rilke?»

Er schüttelte langsam den Kopf und lächelte sonderbar. «Fitzgerald. Grüßen Sie Elisabeth, wenn Sie sie sehen. Und grüßen Sie …» Er stockte einen Moment, dann schloss er den Satz mit: «Hamburg. Eine wirklich schöne Stadt.»

Seine Augen blitzten. Ich war mir sicher, dass er etwas anderes hatte sagen wollen. Und zum zweiten Mal beschlich mich das Gefühl, dass Maxim Grigorov mehr war als ein etwas zerstreuter alter Professor.

Wir fuhren direkt zum Flughafen. Obwohl der Taxifahrer wie ein Irrer über sämtliche Schlaglöcher St. Petersburgs bretterte, sagte Lukas die ganze Fahrt über kein Wort. Er schien abwesend, den Blick nach draußen gerichtet, als gäbe es dort weit mehr zu sehen als dunkle Nacht und frierende Leute an russischen Vororts-Bushaltestellen.

«He, alter Mann, alles in Ordnung?», versuchte ich es, erntete aber nur ein vages Nicken.

Erst nachdem wir angekommen waren und Lukas ein halbes Vermögen für zwei Direktflüge nach Hamburg bezahlt hatte, schien er aus seiner Starre zu erwachen.

«Komm», sagte er und nahm mich an der Hand, «wir haben nicht mehr so viel Zeit bis zum Abflug.» Dann zerrte er mich wie ein Kind hinter sich her durch den halben Flughafen.

Ich ließ ihn gewähren. Immerhin hatte der Mann gerade eine astronomische Summe für mein Flugticket hingelegt, da darf man schon mal komisch sein.

Gerade als der erste Aufruf für unseren Flug kam, hatte er sein Ziel erreicht: ein kleines Café mit einem öffentlichen Computer samt Internetzugang. Er schmiss ein paar Rubel auf den Tresen und rief dem Mann hinter der Bedientheke etwas auf Russisch zu. Dann setzte er sich an den PC, klickte ein paar Momente lang herum und murmelte schließlich: «Ich wusste es. Ich wusste es doch.»

Er drehte sich zu mir um, ein triumphierendes Glitzern in den Augen. «Hier, guck dir das an. Guck es dir genau an.»

Er rückte zur Seite und deutete auf den Bildschirm. Dort sah ich das Foto von Hans und Gregor Malek im Flugzeug, das wir am Abend vorher im Internet gefunden hatten.

Ich zuckte die Schultern und wollte gerade zu einem «Ja, und?» ansetzen, als mir auf dem Bild etwas Seltsames auffiel. Etwas, das mich eine Weile darauf starren ließ.

Dann sagte ich mir, dass ich dringend etwas essen sollte. Und trinken, ja, ganz bestimmt sollte ich etwas trinken. Und zwar aus der Flasche, die Ludmilla uns zum Abschied geschenkt hatte. Der Inhalt sah aus wie Wasser. Doch ich war mir sicher, dass es alles andere als das war. Dass vielmehr ein Schluck davon meine gesamten Innereien ins Koma versetzen konnte. Und genau das tat anscheinend not – schließlich hatte ich Halluzinationen oder eine ähnlich massive Wahrnehmungsstörung. Denn je länger ich das Bild betrachtete, desto sicherer war ich mir. Auch wenn es nicht sein konnte. Völlig unmöglich war. Auf keine mir vorstellbare Weise erklärbar. Oder hatte ich einfach nicht genügend Vorstellungskraft – oder zu wenig Wissen über das, was vor über sechzig Jahren in meinem und diesem Land vorgefallen war?

Es ließ sich einfach nicht leugnen: Der junge Kerl mit dem weißen Fliegerschal, der auf dem Foto mit Hans zu sehen war, sah aus wie eine jugendliche Version des Mannes, der sich mir als Maxim Grigorov vorgestellt hatte. Und vielleicht, sagte ich mir, hatte er mich ja deshalb an den alten Dumbledore erinnert: Trotz der sympathischen Fassade eines netten alten Zausels war irgendetwas Seltsames von ihm ausgegangen – etwas, das ich nicht fassen konnte. Wie auch? Wer würde schon auf die Idee kommen, dass der russische Literaturprofessor Maxim Grigorov ein seit sechzig Jahren für tot erklärter Wehrmachtsflieger war? Dafür reichte selbst meine im Allgemeinen recht blühende Phantasie nicht aus.

Ich drehte mich zu Lukas um. «Du hast es sofort gesehen, oder? Deshalb warst du so still vorhin im Studentenwohnheim?»

Er nickte. «Berufskrankheit. Ich vergesse selten ein Gesicht.»

Ich starrte wieder auf das Foto, glich Gesicht und Körperbau des jungen Mannes auf dem Bild mit denen des alten Herrn ab, mit dem ich noch vor zwei Stunden gesprochen hatte. Die Einzelheiten stimmten. Die lange Nase, die wachen Augen in dem schmalen Gesicht, die markanten Augenbrauen, noch nicht ganz so dicht, aber eine mögliche junge Version von Grigorovs tanzenden Pelztieren. Selbst die Größe schien zu passen, soweit ich es erkennen konnte. Doch was mich endgültig überzeugte, dass das auf dem Foto derselbe Mann war, waren keine reinen Äußerlichkeiten. Es war der Ausdruck in seinen Augen. Der junge Mann mit dem Fliegerschal blickte so erwartungsvoll in die Welt, als sei sie ihm etwas schuldig. Als wolle er nicht nur unendlich viel von dem Leben, das vor ihm lag, sondern sei sich auch sicher, dass er es bekommen werde. Das ist für einen Zwanzigjährigen vielleicht nicht ungewöhnlich. Ungewöhnlich war nur, dass er sechzig Jahre später noch immer genauso guckte. Offenbar hatte es das Leben gut mit ihm gemeint.

Durch den Lautsprecher kam der zweite Aufruf für unseren Flug. Wir rannten zum Gate und drängelten uns mit zwei deutschen Reisegruppen an Bord einer proppevollen Maschine. Dann saßen wir eine Weile schweigend nebeneinander. Das Flugzeug rollte langsam auf die Startbahn, beschleunigte und hob ab, während sich neben uns zwei breit berlinernde Damen gegenseitig fotografierten – mit russischen Pelzkappen auf ihren formstabilen Fönfrisuren.

Ich genoss den sanften Druck, den der Aufstieg des Flugzeugs in meinem Kopf erzeugte. Es fühlte sich wohltuend dumpf an. Eine Insel des Friedens inmitten des Gedankenstrudels, der seit einer halben Stunde in meinem Kopf rotierte.

Die Stewardess kam. Wir orderten beide Rotwein, saßen dann immer noch schweigend da und drehten die mit dünnem Bordeaux gefüllten Plastikbecher in den Händen.

«Hast du irgendeine Idee?», fragte Lukas schließlich.

Ich zog einen Flunsch. «Nur löchriges Geschichtswissen und wilde Vermutungen. Du?»

«Na ja, soweit ich weiß, gab es schon so einige Überläufer ...», murmelte er, verstummte aber, da die nächste Stewardess mit den Essenstabletts kam.

Ich griff danach wie nach einem Rettungsring. Doch nachdem ich die Alufolie vom Hauptgang gefummelt und die in Butter schwimmenden Teigobjekte darunter beäugt hatte, schwand mein Enthusiasmus beträchtlich.

«Pelmeni», kommentierte Lukas meine Zurückhaltung, «russisches Nationalheiligtum, macht groß und stark.»

Ich nickte, schob das russische Nationalheiligtum zur Seite und spießte die Gemüsebeilage auf.

«Überläufer? Meinst du, ja?», fragte ich und wedelte mit einem Stück Roter Bete. «Glaubst du ernsthaft, ein Mann, der haufenweise russische Flugzeuge abgeschossen hat, kann mal locker die Seiten wechseln und bekommt dann später auch noch einen tollen Dozenten-Posten an der Uni in Petersburg?»

Lukas zuckte die Schultern, lehnte sich zu mir herüber und harpunierte mit der Gabel meine Pelmeni. «Du isst die nicht, oder?»

«Ich bin schon groß und stark.»

Er grinste und schaufelte die Teigtaschen auf seinen Teller. Während er sie zersäbelte, murmelte er: «Was wissen wir schon, Dido? Was weiß überhaupt einer wirklich? In den Archiven in Moskau und Berlin lagern Geheimdienst-Dokumente, von deren Inhalten Historiker nur träumen können. Viele davon sind bis heute nicht zugänglich.» Er hob den Kopf und sah mich an. «Was weißt du beispielsweise über die Rote Kapelle?»

Ich runzelte die Stirn, gab ein für die Tochter einer Historikerin sehr peinliches «Hä?» von mir und stocherte weiter in der Gemüse-Deko herum. «Wie kommst du denn jetzt auf Geheimdienst?»

Sein Blick schweifte an mir vorbei Richtung Fenster, auch wenn dort nichts zu sehen war. Denn schwarze Nacht war hereingebrochen und verdeckte gnädig die Tragflächen unseres Flugzeugs, die in Giftgrün Werbung für russische Likörpralinen machten.

«Nur so ein Gefühl.»

«Na, ich weiß nicht», sagte ich und wiegte den Kopf hin und her, «ich kann mir einfach nicht vorstellen, dass ein deutscher Kampfflieger plötzlich sein Herz für Stalin und den Kommunismus entdeckt.»

Lukas' Blick kehrte aus der Düsternis zurück. «Vielleicht nicht für Stalin, Dido, aber gegen Hitler. Denk doch mal an Zuckmayer, ‹Des Teufels General› – der hatte ein historisches Vorbild.»

«Das ist Theater, Lukas. Und außerdem – hat der sich nicht selbst geopfert als letzten Ausweg? Unser Gregor hier aber hat anscheinend gemütlich die Seiten gewechselt und den Großteil seines Lebens als regimetreuer Sowjet-Professor verbracht.»

«Aber wie soll das alles sonst möglich gewesen sein?»

«Ich habe keinen blassen Schimmer», resümierte ich und nahm noch einen großen Schluck Rotwein. Angenehme Wärme breitete sich in mir aus. «Und eigentlich ist es auch egal. Ob Malek oder Grigorov, irgendwie hängt er in der ganzen Geschichte drin, und ich möchte jetzt eigentlich nur noch eines wissen: Was hatte Hans mit all dem zu tun? Und warum hat Elisabeth ihn geheiratet, wenn sie doch offenbar in das Fliegerass verschossen war?»

Es war einen Moment still. Zu still.

«Man tut manchmal seltsame Sachen», sagte Lukas dann, «und hinterher kann man Jahre damit verbringen, sich zu fragen, warum.»

Mir war klar, dass er nicht mehr über Hans und Elisabeth sprach. Ich spürte, wie er mich von der Seite ansah, starrte aber stur geradeaus. *Lass mich bloß in Ruhe*, morste jede meiner Körperzellen. Denn in meinem Kopf rumpelte noch immer alles durcheinander, was in den letzten zwei Wochen passiert war. Und angesichts dieses wirren Kaleidoskops an Stimmen, Bildern und Erlebnissen war es ohnehin ein Wunder, dass mein Gehirn noch nicht wegen Überlastung geschlossen worden war.

Er gab ein Geräusch von sich. Einen dieser Lukas-Laute, die irgendwo zwischen Schnauben und Knurren liegen. Aber er verstand, kramte eine Zeitung raus und begann zu lesen.

Ich seufzte und schloss die Augen. Versuchte, mich auf das gleichmäßige Brummen des Flugzeugs zu konzentrieren. Doch hier Ruhe zu finden war nach diesen Multi-Mengen an Ereignissen etwa so aussichtsreich wie auf der Nordtribüne des HSV. Ich legte den Kopf von der einen Seite zur anderen und ruckelte immer wieder auf meinem Sitz herum, um eine bessere Position zu finden. Plötzlich aber spürte ich eine Hand auf meiner. Erst vorsichtig tastend, dann fest und beruhigend – so, wie es immer gewesen war.

Ich öffnete kurz die Augen, doch er blickte nicht auf von seiner Zeitung, hielt einfach meine Hand, als sei es das Normalste der Welt: er und ich in diesem Flugzeug auf dem Rückflug von St. Petersburg. Und dann dachte ich irgendwann: Ach, was soll's, warum eigentlich nicht? Lass ihn deine Hand halten, dich beruhigen, eine Stunde noch, dann trennen sich unsere Wege sowieso wieder.

16

Wir landeten um kurz vor zehn und fuhren direkt ins Krankenhaus. In dessen Eingangshalle waren um diese Uhrzeit nur noch drei Personen anzutreffen: ein Nachtportier mit müden kleinen Augen, ein dünner Mann im Bademantel, der neben dem Eingang stand und eine Zigarette rauchte – und Elisabeth Matthissen.

Sie war die einzige Person in der kleinen Cafeteria neben dem Eingang, die längst geschlossen hatte. Elisabeth Matthissen rührte mit einem Teelöffel in einer Kaffeetasse herum, in der kaum noch Kaffee war, und sah dabei aus dem Fenster.

«Frau Matthissen», sagte ich leise, als wir näher kamen, doch sie reagierte nicht.

Schließlich legte ich meine Hand auf ihre, stoppte so die Rührbewegung und nahm ihr vorsichtig den Teelöffel aus der Hand. Wir setzten uns ihr gegenüber auf schmutzig weiße Plastikstühle. Sie sah erst mich an. Dann Lukas. Und nickte. Warum auch immer.

Die riesige Uhr an der Wand bewegte ihren Zeiger mit einem lauten Tack auf 23 Uhr. Elisabeth Matthissen blickte sich erschrocken um, starrte mit weit aufgerissenen Augen auf die Uhr und hielt sich dann die Hand vor den Mund.

«Wie lange sitzen Sie hier schon, Frau Matthissen?», fragte ich.

Sie sah mich verwirrt an, als wolle sie ergründen, was meine Frage zu bedeuten habe.

«Wie … lange …?», fragte sie schließlich mit dünner Stimme zurück.

Ich nickte.

Sie blickte auf den Tisch, wo ihre schmalen runzligen Hände jetzt wie zwei flügellahme Vögel ruhten.

«Ich weiß nicht … es war Nachmittag …», antwortete sie und sah wieder nach draußen. Dort stapfte eine kleine Katze über den beleuchteten Rasen und setzte dann zu einem selbst für Katzenverhältnisse spektakulären Sprung auf ein hohes Mauersims an.

«Gut gemacht», sagte Elisabeth Matthissen, ein winziges Lächeln umspielte ihre Lippen. Und als habe dieses Lächeln die Starre in ihrem Gesicht gesprengt, entglitt es im nächsten Moment zu einer fast schmerzlichen Grimasse. Sie sah mich an, und was ich in ihren Augen las, ließ mich das Schlimmste befürchten.

«Was ist mit Hans?»

Ich schrie die Worte fast.

«Ist er …?»

Als sie den Kopf schüttelte, fiel mir ein Stein vom Herzen.

«Haben Sie mit ihm gesprochen?»

Ein Schluchzen erschütterte ihren Oberkörper. Die resolute Dame, die ich tags zuvor getroffen hatte, wirkte nun etwa noch so robust wie ein Origami-Schmetterling. Dann sagte sie leise, ich konnte es kaum hören: «Er will nicht mit mir sprechen.»

«Wie bitte?»

Sie holte tief Luft, richtete sich auf und artikulierte dann sorgfältig jede Silbe: «Er hat von der Schwester ausrichten lassen, dass er mich nicht zu sprechen wünscht.»

Mittlerweile war mir ein ganzes Gebirge vom Herzen gefallen. Offenbar war Hans schon wieder in der Lage, Wünsche zu äußern und sich stur und unmöglich zu benehmen. Also ging es ihm definitiv besser.

Ich stand auf, setzte mich neben Elisabeth Matthissen und legte vorsichtig meine Hand auf ihren Arm. «Haben Sie eigentlich geschlafen, seit wir uns im Café in St. Petersburg getroffen haben?»

Es schien mir Jahre her zu sein.

Ihr Kopf bewegte sich einmal nach rechts und einmal nach links, dann senkte sie ihn langsam auf die Brust, als sei er ihr einfach zu schwer geworden.

Ich lehnte mich etwas näher zu ihr und sagte leise: «Frau Matthissen, wenn es Ihnen recht ist, würden wir Sie jetzt nach Hause begleiten. Und morgen spreche ich mit Hans, vielleicht kann ich ihn ja zur Vernunft bringen.»

Sie zögerte einen Moment, doch dann nickte sie langsam.

Wir brachten sie mit dem Taxi nach Hause, und ich versprach, sie anzurufen, sobald ich mit Hans gesprochen hatte.

Nur langsam, fast schleppend stieg sie die Stufen zu dem großen alten Gründerzeitgebäude hinauf und drehte sich an der Tür noch einmal um. Sie winkte uns zu, eine kleine, leicht vornübergebeugte Gestalt, der man jetzt jedes ihrer zweiundachtzig Jahre ansah.

Dann aber richtete sich Elisabeth Matthissen plötzlich auf, hob den Kopf und nickte uns noch einmal zu – dieses Mal mit einem Lächeln, einem, das ihr ganzes Gesicht erhellte. Und da ahnte ich, dass Hans mit seinem Rumgebocke keine Chance haben würde. Nicht gegen dieses Lächeln.

Wir warteten, bis sie ins Haus gegangen war, dann gab ich dem Taxifahrer meine Adresse. Auf dem kurzen Stück bis zu meiner Wohnung sprachen wir nicht. Das Auto glitt über die leeren Straßen und lullte mich mit seinem gleichmäßigen Motorsummen derart ein, dass ich hochschreckte, als der Wagen plötzlich hielt.

«Wir sind da», sagte Lukas überflüssigerweise und sah mich seltsam an.

Oh nein, dachte ich.

«Oh doch», sagte er – denn wie üblich konnte er in meinem Gesicht lesen, als stünde dort alles in BILD-Schlagzeilen notiert.

«Ich bin völlig erledigt.»

«Ich auch», erwiderte er und bezahlte den Fahrer.

Ich schüttelte den Kopf und stieg aus. Als ich vor der Haustür nach dem Schlüssel kramte, sagte Lukas hinter mir: «Und wie hattest du dir das jetzt gedacht? Danke für deine Hilfe und jetzt verschwinde wieder aus meinem Leben?»

Ich drehte mich um und musterte ihn langsam von Kopf bis Fuß. Er sah müde aus. Er fror. Und die letzten acht Jahre hatten Linien in sein Gesicht gegraben. Dennoch war es nicht zu leugnen: Noch immer schafften seine Augen es mühelos, mich einzufangen und so lange festzuhalten, bis mein Herz gegen seine Behausung wummerte wie ein Brummkreisel. Und hätte sich nicht in just diesem Moment ein theatralisch veranlagter Tannenzapfen aus dem Nadelbaum-Goliath vor unserem Haus gelöst, um direkt neben uns auf den Asphalt zu knallen, wäre ich Lukas wahrscheinlich – nein, ich wäre ihm todsicher wie ein hypnotisiertes Kaninchen in die Arme gefallen.

So aber hatte ich kurz Zeit, die Reste meiner Fassung zusammenzuklauben und mich gegen das verräterische Zittern in meinem Inneren zu wappnen.

«Ich danke dir in der Tat sehr», sagte ich schließlich, «ohne dich hätte ich es nie geschafft.»

Er lächelte. Und schwieg. Doch ich hatte nicht vor, noch mehr zu sagen. Stattdessen murmelte ich «Gute Nacht» und drehte mich wieder zur Haustür.

Noch bevor ich den Schlüssel ins Schloss stecken konnte, legte er von hinten seine Arme um mich. Ganz leicht nur. Wahrscheinlich hatte er die Ohrfeige noch nicht vergessen. Dann spürte ich, wie er sein Gesicht in meinem Nacken vergrub und meinen Namen flüsterte.

Verflixte Nervenenden, dachte ich noch, als mein Nacken zu kribbeln begann, und wie verdammt selbstverständlich sich das anfühlte – sein Körper an meinem. Als würden selbst meine Muskeln sich erinnern. Lukas, Lukas, Lukas, dachte, spürte, roch ich und stand doch wie erstarrt in seiner Umarmung. Denn zugleich war da ein dickes graues Etwas in meinem Hals, das mir die Luft nahm, noch weiter anschwoll und mich schließlich zu erdrücken schien wie ein Betonklotz Marke Extra-Large. Ich atmete nur noch flach und hatte kalten Schweiß auf der Stirn.

Wie ferngesteuert und ohne recht zu wissen, was ich tat, löste ich mich aus seinen Armen und drehte mich zu ihm um.

Eine Stimme, die nur entfernt wie meine klang, sagte: «Es geht nicht, Lukas. Ich kann nicht.»

Nach einer kleinen Pause setzte ich hinzu: «Es tut mir leid.»

Dann war es still. So still, dass meine Worte von allen Enden widerzuhallen schienen, lauter als je zuvor, ein verrückt gewordenes Echo.

Seine Augen waren ausdruckslos, als er schließlich langsam nickte. Dann drehte er sich um und ging, ohne sich noch einmal umzublicken.

Die Kirchturmuhr schlug Mitternacht. Ich sah nach oben, wo mir flackerndes Licht aus dem Wohnzimmer verriet, dass Kiki noch wach war. Doch ich war noch nicht bereit, ihrem als freundliche Fragerunde getarnten Standgericht gegenüberzutreten. Stattdessen setzte ich mich auf die kalten Stufen, rauchte eine Zigarette und tat das Einzige, was der Situation angemessen schien: dumpf vor mich hin zu stieren und meinem Talent zur eloquenten Selbstbeschimpfung freien Lauf zu lassen. Als ich fertig war, kam ein seltsamer Ton aus mir. Kein Heulen, sondern ein leiser hoher Laut, der sich aus meinen Lungen presste. Es klang wie von einem Tier, das in eine Falle geraten ist.

Nach der zweiten Zigarette war das Licht in unserer Wohnung endlich erloschen – und ich so durchgefroren, dass ich selbst Godzilla gegenübergetreten wäre, um ins Warme zu kommen.

Ich ging ins Haus, stapfte nach oben und schlich auf Zehenspitzen in die Wohnung. Kikis Zimmertür war geschlossen, ich atmete erleichtert auf. Dann aber betrat ich das Badezimmer, wo ein Post-it am Spiegel klebte: «Sturheit ist konstante Beharrlichkeit unter Abschaltung des Gehirns. Aber trotzdem schön, dass du wieder da bist!», hatte Kiki daraufgeschrieben.

Ich ging unter die Dusche, ließ minutenlang heißes Wasser über mich laufen in der Hoffnung, mit diesem würde auch der Gedankentumult aus meinem Kopf gespült und im Abfluss verschwinden. Anschließend schleppte ich mich ins Bett, wo ich mich ein paar Stunden von rechts nach links und in alle sonst noch verfügbaren Körperpositionen wälzte. Doch der Schlaf wollte nicht kommen. Um fünf Uhr hatte ich genug. Ich stand auf, nahm meinen dicksten und ältesten Pullover aus dem Schrank – ein unförmiges blaues Wollteil, das Kiki immer nur «das Monster» nannte – und setzte mich damit ins Wohnzimmer.

Nachdem ich eine Weile in die Nacht gestarrt hatte, die ein honiggelber Mond-Ball beleuchtete, war der Moment endlich da.

Viele hat man nicht davon im Leben. Es sind Momente, in denen alles still steht. Die einfach aus der Zeit herausfallen, als gebe es dafür eine Pausentaste an der Fernbedienung. Sie kommen niemals auf Bestellung, diese Momente, sagen nicht «Guten Tag» oder «Hallo» oder «Ich bin's, deine Lebensbilanz, mach dich mal auf eine ungemütliche halbe Stunde gefasst». Stattdessen toben sie tsunamigleich über einen hinweg und reißen alles nieder. Metzeln sie alle dahin: jene gemütlichen kleinen Hütchen, unter denen man im Laufe der Jahre alles deponiert hat, was irgendwie unangenehm, ärgerlich oder unbequem hätte werden können.

Und so sah ich jetzt wie in einem Kinofilm die letzten acht Jahre meines Lebens vor mir ablaufen. Es begann mit dem Tag X. D-Day. Noch einmal stand ich an der Straßenecke und beobachtete, wie sie sich küssten. Der Mann meines Lebens und meine beste Freundin. Dann sah ich mich hinaus- und in ein Leben taumeln, das diesen Namen nicht verdient hatte. Verkrochen hatte ich mich. Monatelang. Hatte getrunken. Zu viel geraucht. Fotos zerrissen. An einem Wintertag heulend an der Nordsee gestanden und in den Wind gebrüllt. So weit. So gut. So klassisch-bescheuert. Doch dann war mir die Sache irgendwie entgleist. Als ich langsam hätte aufwachen, mein Leben wieder hätte aufnehmen müssen, fand ich den Weg zurück nicht. Ich blieb ein Besucher. Ein Besucher in meinem eigenen Leben. Jemand, der nur manchmal teilnahm, aber dann wieder nach Hause ging.

Und ich hatte es gewusst. All die Jahre hatte ich es gewusst. Trotzdem hatte ich mich nie gefragt, warum es so war. Warum ich nicht wie andere wieder aufstehen und weitergehen konnte. Und ich hatte mich auch nie, nicht ein einziges Mal gefragt, ob ihm zu verzeihen vielleicht eine Alternative gewesen wäre.

Nie und nimmer, ratterte es auch jetzt durch meinen Kopf. Und beinahe hätte ich mit der Faust auf den Tisch gehauen. Doch dann hielt ich mitten in der Bewegung inne, murmelte noch einmal: «Nie und nimmer», und fing nun doch an zu heulen.

Dieses Mal war es ein echtes Heulen. Ein Heulen, das weh tat. Das tief in meiner Brust rumorte und sich nur krampfhaft nach oben durchboxte. Und je länger es mich schüttelte und schließlich in Schniefen und Schluchzen überging, desto jünger wurde ich. Irgendwann war ich nur noch sechs Jahre alt und kauerte mit meinem Teddybären im Arm oben auf der Treppe in unserem alten Haus. Durch die Öffnungen zwischen den Stufen konnte ich nach unten sehen. Dort standen meine Eltern und sahen einander an. Wie zwei Hunde standen sie da, die darauf lauern, wer zuerst zu beißen anfängt. Meine Mutter war kreidebleich, und mein Vater hatte blutunterlaufene Augen, wie so oft, wenn er erst spätnachts nach Hause kam. Und dann hörte ich es. Es war nur noch ein Zischen, ganz leise, aber unüberhörbar: «Verschwinde.»

Mein Vater zuckte zusammen, als habe sie ihn geschlagen. Er hob eine Hand, ließ sie dann aber resigniert wieder sinken. Schließlich drehte er sich um und ging ins Schlafzimmer. Am nächsten Morgen war er weg. Sie hatte ihn aus ihrem Leben getilgt – und aus meinem.

Was eigentlich passiert war, habe ich nie erfahren. Auf meine Fragen antwortete sie nur ausweichend, während mein Vater, als wir Jahre später einmal darüber sprachen, nur schief lächelte und sagte: «Deine Mutter ist eben ein Mensch, der Perfektion erwartet.»

Dann hatte er sich umgedreht und der blonden US-Studentin, die sich neben ihm am Pool rekelte, einen Kuss gegeben. Sie war nur ein Jahr älter als ich.

«So sind Männer eben», hörte ich im Geiste die schneidende Stimme meiner Mutter.

Das waren auch exakt ihre Worte gewesen, als ich ihr von Lukas erzählte und warum wir uns getrennt hatten.

Ich dachte plötzlich an das Foto von ihr, das neben meinem Schreibtisch hing. Das Schwarzweißbild zeigte eine streng blickende, aber noch immer beeindruckend schöne Frau – auch wenn mich persönlich ihre Miene immer ein wenig an einen arbeitslosen Wachhund erinnerte. Sie war für die Aufnahme extra zu einem «Headshot-Spezialisten» gegangen. Ich hatte nicht mal gewusst, dass es so was gibt. Daneben hing ein Schnappschuss, den mir mein Vater letztes Jahr aus seinem Cluburlaub in Ägypten geschickt hatte. Auf dem Foto saß er schief auf einem Kamel und grinste mit seinen zweiundsechzig Jahren so sorglos und charmant in die Kamera, dass wahrscheinlich das halbe Feriendorf auf ihn geflogen war. Zumindest der weibliche Teil.

Ich seufzte und beobachtete draußen die kleine Wolke, die wie ein verirrtes Gespenst am Mond vorbeiglitt. Nein, ich brauchte keinen Seelenklempner. Selbst ein halbdebiler Hobbypsychologe hätte erkennen können, wo mein Problem lag: Mein Vater war ein netter, aber komplett verantwortungsloser Hallodri, und meine Mutter hatte ihre Ehe damit verbracht, sich darüber zu grämen – und war schließlich zu einer Miss Multi-Neurose mutiert, die selbst ihre Vorratskammer alphabetisch sortierte und alle Männer für die Apokalypse auf zwei Beinen hielt.

War es da noch verwunderlich, dass aus ihrer Tochter eine Frau geworden war, die in Liebesbeziehungen etwa so viel Vertrauen hatte wie in die Wettervorhersage?

Zumindest bis ER gekommen war – Auftritt: der Retter und Ritter in der strahlenden Rüstung. Natürlich war Lukas mein Held gewesen – aber eben auch mein bester Freund. Mein Vertrauter. Mein alles. Der erste Mensch, der alle Schutzwälle überflüssig gemacht hatte, sodass ich ihm mein zwanzigjähriges Herz quasi auf dem Silbertablett serviert hatte.

Und dann? War er am Ende all das gewesen, was meine Mutter immer prophezeit hatte: ein charakterloser Westentaschen-Casanova, der mit meiner besten Freundin anbandelte, mich betrog und im Stich ließ, als ich ihn am dringendsten brauchte?

Aber war er wirklich so? War es wirklich so gewesen? Zum ersten Mal ließ ich diese Fragen überhaupt zu, auch wenn eine barsche Stimme in mir konterte: *Natürlich. Mach dir doch nichts vor: Er würde es wieder tun.*

Würde er das? Würde er das wirklich? Jener Mann, der mir gerade in einer Nacht-und-Nebel-Aktion nach St. Petersburg gefolgt war, um dort für mich sämtliche Suppen auszulöffeln, die ich mir eingebrockt hatte?

Ich stand auf und ging in mein Zimmer hinüber. Dort setzte ich mich an den Schreibtisch und pulte eine Weile an dem steinalten, bereits an den Ecken angefressenen Mousepad herum. Dann arrangierte ich die Büroklammern zu einem Tinguely-Gedächtnis-Objekt. Irgendwann aber wurde selbst mir klar, wie albern ich mich benahm. Also öffnete ich die Schublade und holte sie heraus: die Briefe. Acht waren es mittlerweile. Acht ungeöffnete Briefe. Ich begann zu lesen. Einen nach dem anderen. Und dann begriff ich, was der Ausdruck «Rotz und Wasser» heulen wirklich bedeutete. Meine Augen brannten, meine Nase triefte, und mein Pulli war ziemlich angefeuchtet, als ich schließlich den letzten Brief zur Hand nahm. Den, den er mir nach unserem kurzen Treffen vor der Galerie geschrieben hatte. Nur zehn Tage war es her. Und doch, dachte ich, und doch ist etwas anders. Ich bin anders.

Mein Blick wanderte durchs Zimmer, streifte die Porträtaufnahme meiner Mutter, den Schnappschuss von meinem Vater und blieb dann an den alten Fotos darunter hängen. Diese klebten als Collage in einem Goldlamé-Bilderrahmen vom Flohmarkt: Opa, den sie als Baby fürs Foto noch auf ein Schaffell drapiert hatten. Oma Gesine mit acht Jahren in ihrem Matrosenkleid. Das Hochzeitsbild meiner Eltern. Und schließlich ich: mal mit, mal ohne Zöpfe und Schneidezähne – und mal mit, aber irgendwann dann meist ohne Vater.

Ich war sechs Jahre alt gewesen, als er uns verlassen hatte. Viele Jahre später hatte ich ihn einmal gefragt.

«Papa», hatte ich gesagt, «wie war sie eigentlich»?

«Wer?», hatte er geantwortet und über seine randlose Brille von der Los Angeles Times aufgeblickt.

«Na, die Frau, wegen der du damals weggegangen bist?»

Er hatte eine Weile geschwiegen.

Dann hatte er gesagt: «Du kennst sie gut. Es ist deine Mutter.»

Daran dachte ich jetzt und an den Streit, den wir danach gehabt hatten. Weil ich genau wusste, dass er damals was mit einer Sekretärin von der Universität gehabt hatte. Und dass diese, als er die Affäre hatte beenden wollen, meine Mutter angerufen und es ihr erzählt hatte.

«Aber es war doch längst vorbei, ich wollte doch gar

keine andere», hatte er dann immer wieder gestammelt und hilflos mit der Faust auf den Tisch gehauen. Eine Geste, die bei einem Mann mit seinen rhetorischen Fähigkeiten komplett absurd wirkte.

«Und wie hattest du dir das dann gedacht? Sollte Mama dir einfach verzeihen? Einfach die Augen zumachen und dich zurücknehmen?»

Er blinzelte erstaunt hinter seiner immer etwas schiefen Nickelbrille. «Aber geht es denn nicht genau darum bei dem Ganzen? Wenn wir wirklich lieben, muss das denn nicht heißen, dass wir auch verzeihen können? Dass wir den anderen trotz oder mit seinen Fehlern lieben?»

Ich hatte damals nur die Schultern gezuckt, die Augen verdreht und gesagt: «Du liest zu viele Psycho-Ratgeber. Und du legst dir immer alles so zurecht, wie es für dich bequem ist, richtig?»

«Nein, Dido-Schatz», hatte er geantwortet, «aber ich habe begriffen, dass das Leben nicht nur aus schwarz oder weiß besteht. Dass es Grauzonen gibt. Ziemlich viele davon. Wo das Leben nicht klar ist, der Weg vor dir verschwommen scheint – und wo man dann manchmal Dinge tut und sie hinterher schrecklich bereut.»

Daran dachte ich jetzt. Und dann las ich den letzten Brief, den Lukas mir geschrieben hatte.

18. November 2006

Liebe Dido,

ich habe nie ganz verstanden, was das heißen soll: «wie ein begossener Pudel dastehen». Schön, dass du diese Wissenslücke für mich geschlossen hast. Denn als ich da gestern Abend im Regen stand und dich davonradeln sah, wurde mir klar, was gemeint ist: der Moment, in dem man sich wie ein absoluter Vollidiot fühlt.

Aber ich versteh dich ja. Ich hätte an deiner Stelle wohl dasselbe gemacht. Vielleicht sogar Drastischeres, als nur den Kontakt abzubrechen, was weiß ich. Aber trotzdem: Findest du nicht, dass ich nach acht Jahren vielleicht ein paar Worte mehr verdient hätte als «Ich spreche nicht mit dir»?

Immerhin habe ich immer wieder versucht, deine Frage zu beantworten. Ich vermute allerdings, nein, bin fast sicher, dass du meine Briefe gar nicht gelesen hast. Du wirst sie in deine Schreibtischschublade gestopft haben, hinter die verstaubten Pfefferminzbonbons. Vielleicht hast du sie auch einfach entsorgt – wie wahrscheinlich alles, was du noch von mir hattest.

Das erinnert mich an das Museum, in dem ich letztes Jahr in Bosnien war. Es heißt «Das Museum der zerbrochenen Beziehungen» und versammelt unter seinem Dach die seltsamsten Dinge: die Asche eines verbrann-

ten Brautkleides und ein im Backofen geschmolzenes Handy – wohl das Ende jeglicher Gesprächsbereitschaft. Am eindrücklichsten aber fand ich die Axt. Der Verlassene hat damit zwei Wochen lang täglich eines der Möbelstücke zertrümmert, die seine Exfreundin mit in die gemeinsame Wohnung gebracht hatte.

Ich hab lange da gestanden. Und überlegt. Ob es vielleicht das ist, was zählt: dass man seinen Gefühlen Ausdruck verleiht, dass man sie sichtbar macht, auch wenn es albern wirkt. Denn irgendwie infantil ist das ja schon – ich meine: Dinge zertrümmern, weil in einem selbst etwas kaputtgegangen ist? Klingt nach «Gestalttherapie for Dummies». Aber vielleicht ist was dran. Ich jedenfalls wäre froh gewesen, wenn du mich damals angeschrien oder mir eine geknallt, einfach irgendwie re-agiert hättest, statt dich stumm von mir abzuwenden. Ich weiß, dass ich es verdient habe – versteh mich nicht falsch. Aber vielleicht hätten wir dann noch eine Chance gehabt. Und unser Kind auch.

Ich habe mir gesagt, dass das meine Strafe ist. Dass ich nicht wissen kann, ob es sowieso passiert wäre – oder ob es meine Schuld war. Es fühlt sich an wie ein Splitter in meiner Brust, wenn ich nur daran denke. Wie der Splitter, den der kleine Junge in Andersens «Schneekönigin» im Herzen hat. Weißt du noch, du hast mir das Märchen einmal erzählt, als ich nachts nicht schlafen konnte?
Ich habe es nachgelesen. Ich habe mir allen Ernstes ein Märchenbuch gekauft. Es ist alt und wunderschön, und

ich würde es dir gern zeigen. Es gibt so vieles, was ich dir zeigen, und noch mehr, was ich dir erklären möchte, mehr als Worte auf einem Briefbogen hergeben. Doch ohne dich – und gegen dein Schweigen – geht es nun mal nicht.

Also habe ich das Einzige gemacht, was ich wirklich kann: mit Fotos arbeiten. Ich habe sie mir alle angesehen, jedes einzelne der zigtausend, die ich damals von dir gemacht habe. Und dann habe ich dich buchstäblich in Stücke zerlegt. Deine Hand, dein Fuß, dein Mund, alles hundertfach vergrößert, verzerrt, überschattet. Niemand wird dich erkennen. «Photographic sketches of a body», schreibt ein englischer Kritiker über die Ausstellung, «hypnotizing – and scary». Recht hat er.

Photoshop statt einer Axt – für den Versuch, sich jemanden aus dem Herzen zu reißen. Vielleicht nicht die originellste Idee, vielleicht auch wirklich erschreckend. Ich sollte dich in Ruhe lassen.

Aber eine Frage habe ich noch: Wieso warst du gestern Abend vor der Galerie? Wenn du mir das beantworten kannst, verspreche ich dir – nun ja, zumindest keine Briefe mehr zu schreiben.

Dein Lukas

Die Uhr draußen schlug sechsmal. Ich ließ den Brief sinken, strich aber mit der linken Hand noch einmal über die Zeilen. Dann stand ich auf und ging ins Bett. Ich brauchte ein paar Stunden Schlaf, um das zu tun, was dringend nötig war: mein Leben in Ordnung zu bringen.

* * *

Doch zuerst musste ich das Tribunal durchstehen. Es ereilte mich gefühlte fünf Minuten, nachdem ich eingeschlafen war.

«He, Faulpelz, aufstehen», forderte das Tribunal und hielt mir, wohl als mildernde Umstände gedacht, eine Tasse Kaffee vor die Nase, die erstaunlicherweise weder angebrannt war noch nach Spülwasser, sondern wie richtiger Kaffee duftete.

«Wann hast du Kaffee kochen gelernt?», murmelte ich, hielt aber die Augen geschlossen.

«Onkel Starbucks macht das für mich, oder dachtest du, ich serviere dir Kaffee in Pappbechern, weil wir heute Kindergeburtstag feiern?», antwortete Kiki mit einem Grad an Wachheit, angesichts derer mein Zentralnervensystem sich in eine Ecke verkroch und toter Mann spielte. Ich war hundemüde und definitiv nicht redebereit. Doch einer missionarisch gesinnten Naturgewalt wie Dr. Katharina Nonnenberg hatte ich nichts entgegenzusetzen.

Onkel Starbucks hatte es zum Glück gut gemeint und einen doppelten Espresso für mich eingepackt sowie einen Triple-Chocolate-Muffin, dessen absurd hoher Zuckergehalt meine müden Gehirnzellen in einen Endorphin-Rausch versetzte. So gelang es mir, eine halbwegs akkurate, wenn auch stark verkürzte Version der letzten drei Tage wiederzugeben – nur um dann etwas zu erleben, was ich nicht für möglich gehalten hatte: Katharina Nonnenberg war sprachlos. Sie sah mich einfach eine Weile an. Dann stand sie auf und setzte sich neben mich auf die Küchenbank und nahm mich in den Arm.

«Armes Putzelchen, du machst wirklich keine halben Sachen. Wenn schon großer Mist, dann aber richtig, was?»

Wahrscheinlich lag es daran, dass ich das nicht erwartet hatte. Oder daran, dass der permanente Schlafentzug mich allmählich weichkochte. Jedenfalls heulte ich schon wieder, dieses Mal Kikis rohseiden umhüllte Schulter nass. Dann aber aß ich den zweiten Triple-Muffin und fühlte mich nach einer Dusche, die des Warmwasservorrats eines halben Heizwerks bedurfte, langsam wieder wie ein Mensch.

«Und jetzt?», fragte Kiki etwas später. Sie stand inzwischen im Flur und knöpfte ihren dunkelroten Pelerinenmantel zu. Ich hätte darin wahrscheinlich wie Rumpelstilzchen an Karneval ausgesehen. Sie aber wirkte wie eine russische Prinzessin – was sie allerdings nicht daran hinderte, nun mit gebieterischem Lüpfen ihrer linken Augenbraue nach einer Antwort zu verlangen.

«Erst Hans, dann Lukas», sagte ich.

«Viel Glück, Putzelchen», erwiderte sie. Dann wischte sie sanft die Tränen beiseite, die mir bei ihren Worten schon wieder über die Wangen kullerten.

Ich kniff ärgerlich die Augen zu und fuhr mir energisch übers Gesicht.

Kiki schob sich lachend aus der Haustür. «Na dann – Gnade ihnen Gott.»

17

Eine Stunde später fuhr ich ausgerüstet mit Hans' Lieblingskeksen, zwei Kilo Tageszeitungen und einem Schnappschuss von Lord Nelson ins Krankenhaus – und versagte gleich bei meiner ersten Mission.

Ich hatte einfach nicht damit gerechnet, wie elend Hans aussehen würde. Blass war er, die Augen riesig in seinem abgemagerten Gesicht und von tiefen Ringen umschattet. Zumindest aber saß er aufrecht in seinem Bett und grinste, als ich ins Zimmer kam.

«Na, Lütte.»

«Na, alter Mann.»

Ich setzte mich und nahm seine Hand.

Er grinste noch breiter. «Ich wusste doch, dass es sich lohnt, mal ordentlich krank zu werden. Dann kommen die jungen Dinger und halten Händchen mit mir.»

Ich drückte seine knochige Hand, deren Rücken von den vielen Infusionsnadeln ganz blau und zerstochen war. Sprechen konnte ich erst mal nicht, weil ein Kloß in meinem Hals saß. Was Hans natürlich nicht entging.

«Na, na, Deern, musst dir doch nicht gleich solche Sorgen machen.»

Ich sah ihn streng an, brachte dann doch etwas heraus: «Hast mir 'nen ganz schönen Schrecken eingejagt.»

Er strich mir mit einer Hand über die Wange. «Ich weiß, Deern, ich weiß. Ich mir auch, kannst du mir glauben. Aber erzähl doch lieber mal, was der dösige Kater so treibt.»

Ich zeigte ihm das Foto von Lord Nelson. Dann sprachen wir über den Laden, eine neue Buchlieferung und den seit Monaten immer klappriger werdenden Zaun vor dem Gebäude, dessen Besitzer dem Thema Instandhaltung leider sehr distanziert gegenüberstand. Und ich war so glücklich, Hans wieder vor sich hin brummeln zu hören – vom Vermieter, dem ollen Kluntjeknieper –, dass mir alles andere egal war. Wahrscheinlich hätte ich noch Stunden da gesessen, wäre nicht die unvermeidliche Schwester Hilde samt ihrem Medi-Rollwagen ins Zimmer gerauscht gekommen.

«Der Patient braucht jetzt Ruhe», verkündete sie hoheitsvoll und nickte mir gnädig zu.

Während Hildchen sich an den Infusionsbeuteln zu schaffen machte, kruschpelte ich mich folgsam in meine Fahrradkluft. Doch als ich mich zu Hans herunterbeugte, um ihm ein Abschiedsküsschen auf die Wange zu drücken, hielt er meine Hand fest und sah mich an. Mit müden Eismeer-Augen, in denen stumm eine Frage stand. Dann senkte er den Kopf, pickte ein paar Kekskrümel von seiner Bettdecke und nickte vor sich hin, als wolle er sich selbst Mut zusprechen.

«Hans?», sagte ich leise.

Er antwortete nicht gleich, drückte nur an meiner Hand herum. Erst als die Lara Croft unter den Krankenschwestern energisch mit dem Fieberthermometer zu klappern begann, hob er den Kopf wieder. Seine mageren Finger verkrampften sich um meine, als er murmelte, fast nur flüsterte: «Weißt du, Dido, manches sollte einfach dort bleiben, wo es hingehört: in der Vergangenheit.»

Er sah mich an, große Dringlichkeit lag in seinem Blick.

«Ist das so, Hans?», fragte ich sehr langsam.

Vielleicht hätte ich auch noch mehr gesagt, doch Schwester Hilde war mit ihrer Geduld am Ende. Sie scheuchte mich zur Tür, wo ich mich aber noch einmal umwandte. Hans starrte wieder auf seine Bettdecke und drehte eine Ecke davon zwischen seinen Fingern hin und her.

«Dido?»

«Ja?»

Er sprach weiter zur Bettdecke. «Hast du sie gesehen?»

Ich überlegte. Es gab vieles, was ich über Elisabeth Matthissen hätte sagen können. Aber eines schien mir jetzt das Wichtigste. «Sie leuchtet noch immer», sagte ich.

Er nickte langsam vor sich hin, dann hob er den Kopf und lächelte. «Danke, Deern.»

Ich lächelte zurück und dachte: Okay, du bekommst noch zwei Wochen Schonfrist, Käpt'n, mehr nicht. Denn ich hatte ihn gerade genau gesehen: den jungen Kerl in seinem Gesicht. Der, der ausgesehen hatte, als wolle er seinem Mädchen die Sterne vom Himmel holen.

Nun aber war es vielleicht an der Zeit, die Sterne zu ihm zu bringen – oder zumindest das Mädchen.

Vorher aber hatte ich noch eine ganze Reihe von Fragen, auf die Elisabeth Matthissen hoffentlich die Antworten wissen würde. Das herauszufinden war zumindest meine Absicht, als ich ein paar Stunden später wieder einmal die Treppen zu dem alten Gründerzeithaus in Winterhude emporstieg, um bei ihr zu klingeln.

Aus ihrer Wohnung drang kein Licht. Trotzdem schnarrte der Türöffner, noch bevor ich überhaupt dazu kam, auf die Klingel zu drücken. Und als ich mich und meine Müdigkeit endlich in den dritten Stock geschleppt hatte, stand sie bereits in der Tür und rief mir «Wie geht es ihm?» entgegen.

«Gut», antwortete ich und fügte, als ich schließlich vor ihr stand, leicht keuchend hinzu: «So gut, dass er Sie noch immer nicht sehen will.»

Elisabeth Matthissen taxierte mich einen Moment lang forschend, dann nickte sie und biss sich auf die Unterlippe. «Ich verstehe.»

«Darf ich trotzdem reinkommen?», fragte ich.

Eine kleine Pause entstand. Nicht unangenehm, nur spürbar.

«Aber natürlich, entschuldigen Sie», murmelte sie schließlich und trat zur Seite, um mich hereinzulassen.

Im Flur verbreitete eine betagte Glühbirne ihr gelbliches Licht. Das Wohnzimmer aber war stockfinster. Nur die grüne Anzeige eines CD-Players leuchtete, während leise irgendetwas Spätromantisches, Mahler oder Sibelius, durch den Raum schwebte. Elisabeth Matthissen knipste eine schwarz-weiße Jugendstillampe an, die aussah wie von Manufactum, aber wahrscheinlich einfach echt und alt war. Dann marschierte sie zu einem der beiden Club-Ledersessel, die in der Mitte des Raumes thronten wie zwei in die Breite gegangene Großväter. Dies waren die einzigen Sitzgelegenheiten. Kaffeekränzchen oder andere Formen menschlichen Beisammenseins waren ihre Sache offenbar nicht.

Lange drum herumreden auch nicht.

«Also … was wollen Sie wissen?», fragte sie, kaum dass ich mich in einem der beiden Sessel-Monster platziert hatte.

Blass sah sie aus. Aber nicht mehr alt und durchscheinend. Ihre Haare hatte sie heute glatt frisiert, sodass diese ihr Gesicht wie eine glänzende graue Kappe umrahmten. Dazu trug sie ein fast bodenlanges schlichtes Strickkleid, ebenfalls in Grau, und ein einziges Schmuckstück: ein altes, romantisch verschnörkeltes Medaillon an einer langen Silberkette. Ihr leicht belustigter Blick über der strengen schwarzen Lesebrille komplettierte das Bild: Elisabeth Matthissen liebte die Gegensätze. Und Klarheit.

Also sparte ich mir die Einleitung und anderes Brimborium und fragte: «Warum möchte Hans eigentlich nicht mit Ihnen sprechen?»

Mit einem Mal schaute sie gar nicht mehr amüsiert, sondern presste die Lippen zusammen wie ein bockiges Kind.

Ich wurde ungeduldig und murmelte etwas, das dem Grad meiner Verzweiflung entsprach. Es war tiefstes Hessisch, das Idiom meiner Kindheit, und mochte – in freundlicher Lesart – als «Verdammt noch mal» durchgehen.

Die Miene meiner Gastgeberin entspannte sich trotzdem etwas, ich meinte sogar eine gewisse Belustigung entdecken zu können.

«Sie sind sehr hartnäckig.»

Ich zuckte die Schultern. «Ich würde alles tun, damit es Hans besser geht.»

Die alte Dame sah mich einige Momente an, der Blick schärfer als ein Skalpell, dann glitt etwas über ihr Gesicht – eine kleine, aber dunkle Gewitterwolke. «Wissen Sie, genau das habe ich auch einmal gedacht», sagte sie, «und dann …»

Sie verstummte, ihre Augen wirkten plötzlich verhangen, sahen nicht mehr mich an, sondern durch mich hindurch in die Vergangenheit. Und deren langes Echo spiegelte sich nun so unmittelbar in ihrem Gesicht, dass ich instinktiv den Blick abwandte. Denn was ich darin erkennen konnte, war nicht für mich gedacht. Es gehörte zu den Schatten.

«Und dann», sprach sie weiter, «war alles ganz anders … anders, als ich es jemals für möglich gehalten hatte.» Sie hob die Augenbrauen und taxierte mich erneut eine Weile. Dann schien sie zu einem Entschluss gekommen zu sein. «Ich warne Sie, es ist eine lange Geschichte.»

«Ich habe Zeit.»

«Ein seltenes Gut heutzutage.»

Sie lächelte, wenn auch etwas ironisch, doch es brachte endlich etwas Farbe in ihr Gesicht.

«Damals war alles langsamer.»

«Damals?»

Elisabeth nickte nur, antwortete nicht. Von unten hörte ich Hannibal in der Wohnung von Queen Mum nach Keksen schreien. Der Regen klatschte noch immer ans Fenster. Sonst war es still – so still, wie es wohl sein muss, wenn jemand versucht, eine Tür zu öffnen, die ein halbes Leben lang verriegelt war.

Schließlich rieb sie sich die Schläfen und kniff die Augen

zusammen, als wolle sie eine unbequeme Erinnerung vertreiben. Dann stand sie auf, holte eine Flasche Rotwein und zwei Gläser aus der Küche und stellte sie auf den Tisch. Daneben legte sie eine Schachtel Zigaretten. Gauloises blau.

Sie öffnete die Weinflasche, befüllte die Gläser und schob mir eines hin. Als sie sich wieder gesetzt hatte, nahm sie eine Zigarette aus der Packung und entzündete sie mit der Routine, die nur ein langjähriger Raucher hat. Sie sog den Rauch tief ein und schloss kurz die Augen, als sie ihn langsam wieder ausströmen ließ.

Dann nahm sie die Schachtel und hielt sie mir hin: «Wie unhöflich von mir, entschuldigen Sie. Aber wissen Sie ... es ist nicht ganz einfach, diese Dinge auszusprechen.»

Ich nahm eine Zigarette und nickte stumm.

Elisabeth Matthissen aber sagte jetzt mit einer Stimme, die mir höher schien: «Ja, damals war alles langsamer – damals, meine ich, als alles begann. Im Sommer 1939. Ein heißer Sommer. Es war so heiß, dass der Asphalt schmolz ... Können Sie sich das vorstellen? In Hamburg?»

Ich schüttelte den Kopf.

Sie auch. Aber aus anderem Grund. «Gott, wie dumm wir waren», sagte sie unvermittelt.

«Dumm?»

«Ja, dumm.» Sie nickte energisch. «Wir saßen auf einem Pulverfass und merkten es nicht. Oder wir merkten es und wollten es nicht wissen. Stattdessen tanzten wir. Können Sie sich das vorstellen? Während Hitler sich bereit machte, Europa zu zerstören, tanzten wir. Aber wir dachten eben, wir kämen damit durch.»

Sie zuckte die Schultern.

«Was Sechzehn- und Siebzehnjährige sich eben so denken.»

Ihre Stimme klang plötzlich belegt. Sie machte eine hilflose Bewegung mit der Hand, dann wandte sie sich ab und wischte fahrig, fast wütend an ihren Augen herum.

«Sie müssen das nicht. Wenn es zu schwierig ist ...», murmelte ich.

«Ach was, die Tränen einer alten Frau.» Sie stand so abrupt auf, dass der Stuhl quietschend über den Boden scharrte. Dann ging sie ans Fenster und starrte eine Weile hinaus. Ihr Rücken war sehr gerade.

«Es ist nur einfach sehr schwer», sagte sie schließlich.

Ich sah sie tief Luft holen, sich umdrehen und einen seltsamen kleinen Hopser machen.

«Swing. Wir tanzten Swing.»

«Damals? In Deutschland?» Ich runzelte die Stirn.

Sie nickte und kam zurück an den Tisch. «Die Swing-Jugend in Hamburg. Noch nie davon gehört?»

«Doch. Schon. Aber ich dachte, während der Nazizeit –»

«Wurde es immer schwieriger», fiel sie mir ins Wort, «und das war wohl auch der Grund, warum sie so schnell ihren Einberufungsbefehl bekamen. Sie waren nicht mal zwanzig, verdammt.»

Ihre Augen wurden so dunkel, als hätte jemand darin das Licht ausgeknipst.

«Sie?»

Elisabeth nickte, sagte aber nichts, schob nur stumm ihr leeres Weinglas auf dem Tisch hin und her.

«Sie meinen Hans ...» Ich holte tief Luft und fügte dann entschlossen hinzu: «Und Gregor?»

Ihr Kopf fuhr hoch, und der strafende Blick, der mich traf, hätte selbst die unerschütterliche Kiki in rhetorische Engpässe gebracht.

Ich seufzte. Allmählich schwante mir, warum Hans und diese Frau es offenbar seit über sechzig Jahren nicht fertigbrachten, miteinander zu sprechen. Ein Schweigemönch war nichts dagegen.

«Hören Sie, Frau Matthissen …», setzte ich an, doch da hatte sie schon abwehrend die Hände gehoben.

«Warum erzähle ich Ihnen das eigentlich alles? Ich kenne Sie doch gar nicht. Ich glaube, Sie sollten jetzt gehen.»

Ich schwieg, rührte mich aber nicht.

Um ihren Mund zuckte es. Sie nahm eine weitere Zigarette, zündete sie an und drückte sie nach zwei schnellen Zügen wieder aus. Dann griff sie nach dem Aschenbecher, erhob sich und marschierte energisch Richtung Küche.

«Manchmal ist es leichter mit Fremden», sagte ich leise, «ein unbeschriebenes Blatt, das vor einem liegt.»

Ich wusste nicht, ob sie mich gehört hatte. Doch sie blieb stehen, drehte sich langsam um und musterte mich.

Es waren wohl nur Sekunden. Mir schien es endlos. Aber sie kam zurück, setzte sich wieder und begann, das heruntergelaufene Wachs an der Kerze auf dem Tisch abzubrechen. Langsam und systematisch.

Nachdem sie dann alle Schnipsel zu einem kleinen roten Wachspalast auf dem Tisch aufgetürmt hatte, hob sie den Blick und fragte: «Was wissen Sie über die Liebe?»

Die Frage hing im Raum wie ein zu groß geratenes Insekt – und hätte in ihrer Schlichtheit eigentlich lachhaft wirken müssen. Tat sie aber nicht. Vielmehr schillerte sie ruhig und gefährlich in tausend Farben, während meine Gedanken miteinander Tauziehen spielten. Was um alles in der Welt sollte ich antworten? Ausgerechnet ich?

«Was wollen Sie hören?», sagte ich schließlich.

«Sprechen Sie nicht gern darüber?», fragte sie zurück.

Mich beschlich allmählich das Gefühl, Pingpong mit jemandem zu spielen, der das weit besser konnte als ich.

«Es gibt erfreulichere Gesprächsthemen.» Ich ruderte etwas wirr mit den Armen. «Umweltverschmutzung vielleicht oder die Ausbeutung von Afrikas Bodenschätzen ...» Ich brach ab, bevor ich mich vollends lächerlich gemacht hatte.

Elisabeth Matthissen aber betrachtete mich mit dem Interesse eines Ornithologen, der eine seltene Rebhuhnart entdeckt hat.

«So schlimm?», fragte sie lächelnd.

Ich merkte, wie mir die Röte ins Gesicht kroch. «Das tut doch nichts zur Sache.»

Es war einen Moment still. Zu still.

«Ach nein?», gab sie dann zurück. «Ich finde, das tut sehr viel zur Sache.»

Sie stand auf und begann, im Zimmer herumzulaufen mit der Energie einer kleinen Dampfmaschine. Fast wunderte ich mich, dass nicht Rauch aus ihren Ohren aufstieg. Schließlich blieb sie vor mir stehen und guckte streng.

«Sonst begreift man es nämlich nicht.»

«Was begreift man nicht?», fragte ich.

Ihr Blick war jetzt der einer freundlichen Lehrerin gegenüber einer begriffsstutzigen Schülerin. «Haben Sie nicht mal gesagt, dass Sie Amerikanistik studiert haben?»

«Ja ...»

«Na, dann müssten Sie es doch kennen, das berühmte Zitat von Faulkner.»

Ich zuckte die Schultern und schüttelte den Kopf.

«Dass die Vergangenheit nicht tot ist, hat er gesagt. Ja, dass sie ...» Sie stockte einen Moment. Ihre Stimme schien jetzt von sehr weit her zu kommen. «Dass sie nicht einmal vergangen ist. Ja, so hat es Faulkner doch gesagt, oder?»

«Nicht vergangen?», wiederholte ich leicht planlos.

Doch Elisabeth Matthissen hörte mich nicht. Sie hatte sich wieder gesetzt und entzündete eine weitere Zigarette. Dann starrte sie eine Weile auf die vielen Buchrücken, die ihre Wohnzimmerwände säumten wie stumme Zeugen ebendieser Vergangenheit.

«Denn wissen Sie», fuhr sie schließlich in ärgerlichem Tonfall fort, «es ist wirklich totaler Blödsinn.»

«Was?», fragte ich, immer ratloser werdend.

Sie wedelte ungeduldig mit ihrer schmalen Hand. «Na, das mit der Zeit, die alle Wunden heilt. Oder? Was meinen Sie?»

Ich nickte zögerlich und überlegte gerade noch, wer hier eigentlich wen befragte, als meine Gesprächspartnerin bereits energisch ihre nur halb gerauchte Zigarette ausdrückte. Sie stand auf, holte ein Fotoalbum aus dem Schrank und legte es geöffnet vor mich hin. Es war aus dunkler Pappe gefertigt und voller Schwarzweißbilder, die mit einem weißen Stift untertitelt worden waren.

Als ich näher hinsah, schnappte ich unwillkürlich nach Luft. Ich kannte diese Schrift. Die fliegenden, hoch aufragenden Buchstaben. «Das hat Maxim Grigorov geschrieben, richtig?»

Eine weiße Braue schob sich in die Höhe, die Augen darunter sahen mich forschend an. Dann nickte die alte Dame zögernd und strich mit den Fingerspitzen vorsichtig über eines der vergilbten Bilder. Es zeigte Hans, sie selbst und den jungen Mann, den ich von den Fotos aus dem Internet kannte. Alle drei blickten direkt in die Kamera und sahen sehr jung aus – zu jung für die Uniform, die die beiden Männer trugen. Und ganz bestimmt zu jung für den leeren Blick und die starre Körperhaltung, die ich ein paar Seiten später auf einem anderen Foto jener Zeit entdeckte. Es zeigte eine junge Elisabeth allein irgendwo in den Ruinen Hamburgs. Darunter stand nur eine Jahreszahl: 1944.

«Ja, das hat Maxim geschrieben. Aber damals …» Ein weiterer forschender Blick. «… nannten wir ihn noch Gregor.»

Ich nickte zögernd. «Ich … ich weiß.»

Sie sah mich durchdringend an. «Hat Hans Ihnen das erzählt?»

Ich schüttelte den Kopf. «Es war auch nur eine Vermutung. Aber mein …» Ich stoppte, suchte nach dem richtigen Wort. «Mein Bekannter ist Fotograf und hat einen guten Blick für Gesichtszüge. Er ist darauf gekommen, nachdem wir im Internet ein altes Foto von Hans und Gregor im Krieg gefunden hatten.»

Ihr Blick glitt nachdenklich zum Fotoalbum zurück.

«Und konnte Ihr … Bekannter Ihnen auch erklären, warum ein und derselbe Mann zwei Namen hat?»

«Nein, das konnte er nicht – und wir haben auch nicht die leiseste Ahnung, wie ein früherer Wehrmachtsflieger und ein russischer Universitätsprofessor ein und dieselbe Person sein können.»

Sie lachte etwas gequält. «Ja, das verstehe ich. Ich dachte damals selbst, ich hätte Halluzinationen.»

Sie schenkte uns Wein nach. Dann lehnte sie sich zurück, schwenkte das Glas in der Hand und starrte lange in die tiefrote Flüssigkeit.

Mein Blick aber schweifte über die Buchrücken im Regal hinter ihrem Sessel. Turgenjew. Puschkin. Viele russische Originalausgaben. Auch Böll, Borchert, der unvermeidliche Martin Walser. Und dazwischen in Nachtblau: eine Heine-Gesamtausgabe. Natürlich. Fast wäre ich aufgestanden, um zu prüfen, ob der Heine-Band, den ich ihr in Moskau übergeben hatte, womöglich dazugehörte.

Aber Elisabeth Matthissens Stimme hielt mich zurück. Sie klang plötzlich seltsam, unbeteiligt, fast monoton – doch in ihren Augen sah ich, dass der kühle Tonfall nur eine mühsam gewahrte Fassung verbarg. Und ich begann zu ahnen, dass hinter dieser Geschichte mehr steckte als eine in die Jahre gekommene Jugendliebe. Dass irgendetwas an der Sache gewaltig schiefgelaufen sein musste – so sehr, dass es sich noch Jahrzehnte später wie Raureif auf Elisabeth Matthissens Stimme legte:

«Es war 1948. Also kurz nach dem Krieg. Ich stand vor dem Examen und dachte, es sei eine gute Idee, mir den Vortrag dieses phänomenalen jungen Gastdozenten aus Moskau anzuhören. Also fuhr ich nach Berlin und wartete gespannt in einem Vorlesungssaal auf Dr. Maxim Grigorov. Aber als er dann den Saal betrat …» Sie trank einen Schluck Wein und sah mich fragend an. «Sie kennen doch sicher diese Momente kurz vor dem Aufwachen, wenn man merkt, dass man immer noch träumt?»

Ich nickte.

«So in etwa fühlte ich mich, als ich sah, wie die Tür aufging und statt eines fremden russischen Wissenschaftlers der Mann hereinspaziert kam, den ich als Gregor Malek kannte und ...» Ihre Stimme begann zu schwanken. «... den ich seit Jahren für tot hielt.»

Sie wandte sich zum Fenster, wo draußen jetzt kleine Schneeflocken in der Dunkelheit tanzten.

Schließlich sprach sie weiter, immer noch im nüchternen Tonfall einer Nachrichtenmoderatorin: «Er sah mich nicht. Der Saal war völlig überfüllt. Ich saß ganz hinten und überlegte fieberhaft, ob ich mich täuschen könnte. Der Mann sprach Russisch ohne irgendeinen Akzent, aber das hatte Gregor auch gekonnt. Er hatte es als Junge von seinem Kindermädchen gelernt, wie er uns erzählte. Aber trotzdem ...» Sie lächelte etwas verkniffen. «Dieser Mann wirkte mit seinem Vollbart, der Ostblock-Kleidung und seiner ganzen Gestik so sowjetisch wie Stalin persönlich. Dann aber», sagte sie, und ihr Gesicht wurde weicher, «dann fing er plötzlich mitten in seinem Vortrag über Turgenjew an, ein Heine-Gedicht zu zitieren. Und da war ich mir sicher. In dieser Zeit wäre kein russischer Slawist auf die Idee gekommen, Heine zu zitieren. Gregor aber hatte ihn immer über alles geliebt.»

«Ich weiß», sagte ich, «der Band mit den Heine-Gedichten. Die Anmerkungen sind von ihm, oder?» Ich dachte an das Kürzel G.M., das ich in dem nachtblauen Band gefunden hatte.

Sie nickte. «Ich habe sie ihm damals geschenkt. Und nun hat er sie wieder.»

«Und wieso hat Hans …?»

«… das Buch gehabt all die Jahre?», beendete sie meinen Satz. «Weil er Gregor nie verziehen hat. Und mir auch nicht. Er konnte es nicht. Und anscheinend kann er es noch immer nicht.»

Sie schlug die Hände vors Gesicht, ihr Rücken zuckte, doch ich hörte nichts. Elisabeth Matthissen weinte lautlos, nur ein paar kurze Momente. Dann richtete sie sich wieder auf und blickte mich an.

«Damals in Berlin ist es … ist es passiert, nicht vorher. Es war nur einmal. Es war …» Sie rang mit den Worten, als wöge jedes einzelne zentnerschwer. «Es war einfach eine Grenzsituation.»

Ich sah sie fragend an.

«Sie können das nicht wissen. Zum Glück nicht. Aber in einem Krieg und dem, was danach übrig bleibt, ist alles …» Sie verstummte. Dann schüttelte sie plötzlich den Kopf, rieb sich die Stirn und sagte leise: «Ich war einsam.»

Die Uhr tickte weiter in die Stille. Ich wartete.

Sie fuhr sich durch die Haare, stützte ihr Gesicht in beide Hände, als wolle sie es schützen, und begann zu erzählen. Von Hans. Der aus dem Krieg zu ihr zurückgekommen war. Und doch nicht zurückgekommen, nur noch halb gewesen war. So nannte sie es.

«Seine Bewegungen. Seine Stimme. Die Art, wie er mich ansah und doch nicht sah. Er war einfach», sie hielt kurz inne, «nicht mehr ganz. Ein Mensch, der da ist – und doch nicht. Als sei er durch eine Puppe ersetzt worden.»

Immer häufiger waren sie dann geworden: die Momente, in denen er starr vor sich hinblickte, kaum noch reagierte. Die Stunden und Tage, an denen er sich auf dem Dachboden versteckte. Wie ein krankes Tier, dachte sie manchmal. Und die Nächte, die vielen Nächte, in denen das Bett neben ihr leer blieb – weil er keinen Schlaf fand oder hochgeschreckt war aus Träumen, von denen er ihr nicht erzählen wollte.

Eines Tages aber war sie nach Berlin gefahren und hatte Gregor gesehen. Den tot geglaubten, wiedergekehrten Freund.

«Er lebt, Hans, du glaubst es nicht, er ist hier», hatte sie in den Fernsprecher gerufen, noch ganz atemlos, weil sie von der Universität bis zur Telefonzelle beim Brandenburger Tor gerannt war. Am anderen Ende der Leitung war es still geblieben.

«Hans?»

Keine Antwort.

«Hans, hörst du mich?»

Erst war das Geräusch ganz leise. Nur ein kleiner Laut, der ihn verriet. Er weinte. Dann wurde es lauter, ein stockendes, gequältes Weinen, das Elisabeth verwirrte.

«Hans?»

«Es ist nichts, Elli. Nichts. Ich bin nur überrascht.»

Dann hatte er aufgelegt.

Und so war sie zurückgegangen. Zu Gregor. Zu Maxim.

Oder wie auch immer dein Name ist, hatte sie zu ihm gesagt. Ich nenne dich wie-auch-immer. Sie hatten geredet, stundenlang. Erst in einem Café, später in der Gaststätte, die ihre Zimmerwirtin empfohlen hatte. Er hatte ihr vieles erzählt, aber nicht alles. Das konnte sie spüren. Doch wenn sie fragte, lenkte er schnell ab. Gregor, der König der Faxenmacher, er konnte sie noch immer jederzeit zum Lachen bringen. Es tat gut, dieses Lachen – auch wenn ihre Mundwinkel wie eingerostet waren.

Und dann hatte er sie plötzlich geküsst. Über einer nur halb gegessenen Bulette, mit Senf im Mundwinkel. Sie war erschrocken, hatte gekichert, obwohl sie sonst nie kicherte, sich die hochroten Wangen gehalten und «Gregor, Gregor ...» gemurmelt – und hatte ihn zurückgeküsst.

Aber als sie schließlich mit ihm gegangen war, in ein kleines Hotel am Alexanderplatz und dort unter einer rot-weiß karierten Bettdecke mit ihm geschlafen hatte, da hatte sie es gleich gewusst, sagte sie. Dass es nicht richtig war. Dass es nur dem einen verzweifelten Wunsch entsprungen war, etwas wiederzubekommen – etwas, das es nicht mehr gab.

Trotzdem war sie erst morgens um sechs in ihre Pension zurückgekehrt. Die Zimmerwirtin hatte sie mit verkniffenem Gesicht empfangen. Ob Ihr Mann sie denn gefunden habe.

«Ich verstehe nicht», hatte Elisabeth gesagt.

«Na, Ihr Mann – gestern am frühen Abend war er hier.» Sie habe ihn zu der Gaststätte geschickt, die sie ihr gestern empfohlen hatte.

Als Elisabeths Hände daraufhin zu zittern begannen, glitzerten die Augen unter dem stramm gebundenen Kopftuch der Wirtin etwas hämisch.

All dies erzählte Elisabeth Matthissen ruhig und besonnen, fast gewissenhaft. Und doch wirkte sie seltsam verloren in ihrer eigenen Geschichte. In den Pausen zwischen den

Worten schüttelte sie immer mal wieder fast zornig den Kopf. Wie eine Schauspielerin, die den Regisseur ihres Theaterstücks für einen ausgemachten Schwachkopf hielt.

«Hans hat es versucht», sagte sie schließlich und nickte mehrfach, als wolle sie sich selbst überzeugen. «Ich glaube es zumindest. Aber er konnte es mir nicht verzeihen. Vielleicht ...» Sie holte tief Luft und atmete hörbar wieder aus. «Vielleicht wenn es irgendwer gewesen wäre, irgendein Mann, ein gesichtsloser, namenloser. Doch Gregor ... ausgerechnet Gregor.»

Die alte Dame strich sich eine Haarsträhne aus dem Gesicht, ihrem seltsamen, faszinierenden Gesicht, in dem ich doch nicht lesen konnte.

«Nein, das konnte er mir nicht verzeihen», wiederholte sie, «schon gar nicht, als ... als ...»

Sie hob erneut an, doch statt Worten kam nur ein Pfeifen aus ihrer Kehle, ein langgezogener gepresster Laut, fast wie bei einem Keuchhusten.

Ich legte meine Hand auf ihre, und sie ließ es geschehen.

Draußen schlug eine Uhr, es war zehn. Wir sprachen schon gut zwei Stunden miteinander.

«Sie sind sicher erschöpft, vielleicht sollte ich besser gehen», murmelte ich.

Elisabeth Matthissen fixierte mich einen Moment, ihre Augen waren rot gerändert und müde, doch um ihren Mund zuckte etwas Energisches, als sie sich nun erhob und sagte: «Warten Sie. Warten Sie bitte einen Moment.»

Dann verließ sie das Zimmer.

Unten hörte ich Hannibal ein Gutenachtlied trällern. Es klang wie eine rostige Spieluhr.

Die Minuten verstrichen, meine Gastgeberin kehrte nicht zurück. Ich ging auf den Flur und sah, dass in ihrem Arbeitszimmer, das ich von meinem ersten Besuch in ihrer Wohnung kannte, Licht brannte. Sie reagierte nicht auf mein Klopfen, also schob ich die angelehnte Tür vorsichtig einen Spaltbreit auf. Sie saß an ihrem Schreibtisch, ganz still, den Kopf leicht gesenkt, die Augen halb geschlossen.

«Frau Matthissen?»

Als sie immer noch nicht reagierte, ging ich näher und bemerkte, dass sie etwas in den Händen hielt. Es war ein kleines dünnes Buch, dessen blauer Einband ziemlich mitgenommen aussah. Ich konnte erkennen, dass es keinen aufgedruckten Titel hatte, also wahrscheinlich ein Notiz- oder Tagebuch war. Sie hielt es so fest, dass ihre Knöchel weiß hervortraten.

Ich setzte mich auf den einzigen weiteren Stuhl im Zimmer und wartete. Es machte mir nichts aus. Ganz im Gegenteil. Denn irgendetwas an diesem seltsamen Abend hatte sich wie eine Packung Watte auf meine Nerven gelegt und das Gedanken-Pingpong in meinem Kopf endlich zum Stillstand gebracht.

Schließlich legte sie das Buch auf den Tisch, stand auf und flüsterte, mehr als dass sie sprach: «Denn darin besteht doch die Liebe, oder? Dass sich zwei Einsame beschützen und berühren und miteinander reden.»

Sie warf mir einen erwartungsvollen Blick zu.

«Heine?», versuchte ich mein Glück.

Ihre Augenbrauen hoben sich in gespielter Verzweiflung. «Was lernt ihr heute eigentlich an der Universität, ihr jungen Leute?»

Ich zuckte die Schultern. «Meine Schwerpunkte sind Dada und Agit-Prop-Theater.»

«Und dafür bekommt man einen Abschluss?»

«Mit Stempel.»

Sie gab einen glucksenden Laut von sich. «Na gut, Frau Dada-Expertin, das Zitat war von Rilke.»

«Auch gut», sagte ich und grinste.

«Tsss», machte sie, zuckte aber ebenfalls leicht mit den Mundwinkeln. Dann räusperte sie sich, holte hörbar Luft und vollführte eine weit ausholende Bewegung mit dem Arm. «Die eigentliche Frage jedoch, liebe Frau Huntemann, ist ja: Können wir ihnen Glauben schenken? Sollten wir? Was denken Sie?»

«Wem ...? Ihnen?», stammelte ich ratlos.

Elisabeth Matthissen ging zu den Bücherregalen und strich mit dem Finger suchend über die Einbände. Am Ende zog sie ein dunkelrotes, ledergebundenes Buch heraus, kam zurück und drückte es mir in die Hand: Shakespeares Sonette.

«Ja, was Sie denken. Hierüber ...», sie zeigte auf das Buch, drehte sich herum und schwenkte abermals den Arm in Richtung der Bücherregale, «und über all die anderen: Keats, Shelley, Goethe, Heine, Fried natürlich – all diese großen Apologeten der Liebe. Der großen ... wahren ... und einzigen.» Sie spuckte die Wörter aus wie kleine Steinchen.

Ich klappte indes den Mund auf und unverrichteter Dinge wieder zu, da mir schlichtweg keine Antwort einfiel. Die schien sie aber auch gar nicht zu erwarten, stattdessen begann sie, mit wiedererwachter Energie auf und ab zu laufen.

«Haben Sie sich denn nicht auch einmal gefragt, ob das

Ganze nicht ein einziger großer Marketing-Trick ist? Der erste und vielleicht beste in der Geschichte der Menschheit?»

Ich schwieg noch immer. Etwas verwirrt, aber auch schlicht sprachlos angesichts der alten Dame, die jetzt Redesalven abfeuerte wie andere Silvesterknaller.

«Ja, wie hätten sie denn auch sonst schreiben sollen? Oder können Sie sich das etwa vorstellen: ein Tristan ohne Isolde? Romeo ohne Julia? Selbst Grimms Prinzessin ... was wäre sie ohne ihren Froschkönig? Ein langweiliges Adelsfräulein, das mit einem Goldball spielt. Und so stellt sich doch die Frage, meinen Sie nicht?»

Sie blieb stehen und sah mich scharf an. Ich wippte in sachter Zustimmung mit dem Kopf, gab aber weiter keinen Mucks von mir – schlicht, weil ich das Schauspiel nicht unterbrechen wollte. Elisabeth Matthissen aber runzelte die Brauen und fixierte einen Moment lang die Puffmutter, die aus Otto Dix' Bordell-Bild neben ihrem Schreibtisch spöttisch auf uns herabgrinste.

Dann fragte sie etwas ruhiger, fast verwundert: «Ja, finden Sie denn nicht, dass die Frage geradezu unerlässlich ist?»

Ich nickte vorsichtig, während sie sich erschöpft auf den Schreibtischstuhl fallen ließ.

Es war einen Moment lang still, dann sagte sie: «Also, was denken Sie? Ist diese ganze Sache mit der großen Liebe nicht einfach fauler Budenzauber? Den wir Menschen uns ersonnen haben – zur Unterhaltung, gegen die Langeweile oder weil wir die Wahrheit ganz einfach nicht ertragen, dass das Leben so ... so ...» Sie stockte, wedelte ungeduldig mit der Hand. «Na ja, so ist, wie es eben ist.»

«Ich weiß nicht», antwortete ich zaghaft. Ich fühlte mich allmählich wie im Kafka-Seminar im ersten Semester: heillos überfordert. Dann aber besann ich mich auf eine Taktik aus ebendieser Zeit: die leicht debile, aber nie ganz falsche Verständnisfrage.

«Sie denken also, ‹Romeo und Julia› war eine Art Marketing für die Liebe? Und Shakespeare ein Lügner?»

Sie sah mich an – ob erstaunt oder schockiert, vermochte ich nicht zu sagen. Dann lächelte sie liebenswürdig.

«Warum nicht? Denken Sie nur mal an Goethe. Welch begnadeter Liebender als Autor und welch ein Hallodri als Mann. Oder Erich Fried – ganze Hohelieder der Liebe sang er uns. Und doch: drei Ehefrauen, und die waren ihm weiß Gott nicht genug …» Sie fuchtelte energisch mit der Hand.

Ich konnte nicht anders, ich musste lachen.

«Sie haben nie Literaturseminare gegeben, oder?»

Eine schmale graue Augenbraue hob sich fragend.

«Ein Jammer. Wirklich ein Jammer», sagte ich. Dann stand ich auf und ging zu dem Regal, aus dem sie die Sonette gezogen hatte. Ich war mir sicher, dass ich finden würde, was ich suchte – und wurde nicht enttäuscht. Ich nahm den schmalen Band heraus und las:

Nicht müde werden
sondern dem Wunder
leise
wie einem Vogel
die Hand hinhalten.

«Hilde Domin», sagte sie.

«Genau», erwiderte ich, klappte das Buch zu und blickte sie erwartungsvoll an.

«Wunderschön. Aber wussten Sie, dass Hilde Domin über fünfzig Jahre mit einem Mann verheiratet blieb, der sie unterdrückte und nach Strich und Faden betrog?»

Ich schüttelte den Kopf.

Elisabeth Matthissen versuchte ein Lächeln, das aber etwas verunglückte. «So ist es eben. Die echte Liebe – oder das, was davon übrig bleibt jenseits der Gedichte, Romane und Kinofilme –, die ist meist nicht sehr nett, sondern voller Enttäuschungen. Und dazu gibt es keine Geigenmusik und keine Stabreime. Stattdessen ist sie bisweilen hässlich und grau und tut so weh, dass man morgens nicht mehr aufstehen möchte.»

«... und doch muss man aufstehen und weitermachen, als sei nichts geschehen», murmelte ich.

«Wie bitte?»

«Fußnoten», sagte ich. «Enttäuschungen sind nicht mehr als Fußnoten im Manuskript des Lebens ... waren das nicht Ihre Worte?»

Es war jetzt sehr still im Zimmer. Auf Elisabeth Matthissens Wangen erschienen zwei zarte rote Flecken. Sie griff an das Medaillon an ihrer Halskette, ihre Hand öffnete und schloss sich darum. Schließlich nahm sie das schmale blaue Buch zur Hand, das sie auf den Schreibtisch gelegt hatte, und blätterte darin. Ihre Bewegungen waren jetzt langsam, ungelenk, wie bei einer schlecht geführten Marionette.

Ich sah unterdes aus dem Fenster. Es schneite immer noch. Dicke Wattebausch-Pompons rieselten jetzt so langsam vom Himmel, als hätte Frau Holle auf Zeitlupe gestellt. Wie hypnotisiert folgte ihnen mein Blick auf ihrem Weg zum Boden, wo sie sich wie Puderzucker-Tupfer auf das eisengraue November-Hamburg legten.

«Ich habe mich geirrt», hörte ich Elisabeth Matthissen sagen. Sie hatte das Buch zur Seite gelegt und blickte mich an. «Glauben Sie nicht alles, was Schriftsteller schreiben. Oft schreiben wir es nur, um uns selbst zu überzeugen. Es ist ein Spiel, wissen Sie? Ein Spiel mit Worten – so wie ein Schauspieler mit Gesichtsausdrücken spielt.»

Ich nickte zögernd und wartete, was noch kommen würde. Denn so gut kannte ich sie mittlerweile: Die alte Dame war noch nicht fertig. Noch lange nicht.

«Damals», sagte sie jetzt und deutete auf das blaue Buch, «bin ich zwar aufgestanden. Das stimmt schon. Ich konnte gar nicht anders. Das hatten wir einfach gelernt in unserer Generation. Aber ich bin nicht weitergegangen.»

In ihren Augen zeigte sich etwas, das wie Verwunderung aussah. Dann sprach sie weiter, und ihre Stimme klang ungewohnt zaghaft: «Stattdessen bin ich zurückgegangen.»

«Vielleicht war es nicht der richtige Weg?»

Ein trauriges Lächeln glitt über ihr Gesicht. «Oh doch. Aber ich war zu müde.» Sie zuckte die Achseln. «Vielleicht war ich auch zu feige.»

Ich sah sie fragend an.

Sie aber stand wieder auf, nahm das Buch vom Tisch und kam zu mir herüber.

«Oder sagen wir, ich hatte nicht genug Mut. Denn den brauchen wir», ein weiteres Lächeln versuchte sich in ihrem Gesicht, «für diese Sache mit der Liebe. Alles, was wir an Mut zusammenkratzen können.»

Sie hielt das Buch noch einen kleinen Moment fest, dann

reichte sie es mir mit einer schnellen, entschlossenen Bewegung.

«Geben Sie ihm das.»

Ich nahm den Band und wog ihn etwas ratlos in den Händen.

«Keine Angst, es beißt nicht.»

«Wovon handelt es?»

Sie wandte den Blick kurz ab. Dann sagte sie leise: «Von Hoffnung. Und von Verzweiflung.»

Ich nickte und steckte es in meine Tasche, wo mir mein Handy mit der Uhrzeit entgegenleuchtete: Es war mittlerweile halb elf. Ich erhob mich.

«Ich glaube, es ist wirklich Zeit.»

Als ich dann an der Wohnungstür stand und an meinem Regencape herumfrickelte, hörte ich ihre Stimme hinter mir: «Und gehen Sie endlich zu ihm, um Himmels willen.»

Ich drehte mich um und sah sie verwirrt an.

«Na, zu diesem Bengel, bei dessen Erwähnung Sie immer ganz schmallippig werden.»

Ich lächelte verkrampft. «Was meinen Sie?»

«Schon gut», sagte sie und trat näher. Dann hob sie etwas zögernd die Hand und strich mir über die Wange wie einem Kind, das man trösten möchte.

Vielleicht lag es an der Schlichtheit dieser Geste oder daran, dass ich sie von ihr einfach nicht erwartet hatte. Doch plötzlich hörte ich mich sagen: «Ich dachte, es wäre vorbei. Aber das war ein Irrtum.»

Die alte Frau mit dem Koboldgesicht nickte. «Ich weiß. Es hört nie auf.» Sie zog energisch die Ärmel ihres Strickkleides glatt. «Solange wir noch daran glauben.»

«Und wenn nicht? Wenn wir nicht mehr an die Liebe glauben?»

«Dann, meine Beste, können wir einpacken.»

«Wie meinen Sie das?»

«Na, den Laden dichtmachen. Uns eine Kugel in den Kopf schießen. Oder in meinem Alter sich einfach hinlegen und nichts mehr tun – und warten, bis einem die letzten Zähne ausfallen.»

«Das heißt, sie haben am Ende also doch recht? Die Gedichte und die Liebesromane und … sogar Hollywood?», fragte ich.

Ihre linke Augenbraue hob sich etwas spöttisch: «Natürlich, meine Liebe.» Sie hielt kurz inne, dann zuckte sie die Schultern: «Ziehen Sie den Zuckerguss ab. Und all dies Befindlichkeits-Gedöns, mit dem sich die Jugend heute das Leben schwer macht. Doch egal, ob Sie sechzehn sind oder sechsundachtzig, Goethe heißen oder Gerda Meyer …» Sie grinste schief. «Am Ende läuft alles doch immer auf die Liebe hinaus. Wir Menschen sind da recht einfach gestrickt.»

Ich grinste ebenfalls. «Und Erich Fried?»

«Ach, der …» Sie verdrehte die Augen und deklamierte mit gespielter Theatralik Frieds berühmtes Gedicht: «Es ist, was es ist. Es ist Unvernunft. Es ist Schmerz. Und oft lächerlich. Aber es ist, was es ist.»

Ich lachte. Einen Moment lang standen wir unentschlossen voreinander. Die kleine alte Frau, die ich um fast einen Kopf überragte, und ich in meiner zerknautschten Regen-Fahrradmontur.

Schließlich hob sie die Arme und umfasste mich unbeholfen. Sie roch ein wenig wie ein Eis: nach Milch und Zitrone.

«Danke», sagte sie.

«Ebenso.»

Noch einmal blitzte ihr Lächeln auf.

«Und jetzt radeln Sie nach Hause und schlafen Sie endlich.»

Das tat ich. Doch bevor ich wenig später halbkomatös auf mein Bett sank, holte ich noch etwas aus dem Kleiderschrank und schob es unter mein Kopfkissen: einen blauen Wollpullover, gefühlte zehn Kilo schwer, mit Rollkragen und kurzem Reißverschluss. Es war das einzige Kleidungsstück, das ich noch von Lukas besaß: ein ausgeleierter alter Troyer, der aussah, als sei Käpt'n Blaubär damit bereits über alle sieben Weltmeere gesegelt.

Das Ding roch nach dem Zeder-Lavendelzeug, das die mottenphobische Kiki stets generös in unsere Kleiderschränke sprühte. Aber irgendwo ... ganz entfernt ... war da noch ein anderes Duftmolekül. Ein klitzekleines, vielleicht nur in meiner Einbildung existentes Lukas-Molekül.

Ich vergrub meine Nase in dem kratzigen alten Teil, und es passierte etwas, das ich nicht für möglich gehalten hatte. Mein kleines feiges Hasenherz weitete sich, wurde groß und größer. Ich dachte: Lukas. Murmelte: Lukas. Lächelte breit und glücklich – und sicher etwas durchgeknallt. Doch einen wunderbaren Moment lang waren alle Zweifel vergessen, und ich wusste, dass es nun keine Ausflüchte mehr geben konnte. Ich würde zu ihm gehen – selbst wenn mir dabei die Knie schlottern würden wie Flamenco-Kastagnetten.

«Mut … den brauchen wir …», hatte Elisabeth Matthissen gesagt, «für diese Sache mit der Liebe … alles, was wir an Mut zusammenkratzen können.»

Das Letzte, was ich vor mir sah, bevor ich wegdämmerte, war eine Art Kopfkino made in Kyoto: ein Anime-Mini-Samurai mit tellergroßen Augen, der sein etwas albernes kleines Schwert schwang und «Attacke!» schrie – was immer das auf Japanisch heißen mag.

Dann schlief ich den Schlaf der wahrhaft Erschöpften.

18

Trotzdem brauchte ich danach noch zwei Tage, eine Joggingrunde um die Alster bei Windstärke sieben und drei Tüten Schaumgummi-Erdbeeren, dann war ich endlich so weit. Ich hatte zwar keine Ahnung, was genau ich Lukas eigentlich sagen wollte oder wie ich es anstellen sollte – wenn sich schon beim Gedanken daran irgendein noch nicht entdecktes Organ in meinem Hals zusammenklumpte. Doch *egal, egal, egal* raunte ich mir bei jedem Tritt in die Fahrradpedale zu, der mich ihm näher brachte.

Zuerst fuhr ich zu seinem Atelier – Fehlanzeige. Dann versuchte ich es, wenn auch etwas zögerlich, bei ihm zu Hause. Er wohnte, wie ich richtig vermutet hatte, noch immer in unserer alten Wohnung in Ottensen. Doch auch hier klingelte ich vergeblich. Also blieb nur Punkt drei meiner Suchliste: die Galerie in Eimsbüttel, die Lukas' Ausstellung präsentierte.

Ich muss schon etwas irre gewirkt haben, als ich dann gegen elf Uhr morgens, in voller Regenmontur, Stirnband und Schal tief ins Gesicht gezogen, in die Galerie stapfte und mich suchend umblickte. Die drei anderen Besucher ließen sich jedoch nichts anmerken. Und auch der kleine schmale Mann mit dem Menjou-Bärtchen, der soeben mit einem freundlichen «Kann ich helfen?» aus einem Nebenzimmer kam, schien nicht irritiert.

«Lukas?», krächzte ich. Mehr als basale Kommunikation war einfach nicht drin.

Er sah mich seltsam an, was ich ihm nicht verdenken konnte. Allerdings starrte er so ausdauernd, dass es allmählich unhöflich wirkte.

«Stimmt was nicht?», fragte ich.

Er zuckte zusammen und rieb sich seine blasse Nase. «Entschuldigen Sie, aber ...»

Sein Blick schweifte zu einem Bild der Ausstellung hinüber, in dem Lukas den Schatten meines Profils verwendet hatte. Dadurch zeigte sich unübersehbar das Erbe von Uropa Huntemann: meine lange spitze Nase.

Der Galerist, der mit seinem Bärtchen und dem seltsamen Benehmen wie ein hanseatischer Inspektor Clouseau wirkte, kniff jetzt leicht die Augen zusammen. Dann fasste er sich und lächelte ölig.

«Nein, es tut mir leid, aber Herr Lenzendorf ist nicht da. Er kommt meist nur –»

«Wie nicht da?» Meine Stimme quietschte wie eine Piccoloflöte. «Jetzt nicht da? Oder gar nicht da?»

Inspektor Clouseau, der eigentlich Dr. Viktor Schuster hieß, wie ein wirr-buntes Schildchen an seinem Jackett verriet, zog leicht den Kopf ein. Dann nickte er vorsichtig.

«Okay, er ist also unterwegs. Aber doch hier in Hamburg, oder?» Mein Tonfall wurde langsam flehentlich.

Er wackelte mit dem Kopf und zupfte an seinem Bärtchen herum. Noch einmal schaute er zu dem Foto hinüber, dann schien er zu einem Entschluss gekommen zu sein.

«Eigentlich bin ich nicht befugt, Auskünfte zu erteilen, aber wenn ich mich nicht täusche, sind Sie …»

Ich nickte ungeduldig. «Bin ich.»

Er lächelte wieder, strich sich zufrieden das Bärtchen.

«Lofoten», sagte er.

«Lofoten? Was um alles in der Welt will er auf den Lofoten?»

Ich schüttelte den Kopf, zu entsetzt, um anderes zu tun.

Viktor Schuster zuckte die Schultern mit der verständnislosen Miene derer, die schon den Weg zum Briefkasten für ein Outdoor-Erlebnis halten.

«Und wo genau auf den Lofoten?»

Er hob abermals die mageren Schultern und bedauerte – dieses Mal sehr wortreich – seinen geringen Kenntnisstand, bot aber an, ein kurzes Erkundungstelefonat durchzuführen, sofern mein Anliegen dringend sei.

Ich bejahte.

Er telefonierte und beschied mir anschließend, es werde nur zehn Minuten dauern, dann sei Frau Schalinger hier und könne mir Genaueres sagen.

«Frau Schalinger?»

Gegen die Schärfe meines Tonfalls wäre jede Chilischote erblasst.

Dr. Schuster zuckte kurz zusammen, fühlte sich aber offenbar nicht bemüßigt, mir Näheres zu erklären.

Daher war ich kurz davor, den blassen Viktor zu erwürgen, als wenig später die Tür aufging und eine kleine Dame in einem roten Mantel hereinkam. Ich schätzte sie auf Anfang sechzig, vielleicht auch älter. Sie sah sich kurz um, ihr Blick glitt über die anderen Besucher, die sich die

Fotos ansahen. Dann surrte er zu mir zurück und blieb dort kleben – nicht unfreundlich, aber doch so taxierend, dass ich übertrieben höflich den Kopf senkte und zum Gruß nickte.

Sie nickte ebenfalls, kam näher und streckte mir eine kleine, sorgsam manikürte Hand hin. «Sie müssen Dido Huntemann sein.»

«Muss ich das?», fragte ich, während ich ihre Hand nahm, aber nach einem kurzen Anstandsschüttler wieder losließ und mich an den Kopf fasste. «Hab ich irgendwo ein Namensschild kleben?»

Sie ließ sich nicht beirren, sondern schickte mir stattdessen ein Lächeln. «Ich wollte schon lange sprechen mit Ihnen.»

«Wollten Sie das?», echote ich stumpf und fühlte mich allmählich wie Hannibal, der Papagei.

Die kleine Dame nickte erneut und lächelte weiter, als falle ihr einfach kein anderer Gesichtsausdruck ein.

Ich versuchte, in meinem Gedächtnis zu kramen, ob und wenn ja, woher um alles in der Welt ich sie kennen sollte. Doch mein Gehirn gab wegen Überlastung nur noch mentale Pfeiftöne von sich.

«Und Sie … sind Frau …?», fragte ich.

Ihr Lächeln wurde etwas starr, einen winzigen Moment nur, dann fasste sie sich wieder. «Schalinger», sagte sie und sah mich durchdringend an. So, als müsse etwas bei mir klingeln. Tat es aber nicht.

Zudem wurde ich langsam ungeduldig. Katz-und-Maus-Spielen war nichts für mein desperates Gemüt. Also maunzte ich so freundlich, wie es mir eben noch möglich war: «Gut, und Sie können mir dann also sagen, wo genau Lukas sich rumtreibt und vielleicht auch wieso?»

«Elche fotografieren», antwortete sie, und wieder fiel mir auf, dass ihr akkurates Hochdeutsch eine minimale Abweichung hatte: Wegen des rollenden Rs tippte ich auf Bayern oder Franken als Herkunft.

Sie war jetzt so nah vor mir, dass ich ihre kunstvoll schlichte Frisur genauer in Augenschein nehmen konnte: graublonde Wellen, die sich in exakt dem richtigen Schwung dekorativ um ihr Gesicht legten. Hier wagte kein Haar auszubrechen, geschweige denn Vorwitziges zu tun – etwa querzustehen.

Wenn man mit dem Haarwuchs von Pumuckl auf die Welt gekommen ist, macht einen so etwas sprachlos. Also stand ich und glotzte, während Frau Schalinger und ihre Prachtmähne sich kurz Dr. Schuster zuwandten, der etwas gefragt hatte. Unter Haarausfall im Alter litt die Dame definitiv nicht. Unter Problemen mit dem Selbstbewusstsein auch nicht. Sie bewegte sich mit der Präzision einer Turnerin und baute sich, nachdem sie dem guten Doktor geantwortet hatte, nun vor mir auf wie eine kleine Königin.

«Ich habe gehofft, wir könnten ein bisschen Tee trinken und uns unterhalten.»

Ich schnaubte und schüttelte den Kopf. Was hatte ich eigentlich verbrochen? Warum konnte nichts einfach mal so laufen, wie ich es mir wünschte? Warum stand da diese kleine Madame mit ihrem festgeklebten Langzeit-Lächeln und wollte irgendetwas von mir? Von mir, die im Moment nur eines auf der Welt im Sinn hatte: Lukas Lenzendorf zu finden und zu sagen, was dringend zu sagen war.

Um dezent Aufbruchsstimmung zu vermitteln, schob ich Stirnband und Kapuze wieder in Winterwetter-Kampfposition und erklärte: «Ein anderes Mal vielleicht. Jetzt möchte ich einfach nur gern wissen, wo Lukas ist und –»

Sie legte ihre kleine Hand auf meinen Arm. «Er hat nichts gesagt Ihnen, oder? Gar nicht?»

Ich richtete mich sehr langsam auf, dann fragte ich ebenso langsam und gedehnt: «WER hat mir WAS nicht gesagt?»

Sie lächelte. Immer noch und überhaupt. Dann ging sie zu Inspektor Clouseau hinüber und fragte ihn etwas. Der Galerist nickte eifrig und deutete auf eine Tür, die vier neongrüne Buchstaben als Büro auswiesen. Frau Schalinger winkte mir und wies ebenfalls auf die Tür.

Ich zögerte, die Madame ging mir gehörig auf die Nerven, aber irgendetwas schien hier wichtig zu sein.

«Okay, fünf Minuten», brummte ich, folgte ihr in das kleine Büro und nahm an einem schwarzen Lacktisch Platz.

Sie setzte sich mir gegenüber, und der kleine Dr. Schuster schleppte eine große Kanne Tee herbei. Es war Yogi-Tee, die Sorte hieß, wie ich an den Aufhängern sah, «Detox deine Seele».

Und das war der Moment, in dem ich nicht mehr wusste, ob ich lachen, heulen oder dem Schicksal einen Satirepreis verleihen sollte. Schließlich hatte ich nach all dem Irrsinn der letzten zwei Wochen einfach nur herkommen und ein paar Worte mit meinem Exfreund wechseln wollen. Und nun saß ich hier mit einem seltsamen Kauz und einem Hillary-Clinton-Double und trank Tee zur Seelen-Reinigung.

Doch wenn ich eines gelernt hatte in diesen Wochen, war es das: Es hilft nichts, sich aufzuregen. Es ist alles genau so, wie Doris Day immer gesungen hat: *Que sera, sera – was passiert, passiert.* Also nahm ich einen kräftigen Schluck Seelen-Detox und wartete, was das Leben dieses Mal aus dem Hut zaubern würde.

«Also, was gibt es?»

Die Madame schaute den Doktor bedeutsam an, der verstand und verzog sich mit einer gemurmelten Entschuldigung. Dann holte sie tief Luft, atmete aus und sagte – nichts.

Ich wartete weiter. Trank noch mehr Tee. Der wirklich gut war, aber bei ihr offenbar seine seelenreinigende Wirkung verfehlte. Denn was immer sie mir hatte mitteilen wollen, es kam nicht heraus. Ihr Blick schwappte nervös zwischen mir und der Tür hin und her, als fürchte sie, ich könne jeden Moment aufspringen und gehen.

«Frau Schalinger? Worüber möchten Sie denn mit mir sprechen?», versuchte ich es noch einmal.

Sie blickte mich an, biss sich auf die Lippe, dann sagte sie endlich etwas: «Lukas war sehr seltsam letzte Woche, als er zurückkam. Hat das vielleicht mit Ihnen zu tun?»

Mir klappte der Mund auf und zu und wieder auf. Wut zischte in mir hoch. *Wer war denn diese kleine komische Frau, dass sie …?*

Doch unter ihrem freundlich fragenden Blick fiel mein Zorn schneller in sich zusammen als ein missratenes Soufflé. Am Ende zuckte ich die Schultern und murmelte: «Keine Ahnung.»

Frau Schalinger nickte, warum, weiß ich auch nicht. Dann nahm sie noch einen Schluck Seelen-Detox und sagte: «Ich möchte gern länger sprechen mit Ihnen, aber nicht hier – hier geht es nicht. Besser wäre zu Hause.»

Ich überlegte, was sie wollen könnte, wer um alles in der Welt sie überhaupt war. Lukas' Managerin? Haushälterin? Psychotherapeutin? Letztlich siegten bei mir Neugier und Instinkt. Ein Gefühl, das mir sagte, dass der Weg zu Lukas nur über diesen blonden Mini-Zerberus laufen würde.

«Passt Ihnen vielleicht heute Nachmittag, so um fünf?», fragte ich.

Sie nickte. «Adresse ist Zeißstraße, Nummer …» Sie stockte, schien zu überlegen.

«76b», sagte ich und verschränkte meine Arme fest vor mir.

«Sie wissen?»

«Ich weiß.»

Es war die Adresse unserer alten Wohnung. Die kleine Frau logierte also bei Lukas. Warum auch immer.

Ich verließ die Galerie mit dem seltsamen Gefühl, gar nichts und doch recht viel erfahren zu haben – auch wenn ich nicht hätte erklären können, was.

Zeit, weiter darüber nachzudenken, blieb aber sowieso nicht. Denn Dame Fortuna hatte in ihrer unergründlichen Weisheit beschlossen, dass es noch nicht genug war. Dass der eine oder andere kleine Aufreger noch ein bisschen Stimmung in die Bude bringen würde.

Und so klingelte nicht mal eine Stunde später, ich stand gerade im Kopiershop an der Uni, mein Handy. Es war das Krankenhaus, das mir – mangels anderer Ansprechpartner – mitteilen wollte, dass Hans verschwunden sei.

19

Schwester Hilde schnippte einen Krümel von ihrem Kittel und sah mich an, als täte sie dasselbe auch gern mit mir.

«Hören Sie, ich sagte es Ihnen doch bereits. Der Patient war gestern Abend noch hier. Und heute Morgen dann plötzlich nicht mehr. So einfach ist das.»

«Einfach? So einfach?», wetterte ich. «Ein alter Mann, der an drei Überwachungsmonitoren hängt, kann hier also spurlos verschwinden – ohne dass auch nur ein Hahn danach kräht?» Meine Stimme überschlug sich und hallte im Stationsflur wider.

Hildchen schob mich hektisch ins Schwesternzimmer und schloss die Tür hinter sich. «Seien Sie doch still», zischte sie, «davon, dass Sie hier einen Aufstand machen, kommt er auch nicht wieder.»

«Einen Aufstand? Einen Aufstand?», bellte ich zurück. «Sie haben ja keine Ahnung, was passiert, wenn ich den wirklich mache.» Ich kramte nach meinem Handy. «Geben Sie mir bitte erst mal die Nummer der Stationsleitung.»

Sie schwieg einen Moment, pfriemelte am Knoten ihrer Schwesternschürze herum, dann murmelte sie: «Gestern Abend kam ein Telegramm für ihn.»

«Was?» Ich ließ das Handy sinken und starrte sie an. «Wie meinen Sie das?»

«Ein Telegramm», wiederholte Hilde und sah mich strafend an. «Wenn Sie mir mal einen Moment zuhören würden, könnte ich Ihnen auch sagen, woher.»

«Ein T... T... Telegramm?», stotterte ich. «So was gibt es noch?»

Sie nickte. «Es kam aus St. Petersburg.»

Ich seufzte und rieb mir die übernächtigten Augen. «Und der Absender war ...?»

«Ein Herr Gigo... nein ... Grago...?»

«Grigorov», stöhnte ich.

«Ja, genau», sagte sie. «Er kommt heute Mittag am Hamburger Flughafen an und möchte Herrn Petersen sprechen.»

«Sie haben es gelesen?»

Ihr langes dünnes Gesicht nahm einen trotzigen Ausdruck an. «Unter den Umständen schien es –»

«Schon gut», unterbrach ich und ging zur Tür. «Bitte unternehmen Sie nichts. Ich hoffe, ich werde ihn in ein paar Stunden wieder hier haben.»

Schwester Hilde schaute skeptisch.

Ich schaute ebenfalls skeptisch, als ich wieder draußen war, und zur S-Bahn Richtung Flughafen lief und dabei vor mich hin schimpfte. Denn allmählich beschlich mich das etwas surreale Gefühl, in einem Film mitzuspielen – ohne das Drehbuch zu kennen. Die Hauptakteure aber schienen im Gegensatz zu mir sehr gut zu wissen, was und wohin sie wollten – und weshalb.

* * *

Sie sagten kein Wort.

Als der Professor in der Ankunftshalle hinter der Absperrung hervorkam, ging Hans auf ihn zu. Grigorov stutzte und musterte den großen alten Mann, der ihm in den Weg getreten war. Er schien ihn sofort zu erkennen, seine Mundwinkel zuckten nach oben, seine Arme ebenso, sanken dann aber unverrichteter Dinge wieder nach unten.

Hans stand völlig reglos vor ihm. Ich hatte sein Gesicht noch nie so ausdruckslos gesehen – und so fremd. Seine sonst so freundlichen Augen blickten starr in das Gesicht des Mannes, den er, wie ich annahm, fast sechzig Jahre lang nicht gesehen hatte.

Mich bemerkten die beiden nicht, obwohl ich gar nicht weit entfernt an einer Säule lehnte. Ich wollte sie auch nicht stören. Vor allem, da Grigorov jetzt etwas sagte und eine Hand hob – ob grüßend oder bittend, war nicht klar erkennbar. Hans aber reagierte nicht. Er drehte sich einfach um und ging. Langsam und ein bisschen schwankend. Seinen Rücken jedoch hielt er so kerzengerade, dass es schon beim Hinsehen weh tat. Grigorov folgte ihm, so gut es eben ging. Denn er zog mit der einen Hand einen riesigen Rollkoffer hinter sich her und trug in der anderen eine zerbeulte Aktentasche. Auch sein Gesicht war undurchdringlich, fast geisterhaft.

Ich ging den beiden nach, allerdings mit einigem Abstand. Wahrscheinlich hätten sie es aber auch nicht bemerkt, wenn ich in einem grellgrünen Teletubby-Kostüm vor ihnen hergehüpft wäre. Sie bewegten sich wie Roboter durch die Halle Richtung Ausgang und nahmen nicht mal Notiz von mir, als ich nur zwei Leute hinter ihnen in denselben Bus stieg – es war die Buslinie Richtung Ohlsdorf. Und genau dort, nach nur einer Station, stiegen sie wieder aus. Was eigentlich nur einen Schluss zuließ: Sie wollten auf den Friedhof. Denn natürlich kann man im Hamburger Stadtteil Ohlsdorf auch leben. Aber vor allem wohnen dort die Toten – auf dem größten Parkfriedhof der Welt.

Doch was um alles in der Welt hatten sie da zu suchen?

Ich konnte mich nicht erinnern, dass Hans jemals auf dem Ohlsdorfer Friedhof gewesen war oder diesen auch nur erwähnt hatte. Jetzt aber marschierte er so zielstrebig durch das Eingangstor, als ginge er hier täglich ein und aus.

Wir waren ein seltsamer Zug: vorneweg Hans, der mit gleichförmigen Riesenschritten durch den weitläufigen Park hastete, als treibe ihn ein inneres Uhrwerk an. Grigorov hinter ihm hatte sichtlich Mühe mitzukommen, zumal er das Koffermonster jetzt oft tragen musste und insgesamt nicht ganz auf der Höhe zu sein schien, er schwankte ein wenig. Und schließlich ich, die wie ein verirrter Schatten weit hinter ihnen trottete, frierend und allmählich ausgesprochen schlechter Laune. Was nur teilweise daran lag, dass ich schlecht geschlafen und mein Frühstück aus einem Kaugummi bestanden hatte. Auch dass es jetzt fein, aber unablässig nieselte, war unschön, wenn auch nicht der Rede wert.

Wirklich wütend allerdings, so sehr, dass ich zornig Tannenzapfen über den Weg kickte, machte mich die Tatsache, dass ich keine Ahnung hatte, nicht die geringste Vorstellung davon, was hier gerade gespielt wurde. Was Hans veranlasste, derart wild entschlossen über den Friedhof zu stapfen, dass er nicht mal das Eichhörnchen bemerkte, das, erschrocken über den riesenhaften Menschen, der da heranstiebte, seine Eichel fallen ließ und einen Satz zur Seite machte.

Immer weiter ging es. Vorbei an den Baumriesen und Rhododendron-Urwäldern dieses immergrünen Jenseitsparks, in dem Iltisse und Füchse die Steinengel bewachen.

«Ohlsdorf … wo die Toten ihren Tod verträumen», murmelte ich und dachte an den jungen Mann, der das vor über fünf Jahrzehnten geschrieben hatte. Auch er war hier begraben, am Dichterhügel im Planquadrat 18 E: Wolfgang Borchert, der so viele Fragen gehabt hatte und dem so wenig Zeit geblieben war, sie zu stellen. Die beiden Alten aber, die da vor mir tapfer ihre Arthrose vergaßen und zügig die menschenleeren Wege durchmaßen, hatten Jahrzehnte gehabt. Doch anscheinend waren ihnen die Worte dabei abhandengekommen. Sie sprachen die ganze Zeit nicht ein einziges Mal miteinander.

Der Regen wurde schlimmer und das Tageslicht immer weniger, obwohl es erst kurz nach zwei war. Ein Schattentag, dessen Depressionspotenzial seinen Höhepunkt fand in dem grünen Schild, dem Hans jetzt nach links folgte: «Deutsche Soldatengräber 1914–1918 und 1939–1945.»

So, mein Freund, dachte ich, dahin willst du also. Hätte ich mir wohl denken können. Doch gerade als sich am Ende des Weges das gleichförmige Meer grauer Feldsteine abzeichnete, das die Gräber aus dem Ersten Weltkrieg markierte, schwenkte Hans noch einmal nach links. Auf einen kleinen Feldweg. Er war unbefestigt und von matschigem Novembergras überwuchert. Rechts und links lagen vereinzelt Gräber, deren etwas wilder Stilmix so typisch war für Ohlsdorf, das schon immer mehr Garten als Friedhof war: Gleich am Anfang des Wegs öffnete ein betagter Steinengel segnend seine Arme. Er hatte keine Nase mehr und sah mit seinem braungrünen Moosmantel ein wenig wie ein Clochard aus. Dahinter folgten zwei Gräber mit Holzkreuzen, eines mit einem Yin-Yang-Zeichen aus Kies und eines mit einem schlichten, groben Feldstein. Auf diesem wurde mit einer frischen Rose «Effi» betrauert, die schon über dreißig Jahre tot war.

Zweimal hingucken musste ich beim Anblick des nächsten Grabes. Ein riesiger schwarzer Stein schmückte es, auf dem groß zwei Worte standen: «Game over». Ich lachte leise, auch wenn es irgendwie unpassend schien – doch Traugott Blau, der hier ruhte, hatte ja offenbar Humor gehabt.

Vor einem Grab mit einem hohen Monolithen aus Sandstein blieb Hans endlich stehen. Ich verbarg mich mehr schlecht als recht hinter einer dicken Buche, doch die beiden schienen sowieso nichts und niemanden mehr wahrzunehmen. Aus meinem Versteck konnte ich auf dem Stein ein Relief mit einem Segelboot erkennen und dass das Grab recht alt sein musste. Die Grabfläche war mit Efeu überwuchert. Blumen oder Grablichter gab es keine.

Hans starrte unbeweglich auf den Stein. Und je länger er nur so da stand, desto deutlicher hörte ich es: wie laut Tote sein können. Was ihr Schweigen alles mitzuteilen vermag.

Auch Grigorov schien es zu vernehmen. Ich sah, wie er den Kopf senkte, die Hände vom Koffer ließ und sich die Ohren zuhielt. Dann sackte er einfach in sich zusammen, erst auf die Knie und schließlich ganz zu Boden. Hans sagte etwas zu ihm. Doch Grigorov hielt sich immer noch die

Hände über die Ohren und schüttelte nur sachte den Kopf. Hans beugte sich zu ihm herunter und sprach lauter. Ich hörte, dass er wütend war und wie er jede Silbe zum Staccato formte und dabei kleine Puffwolken aus Atem in die kalte Luft pustete.

Ich verstand nicht, was er sagte, sah nur, wie Grigorov weiter den Kopf schüttelte und sich schließlich keuchend an die Brust griff. Hans aber blickte einfach nur auf ihn herab. Mit einem Gesicht, das so versteinert, so alt und vollkommen mitleidslos wirkte, dass es mich fröstelte. Dann drehte er sich abrupt um und ging. Ein hölzerner Riese, der mit steifen Schritten den Weg entlangstakste und nicht einmal sah, wie ich hinter meiner Buche hervortrat. Der nicht einmal blinzelte, als eine Träne über seine Wange rollte. Der nicht einmal stoppte, als ich seinen Namen rief.

«Er hört Sie nicht», sagte Maxim Grigorov, der immer noch auf dem kalten Boden kauerte. «Er ist nicht hier, wissen Sie, nicht hier bei uns», fuhr er fort, als ich näher kam, und sah mich durchdringend an.

Ich reichte ihm eine Hand, um ihm aufzuhelfen.

Er schüttelte den Kopf. «Danke, es geht schon.»

Doch seine Beine gehorchten ihm nicht. Als er aufzustehen versuchte, knickten sie ihm weg wie morsche Streichhölzer. Er fuchtelte wütend mit den Armen und verzog den Mund. «Alt zu sein ist eine Zumutung.»

Ich grinste und reichte ihm beide Hände. Mit meiner Hilfe kam er schließlich auf die Beine, wäre aber wieder eingeknickt, hätte ich nicht seinen Arm um meine Schulter gelegt.

Zusammen schleppten wir uns zu einer Bank. Doch

selbst diese kleine Anstrengung ließ ihn nach Luft schnappen und sich mit fahrigen Bewegungen an die Brust fassen.

Krieg mir jetzt bloß keinen zweiten Infarkt, alter Mann, dachte ich, fingerte aber sicherheitshalber schon mal nach meinem Handy.

Grigorov hustete und machte eine beschwichtigende Geste.

«Es geht gleich wieder. Das wird helfen …», murmelte er, machte sich an seiner Jacke zu schaffen und zog einen leicht verbogenen, aber dafür riesigen Flachmann hervor. «Hier, nehmen Sie einen Schluck. Ich hatte vergessen, wie scheußlich einem diese feuchte Hamburger Kälte in die Knochen zieht.»

«Was ist das?»

«Na, was glauben Sie denn? Wodka natürlich, ich bin Russe!»

«Ach ja?», murmelte ich und nahm einen Schluck, der mich fast von der Parkbank fegte. «Puh. Haben Sie das selbst gebraut?»

Er guckte beleidigt. «Wo denken Sie hin? Das ist Beluga Vodka. Das Beste, was Sibirien zu bieten hat.»

Nachdem er selbst einen großen Schluck genommen hatte, stopfte er die Flasche wieder in seinen Parka und sah mich forschend an. Seine kurzen schneeweißen Haare standen in alle Richtungen, die Kälte hatte ihm rote Flecken auf die eleganten Wangenknochen gemalt, und seine Augen lagen vor Erschöpfung tief in ihren Höhlen.

«Also?», sagte ich.

Er seufzte etwas theatralisch und rang die Hände. «Diese Deutschen. Immer gleich so kategorisch.»

«Ich habe doch gar nichts gesagt.»

«Oh doch. Mit Ihrer linken Augenbraue. Die ist schlimmer als ein ganzer Trupp Lateinlehrer.»

Er lächelte. Dabei tanzten die Fältchen um seine Augen und versprühten einen Charme, der selbst den Permafrost seiner Heimat hätte erweichen können. Er verschränkte die Arme und presste sie fröstelnd an seinen Körper. «Ein bisschen zugig hier für eine Lebensbeichte, meinen Sie nicht, mein Fräulein?»

Ich nickte seufzend und zückte mein Handy.

Ein paar Minuten später kam das Taxi und brachte uns zu meiner Wohnung. Dort angekommen, hoffte ich auf eine spontane Eingebung betreffs der Frage, wie ich Kiki die Anwesenheit von Professor Dumbledore mit dem Ostblock-Parka und dem 1000-Volt-Lächeln auf der Eckbank unserer Küche erklären sollte.

20

Ein paar Stunden später hatte sich das Schlachtfeld zumindest ansatzweise gelichtet: Ein Telefonat mit der unerschütterlichen Hilde hatte meine Hoffnung bestätigt, dass Hans doch nicht von allen guten Geistern verlassen worden war. Ein oder zwei waren ihm geblieben und hatten ihn sicher zurück ins Krankenhaus gebracht.

Außerdem hatte ich dem Professor einen ausgiebigen Nachmittagsschlaf und etwas zu essen verschafft sowie eine Strickjacke, die Kikis Bruder bei uns vergessen hatte. Daher saß er, als Kiki gegen siebzehn Uhr nach Hause kam, schon wieder recht fidel in unserer Küche – und ich durfte zum zweiten Mal innerhalb kurzer Zeit erleben, wie Katharina Nonnenberg tatsächlich und vollkommen sprachlos war. Wie ihr Mund einen Moment lang offen stand und sich dann ohne den kleinsten Laut wieder schloss.

Aber ich gebe gern zu: Es passiert nicht alle Tage, dass man die heimische Küche betritt und dort einen wie eine mythische Märchenfigur aussehenden alten Herrn in der Werder-Bremen-Strickjacke des eigenen Bruders sitzen sieht. Und noch seltener, wenn nicht gar so gut wie nie dürfte es passieren, dass jener nette ältere Herr auch noch freudig grinsend die Arme schwenkt und: *«Weia! Waga! Woge, du Welle, walle zur Wiege!»* ruft.

Genau so aber trug es sich zu, als meine nichtsahnende Mitbewohnerin unsere Küche betrat.

Dann aber zeigte sich nach wenigen Sekunden lautlosen Staunens, warum ich dieser Frau mein letztes Hemd schenken würde. Ihr Mund verzog sich zu einem breiten Lächeln. Sie erhob erst die Arme, dann die Stimme und sang aus vollem Hals: *«Wagalaweia!»*

Einen kurzen Moment fürchtete ich um ihren Geisteszustand. Doch angesichts des schieren Entzückens in des Professors Miene ahnte ich, dass sich hier zwei verwandte Seelen gefunden hatten. Zwei Jünger, die zwar so viele Jahrzehnte trennten, aber etwas viel Wichtigeres einte: die Verehrung des Meisters vom grünen Hügel in Bayreuth, dessen Rheintöchter seit Jahren als Opernposter durch unsere Küche schwappten.

Ich habe keine Ahnung, was mit Kiki passiert ist, als sie sieben Jahre alt war. Ihre Eltern sind eigentlich ganz vernünftig: nette entspannte Ex-Hippies, die ihr zwar keine Glitzer-Haarspangen oder rosa Plastikponys, aber dafür eine Kindheit auf dem Abenteuerspielplatz und eine Coolness verschafft haben, gegen die Clint Eastwood ein Chorknabe ist. Wie eine solche Frau sich beim Thema Richard Wagner regelmäßig in ein seufzendes Klassik-Groupie verwandeln kann, ist mir ein Rätsel. Aber ich habe ja auch nicht von meiner Oma zum siebten Geburtstag das Klassik-Hörspiel «Rico auf dem grünen Hügel» bekommen, in dem eine Giraffe durch Bayreuth trabt und dort einem Schwein begegnet, das sich für den Fliegenden Holländer hält.

Die entsprechende Kassette liegt noch heute in Kikis Nachttischschublade. Und immer wenn ich abends vor dem Einschlafen von nebenan noch ein leises Grunzen höre, gefolgt von den ersten Takten des Walküren-Ritts, dann weiß ich, dass Kiki einen schlechten Tag hatte. Dass sie der Wirklichkeit dringend entfliehen muss mit Freddie, dem Walküren-Schwein.

Und ich hätte nicht gedacht, dass ich darüber noch einmal so froh sein würde. Denn binnen weniger Minuten waren sie und der Professor in ein Fachgespräch vertieft, was mir dringend benötigte Zeit verschaffte. Um Luft zu holen. Den Müll rauszubringen. Und ein paar andere, wunderbar langweilige Dinge zu tun, mittels derer sich meine Nerven zu einer versuchsweisen Beruhigung überreden lassen würden.

Mein Gehirn aber wollte sich keinesfalls beruhigen, sondern warf noch immer mit Fragen um sich wie ein wild gewordener Messerwerfer. Denn mochte Grigorov auf dem Friedhof vielleicht noch gewillt gewesen sein, mir eine Erklärung für sein plötzliches Auftauchen in Hamburg zu geben, so schien sich diese Bereitschaft inzwischen in Luft aufgelöst zu haben. Er antwortete auf meine Fragen ausweichend oder so kryptisch, dass das Orakel von Delphi dagegen wie die Sendung mit der Maus erschien. Also war ich keinen Deut schlauer: Warum war er nach Hamburg gekommen? Warum hatte Hans ihn über den halben Friedhof zu diesem Grab gezerrt? Was hatte Grigorov dort so erschüttert? Und dann natürlich die schwierigste aller Fragen: Sollte man die drei nicht endlich zusammenbringen – Hans, Maxim und Elisabeth –, selbst wenn zwischen ihnen seit mehr als einem halben Jahrhundert Konflikte von der Größe der Titanic schwelten?

«Denk nicht mal dran, Dido», sagte die Fachfrau für Emotions-Management und nahm sich einen Keks. Der Professor hatte sich ins Wohnzimmer verzogen, um zu telefonieren, sodass ich Kiki auf den aktuellsten Stand der Ereignisse bringen konnte. Oder vielmehr war die ganze Geschichte aus mir herausgequollen wie aus einem porösen Wasserschlauch. Eigentlich hatte ich nur ein paar Details berichten wollen, dann aber hatten Schlaf- und Nahrungsmangel ihren Tribut gefordert. Schniefend, brabbelnd und völlig durcheinander, hatte ich die Geschehnisse der letzten Tage geschildert, auch die Begegnung mit jener seltsamen Frau, die anscheinend in Lukas' Wohnung wohnte. Kiki hatte mir dazu den Rücken getätschelt und beruhigende Zirp-Laute von sich gegeben.

«Warum denn nicht? Also die drei endlich zusammenbringen?», erwiderte ich jetzt auf ihre Ermahnung. «Einer muss doch dafür sorgen, dass sie sich endlich wieder gegenüberstehen – und der Rest wird dann schon.» Ich nickte rhythmisch mit dem Kopf – wahrscheinlich, um mich selbst zu überzeugen.

«Wird was?» Kikis Tonlage verhieß nichts Gutes: Es würde täglich mindestens drei neue Post-it-Zettel am Spiegel geben, um mich von Dummheiten abzuhalten.

«Di-do», fuhr sie fort und betonte beide Silben so übertrieben, als wolle sie einen Zirkusclown anmoderieren.

«Ja, Ki-ki?», säuselte ich zurück.

Sie hob beschwichtigend die Hände. «Du kannst nicht Schicksal spielen. Und wenn du es versuchst, könntest du es bereuen.»

«Sagt wer?»

«Sag ich», sie legte ihre Hände flach aneinander und stützte ihr Kinn auf die Fingerspitzen, «und ich bin immerhin die beste Psychologin in deinem Freundeskreis.»

«Und so bescheiden.»

Sie bleckte die Zähne und verbeugte sich ironisch. «Eigenlob ist besser als gar kein Lob. Alte Weisheit von Papa Freud.»

«Aus dem Kapitel über narzisstische Störungen?»

«Haha», machte sie. Dann beugte sie sich zu mir herüber und sah mich herausfordernd an. Mit ihren hinreißend haselnussbraunen Audrey-Hepburn-Augen. Gucken konnte sie wie keine Zweite. Unangenehme Dinge sagen ebenfalls.

«Du lenkst übrigens ab.»

Sie lächelte grundfreundlich, ich schnaubte nur.

«Bitte?»

Sie nickte – immer noch mit diesem Lächeln, von dem selbst der Dalai Lama Aggressionen bekommen hätte. «Aber ich verstehe das gut. Die Probleme anderer sind eben immer …»

«Was?»

«Na ja, eben nicht die eigenen und deshalb», sie zuppelte an ihrer Nase herum, «so viel angenehmer, nicht wahr?»

Ich schwieg, mein Gesicht etwa so entspannt wie ein Stahlträger.

«Ich weiß schließlich, wovon ich rede. Was meinst du», ihre Stimme stolperte leicht nach oben, «warum ich diesen Beruf gewählt habe?»

Ich zuckte die Schultern, schwieg eisern.

Aber sie ließ sich nicht beirren. «Egal, das tut jetzt nichts zur Sache. Denn weißt du, was mich noch viel mehr interessiert als unsere drei Alten hier, die ihr Chaos schon irgendwie geregelt kriegen werden?»

Sie beugte sich vor, sah mich eindringlich an.

«Natürlich die Frage, wer um Himmels willen diese Frau ist, zu der du jetzt gleich fahren wirst. Und noch viel wichtiger: Was um alles in der Welt du eigentlich mit ihr besprechen willst?»

Ich fühlte, wie jegliche Farbe aus meinem Gesicht wich und sah auf die Uhr. Sie hatte ja recht. Es war kurz nach vier. Um fünf sollte ich in Ottensen sein – in jener Wohnung, die ich vor acht Jahren verlassen und nie wieder betreten hatte. Ich schluckte und hatte kurzzeitig den Eindruck, als schwanke der Boden unter mir. Doch Erdbeben waren in Hamburg-Eimsbüttel etwa so wahrscheinlich wie ein Yeti in Wanne-Eickel. Ich zog einen Flunsch und murmelte: «Keine Ahnung und keine Ahnung – um beide deiner Fragen zu beantworten.» Mehr war nicht drin.

Kiki nickte. Sie wusste, wann das Spiel vorbei war. Ich auch.

Also stand ich auf und ging in den Flur. Als ich mich in meine betagte Daunenjacke kruschpelte, erschien sie mit etwas Buntem im Arm.

«Hier, zieh das an.»

«Kiki, nein, das geht doch nicht.»

«Klar geht das. Ist schließlich mein Glücksmantel – und mir sowieso zu groß.»

Sie schälte mich aus meiner Jacke und zog mir wie einer Riesenpuppe einfach ihren quietschbunten Designer-Steppmantel an. Dann trat sie einen Schritt zurück, legte den Kopf etwas schief und sagte: «Perfekt.»

Ich drehte mich um und sah in den Spiegel. Perfekt wäre jetzt nicht das erste Wort gewesen, das mir einfiel. Doch tatsächlich passte der Mantel wie angegossen, und sein psychedelisches Blumenmuster illustrierte recht angemessen meinen Geisteszustand.

«Kiki, warum tust du das alles?»

«Was?», fragte sie und zuppelte den Kragen des Mantels zurecht.

«Na, das hier», ich zeigte auf den Mantel, «und überhaupt ...» Meine Stimme geriet ins Schlingern.

Sie aber legte den Kopf nun zur anderen Seite und beäugte mich, als sei ich ein vertrackt schwieriges Sudoku. «Sieh es doch mal so, Putzelchen ... Also ohne dich würde ich hauptsächlich von Mikrowellen-Chop-Suey und verbranntem Kaffee leben und hielte Ernst Jandl für einen neuen Schuhdesigner. Ich finde, die Verteilung ist prima, wie sie ist: du Essen und Kultur, ich den Psychokram ...» Sie zwinkerte mir zu. «Und außerdem ... wie ich schon sagte, die Probleme anderer haben einfach diese überaus angenehme Komponente: Es sind nicht die eigenen.»

Ich lächelte und fühlte mich plötzlich viel ruhiger. Mit einer Freundin wie ihr an meiner Seite konnte eigentlich nichts in der Welt richtig schlimm werden.

Das dachte ich jedenfalls. Doch als ich sechzig Minuten später in jenem Wohnzimmer stand, das mich wie eine Zeitmaschine einsog und um Jahre zurücktrug, änderte sich meine Meinung recht abrupt.

21

Er hatte nichts verändert. Am Fenster stand noch immer derselbe runde Holztisch, etwas abgeschabter vielleicht, ein neuer Rotweinfleck. Über dem Sofa prangte derselbe Plüsch-Elchkopf, die Plastikaugen glanzlos vom Staub. Und daneben stach noch immer jene Scheußlichkeit namens Sessel ins Auge, die unter so manchen Fehlkäufen unser dämlichster gewesen war: ein violetter Samt-Ohrensessel mit goldenen Schnörkelfüßen – aber «original vom Filmset des Paten», hatte der Händler versichert, «da hat schon Marlon Brando drauf gesessen». Lukas hatte damals nur in sein Fischbrötchen geprustet und gemurmelt, ob er auch nur irgendeine Vorstellung von den Ausmaßen des Brando'schen Hinterteils habe. Wir hatten den Stuhl trotzdem gekauft und ihn Vito Corleone getauft.

Und dann hatten wir ihn zu all den anderen seltsamen Dingen gestellt, die wir über die Jahre von Flohmärkten zusammengetragen hatten – zwei indonesische Holzkatzen, eine Napoleon-Marionette, die auf Knopfdruck «Courage» nölte, eine getupfte bauchige Kaffeekanne mit zwei Ausgüssen und nicht zu vergessen: Herrn Günther, einen lebensgroßen Schaufenster-Puppenmann. Herr Günther hatte seine besten Jahre schon hinter sich gehabt, als wir ihn auf einem Amsterdamer Flohmarkt fanden. Doch seine kinnlangen Plastik-Koteletten und der psychedelische Blick hatten Lukas und mich auf Anhieb fasziniert. Jetzt aber schien es mir, als blickte Herr Günther mich unter seinen aufgemalten Augenbrauen eher ratlos an und fragte sich, wer ich denn eigentlich sei. Ich konnte es ihm nicht verdenken. Je länger ich in diesem Raum stand, desto massiver nagte auch an mir beträchtliche Verwirrung bezüglich exakt dieser Frage.

Frau Schalinger fragte etwas, aber es erreichte mich nicht – nicht durch diesen Nebel der Erinnerung, der mich einhüllte und immer dichter umschlang. Es fühlte sich an wie das Nachhausekommen in das Zimmer einer zu lang vergangenen Kindheit. Dort, wo noch immer vergilbte Michael-Jackson-Poster an der Wand, ausgelatschte Turnschuhe am Haken und Erinnerungen wie freundlich plappernde Geister in der Luft hängen. Auch hier hingen Geister in der Luft, aber sie plapperten nicht, sondern blickten betreten zu Boden – ebenso wie ich.

«Wollen Sie nicht sitzen?», drang jetzt Frau Schalingers Stimme doch noch zu mir durch. Es schwang leise Ungeduld darin.

Ich sah mich um. Wo? Wo um alles in der Welt sollte ich hier sitzen?

Auf Vito Corleone? Ausgeschlossen. Das Sofa? Ebenso undenkbar. Lukas und ich hatten quasi Jahre darauf verbracht, mangels Platz miteinander verschraubt wie zwei Baumwurzeln, und hatten uns durch die Top Fifty der schlechtesten Filme aller Zeiten gearbeitet. Zum Ende jeden Tages gab es damals nichts Schöneres für mich, als zuzusehen, wie ein B-Movie-Star augenrollend den Kampf gegen eine Plastikriesenkrake aufnahm, und dabei – meist schon Lukas' leises Schnarchen im Ohr – allmählich in einen Halbdämmer zu gleiten. Auf diesem Sofa, das nun verblasst und staubig vor mir stand wie ein Relikt. Ein Überlebender. Ein verlassener Hund.

Ich drehte mich um zu Frau Schalinger. «Vielleicht besser die Küche?»

Doch auch hier irrlichterten meine Erinnerungen umher wie ein Haufen wirrer Glühwürmchen. Lukas hatte ein verdammtes Museum aus dieser Wohnung gemacht – und ich fühlte die Wucht der Vergangenheit wie einen Stromstoß, als ich nun auf einem Küchenstuhl Platz nahm, den ich selber vor elf Jahren abgebeizt und taubenblau gestrichen hatte.

Dann aber fiel mein Blick auf etwas Neues, gänzlich Unerwartetes in dieser Küche: einen alten Herrenzylinder.

Er hing an der Wand gegenüber und war von einer so altmodisch hohen, viktorianischen Machart, als käme er direkt aus einer Charles-Dickens-Verfilmung.

«Ist alt ... sehr alt», murmelte Frau Schalinger, die neben mich getreten war. Ihre Stimme klang flach, fast tonlos.

Ich sah sie von der Seite an, sie drehte schnell den Kopf weg – doch ich hatte sie bemerkt: die Traurigkeit in ihrem Gesicht.

«Ein besonderer Hut?»

Frau Schalinger nickte, ihr Blick huschte zu mir zurück. Sie wirkte heute jünger und auch nahbarer. Vielleicht, weil sie ihre Haare nicht akkurat gestylt, sondern als tiefen Pferdeschwanz trug, der ihr wie ein graues Pelztier über die Schulter hing. Vielleicht aber auch, weil der Furor ihrer gestrigen Entschlossenheit einer vagen Verzagtheit gewichen schien – und damit einem Gefühl, das mir nur allzu vertraut war. Ich erkannte es wieder in der leichten Kipphaltung ihrer Schultern, dem Herumpicken an ihrer makellos weißen Bluse, der Unentschlossenheit, mit der sie kurze Zeit später den Kuchen auf ihrem Teller von rechts nach links schob. Apfel-Walnuss mit Mürbeteig. Sie hatte ihn selbst gebacken.

Ich ließ ihr Zeit. Und sie mir. Wir saßen, tranken Kaffee, sprachen über dies und das. Das gruselige Wetter. Kuchenrezepte. Den hanseatischen Gruß-Knigge. Sie fragte mich, warum der Nachbar auch abends um zehn noch «Moin» durchs Treppenhaus schmetterte – eines der Mysterien, die alle Hamburg-Novizen zu lösen haben. Ich erklärte ihr, dass «moi» im Niederdeutschen «angenehm» bedeutet und der Mann schlicht einen entsprechenden Abend wünschte.

Die ganze Zeit über aber rührte Frau Schalinger weiter mit der Gabel in ihrem Kuchen herum, oder vielmehr waren es nur noch Brösel, die sie auf dem Teller zu adretten Häufchen drapierte. Essen tat sie keinen Bissen. Und dann – mitten in einem Satz – stoppte sie sich plötzlich selbst. Brach einfach ab, als sei ihr Smalltalk-Akku erschöpft, legte die Hände flach auf den Tisch und sah mich an mit einem Ausdruck wilder Entschlossenheit.

«Lukas wollte es nicht gern, aber ich habe versucht, Sie anzurufen.»

Ich nickte vorsichtig.

«Ich wollte sprechen mit Ihnen. Schon viele Zeit.»

Sie beugte sich zur Seite, kramte etwas aus ihrer Handtasche und legte es wortlos vor mich hin. Es war ein altes zerknittertes Schwarz-Weiß-Foto mit einem Kaffeefleck darauf und zeigte eine junge Frau mit einem Säugling auf dem Arm. Die Frau lächelte nicht, sondern blickte starr in die Kamera. Dabei hielt sie das Kind so steif und unbeteiligt im Arm wie eine Puppe.

«Ja?», fragte ich und schwankte zwischen Ungeduld und diffusem Mitleid. All dies war offenbar sehr bedeutsam für sie. Sie nahm noch einen Schluck Kaffee und beobachtete mich über den Rand ihrer Tasse hinweg.

«Das war 1966», sagte sie schließlich. «Das bin ich, und das ist Lukas. Ich ...» Sie stockte, deutete erst auf das Foto, dann, etwas Undefinierbares, fast Gehetztes im Blick, mit zaghafter Geste auf sich selbst. «Ich bin Lukas' Mutter.»

Sie hatte es so schnell gesagt, dass ich einige Sekunden brauchte, bis ich das Gehörte wirklich begriff. Ich runzelte die Brauen und betrachtete die knapp 1,55 Meter kleine Dame vor mir.

«Aber nein», sagte ich, «Lukas' Mutter heißt Rita und wohnt in Bad Godesberg.»

Sie sah mich fragend an und zupfte sich nervös am Kinn. «Er hat nicht gesagt? Nichts?»

«Hat WAS nicht gesagt?», echote ich.

Doch die Frage war pure Kosmetik. Nur ein Vorhang, den ich vorzog, um mir Zeit zu verschaffen, während in meinem Gehirn Myriaden kleiner Rädchen auf Hochtouren ratterten.

«Ich ... ich...», setzte sie an und griff sich an den Hals, als bräuchte ihre Stimme eine Stütze, um funktionieren zu können.

Doch ich war längst woanders. Mein Kopf spuckte Bilder aus wie ein wild gewordener Passfoto-Automat. Und sie alle, alle sagten mir, dass es die Wahrheit war. Schließlich war mir schon bei unserer ersten Begegnung – damals in Bertis Büro – eine Verwandtschaft zwischen Lukas und Berti, der Schleimkröte, nahezu unmöglich erschienen. Ein seltsamer Scherz der Genetik. Ganz zu schweigen von Mutter Rita, die eine herzensgute Frau war, aber eine Physiognomie wie ein Nagetier hatte und dazu dunkelbraune Mocca-Augen. Und auch Vater Helmut ließ mit seiner netten Kartoffelnase und der Tendenz zum Triple-Kinn nicht mal ansatzweise Ähnlichkeit mit Lukas erkennen.

Trotzdem schüttelte ich den Kopf. Immer und immer wieder. «Er ... er ... hätte mir das gesagt.»

«Sie denken?»

Sie denken? Langsam wurde mir klar, dass ihr Deutsch kein süddeutscher Dialekt, sondern etwas anderes färbte – etwas, das jetzt deutlich stärker wurde.

«Ihnen, Tochter von Professor? Junge Frau aus beste Familie?»

«Ach ... Quatsch.» Ich machte eine abwehrende Handbewegung.

Doch als sie nun eine Augenbraue hochzog, blieb mir die Luft weg. Einfach so, als habe jemand den Sauerstoff-Hahn zugedreht. Denn diese Augenbraue, ihr exakter Schwung und die Art, wie sie seltsam schräg und gemeinsam mit dem rechten Mundwinkel emporschnellte, sodass ein kleines Grübchen in der Wange erschien – in all dem erkannte ich für einen kurzen Moment so eindeutig Lukas wieder, dass es keinen Zweifel mehr gab: Die Frau sagte die Wahrheit.

Ich japste weiter nach Luft und versuchte, meinem Gehirn gut zuzureden. Doch die Gedanken regneten jetzt wie Konfetti herunter. *Warum, warum, warum …? Warum nur hatte Lukas mir nie davon erzählt?* Ich biss mir auf die Lippen und spannte alle Muskeln an, um nicht vollends die Fassung zu verlieren. Dazu wäre später noch jede Menge Zeit. Jetzt aber musste ich zuhören. Um die ganze Geschichte zu erfahren. Die der kleinen Frau mit der heiseren Stimme, die mich mit seinen Augen ansah – diesen seltsam hellen Glasmurmel-Augen.

Sie legte wieder beide Hände flach auf den Tisch, wie ein Läufer, der sich in Startposition bringt, und holte tief Luft.

«Ich war 21 Jahre alt, als ich nach Deutschland kam. Ich sprach kaum Deutsch und hatte noch nie einen Ort gesehen, der mehr als 1000 Einwohner hatte …», begann sie.

Sie redete etwa eine Stunde. Präzise, klar und mit erstaunlich wenig Fehlern. Ich glaube, dass sie die Sätze schon lange geprobt hatte. Und sie verfehlten ihre Wirkung nicht. Am Ende war ich den Tränen nicht nur nahe, sondern ging darin unter. Was hätte ich auch sonst tun sollen – angesichts einer solchen Geschichte?

Es war die Geschichte von Johanna Schalinger, die am Morgen ihres 22. Geburtstages ihren drei Tage alten Sohn Nikolai auf die Treppen eines Berliner Kinderheimes gelegt hatte und verschwunden war.

Es war nicht die Art Geschichte, die man gern hören möchte. Es war genau genommen die Art, die niemand als seine Lebensgeschichte haben möchte. Aber was soll man tun, wenn es die einzige Geschichte ist, die das Leben zu bieten hat?

Es war 1966, als ein günstiges Schicksal Johanna, genannt Hanna, eine Karte zuspielte, die sie sogleich ergriff, um ihren Traum wahr zu machen: die Sowjetunion zu verlassen. Ein Mini-Tauwetter zwischen den Staaten ermöglichte es ein paar hundert Aussiedlern, nach Deutschland auszureisen. Die meisten gingen in die Landstriche zurück, aus denen ihre Familien im 18. und 19. Jahrhundert gekommen waren. Hanna Schalinger aber wollte nicht nach Kulmbach, dem Ort ihrer Urväter. Hanna Schalinger waren ihre Urväter schnurzpiepegal. Sie war heilfroh, eben all dem entkommen zu können: dem massiven Folklore-Bedürfnis ihrer Großeltern, den verbissenen Anpassungsbemühungen ihrer Eltern, der Stigmatisierung als Fremde – und nicht zuletzt dem Staub der kasachischen Steppe.

Nach viereinhalb Tagen im Zug erreichte Hanna dann eines warmen Maimorgens den Bahnhof Zoo in Berlin – mit ihrem Pappkoffer, einem frisch ausgestellten deutschen Pass und einem russischen Akzent, der so dick war wie der rotblonde Zopf, der ihr über den Rücken hing. Die junge Frau hatte nie zuvor etwas anderes gesehen als ihr Dorf in der Steppe Kasachstans. Sie hatte keinerlei Vorstellungen von Berlin gehabt. Doch was sie dort erwartete, die vielen Menschen, Autos, Busse, überstieg ihr Fassungsvermögen derart, dass sie dann später geschlagene zwei Stunden auf ihrem Pappkoffer am Ku'damm saß und staunte.

Was sie dann aber leider auch erwartete, war eine Haushälterinnenstelle bei Kurt Bauer und seiner Frau Margrit – sowie die Hände von Kurt Bauer, die ihr eines Abends in der Küche unter den Rock griffen.

Danach ging alles sehr schnell. Hanna drehte sich um,

knallte dem schmierigen Kurt eine und ging ins Bett, nicht ohne vorher ihr Zimmer abzuschließen. Am nächsten Morgen wurde sie vor die Tür gesetzt. Seiner Frau und der Hilfsorganisation, die Hanna die Stelle beschafft hatte, erzählte Kurt Bauer, sie habe Geld gestohlen. Und so stand Hanna Schalinger drei Wochen nach der ersten Begegnung mit dem Land ihrer Ahnen wieder mit ihrem Pappkoffer am Bahnhof Zoo und wusste nicht, was sie machen sollte. Zurück in die Steppe nach Karbushevka? Undenkbar. Niemand geht zurück nach Karbushevka.

Hanna ging stattdessen in ein Café.

Und da das Schicksal nicht immer nett, sondern zuweilen regelrecht boshaft ist, schickte es ihr keine gute Fee. Keine nette ältere Dame, die dringend eine Haushaltshilfe suchte. Es schickte ihr Piet van Cleef, einen holländischen Varietékünstler, in den sie sich unsterblich verliebte. Piet setzte ihr seinen alten Zylinder auf den Kopf und ließ sie in einem zerfransten Paillettenkleidchen in seiner Jonglier-Nummer auftreten. Er gab ihr zu essen und zu trinken und einen Platz in seinem Bett. Doch als sie nach drei Monaten schwanger wurde, verließ er sie. Das Einzige, was sie in dem billigen Hotelzimmer noch von ihm vorfand, als sie eines Mittags vom Einkaufen zurückkam, war eine zerknickte rote Plastiknase.

«Lukas' leiblicher Vater ist also eine windige Varieté-Type, die Sie sitzengelassen hat, als es brenzlig wurde?», fragte ich in dem eher zweifelhaften Bemühen, die Situation etwas aufzulockern.

Hanna Schalinger zuckte die Schultern und nickte. Dann holte sie Luft und erzählte den noch unschöneren

Rest der Geschichte. Wie sie danach völlig den Halt verloren hatte, in die Drogenszene abgerutscht war und nur noch einen Ausweg gesehen hatte für ihr Kind, das sie unter einer Brücke in Berlin-Dahlem zur Welt brachte: es in eine Decke zu wickeln und auf den Stufen eines Kinderheimes abzulegen.

Ihre Stimme war leiser und leiser geworden, während sie erzählte, und verstummte nun ganz.

Ich stand auf, ging zum Schrank links neben dem Herd. Dort, wo früher immer ... und tatsächlich auch jetzt noch ... Er trank sogar noch dieselbe Marke: irischen Single Malt. Und genau das war es, was ich jetzt brauchte: den Whiskey meines Exfreundes Lukas, der ein geborener Nikolai war und dessen Mutter vor über vierzig Jahren eine Entscheidung getroffen hatte, die man unfassbar, herzlos, auch grausam finden mag. Doch ein Blick in ihr Gesicht genügte, um mir klarzumachen, dass ich keine Ahnung hatte. Dass ich Kummer, schlechte Laune oder Depri-Tage kennen mochte, aber nicht das, was die zweiundzwanzigjährige Hanna Schalinger zu dieser Entscheidung getrieben hatte: das Gefühl tiefster Hoffnungslosigkeit.

Ich schenkte zwei Gläser ein und ging damit zurück zum Tisch. Frau Schalinger kippte ihres in einem Zug herunter, dann schüttelte sie sich und setzte sich auf.

«Sie verstehen nun?»

Ich kratzte mich am Ohr, nahm einen Schluck Whiskey. Ich wollte jetzt nichts Falsches sagen, aber ihre Gedankengänge schienen irgendwie direkter zu sein als alles, was gerade durch meinen Kopf irrlichterte.

«Ich verstehe ... was?»

«Lukas … Sie … alles …?» Sie sah mich an, die hellen Augen erwartungsvoll wie ein Kind.

Ich holte tief Luft, ging, um Zeit zu schinden, noch mal zum Schrank, goss weiteren Whiskey ein. Dabei fiel mein Blick auf einen Schnappschuss von Lukas, der am Kühlschrank hing. Ich betrachtete seine Boxernase mit dem kleinen Höcker. Den wilden Wust jetzt grau gesträhnter Haare. Die hohen Wangenknochen, die seinem Gesicht die Strenge nahmen und an die Prinzen in tschechischen Märchenfilmen erinnerten. Und trotz der traurigen Geschichte seiner Mutter musste ich lächeln: Die Liebe meines Lebens war also das Produkt eines Techtelmechtels zwischen einer von Wolgaschwaben abstammenden Deutschrussin mit kasachischem Vater und einem holländischen Gaukler – ein paneuropäisches Wunderwerk sozusagen.

«Lukas wäre böse, wenn er wüsste.» Frau Schalinger stand plötzlich neben mir und äugte nach dem Glas in meiner Hand. «Für mich?»

Ich reichte es ihr. «Vorsicht, der hat 42 Prozent.»

Sie prostete mir zu und stürzte den Whiskey hinunter wie den ersten. Dann schüttelte sie sich. «Gut.»

«Stark. Der ist sehr stark, Frau Schalinger.»

«Ja, Schätzelchen», sagte sie.

«Schätzelchen?»

«Oh, nicht das richtige Wort, oder?» Ihre Augenbrauen ruckten empor.

Ich lächelte. «Ist okay.»

«Mein Urgroßvater hat immer gesagt mich.»

«Der, der noch aus Kulmbach gekommen war?»

Sie nickte und hielt mir ihr Glas hin.

«Ist fast alle», sagte ich.

Sie zuckte die Schultern. «Ich kaufe neue Flasche.»

Ich schenkte den restlichen Whiskey aus. «Und warum sollte Lukas böse werden?»

«Hm?» Sie summte irgendetwas, das wie «Kalinka» klang, griff nach meiner Hand und drückte sie. «Sie sind ein guter Mensch. Aber Lukas hat ... sosagen verboten, mit Ihnen zu sprechen.»

«Er hat was?»

Sie summte weiter.

Gut, dass die Whiskeyflasche alle war, dachte ich.

«Ts», machte Johanna Schalinger. «Lukas mag sein klug und groß, er ist ein Ipsolin wie sein Urgroßvater – aber manchmal ist auch sehr ... Pfft.» Sie haute sich mehrfach die flache Hand an die Stirn.

Ich lachte. «Und was ist ein Ipsolin?»

Sie lachte ebenfalls. Scheppernd und hell wie ein Xylophon. Dann reckte sie ihren Arm nach oben und blickte Richtung Zimmerdecke. «Jemand groß, sehr groß.»

«Ein Riese?»

«Genau.» Sie sah immer noch nach oben, runzelte jetzt aber die Stirn.

Ich folgte ihrem Blick, bemerkte, dass etwas Flaches, Schwarzes auf dem oberen Küchenschrank lag.

«Letztes Mal, als ich war hier, das hing an der Wand», sagte sie.

«Was hing an der Wand?»

Sie schob ihr Kinn vor und deutete Richtung Küchenschrank. «Schöne Fotos von Ihnen und Lukas, und eine Liste. Lange Liste mit Worten ...» Sie rieb ihre Nase mit zwei Fingern und sah mich seltsam an. «Lukas hat sie weggemacht. Komisch, oder?»

Ich sah nochmals hinauf und erkannte, was da oben auf dem Küchenschrank lagerte: offenbar unsere alte Pinnwand. Denn es ragte ein Stück Papier darüber hinaus. Und mochte es auch noch so verblichen sein und angenagt an den Ecken, so handelte es sich doch zweifelsohne um unsere Liste. DIE Liste. Die zu führen Lukas und ich eines Abends aus einer Laune heraus begonnen und dann nicht wieder aufgehört hatten: die Lieblingswörter-Litanei zweier Büchernarren, eine Polonaise quer durch die linguistische Botanik und ein Silben-Tagebuch unserer Beziehung, das ... STOPP. Ich pfiff meine Gedanken zurück, zuckte die Schultern.

«Warum? Vielleicht wollte er einfach mal neu dekorieren, Zeit wäre es ja ...»

Sie schien wenig zufrieden mit dieser Erklärung, aber zu alkoholisiert, um der Sache weiter auf den Grund zu gehen. Stattdessen stieg sie auf einen Stuhl und klaubte ebenjenes flache, schwarze Pappding vom Schrank, das dort dem geringen Staubaufkommen nach zu urteilen noch nicht sehr lange lag. Sie studierte die Wörter-Liste und sagte schließlich: «Augenhui – schönes Wort.»

Dann schwankte sie und fiel mit der Pinnwand im Arm vom Stuhl. Ich konnte sie zwar gerade noch auffangen. Doch mir knickten die Knie weg, und wir klatschten zusammen auf den Boden in einem Haufen von Beinen und Armen.

Frau Schalinger lachte, ich lachte – und dann fingen wir fast zeitgleich an zu weinen.

Auf dem etwas klebrigen Küchenfußboden schluchzten wir beide vor uns hin. Sie sprach plötzlich Russisch, ich sprach irgendwas, doch wir verstanden uns prächtig. Ich wusste, dass sie sich für alles verantwortlich fühlte, was ihrem Sohn und so am Ende auch mir Probleme bereitet hatte. Und sie wusste, dass ich ebendiesen widerborstigen Kerl von Sohn noch oder wieder oder überhaupt liebte.

Und dann erzählte sie mir – wir saßen noch immer auf dem Küchenboden, sie an den Kühlschrank gelehnt, ich gegenüber am Backofen –, wie sie ihn überhaupt wiedergefunden hatte: ihren Sohn. Über zwanzig Jahre hatte sie versucht, die gewaltigen bürokratischen und moralaposteligen Hürden zu überwinden. Vergebens. «Sie haben Ihr Recht verwirkt, diesen Menschen Ihren Sohn zu nennen», war noch die charmante Version dessen, was sie zu hören bekam. Zum Glück hatte aber ebendieser Sohn sich vor sieben Jahren selbst auf die Suche gemacht und dabei in den Untiefen eines Berliner Sozialamt-Archivs den Vermerk gefunden, dass eine Frau Johanna Schalinger sich elfmal nach ihm erkundigt habe.

«Und dann?», fragte ich.

Sie lächelte traurig. Und es war ein solcher Unterschied zu der als Lächeln getarnten Mund-Turnübung vom Vormittag, dass ich mich vorbeugte und kurz ihre Hand drückte. Sie drehte den Kopf zur Seite, doch die Tränen rannen so oder so.

«Es war schwer, das erste Mal, wenn wir uns trafen. Ich hatte Angst, können Sie sich vorstellen? Ich, Intensiv-Krankenschwester, böser Bär von Station …» Sie lachte, aber ich ahnte, dass das keineswegs nur ein Witz war. «Mir schlottelten die Beine. So viel Angst, und dann kam dieser große Mann herein in das Café und … und sah aus wie … sah einfach aus wie …»

Sie konnte nicht mehr weiter, aber ich verstand auch so. Ich verstand auf einmal so vieles – auch dass meine Rolle in dem Ganzen keine sehr rühmliche war. Doch woher hätte ich all das wissen sollen? Woher ahnen, dass mein Mr. Traumprinz ein durch Jahre in staatlichen Kinderheimen traumatisiertes, ehemaliges Findelkind war?

Wir saßen noch eine Weile beisammen, da auf dem Küchenboden. Doch wie im stillen Einverständnis sprachen wir nun nicht mehr über Lukas oder sie, sondern über ganz alltägliche Dinge – die mir ebendeshalb plötzlich ganz wunderbar erschienen.

Erst als ich mich verabschiedete, legte Johanna Schalinger kurz die Hand auf meinen Arm und sagte: «Sie gehen zu ihm.» Es war keine Frage. Ich nickte trotzdem.

Und als ich dann in leichten Schlangenlinien Richtung Hafen fuhr, um im Antiquariat nach einer Lieferung zu sehen, beschlich mich eine Ahnung, als was diese Woche in die Annalen eingehen würde: als die Woche der Lebensbeichten – und wohl auch als die tränenreichste meines Lebens. Man hätte auch einfach kleine Bomben in den Kalender malen können.

Nachher war nichts mehr, wie es vorher war. Und die Woche war noch nicht zu Ende.

22

Am nächsten Morgen versuchte ich aber erst einmal tapfer und redlich, meinen Alltag zu bewältigen. Kiki hatte früh die Wohnung verlassen und Maxim Grigorov kurz nach ihr – nicht ohne vorher höflichst um eine weitere Nacht auf unserer «überaus komfortablen Polstergarnitur» gebeten zu haben. Ich war also allein mit mir und etwa drei Millionen Gedanken und mühte mich ab, um trotzdem für Herrn Hübchen einen Adelsbericht zu schreiben («Schicksalsschlag für Gräfin Gunda von Baumberg-Schuppe: Hammerzeh!»), die Wohnung zu putzen und nicht verrückt zu werden. Eins und zwei gelang, drei nicht. Es half einfach nichts. Trotz meiner Best-of-Ablenkungsstrategien – arbeiten und Klo schrubben – schossen die Gedanken wie wild gewordene Marschflugkörper durch meinen Kopf. Und am Ende bohrten sie sich in Regionen, die unangenehm, beunruhigend und zum Teil so höllisch schmerzhaft waren, dass ich den Putzfeudel ans Klo klatschen musste, um nicht laut aufzujaulen.

Lord Nelson, der noch immer bei uns kampierte, kniff sein dunkel umfelltes, rechtes Auge zu – er ist der einzige mir bekannte Kater, der zwinkern kann –, dann strich er schnurrend an meinem Bein entlang. Ich war sprachlos. Und gerührt. Das Tier hatte doch ein Herz. Ich setzte mich zu ihm auf den Boden, wo er dann allen Ernstes auch noch auf meinen Schoß sprang und seinen breiten Katerkopf in meine Achselhöhle bohrte.

Das war zu viel. Und wieder flossen die Tränen. So laut, dass der Katzenmann maunzend das Weite suchte. Da saß ich also, mit einem Putzfeudel in der Hand und mit essigreinigerumnebelten Sinnen, und weinte. Warum – verstand ich selber nicht so genau. Denn noch wusste ich nicht genug, um mir einen Reim auf das Ganze zu machen. Klar jedoch war, es gab da eine Geschichte – eine, von deren Existenz ich nicht mal den Hauch einer Ahnung gehabt hatte. Trotzdem grub sich mein Hirn wie ein zwanghafter Putzroboter durch meine Erinnerungen, durchforstete jeden kleinsten Winkel. Doch nein, da war nichts zu finden. Lukas hatte einfach nie viel über seine Kindheit gesagt.

Seine Eltern hatten wir in den Jahren nur zweimal zusammen besucht, und dabei war mir nichts Besonderes aufgefallen. Es waren «eben Eltern» – oder das, was ich mit meinen paar-und-zwanzig Jahren in ihnen gesehen hatte: etwas betuliche Leute aus dem Speckgürtel einer Kleinstadt, die nett waren, aber in einer Welt jenseits von allem lebten, was mich interessierte. Einer Welt, in der es noch braune Cord-Sofas, Mettwurstschnittchen, Partykeller und Plastik-Rehe im Tulpenbeet gab. Aber wie passte Lukas in dieses Bild? Hätte mir da nicht etwas auffallen müssen?

Nein, dachte ich. Dass Kinder kurzen Prozess mit dem Lebensstil ihrer Eltern machen, wenn sie aus dem Überraschungsei-Alter raus sind, ist völlig normal. Oder wie sonst hätte Mick Jagger Rockstar und Joe Cocker … na ja, eben Joe

Cocker werden sollen – während ihre Beamten-Eltern in englischen Vororten die Wackeldackel hüteten?

Nein, ich hatte nichts ahnen können. Aber warum – warum nur hatte Lukas mir nie davon erzählt? *Auch nicht damals, als … Gerade damals, als …* Meine Gedanken gerieten ins Stottern, schwankten, taumelten, und ich musste mich am Waschbecken festhalten. Nicht weil ich umgefallen wäre. Ich wollte mich einfach an irgendetwas festhalten, während meine Gefühle herummäanderten – auf dem weiten Kontinent zwischen Wut und Fassungslosigkeit. Warum hatte er mich so belogen? Oder hatte er sich einfach auch selbst belogen? Dreieinhalb Jahre lang?

Und während ich so dasaß und mich an ein leberwurstfarbenes Waschbecken klammerte, fiel mein Blick auf den großen Spiegel an der Badezimmertür, und ich sah mich selbst: eine blasse Frau mit verwirrten grünen Augen, die wie trübe Teiche aussahen.

«Puh», sagte ich, und die Frau im Spiegel wippte zustimmend mit dem Kinn. Denn je länger ich nachdachte, desto klarer wurde mir zumindest eines: Die Tatsache, dass Lukas mir nie erzählt hatte, dass er ein Adoptivkind war, war nicht nur seltsam. Es hing wahrscheinlich auch mit all dem zusammen, was dann passiert war.

Und wie in einem Kino, in dem endlich der Vorhang aufgeht, servierte mir mein Gehirn nun plötzlich doch eine Erinnerung. Eine, die deutlich machte: Ich hätte vielleicht schon etwas ahnen können. Hätte vielleicht weiter blicken können, als meine dreiundzwanzig Jahre, meine Verliebtheit und mein pränataler Hormonrausch es mit sich brachten.

Denn was ich plötzlich wieder klar vor Augen hatte, war ein Nachmittag vor achteinhalb Jahren – und Lukas' Gesicht. Sein Gesicht, als ich ihm in einem Laden für Babyausstattung grinsend einen kleinen hellblauen Teddy zeigte, der ein Mini-Cowboytuch trug – eines, auf das in tanzenden bunten Kinderbuchstaben «Lukas» gestickt war.

Und als ich dieses Gesicht jetzt wieder vor mir sah, da wusste ich, dass ich damals doch irgendetwas – nicht gewusst, nein, nicht mal geahnt, aber vielleicht gesehen hatte. Für den Bruchteil einer Sekunde hatte ich den kleinen Jungen gesehen. Den kleinen Jungen, der – wie ich jetzt wusste – nirgendwo richtig hingehörte. Der, als er sieben Jahre alt war, bei Rita, Helmut und ihren Plastik-Bambis endlich ein Zuhause bekommen hatte. Aber wohl eben keine Heimat. Keinen Ort, keinen Menschen, dem er sich zugehörig fühlte – außer sich selbst.

Ich hatte Lukas oft um seine Unabhängigkeit beneidet, die Leichtigkeit, mit der er sich den Fallstricken familiärer, freundschaftlicher, ja sogar kollegialer Beziehungen entziehen konnte. Die Souveränität, mit der er an ihn gestellte Erwartungen ignorierte. Doch woher diese Unabhängigkeit rührte, darüber hatte ich nie wirklich nachgedacht. Auch nicht darüber, was es für ihn bedeutet hätte, selbst ein Kind zu haben.

Jetzt dachte ich darüber nach – oder versuchte es zumindest – und putzte dabei das Bad zum zweiten Mal, schrubbte sämtliche verfügbaren Kachelfugen mit einer Zahnbürste und wienerte Armaturen, bis mir der Arm schwer wurde.

Dann war ich endlich so müde, dass die Gedanken verschwammen, nur noch herumtrudelten und nicht mehr weiterkamen. Also überbrückte ich den Nachmittag mit Einkaufen und hirnlosen Kleinarbeiten an meiner Doktorarbeit, bis der Tag endlich so was wie ein Ende finden konnte: mit einer Dusche, selbstgekochtem Vanillepudding und einer Folge Melrose Place – der Dreifaltigkeit des Seelentrosts. Kiki und Grigorov guckten bei ihrer Rückkehr jeweils nur skeptisch, aber enthielten sich eines Kommentars. Wohlweislich.

Auch diese Nacht schlief ich schlecht bis gar nicht, drehte mich von einer Seite auf die andere, bis ich genug davon hatte und mir meinen alten Schulatlas ins Bett holte.

Die Lofoten also – klar, murmelte ich, was sonst? Schwieriger zu erreichen ist quasi nur der Nordpol.

Ich dachte an mein Bankkonto, das nach dem Russlandtrip noch immer im Koma lag. Doch der Monatserste nahte. Also würden bald mein Minigehalt von Hans sowie das Honorar für die Geschichte um Gräfin Gunda und ihren Hammerzeh eintrudeln.

Das viel größere Problem war daher die Frage: Wo genau steckte Lukas? Auf dem Atlas sahen die Lofoten aus wie ein Haufen ins Meer geworfene Smarties. Wikipedia erklärte mir, dass es insgesamt achtzig Inseln waren, die dazugehörten, was meine Stimmung nicht wesentlich besserte. Denn Lukas' Mutter hatte nur gewusst, dass er nach Oslo geflogen war und von dort noch zwei weitere Flüge genommen hatte, um nach Leknes zu kommen – etwa in der Mitte der Lofoten. Ob er dort geblieben war, hatte sie nicht sagen können, aber mit niedergeschlagener Miene dasselbe vermutet wie ich: eher nicht.

Ich kratzte mich am Kopf, sprang aus dem Bett und tigerte so lange durch die Wohnung, bis der Professor im Flur erschien, der noch immer auf unserer Couch nächtigte.

Den ganzen Tag über war er verschwunden gewesen und erst abends zurückgekehrt, ungewöhnlich schweigsam. Wir hatten ihn einfach in Ruhe gelassen, ihm was vom Pudding gereicht und dann festgestellt, dass Heather Locklears Kulleraugen selbst bei russischen Literaturprofessoren nicht versagten. «Noch eine?», hatte er gefragt, als die Melrose-Place-Folge zu Ende war. Aber da waren wir eisern: Bei Popcorn-Serien-Food galt strenge Diät – nie mehr als eine auf einmal.

«Können Sie auch nicht schlafen, Fräulein Dido?», begrüßte mich der alte Herr nun bei unserer nächtlichen Begegnung. Dazu neigte er höflich den Oberkörper – in seinem Ostblock-Schlafanzug mit den vielen kleinen hell- und dunkelbraunen Rauten. Er sah aus wie eine große Bienenwabe.

Meine Mundwinkel wollten zu einem Grinsen ansetzen, aber ich hatte mich noch im Griff. «Nicht so wirklich, aber ich denke, ein Bier wird helfen. Möchten Sie auch eins?»

Er nickte, und ich holte zwei Flaschen aus dem Kühlschrank, öffnete sie und reichte ihm eine. Er stand dann etwas unschlüssig in der Küchentür, nippte an seinem Bier und tappte mit einem seiner Füße aufs Parkett. Er hatte schmale, knochige Füße mit knubbeligen Zehen.

«Gehen Sie morgen zu ihm?», fragte er schließlich.

Ich wusste natürlich, wen er meinte. «Ja, morgen Nachmittag.»

«Grüßen Sie ihn bitte von mir.» Er drehte die Flasche

in der Hand, starrte auf seinen wippenden Fuß und fügte einige Momente später hinzu: «Oder vielleicht besser nicht. Wahrscheinlich ist das keine sehr gute Idee.»

Nun sah er hoch und wirkte sehr traurig. Seiner Schlafanzugjacke fehlten vorne zwei Knöpfe.

Ich ging zu ihm und reichte ihm eine Minipackung Schokotoffees, die ich im Kühlschrank entdeckt hatte. Er schien mir so dünn in seinem Bienenwabenschlafanzug. «Mögen Sie?»

Er nickte.

Dann sagte ich: «Lassen Sie ihm etwas Zeit.»

Er nahm noch einen Schluck Bier. «Zeit, Fräulein Dido – die ist ja eben das Problem. Aber danke für die Schokolade.»

Dann drehte er sich um und verschwand so leise, wie er gekommen war.

Mein Reiseproblem war danach zwar nicht gelöst, aber meine Nerven etwas ruhiger – und ich sagte mir, was jeder gute Schlager und auch schon die berühmteste amerikanische Edelschnulzen-Autorin wusste: Morgen ist auch noch ein Tag.

23

Hans' Blick erinnerte mich an Herrn Petermann. So hieß der alte Labrador meiner Oma. Und der hatte genauso geguckt – an jenem Abend, an dem er die Bratwürste gefressen hatte. Und zwar alle zehn, die Oma fürs Grillen auf den Terrassentisch gestellt hatte. Nachher hatte sie ihn ausgeschimpft. Doch Herr Petermann hatte es schlichtweg verweigert, sich mit seiner Tat zu befassen. Ungeachtet der verräterischen Fettspuren um sein Maul, hatte er stoisch geradeaus geblickt und versucht, die Sache einfach auszusitzen.

Genauso schaute Hans, als ich am nächsten Nachmittag sein Zimmer im Krankenhaus betrat. Allerdings hatte er dabei einen entschiedenen Nachteil gegenüber dem inzwischen verblichenen Herrn Petermann: Er war der Sprache mächtig. Zumindest theoretisch. Der Dialog, der unserer Begrüßung folgte, ließ daran allerdings gewisse Zweifel erwachen.

«Geht's dir besser?», fragte ich.

Nicken.

«Wie fühlst du dich?»

Schulterzucken.

«Hans?»

«Okay.»

«Hast du was gegessen?»

«Klar.»

In dem Stil ging es einige Minuten weiter. Dann platzte mir der Kragen. Ich sprang auf und fuchtelte mit den Armen. «Was ist hier eigentlich los, verdammt noch mal?»

Meine Worte hingen im Zimmer wie eine dicke gelbe Gewitterwolke. Doch der hagere alte Mann im Bett schwieg und knetete mit der rechten Hand die Finger seiner linken. Offenbar hatte er nicht vor, etwas zu sagen.

Also setzte ich mich wieder auf den Besucherstuhl am Bett und kramte in meinem Rucksack, nur um etwas zu tun zu haben. Nachdem ich mich etwas beruhigt hatte, streckte ich meine linke Hand nach ihm aus. Er betrachtete sie fast misstrauisch, legte seine aber schließlich hinein.

«Hans?»

Endlich sah er mich richtig an. Und fast wünschte ich, er hätte es nicht getan. Sein Blick tat weh. Es war, als hätte jemand darin Schicht um Schicht abgetragen und ihm nur ein dünnes Hemd gelassen, um seine Gefühle zu bedecken.

«Hans ...», murmelte ich. «Was ist denn bloß los?»

Er reagierte nicht, krampfte bloß beide Hände zur Faust.

«Hans», sagte ich leise, «sprich mit mir.»

Seine Augen sind so seltsam, dachte ich. Dann wurde mir klar, woran das lag. Sie standen voller Tränen. Aber er blinzelte nicht, sondern hielt die Lider weit geöffnet, als wolle er damit verhindern, dass die Tränen über die Wangen rollten.

Mit diesen tränenblanken, weit aufgerissenen Augen sah er mich an, schüttelte leicht den Kopf und sagte: «Geht nicht.»

Ich nickte, setzte mich zu ihm aufs Bett und nahm ihn in den Arm. Er ließ den Kopf sinken und lehnte ihn an meine Schulter. Als ich ihm die Wange streichelte, fühlte sie sich an wie Pergament – trocken, leicht knittrig und ziemlich zäh. Ich musste trotz allem lachen.

«Hans, du musst dich mal eincremen, deine Haut fühlt sich an wie eine getrocknete Ente.»

Einen Moment war es sehr still, dann prustete er in meine Schulter und hob schließlich den Kopf. Sein Gesicht war nass von all den Tränen, die nun doch heruntergelaufen waren, aber seine Augen lächelten: «Deern, du hast in deinem ganzen Leben noch keine Ente angefasst, und schon gar keine getrocknete.»

Ich grinste und stand auf. «Eincremen könnten wir dich trotzdem mal.»

Er schüttelte den Kopf. «Geht nicht. Alles schon eingepackt.» Dann schwang er erstaunlich dynamisch die langen Beine aus dem Bett und griff nach seiner Hose, die am Fußende hing. «Dreh dich mal um, Deern.»

Ich wandte mich zum Fenster. «Was machst du da, Hans?»

«Na, was meinst du wohl? Gänse rupfen?»

«Haha. Sehr komisch.»

Ich hörte leichtes Ächzen und Schimpfen hinter mir und riskierte einen Blick. Er schwankte beträchtlich bei dem Versuch, in sein zweites Hosenbein zu kommen, hatte aber Erfolg und richtete sich triumphierend auf.

«Erlaubnis von ganz oben. Vorhin war Chefarzt-Visite, und der Boss hat gesagt, ich darf raus.»

Schwester Hilde, die in diesem Moment samt Rollwagen

hereingescheppert kam, bestätigte dies, presste aber die Lippen zu einem missbilligenden Strich.

«Hilde, Hilde, nu sech, hev ik wedder dum Tüch makt?», fragte Hans, hob entschuldigend beide Hände und zwinkerte mir zu.

Sie händigte ihm noch ein paar Tabletten aus und beäugte mich weiter missmutig.

Als Hans kurz im Bad war, rückte sie endlich mit der Sprache raus: «Der Patient sollte sich unter keinen Umständen aufregen.»

Ihr Tonfall ließ die Verkündigung der Zehn Gebote wie ein Kaffeekränzchen wirken. Ich schluckte und nickte.

«Verstehe.»

Zum Abschied aber ließ sie sich dann hinreißen. Zu einem Gefühlsausbruch, der ihr norddeutsches Gemüt wahrscheinlich auf Monate in Verwirrung stürzen würde. «Alles Gute. Und passen Sie auf ihn auf», murmelte die unerschütterliche Hilde, wobei sie peinlichst achtgab, uns nicht auch noch durch ein Lächeln zu verstören – und rollte von dannen.

24

Eine Stunde später standen wir in Hans' Wohnzimmer in Blankenese, sahen auf den eisengrauen Strom hinunter und hörten das spöttische «Kikkik» einer Lachmöwe, die gerade einem trotteligen Blesshuhn seine Beute klaute. Elbblick war hier nicht nur ein schmückendes Beiwerk wie bei den Villen in Hamburger Exklusivlage. In dem kleinen schiefen Haus direkt an Blankeneses Uferpromenade spielten die Elbe, die Möwen und das Pfeifen des Windes die Hauptrollen. Und es gibt nichts Besseres für lädierte Nerven, als einfach stumpf aufs Wasser zu starren und zu warten. Bis sich ein Containerschiff wie eine schwimmende bunte Schrankwand von rechts nach links geschoben hat. Oder ein Lastkahn so gemächlich vorbeituckert, als werde Frachtzeit heute noch immer in Monaten statt Stunden gemessen.

«Wen hast du damals eigentlich umgebracht, um dieses Haus zu bekommen?», fragte ich Hans, als er mit zwei Bechern Kaffee in der Hand aus der Küche kam. «So was kann man doch nicht kaufen, oder?»

«Nee, aber erben», sagte er und deutete auf ein altes Foto an der Wand. Es zeigte eine Frau mit einem wie ein Vogelnest aufgetürmten Dutt und ehrfurchtgebietenden Augenbrauen. Sie trug eine weiße Rüschenbluse mit hohem Stehkragen zu einem bodenlangen Rock, unter dem ein Paar derber schlammverkrusteter Stiefel hervorguckten, und stierte grimmig in die Kamera.

«Ich hab auch nicht ganz verstanden, weshalb sie es damals ausgerechnet mir vererbt hat.» Er zuckte die Schultern. «Wahrscheinlich war ich einfach der Einzige der Familie, der sie jemals freiwillig besucht hat. Und der Einzige», er hielt inne und grinste sehr unalt, «den sie nicht in Angst und Schrecken versetzte.»

Fanny, römischer Garten, Blankenese 1921, las ich unter der Fotografie in Sütterlin geschrieben.

«Und wer ist Fanny, und was macht sie da?»

«Tante Fanny? Die konnte im Grunde nur eins, aber das konnte sie wie keine andere: Rosen züchten.»

Während wir Kaffee tranken, erzählte Hans mir die Geschichte seiner Tante, der ersten Frau, die in Deutschland als staatliche Ober-Gärtnerin gearbeitet hatte – bis die Nazis dem ein Ende setzten. Tante Fanny, die Ein-Viertel-Jüdin, war dann nach England gegangen – zur Freude sämtlicher Teerosen von Coventry bis Stratford-upon-Avon.

«Sie sprach mit ihnen wie mit Kindern», sagte Hans, und seine Augen wurden weich in Erinnerung an die grimmige Fanny. «Echte Kinder aber waren ihr eigentlich nur im Weg. Vor allem, wenn sie einen Fußball hatten. Ist also wirklich ein Wunder, dass sie mir später das Haus vererbt hat. Wo ich doch Baronin von Pütz umgeschossen habe.»

«Gehe ich recht in der Annahme, dass die Baronin Dornen hatte?»

«Viele», bestätigte Hans. Dann erhob er sich und öffnete die Tür des alten Schranks, der muffig-braun in einer Ecke herumstand. Das Knarzen der Tür hätte jedem Hitchcock-

Film Ehre gemacht, und was Hans darin zutage förderte, ebenfalls: Ein Gewirr von Tauen, alten Fischmessern, zwei rostigen Schiffslampen, Karabinern und etlichen anderen maritimen Notwendigkeiten stapelte sich in den unteren Fächern. Das oberste Fach aber schien die Abteilung für kulinarische Notfälle zu sein: Es gab Corned-Beef-Dosen, Tütensuppen mit 80er-Jahre-Design und einen Karton mit Salz, der ebenfalls noch in Sütterlin beschriftet war. Hans griff nach einer Pralinenschachtel, auf deren Verpackung ich Peter Alexander und viele rote Rosen erkennen konnte, und zog darunter eine Packung Kekse hervor.

«Kiek mol, Deern. Was Süßes zum Kaffee.»

«Hans? Wie alt sind die? So alt wie Baronin von Pütz?»

Er schob sich seine Loriot-Lesebrille auf die Nase und entzifferte das Haltbarkeitsdatum: März 1998. Unbeeindruckt riss er die Packung auf und sagte mit siegesgewissem Ton in der Stimme: «Aber es sind Schoko-Haferflocken-Kekse.»

Wir tunkten die Keks-Senioren in den Kaffee, guckten Schiffe und redeten über dies und das. Und die ganze Zeit fühlte ich das Buch wie eine Zeitbombe in meiner Tasche ticken. Das Tagebuch von Elisabeth Matthissen, dessen Inhalt ich nicht kannte – der Mann vor mir aber schon. Denn schließlich war er da gewesen, war der junge Kerl gewesen, der Elisabeth Matthissen vor über sechs Jahrzehnten die Knie schwach gemacht hatte.

«Regen Sie ihn bloß nicht auf», hatte Schwester Hilde gesagt, was mich zögern ließ.

Doch dann dachte ich daran, wie Hans an jenem Morgen, nur zwei Tage war es her, über den Friedhof marschiert war – das Krankenhaus-Hemd noch unter dem Parka. Offenbar gab es für ihn Dinge, die wichtiger waren als Kardio-Schonprogramme. Und ich hatte die dringende Vermutung, dass das Buch in meiner Tasche dazugehörte. Also zog ich es irgendwann heraus und legte es auf den Tisch.

«Da», sagte ich und schob es ihm hin. «Sie hat gesagt, ich soll es dir geben.»

Er fragte nicht, wer «sie» war, sondern kniff die Augen zusammen und fixierte das Buch wie eine Rechenaufgabe, die er nicht lösen konnte. Dann stand er auf und nahm sein Fernglas zur Hand.

«Da draußen, der Schipper brät sich gerade sein Abendessen. Ich glaub, das werde ich jetzt auch tun. Lust auf 'nen Hering, Deern?»

Ich verzog das Gesicht. «Nee danke, Hans. Du weißt doch, Fisch gibt's bei mir nur als Stäbchen», antwortete ich und trat neben ihn ans Fenster. «Ich denke, ich sollte mal los. Kommst du klar?»

Er schwieg. Lange. So lange, dass die Stille hörbar wurde und zu wispern begann.

«Ick weet nich, Deern», murmelte er schließlich und sehr leise. «Ick weet nich.» Dann hob er den Kopf und sah mich an wie ein Kind, das zum ersten Mal allein im Kindergarten zurückgelassen werden soll. «Kannst du noch ein bisschen dableiben?»

Ich nickte und sah zu, wie er ein Glas Bismarckheringe aufmachte. Und wie er dann nichts davon aß, sondern den Teller von sich schob und die Augen wieder nach draußen schweifen ließ. Dort segelte jetzt im letzten Licht der Dämmerung alles vorbei, was Flügel hat und gern Fische isst: Sturm-, Herings- und Silbermöwen.

Seine Stimme klang rau, fast brüchig, als er sagte: «Verdammt. Dann nimm das vermaledeite Buch und lies.»

«Ich?»

«Ja, du. Ich kann es nämlich nicht», krächzte der Mann, den ich für unerschütterlich gehalten hatte, und haute mit der Faust an die Wand.

Ich nickte, nahm das Buch und las vor. Die Eintragungen begannen im November '47. Niedergeschrieben in einer klaren, eckigen Handschrift, die fast männlich wirkte. Es ging um eine Halskette, die Elisabeth auf dem Schwarzmarkt gegen Kohlen und einen Laib Brot getauscht hatte. Es ging um geschenkte Schuhe, die zwei Nummern zu groß, aber schön warm waren. Um die Trümmerbahn, die tagein, tagaus scheppernd durch die Straßen zuckelte. Und es ging um Hans. Immer wieder um Hans. Und um all das, was er nicht tat: nicht essen, nicht schlafen, nicht sprechen, nicht lachen, nicht mal gucken.

Ein Schattenmann, hatte Elisabeth Matthissen geschrieben, es war der 25. Juni 1948, *verwoben in ein Gestern, das ihn mit langen schweren Armen umschlungen hält. Ob ich lache, weine, schreie oder flüstere – es macht keinen Unterschied. Er sagt nur ja und nein, danke und bitte. Und manchmal auch etwas über Vögel. «Sie singen ja noch.» Das sagte er heute Morgen, nachdem er die Kohlen aus dem Schuppen geholt hatte. Seine Stimme klang ungläubig.*

Ich machte eine Pause und legte das Buch auf den Tisch.

Er lächelte. Hans lächelte. Dann griff er nach dem schmalen Band und blätterte darin herum. Seine Finger zitterten. Schließlich runzelte er die Brauen und sah mich an, Verwirrung im Blick.

«Kein Wort», murmelte er, «sie schreibt ja kein Wort über ihn.»

Ich wusste natürlich, wen er meinte, und entschied mich, die Karten auf den Tisch zu legen. «Warum auch, Hans? Sie hat ja dich geheiratet und nicht …» Ich stockte einen Moment. «Nicht Gregor-Maxim-wie-auch-immer.»

Er starrte mich an, biss sich auf die Lippe und schüttelte den Kopf. «So einfach war es nicht. Das kannst du nicht verstehen.»

Und das war der Moment, in dem mir zum zweiten Mal an diesem Tag der Kragen platzte. Wäre ich ein besonnenerer oder schlicht geduldigerer Mensch, hätte es vielleicht gereicht, Folgendes zu erkennen: Der Mann vor mir war verstört, und es war gewiss keine gute Idee, ihn anzubrüllen. Leider aber machte irgendetwas klick in meinem Kopf. Vielleicht war es der Schlafmangel oder der an Kohlehydraten. Vielleicht war es meine gesamte Lebensmisere, die sich hier wie ein missmutiger Fels in die Waage hievte – aber ich hatte es satt. Einfach satt, geduldig und mitfühlend zu sein. Die alten Leute und ihre Lebensgeschichten mit Samthandschuhen anfassen zu müssen.

«Dann erklär es mir doch einfach mal, Hans», rief ich. «Wie wäre es denn damit: Wenn einer von euch mir mal erklären würde, was damals eigentlich passiert ist?»

Ich war aufgesprungen und fuchtelte idiotisch mit den Armen. Doch es war mir ernst.

«Ich bin es so satt. Seit Tagen nichts als Schweigen, Andeutungen, schwermütige Blicke … und immer wieder: Das verstehst du nicht, Kind.»

Ich holte Luft, versuchte mich zu beruhigen und sah nun

auch hinaus, wo jetzt eine fahle Mondsichel schief über der Elbe hing. Dann wirbelte ich herum: «Was ist es denn eigentlich, was ich nicht verstehe, Hans? Dass ihr Schlimmes erlebt habt? Dass der verdammte Krieg euch eure Jugend genommen hat? Oder verstehe ich vielleicht einfach nicht, warum ihr es bis heute nicht auf die Reihe kriegt, darüber zu sprechen?»

Hans war blass geworden, so fahl wie der Mond und ebenso stumm. Seine Augen geisterten durch den Raum, hüpften ruhelos umher von Stuhl zu Stuhl zu mir zu Tante Fanny. Irgendwann aber holte er tief Luft und nickte leicht, als wolle er sich selbst etwas bestätigen. Zugleich sah ich, wie er die Tischkante mit den Händen so fest umklammert hielt, dass die Knöchel hervorstanden, weiß wie kleine Eisberge.

Er sprach leise. So leise, dass ich es fast nicht gehört hätte, weil draußen gerade ein Kohleschipper sein Schiffshorn betätigte.

«Wir waren auf einem Nachtflug über ... Ich glaube, es ist heute die Ukraine. Da machte der Motor plötzlich komische Geräusche. Mir kam das gleich seltsam vor, weil die Maschine frisch gewartet war. Und später ... später habe ich mich oft gefragt, ob Gregor ... nein, eigentlich bin ich mir sicher, dass er irgendetwas manipuliert hat an der Maschine. Jedenfalls mussten wir notlanden – mitten in dem Gebiet, das die Russen wenige Wochen vorher zurückerobert hatten.»

«Wann war das, Hans?», fragte ich ebenso leise.

«Vierundvierzig», sagte er, «vierundvierzig ... da hat schon keiner mehr an irgendetwas geglaubt.» Er zuckte mit den Schultern. «Ich ja sowieso nicht.»

Ich nickte. «Die Swing-Jugend und so.»

Er blinzelte überrascht. Dann nickte er ebenfalls. «Genau. Der Swing und so.»

Seine Stimme klang jetzt weniger roboterhaft. So fasste ich Mut weiterzufragen. «Und was passierte dann, Hans? Nachdem ihr die Notlandung gemacht hattet?»

Sein Gesicht erstarrte. Und er begann wieder zu nicken. Dieses Mal heftiger, sodass sein ganzer Körper sachte vor- und zurückwippte.

«Ich hatte die Maschine beim Runterkommen schräg aufgesetzt.» Seine Stimme war nur noch ein Wispern. «Es gab eine Explosion. Unser Funker hat es nicht geschafft. Er war einfach nicht schnell genug. Der dicke Huber.»

Er sah mich nicht an, sein Blick bohrte sich in den Kaffeebecher, den er mit beiden Händen umklammert hielt.

«Peng hat's gemacht, gar nicht mal laut, eher ein Zischen, und dann ... dann ging die Maschine in Flammen auf.» Jetzt verkrampfte sich sein Gesicht, als müsse er alle Muskeln anspannen, um seinen Mund zum Sprechen zu bringen. «Nichts blieb übrig. Nichts. Der dicke Huber – nur noch ein paar läppische Fetzen und eine Handvoll Asche. Wer hätte das gedacht?»

Sein linker Mundwinkel zuckte nach oben. Einmal. Zweimal. Dreimal. Er sah aus wie ein untalentierter Clown.

«Wie er damit leben kann? Das hab ich ihn gefragt. Und weißt du, was er gesagt hat?»

Ich schwieg.

«Dass es eben die Zeiten waren, hat er gesagt. So waren die Zeiten. Das war seine Antwort. Aber die Zeiten haben nicht den Motor an der Maschine manipuliert, nein, das war mein Freund Gregor, der beste Flieger unter der Sonne – und der infamste Lügner.» Hans' Stimme stockte, er zitterte – und ließ plötzlich ein leises zischendes Lachen hören.

«Zitronentörtchen», murmelte er, «Zitronentörtchen … die mochte der dicke Huber lieber als alles andere auf der Welt. Seine Mutter hat ihm einmal eines geschickt. Aber es war schon ganz vertrocknet, weil die Feldpost natürlich Wochen brauchte. Er hat es trotzdem gegessen. Und dann … dann hat es puff gemacht, und der dicke Huber war nur noch Asche. Nie wieder Zitronentörtchen.»

Er sah mich an. Seine Pupillen waren so klein, dass die Iris darum riesig, fast durchscheinend wirkte. Eine Frage lag in diesem Blick. Doch ich wusste keine Antwort, nahm nur einfach seine Hand und hielt sie fest.

Seine Augen schweiften ab, glitten zum Fenster und zur Elbe, über der die Nacht heraufgezogen war. Zwei Schiffe waren noch unterwegs. Nur schemenhaft beleuchtet, glitten sie wie riesige Schatten über die Elbe.

«Totenschiffe», sagte Hans, «das größte von ihnen wird aus den Finger- und Zehennägeln der Toten gezimmert. Wusstest du das?»

Ich schüttelte langsam den Kopf, aber er sprach schon weiter, monoton wie ein Automat.

«Naglfar heißt das Schiff in der Edda – und mit seiner Hilfe soll Ragnarök eingeleitet werden: das Ende der Welt.» Er senkte den Kopf.

Ich hob meine freie Hand und strich ihm vorsichtig über die Haare. Seine schneeweißen Altmänner-Haare, die weich und fedrig waren wie Entendaunen.

«Deswegen soll man den Toten die Nägel schneiden, weißt du», fügte er schließlich noch hinzu.

Erneut drückte ich hilflos seine Hand und begann zu zweifeln, ob dieses Gespräch wirklich nötig war. Und ob es das wirklich wert war. Zumal Tante Fanny aus ihrem Fotorahmen noch immer sehr böse auf mich herabzublicken schien.

«Das Vogelnest auf ihrem Kopf muss in natura wirklich beeindruckend gewesen sein», sagte ich und nickte zu dem Bild an der Wand hinüber.

«Das kann man wohl sagen, nahezu furchterregend», antwortete eine männliche Stimme, die nicht Hans gehörte.

Ich schreckte hoch, brauchte mich aber gar nicht erst umzudrehen, um zu wissen, wer es war. Und auch Hans schaute nicht auf, sondern einfach weiter aus dem Fenster.

«Wie kommst du hier rein?», fragte er nur.

«Ihr wart schon immer ein seltsamer Haufen – du und deine Geschwister. Aber dass ihr es nicht schafft, nach über sechzig Jahren mal ein neues Versteck für den Hausschlüssel zu finden, lässt mich doch allmählich –»

«Raus.»

Gregor kam näher und hob beschwichtigend beide Hände. «Ich habe leider keine weiße Fahne bei mir, aber ich –»

«Ich sagte: Raus!», brüllte Hans und sprang auf.

Zumindest hatte er jetzt wieder eine kräftigere Gesichtsfarbe. Dafür war Gregor so weiß wie Tante Fannys Rüschenbluse. Ich schob ihm vorsichtshalber einen Stuhl hin.

«Lass das», blaffte Hans, ließ aber zu, dass ich ihn ebenfalls sachte auf seinen Stuhl zurückbugsierte.

Nun hockten sie sich stumm am Esstisch gegenüber wie zwei Kampfhunde in Schweigehaft.

Ein Wunder, dass sie nicht die Zähne fletschen, dachte ich noch, als ich Gregors Stimme vernahm.

«Du wirst mir jetzt zuhören», sagte er streng. «Ich bin zweitausend Kilometer weit gereist, um dir das hier zu sagen. Und kei-»

«Nein», unterbrach ihn Hans und fuhr erneut von seinem Stuhl hoch. Er ging zum Fenster und blickte in die Dunkelheit. Ein baumlanger alter Mann, dessen Rücken noch immer so gerade war wie eine Wand. Und genauso unnachgiebig.

Dann sagte er sehr deutlich, aber ohne sich umzudrehen: «Mein Freund Gregor Malek ist am 21. Juni 1944 im Gulag umgekommen. Wer du bist, weiß ich nicht. Und ich will es auch nicht wissen.»

Gregor presste die Lippen zusammen und schüttelte den Kopf, als verstehe er nicht.

«Du willst es mir also schwer machen. Gut. Das habe ich verdient. Aber was willst du? Soll ich betteln, Hans? Auf die Knie fallen?»

Hans antwortete nicht. Nur der Wind heulte ums Fenster, griff sich einen der alten Holz-Fensterläden und klapperte damit in die Stille hinein, die sich nun sekundenlang dehnte und immer schwerer wurde, wie ein Zentnergewicht, das an uns allen zerrte.

Bis Gregor schließlich sehr leise, fast flüsternd sagte: «Ich konnte es nicht mehr ertragen, Hans. Man musste doch etwas tun. Fandest du denn nicht, dass man etwas tun musste?»

Hans reagierte nicht. Sein Rücken in dem schwarzen Rollkragenpullover blieb eine abweisende Mauer. Dann aber bemerkte ich, wie er sich ein wenig zur Seite drehte und sachte, fast unmerklich nickte.

Gregor schien es auch zu sehen, und offenbar war dies das Letzte gewesen, was es brauchte, um einen jahrzehntealten Staudamm brechen zu lassen. Er begann zu erzählen. Oder zumindest versuchte er es. Doch seine Stimme hopste, kiekste und brach an manchen Stellen einfach ab, als könne sie die Worte nicht mehr tragen. Das wirklich Erstaunliche aber war: Hans hörte zu. Mehr als das. Er drehte sich um und fixierte Gregor mit unergründlicher Miene, als würde er jede der Silben prüfen, die nun das Zimmer füllten wie ein Lavastrom aus Lauten.

Von seiner Kindheit erzählte Gregor. Einer Kindheit in einer Stadt der Bukowina – dem alten Buchenland am Fuße der Karpaten. Und je länger ich seinen langen, verschlungenen Sätzen lauschte mit ihren altmodischen Adjektiven und melancholischen Genitiven, desto klarer sah ich sie vor mir: Bilder, die in meiner Vorstellung wie alte Fotografien wirkten. Verblichen und sepiabraun ließen sie lebendig werden, was die Zeit schon lange zu den Geschichtsbüchern gelegt hat: ein kleiner Junge, der Ball spielt in den Gassen einer uralten Stadt. Gassen, in denen es links nach Marillenkringeln und rechts nach Gefilte Fisch duftet und deren Häuser sich einander zubiegen wie alte Bekannte. Sehr alte Häuser sind es, die dem kleinen Jungen im Vorbeigehen ihre Geheimnisse zuflüstern. Auf Russisch, Armenisch, Deutsch oder Jiddisch – oder in einer der vielen anderen Sprachen dieser Kultur-Kosmopolis des Ostens.

«Czernowitz?», hörte ich und brauchte einen Moment, bis ich begriff, dass es Hans war, der sprach. «Du kommst in Wirklichkeit aus Czernowitz?»

Gregor nickte. «Aber es existiert nicht mehr, weißt du. Ich war da, doch das alte Czernowitz ist verschwunden.»

Hans nickte jetzt ebenfalls. Langsam und bedächtig.

Mich hatten die beiden völlig vergessen. Ich hätte auch ein lebensgroßes Stofftier sein können, das zufällig mit am Tisch saß, als Hans jetzt sein Kreuzverhör begann.

«Dass du aus Wien kamst, war also gelogen. Aber du hattest damals –»

«Einen österreichischen Akzent», ergänzte Gregor und zuckte die Schultern. «Meine Eltern sprachen Hochdeutsch, Schwäbisch, Russisch und Ukrainisch, doch mein bester Freund war der Sohn des Oberrabbiners, den man aus Wien in die Provinz versetzt hatte.»

Hans' Augenbrauen schnellten zusammen und kräuselten seine Stirn in ein Faltenmeer. «Und was um alles in der Welt wolltest du dann hier? Was um alles in der Welt hattest du 1940 in Hitler-Deutschland zu suchen?», bellte er quer durch den Raum

Gregor antwortete nicht. Er starrte auf den Boden. In seiner Wange zuckte ein Muskel, als wolle er lächeln oder weinen, könne sich aber nicht entscheiden.

Hans kam zum Tisch zurück, setzte sich und wartete.

Als Gregor zu sprechen begann, war das Gespenstische nicht das wirre Knäuel von Satzfetzen, das aus seinem Mund herausstolperte, als diente es einer Art Hexen-Grammatik. Wirklich seltsam, so sehr, dass ich eine Gänsehaut bekam, war, dass Professor Maxim Grigorov alias Gregor Malek nun in einen breiten Dialekt verfiel, der wie ein Mix aus Schwäbisch, Österreichisch und Jiddisch klang. Es musste die Sprache seiner Kindheit sein.

Von einem Traum erzählte er – dem Traum von Deutschland. Von einem Studium im Land von Goethe und Brentano, Hölderlin und Heine. Einem Land, das in seiner Phantasie ein Hort der großen Geister und edlen Gesinnungen gewesen war – und nicht voll marschierender Nazis, die lachend Bücher auf einen Scheiterhaufen warfen.

«Gut», polterte Hans, «und warum bist du dann nicht zurückgegangen, nachdem du gemerkt hast, dass hier statt schöner Geister nur ein Haufen tumber Raufbolde am Ruder war?»

Draußen fegte eine weitere Windböe vorbei und zerrte so erfolgreich an den alten Fensterläden, dass sie in den Angeln quietschten. Auch das Licht flackerte kurz.

Geisterstunde, dachte ich und dass das irgendwie passend war.

«Es war schön …», murmelte Gregor, dann setzte er sich auf und reckte das Kinn vor. «Es war schön dazuzugehören. Zu einem Volk. Einer Kultur, die ich liebte.»

«Pff…», machte Hans und verzog den Mund, «einen dümmeren Zeitpunkt hättest du dir dafür nicht aussuchen können.»

Es blieb einen langen Moment still im Zimmer.

Dann lächelte Gregor seltsam und beugte sich leicht zu mir herüber. «Sehen Sie, liebes Fräulein, so geht es, wenn man nicht aufpasst: Man wird zum Irrtum der Weltgeschichte. Ist einfach zur falschen Zeit am falschen Ort.» Er hob einen Arm und deklamierte mit ironischem Pathos in der Stimme: «So kam ich denn als sehnsuchtskranker Nachwuchs-Heine, das Heimweh nach Deutschland im Herzen, und ging als –»

«Genug, Gregor», fuhr Hans dazwischen. «Ich bin müde. Du weißt nicht, wie müde ich bin. Wenn du unbedingt reden willst, dann beantworte mir doch jetzt einfach eine Frage, und wir können diese Farce hier beenden.»

Gregor aber lächelte immer noch und sprach weiter in meine Richtung: «Sehen Sie, Fräulein Dido, so war er schon immer: ein Mann, der wenig Worte macht. Deswegen flogen die Damen so auf ihn. Der große Schweigsame mit dem goldenen Herzen, der Kafka unter den Liebhabern. Ich dagegen war immer nur die Ringelnatz-Version: leicht und süß – aber im Nu verpufft.»

Ich nickte unbestimmt und wünschte mir, Kiki wäre da. Kiki, die Unerschütterliche, und Kiki, die Beredte. Sie hätte sicherlich gewusst, wie umgehen mit zwei alten Querköpfen, die entschlossen schienen, sich selbige einzuschlagen.

«Vielleicht sollten wir alle erstmal ... schlafen gehen?», versuchte ich es, doch sie hörten mir gar nicht zu.

Gregor hatte beide Arme mit den Ellbogen auf den Tisch gestützt, verbarg sein Gesicht einen Moment in den Händen und holte hörbar tief Luft. «Ich konnte nicht zurück, Hans. Es war zu spät.»

«Zu spät für was?»

«Zu spät, um zurückzukehren. Der Fälscher, der meine Papiere gemacht hatte, hatte ganze Arbeit geleistet – einen Ausweis, eine Geburtsurkunde, ein Abiturzeugnis ... so hatte ich mich problemlos hier an der Universität einschreiben können. Was ich nicht bedacht hatte, war, dass die Einberufung so schnell kommen könnte. Als Gregor Malek konnte ich Deutschland nun nicht mehr verlassen. Als Grigori Häberle schon gar nicht ...» Er stockte, seine Stimme war rau geworden, er rang sichtlich mit den Worten.

«Grigori was?», schnarrte Hans.

Der Professor blinzelte nervös, biss sich auf die blasse Unterlippe.

«Dein richtiger Name ist Grigori Häberle?»

Zwei rote Flecken erschienen auf Gregors Wangen. «Mein Vater kam aus Ulm, meine Mutter war Russin, aber laut Pass war ich Rumäne. Czernowitz war ja nach dem Ersten Weltkrieg an Rumänien gefallen.»

Hans starrte ihn nur an, sein Gesicht war ausdruckslos.

Irgendwann sagte er achselzuckend: «Weißt du eigentlich selbst noch, wer du bist?»

Die Flecken auf Gregors Wangen wurden größer. «Ich jedenfalls bin nicht der Mann, der die Frau, die er liebt, wie eine Aussätzige behandelt hat.»

Hans zischte. Anders kann ich es nicht beschreiben. Es klang wie ein Tier, das einen Warnruf ausstößt.

«Sie war verzweifelt, Hans. Sonst hätte ich nie eine Chance gehabt.»

Hans sprang auf und warf dabei seinen Stuhl um. Er fuchtelte wütend mit den Armen, würdigte weder Gregor noch mich eines Blickes und ging zurück zum Fenster. Dort stand er eine Weile, die Augen auf die nachtblaue Elbe gerichtet, dann begann er, mit dem Finger etwas an die beschlagene Scheibe zu malen.

«Es ist so lange her», fuhr Gregor schließlich stockend fort, «fragst du dich nicht manchmal auch, ob das alles real war – ob wir das alles wirklich erlebt haben? All diesen Irrsinn, die Angst, diese ständige Angst?»

Es war so still im Zimmer, dass man eine Nadel hätte fallen hören können.

Hans drehte sich um und sah Gregor direkt an. «Was ich mich frage, Gregor, ist hauptsächlich eines. Immer wieder nur das eine, all die Jahre: Was genau ist eigentlich am 21. April 1944 passiert?»

Gregor zuckte zusammen, als sei er geschlagen worden. Doch er hob den Blick und sah Hans an. «Ich hatte keine Wahl, Hans. Ich hatte einfach keine andere Wahl. Alles andere hätte euch noch mehr gefährdet.»

Hans begann, im Zimmer auf und ab zu laufen. Er schüttelte den Kopf, als verstehe er nicht – oder wolle nicht verstehen.

«Man hat immer eine Wahl.»

Er war jetzt stehen geblieben, vermied es aber, Gregor anzusehen. Ich hatte sein Gesicht noch nie so versteinert gesehen. Als Gregor nichts darauf antwortete, sondern den Kopf nur wieder senkte, schnaubte Hans vernehmlich und blickte zu mir hinüber, als wolle er sagen: Siehst du, da sitzt er nun, der Mann der vielen Worte – und hat jetzt nicht mal eines mehr übrig.

Die Stille breitete sich aus, wurde seltsam, kroch jedem von uns in die Poren – es war keine friedliche Stille, sondern eine, die gespenstisch wispernd voller Vorwürfe und Bitterkeit steckte.

Ich räusperte mich, wollte aufstehen, irgendetwas tun, um die Anspannung zu mildern. Doch Gregor kam mir zuvor.

Mit heiserer Stimme, den Kopf noch immer gesenkt, sagte er sehr langsam: «Manchmal ist es eben so, dass das Richtige sich auf fürchterliche Weise in das Falsche verwandeln kann.»

Hans schwieg.

«Verstehst du das, Hans Petersen?», fragte Gregor und hob endlich den Blick. «Es schien das Richtige zu sein, verstehst du das denn nicht? Ich musste einfach etwas tun. Damals, als sie Ruth und Jakob weggeholt hatten. Ich musste etwas tun – und als mich kurz darauf der russische Geheimdienst ansprach, habe ich nicht lang gezögert.»

Hans schwieg noch immer, aber ließ Gregor nicht aus den Augen und trommelte mit den Fingern auf dem alten Schrank in der Ecke.

Gregor holte noch einmal tief Luft, sah kurz zu mir und lächelte fürchterlich schief. Dann sagte er sehr ruhig: «Mein Leben lang, Hans, mein Leben lang habe ich damit leben müssen, Ernsts Tod verursacht zu haben. Meinst du denn, das ist einfach? Meinst du denn, dass ich mich nicht all die Jahre gefragt habe, immer und immer wieder, ob ich falsch entschieden habe? Ob ich nicht anders hätte handeln sollen? Wo mein Fehler war?»

Hans war an den Tisch getreten und stützte sich Gregor gegenüber leicht vorgebeugt mit beiden Händen auf. Er sah zum Fürchten aus: blassgrau im Gesicht, die Augen rot gerändert, eine Ader pochte an seiner Schläfe.

«Wo dein Fehler war?», knurrte er. «Das kann ich dir sagen, nichts leichter als das.» Er lachte ironisch. «Eine gute Idee wäre zum Beispiel gewesen, es einmal mit der Wahrheit zu probieren. Wenigstens ein Mal, wenigstens –» Seine

Stimme wackelte. «Wenigstens im Lager. Wie konntest du mich später glauben lassen, dass du tot seist? Wie konntest du mich glauben lassen, dass ich eine Mitschuld hatte an der Bruchlandung und an Ernsts Tod? Wie …? Ach …» Er winkte ab, richtete sich auf und ging zum Fenster zurück.

In einer Geste völliger Hilflosigkeit haute Gregor mit der Faust auf den Tisch, dass die Löffel in den leeren Kaffeetassen klirrten.

«Verdammt noch mal, du Sturkopf, bist du wirklich so begriffsstutzig? Weil es euch gefährdet hätte! Hätten die Russen auch nur den leisesten Verdacht gehabt, dass ihr etwas gewusst hättet …» Er verstummte, schüttelte nur den Kopf.

Hans aber kauerte wie ein biestiger alter Uhu in der Ecke neben dem Fenster und sagte nichts.

Gregor stand jetzt ebenfalls auf, schwankte und hielt sich gerade noch am Stuhl fest.

Ich reichte ihm schnell meine Hand.

«Haben Sie Dank, Fräulein Dido, und verzeihen Sie, dass Sie all das hier –»

«Lass sie in Ruhe», schnaubte Hans.

Gregor ignorierte ihn, stakste langsam zur Küchentheke, schenkte sich ein Glas Wasser ein und trank es aus. In ruhigen, langsamen Zügen. Dann ging er zu Hans. In die Ecke. Und baute sich vor ihm auf.

«Bist du wirklich so sicher in all dem, was du da erzählst, Hans Petersen? Hältst du dich wirklich für so verdammt unfehlbar? Beneidenswert, mein Lieber. Auf dieser Welle muss es dich prima durchs Leben gespült haben. Dumm nur, dass Elli –»

«Lass Elli aus dem Spiel.»

Gregor lachte, es klang nicht lustig. «Wieso? Ging es nicht immer auch um sie? Aber du hast doch gewonnen, Hans. Du hattest immer schon gewonnen …»

«Lass sie aus dem Spiel!» Hans' Stimme war kalt und schneidend wie ein Florett.

Ich hatte ihn noch nie so erlebt.

Später habe ich mich oft gefragt, was passiert wäre, hätte es nicht in diesem Moment an der Tür geklingelt. Hans sah aus, als wolle er Gregor gleich an die Gurgel gehen, während dieser nur geradeaus starrte und sichtlich um Fassung rang. So aber öffnete ich die Haustür und ließ eine Kiki herein, die für ihre Verhältnisse wirklich mitgenommen aussah. Ihre Haare standen wirr vom Kopf ab, sie trug meine alten Gummistiefel und hatte nicht mal ihre Gucci-Tasche dabei.

Als sie hereinkam, winkte sie nur fahrig in die Runde.

«Ich störe wirklich ungern, meine Herren, aber ich brauche dringend Hilfe. Der Kater ist außer sich.»

«Lord Nelson?», fragten Hans und ich aus einem Munde.

«Ja, wer sonst. Seine Lordschaft randaliert. Nachdem ich den Professor», sie winkte Gregor kurz zu, «hier abgeliefert hatte, bin ich wieder nach Hause gefahren, und da hatte Katerchen die Wohnung schon halb zerlegt. Und beruhigen lassen wollte er sich auch nicht», schloss sie in bemüht würdevollem Tonfall, der mehr als ahnen ließ: Das Tier hatte sie in ihrer Therapeuten-Ehre gekränkt.

«Wenn dir, meine Liebe», sie tippte mir an die Schulter, «also die Bewohnbarkeit unserer Behausung am Herzen liegt, würde ich vorschlagen, dass du diese beiden hier», sie deutete vage Richtung Fenster, «jetzt mal alleine zurechtkommen lässt und mit mir nach Hause kommst.»

Ich zögerte, sah Hans an, dann Gregor, und dann dauerte es nur noch einen sehr kleinen Moment, bis mir klarwurde, weshalb Kiki wirklich hier war: Sie hatte vermutet, dass ich Hans nach Hause begleitet hatte und auch, dass irgendwann der richtige Zeitpunkt kommen würde, die beiden allein zu lassen. Allein mit sich, der Vergangenheit – und einem halben Jahrhundert voll unausgesprochener Worte.

Kiki zupfte an meinem Pulli und deutete Richtung Tür.

«Ja, i... ich geh dann mal», stammelte ich.

Hans nickte mir zu, während Gregor mich etwas verloren anblickte. Doch Kiki griff sich meine Hand und zog mich Richtung Haustür.

«Die junge Dame kommt jetzt mit mir, meine Herren.»

Ich folgte ihr nur widerstrebend, auch wenn ich nicht wusste, wen ich hier eigentlich vor wem beschützen wollte.

«Lass sie», flüsterte Kiki, als ich mich im Flur noch einmal umdrehte, «vielleicht schlagen sie sich am Ende die Köpfe ein, kann schon sein, aber besser das, als noch mal sechzig Jahre Schweigen.»

Dann knöpfte sie ihren Mantel zu und hakte mich unter.

«So, Putzelchen, und nun kümmern wir uns mal um dich. Du siehst aus wie ein alkoholisierter Waldschrat, wenn ich das mal so sagen darf, und das meine ich nicht im übertragenen Sinne. Hast du überhaupt schon was gegessen heute? Hast du irgendwo so etwas wie eine Jacke? Und wo ist eigentlich der gräsige Rucksack, der normalerweise an deinem Rückgrat angeschweißt ist?»

Als ich alles beisammenhatte, schob sie mich durch die Haustür.

Draußen war es sehr kalt. Außerdem rann fisseliger Dauerregen auf uns nieder, und es roch aufdringlich nach nassem Hund. Ich sah mich um und musste nicht weit suchen: Fritz, der betagte Golden Retriever von Hans' Nachbarin, saß vor dem Haus und hechelte uns erwartungsvoll an.

«Denk nicht mal dran, Junge», sagte ich.

«Was will er?», fragte Kiki und gab sich nur wenig Mühe, nicht angewidert zu klingen. Denn Fritz liefen jetzt breite Sabberfäden aus der Schnauze, von denen einer, als er sich kurz schüttelte, an Kikis kaschmirbestrumpftes Bein klatschte.

«Mit», seufzte ich resignierend.

Denn sein Frauchen, Oma Jansen, war so alt, das sie Hans als Jungchen titulierte und jedes Recht dazu hatte. An ihrem sechsundneunzigsten Geburtstag hatte ich aufgehört zu zählen, aber die Hundert mussten schon bald in Sicht sein. Und da vergaß sie manchmal eben einfach, Fritz abends wieder reinzulassen, nachdem er seine Runde gedreht hatte. Auch jegliches Klingeln und Klopfen am Nachbarhaus war meist vergeblich, weil Oma Jansen dann Fernsehen sah – in Heavy-Metal-Lautstärke.

«Wir können ihn hier nicht in der Kälte lassen», fügte ich hinzu. «Und zu Hans kann er jetzt auch nicht.»

Kiki streckte ihr Bein nach vorn. «Der Hund kann mit, sein Sabber nicht.»

Vorsichtig schabte ich mit einem Stöckchen die Hundespucke von ihrer Strumpfhose. Dann schrieben wir einen Zettel für Oma Jansen, verfrachteten Fritz in Kikis alten

Mini und fuhren nach Hause, wo uns ein missmutiger Kater, ein Topf angebrannter Kartoffelsuppe und ein hektisch blinkender Anrufbeantworter empfingen.

25

Die Suppe war am einfachsten zu retten: Ich schöpfte die oberen zwei Drittel von Kikis neuestem Kochversuch ab, fügte ein paar Gewürze hinzu und etwas Meerrettich-Frischkäse. Kiki stand derweil daneben und beäugte mein Tun.

«Was machst du da? Wieso brauchst du kein Kochbuch?»

Ich kratzte mich am Kopf, wie immer, wenn ich verlegen war, und gab ihr etwas zu probieren.

«Das ist ungerecht», maulte sie und streckte mir anklagend den Löffel entgegen. «Da. Probier selbst. Schmeckt großartig.»

Ich grinste und füllte zwei Teller für uns. Während wir aßen, machte sich das nächste Problem bemerkbar. Es saß unter Kikis Leder-Sofa im Wohnzimmer und fauchte.

«Ich glaube, Lord Nelson mag ihn nicht», sagte Kiki und blickte zu Fritz hinüber, der still und aufrecht wie ein gelber Riesenteddy neben dem Polstermöbel hockte.

«Er ist ein Kater. Natürlich mag er ihn nicht.»

Kiki seufzte. «Du weißt schon, dass das eine Original Chesterfield–Couch ist, oder?»

«Chesterfield? Wie die Zigaretten?»

«Nein, wie der vierte Earl of Chesterfield. Und der hatte keine Katzen, schon gar nicht unter dem Sofa.»

Ich nickte pflichtschuldigst und schob eine CD mit den Brandenburgischen Konzerten in den Player. Nichts beruhigte Lord Nelson zuverlässiger als Bach.

Kiki hatte sich derweil des Anrufbeantworters erbarmt, dessen erratisches Geblinke durchaus berechtigt war: Er hatte ganze dreizehn Anrufe entgegennehmen müssen.

Elf davon waren für Kiki. Sie kamen von einem Assistenzarzt, der in der psychiatrischen Notaufnahme Dienst und dabei offenbar keinen allzu guten Abend gehabt hatte: Napoleon, Austerlitz und Bajonett lauteten die Eckdaten seiner hektischen Nachrichten.

«Napoleon?», fragte ich Kiki.

«Aber sicher, den haben wir öfter. Neulich hatten wir auch Jesus, er wollte im See des Krankenhausparks übers Wasser gehen.» Sie zuckte die Schultern. «Langzeitmissbrauch von Lifestyle-Pillen.»

«Von wem sind die anderen Anrufe?»

Kiki machte ein betretenes Gesicht. Das konnte nur eines bedeuten.

«Meine Mutter?»

Sie wippte kurz mit dem Kinn, begann, nicht vorhandene Staubflusen vom Sofa des englischen Grafen zu wischen und murmelte: «Auch.»

«Was? Doch nicht etwa auch mein V-A-T-E-R?»

Erneutes Kinnwippen. «Traulich vereint auf unserem Anrufbeantworter.»

«Wie hübsch.»

Ich grinste verkniffen und setzte mich auf das lederne Erbe des Earls, während Fritz begeistert meine herunterhängende Hand ableckte.

Kiki schaute misstrauisch. «Ich denke, dieses Tier sollte jetzt das Wohnzimmer verlassen.»

Ich tätschelte Fritz den Kopf. «Nimm's nicht so schwer, Tante Kiki hat eigentlich nichts gegen dich, sie mag nur deinen Sabber nicht.»

Er richtete seinen Hundeblick auf Kiki, die – Hände in die Hüften gestemmt – dastand wie die Rachegöttin der englischen Polstermöbel-Liga, während sie ihn und seinen dicken gelben Retrieverpelz betrachtete.

«Wenn wir gleich ins Bett gehen, wird er sich hier breitmachen, wetten? Dieser Hund wird drei Millionen Haare auf meinem Sofa hinterlassen sowie seinen Duft nach altem Putzfeudel.»

Fritz wedelte jetzt vorsorglich mit dem Schwanz und machte sein Mettwurst-Gesicht. Das nenne ich so, weil es nicht nur Stein erweichen kann, sondern auch das Herz eines jeden menschlichen Wurstbrotessers. Ich weiß nicht genau, wie er es macht. Aber er hält dabei den Kopf schief und legt so viel Hunde-Sehnsucht in seinen Blick, dass jedes Niedlichkeits-Barometer Schluckauf kriegt.

Auch Kiki ward erweicht, ich hatte es nicht anders erwartet. Sie breitete ihm eine Decke neben dem Sofa aus und sagte: «Da, Hund.»

Fritz verstand sofort und ließ sich auf die Decke plumpsen. Und da auch der Kater zufrieden wirkte, der jetzt andächtig den Brandenburgischen Konzerten lauschte, schien es an der Zeit, sich den wesentlicheren Problempunkten des Abends zuzuwenden.

«Da, Kiki», sagte ich und zeigte auf den kleinen Beistelltisch am Sofa, neben dem Maxim Grigorovs riesiger

Lederkoffer stand. Denn dort hatte ich etwas entdeckt, das ich mir beim besten Willen nicht erklären konnte und das nach einer Fragestunde mit der hauseigenen Psychologin verlangte: ein nicht nur alt, sondern nahezu historisch aussehendes Stofftier. Es war ein kleiner Löwe mit abgeschabtem Fell und freundlichem Lächeln sowie einer mit Wolle bestickten Nase samt zotteliger Plüschmähne.

Kiki hob ihre bei Kindern und Katern gefürchtete linke Augenbraue, aber das war mir egal. Ich ging hinüber und nahm das Stofftier vom Tischchen hoch.

«Wie ist der denn hierhergekommen? Auf einem fliegenden Teppich wie sein Kollege aus der Augsburger Puppenkiste? Und …», ich schnupperte an dem Tier, «warum riecht er nach Patschuli?»

Sie seufzte und blickte sehnsüchtig Richtung Schlafzimmer.

«Dido, ich bin wirklich SEHR müde. Ich habe heute viele Stunden über viele Probleme gesprochen und noch mehr Stunden Berichte dazu geschrieben. Zudem habe ich Kartoffeln massakriert, alte Herren quer durch Hamburg kutschiert und mich wiederholt von einem Hund besabbern lassen. Ich finde, das reicht für einen Tag. Und morgen früh wartet der kleine ADHS-Junge mit dem Uhren-Tick auf mich und möchte sicher –»

«Zehn Minuten.»

Sie schaute nun ernsthaft besorgt.

«Didolein, meinst du nicht, du solltest besser ins Bett gehen? Du bist nicht nur müde, du bist schon jenseits davon. Und so viel hat der Professor nun auch wieder nicht …» Sie brach ab.

«… erzählt?», half ich aus.

Sie seufzte ergeben. Denn auch ihr war klar, dass ich ihr vielleicht so manches, aber eines gewiss nicht abkaufen würde: dass sie mehrere Stunden mit dem Professor in unserer Küche gesessen hatte, ohne zumindest einen kleinen Teil seiner Lebensgeschichte aus ihm herauszulocken.

Also stand sie auf, holte die Flasche Pouilly-Fumé aus dem Kühlschrank, die dort seit Monaten lagerte, machte sie auf und schenkte uns ein.

Nach dem ersten Schluck schloss sie die Augen und seufzte: «Aaah … göttlich.»

Ich wartete. Sie trank.

«Es war wirklich nicht einfach», sagte sie schließlich. «Was der so an Verdrängung und Abwehr mit sich rumträgt … da könnte man locker einen Bunker draus bauen. Und schlau ist er», sie lächelte versonnen, «ein alter Fuchs.»

«Aber …?» Ich trank ebenfalls vom göttlichen Wein. Einen großen Schluck, damit meine verkrampften Nackenmuskeln hoffentlich ins Koma fallen würden.

Kiki seufzte. «Ich denke, was die Fakten angeht, weißt du mittlerweile mehr als ich.» – Ich hatte ihr im Auto vom Streit zwischen Hans und Gregor berichtet. – «Aber was Grigorov antreibt, warum er hier ist, keine Ahnung. Ich weiß nur, dass da etwas ist – etwas, das schlimm gewesen sein muss. So schlimm, dass es den Rest seines Lebens bestimmt hat. Es könnte mit ihm hier zusammenhängen …» Sie deutete auf den kleinen Stofflöwen. «Als ich heute Nachmittag vom Einkaufen zurückkam, hielt der Professor ihn in den Händen. Er sah nicht glücklich aus.»

«Aber was in Gottes Namen will Grigorov mit einem

Stofftier?», überlegte ich laut und ließ den kleinen Löwen eine fragende Kopfbewegung machen.

Kiki zuckte die Schultern. «Er hat nicht viel dazu gesagt – nur, dass er ihn erst letzte Woche zurückbekommen habe.»

«Zurück?» Nachdem mein müdes Hirn eins und eins zusammengezählt hatte, stammelte ich: «D-das ... war also in dem Päckchen.»

«Was für ein Päckchen?», fragte Kiki, aber ich hörte sie nicht. Meine Gedanken rotierten bereits, während meine Finger durch die Mähne des kleinen Löwen strichen – den zarten Plüsch, wie gemacht für Babyfinger. Ich war mir sicher: Er und nichts anderes hatte in dem Päckchen gesteckt, das ich in St. Petersburg überbracht hatte. Aber warum hatte ich Grigorov in Elisabeth Matthissens Namen ein Baby-Schmusetier aushändigen sollen?

Meine Gedanken rasten mittlerweile, versuchten, Indizien, Zeiten und Orte zu einem stimmigen Puzzle zu legen. *Damals in Berlin ist es passiert, nicht vorher. Es war nur ein Mal*, hatte Elisabeth Matthissen gesagt. Doch es ergab wenig Sinn. Wenn es wirklich ein Kind gegeben hatte – was war aus ihm geworden?

«Dido? Hallo! Kiki an Außerirdische», brachte sich Frau Dr. Nonnenberg in meine Gedanken ein. Zugleich nahm sie mir sanft den kleinen Löwen aus der Hand und legte ihn auf Maxim Grigorovs Koffer. Dann kippte sie den letzten Edel-Schaumwein in sich hinein und klapperte müde mit ihren langen Wimpern.

«So, ich denke, das war's für heute mit den Geschichten aus dem wahren Leben. Jetzt gehen wir schlafen und träumen von all den schönen Dingen, die viel zu nett, zu unkompliziert oder zu kalorienreich sind, um es jemals ins reale Leben zu schaffen.»

Ich nickte. Mehr ging nicht. Ich war einfach zu müde.

Es war zwei Uhr nachts, als ich schließlich im Bett lag – doch wieder wollte der Schlaf nicht kommen. Offenbar hatte der Sandmann mich von seiner Kundenliste gestrichen. Stattdessen kurvte mein Gehirn noch immer durch Grübelschleifen, als befände es sich auf dem Nürburgring. Ich dachte an Hans, an Gregor und Elisabeth, an all die schlimmen Dinge, die sie erlebt, all den Kummer, den sie ertragen hatten. Ich fragte mich, ob es richtig gewesen war, mich einzumischen, fühlte mich hilflos und dumm – als ließe das Leben seine Muskeln spielen und höhnte wie ein schlecht gelaunter Flaschengeist: «Was willst du, Menschlein? Etwa Schicksal spielen? Du? Ausgerechnet … *du*?»

Ich seufzte, knipste das Licht an und griff nach einer der *Schwamitüren.* So nenne ich die Bücher, die gehen, wenn sonst gar nichts mehr geht: Lektüre für schwarze Minuten. Meine persönlichen Schwamitüren sind die Gedichte von Hilde Domin, Harry Mulischs «Die Entdeckung der Welt» und «Der tiefere Sinn des Labenz». So heißt Sven Böttchers geniale deutsche Nachdichtung des Douglas-Adams-Klassikers «The meaning of Liff» – einem Kompendium der Wörter, die es nicht gibt, aber geben sollte.

Auch heute wob die Schwamitüre brav ihre Wunder. Ich freute mich gerade über die Erklärung eines Wortes: «Pfatter, die: eine Schlange, die sich zu fein ist, jemanden zu beißen» – als es mir einfiel. So was von einfiel, dass Krimiautoren es wahrscheinlich siedend heiß nennen würden:

die Liste. Die Wörterliste. Ich sprang aus dem Bett und zerrte mein Regencape aus dem Schrank: Da war es – mein Diebesgut.

In einem unbeobachteten Moment – Frau Schalinger hatte gerade neuen Wein gesucht – hatte ich die Wörterliste von Lukas' und meiner alten Pinnwand genommen und in meinen Rucksack geschoben. Ich hatte mich etwas schräg gefühlt dabei, wie eine Fünfjährige, die heimlich Streusel vom frisch gebackenen Kuchen pickt – doch ich hatte sie einfach haben müssen: unsere alte Liste.

Das Papier war schon ziemlich wellig und gelb, doch eindeutig die Seite aus meiner alten Studienkladde, auf der wir damit angefangen und über drei Jahre nicht aufgehört hatten. Wir hatten Wörter gesammelt. Alle, die uns gefielen. Weil sie schön klangen. Vom Aussterben bedroht oder einfach nur seltsam waren. Wörter wie Sudelbuch, wie Homunkulus, Tinnef oder Tatzelwurm – oder das wunderbare *Augenhui*, das ein Kind einmal über eines von Lukas' Fotos gesagt hatte. Mit der Zeit kamen auch Wörter aus anderen Sprachen dazu. *Luftmensh* etwa aus dem Jiddischen – für einen weltfremden Träumer. *Feuillemort* aus dem Französischen – die Farbe verblassten Laubs. Oder der beliebteste Anbaggerspruch Japans: *Rainen no kono hi mo issho ni waratteiyoh* – «Lass uns nächstes Jahr um diese Zeit zusammen lachen». Siebenundsechzig Wörter hatten wir gesammelt in drei Jahren. Und nun sah ich, dass Lukas ein achtundsechzigstes dazugeschrieben hatte: *Saudade* – das portugiesische Wort für eine Sehnsucht nach etwas, das einmal war oder gewesen sein könnte.

Lukas hatte mir das Wort einmal erklärt, als wir Urlaubspläne machten. «Saudade», hatte er gesagt, «das ist wie Weltschmerz, nur poetischer und leiser – so wie die Portugiesen eben sind. Wir fahren hin, Gruschenka, eines Tages fahren wir hin, nach Lissabon, und ich werde dir alles zeigen.»

Aber wir waren nirgendwo mehr hingefahren, denn kurz danach war unsere gemeinsame Zeit abgelaufen. Und deswegen packte auch mich jetzt eine so große *Saudade,* dass ich schnell die Liste weglegte und das Licht ausknipste. *Gruschenka.* So hatte er mich manchmal genannt. Lukas war wie ein linguistischer Schwamm, er sog alles auf, was er auf seinen Reisen zu hören bekam, und schleppte es mit nach Hause. So hieß ich wahlweise *Pilipili,* wie die Tochter seines kenianischen Foto-Kollegen, *Amari* – arabisch für «mein Mond», manchmal auch *cerdito* – spanisch für Schweinchen, oder eben *Gruschenka,* wenn er besonders gerührt war.

Das hatte er aus den Brüdern Karamasow, ein Buch, das neben Alexander von Humboldts Reisetagebüchern und dem Gesamtwerk «Lucky Luke» zu seinen persönlichen Schwamitüren gehörte. Der alte Fjodor sei zwar ein grausamer Chauvi, hatte er immer gesagt, aber der beste Psychologe, den er kenne. Sein Lieblingszitat von ihm lautete: «Wenn du einen Menschen richtig kennenlernen willst, (...) brauchst du ihn bloß beim Lachen zu beobachten. Hat er ein gutes Lachen, ist er ein guter Mensch.»

Daran dachte ich jetzt und an Lukas' Lachen. Dieses leicht eiernde, aus ihm hinauspuffende Gedröhne, das sich immer ein bisschen wie ein asthmatischer Bernhardiner anhörte und einer Situation innerhalb von Sekunden alle

Schärfe nehmen konnte. Und in diesem Moment vermisste ich ihn so sehr, dass mir ganz schwindlig wurde. Vermisste ihn wie den Schnee meiner Kindheit, wie Zuckerwatte und Knubberkirschen, das Brummen der Maikäfer, wie Herbstsonne, Omas Holundersaft und den Duft von Maroni – vermisste ihn wie alles, was zu schön ist, um für länger zu sein.

Morgen, gleich morgen, sagte ich mir, bevor ich dann doch noch einschlief, würde ich alles organisieren, um losfahren zu können. Denn auch wenn Lukas' Mutter nicht wusste, wo genau er auf den Lofoten steckte, und SMS an sein Handy nicht zugestellt wurden, so hatte ich doch noch eine Idee: Ich würde Zeli fragen. Zeli, den letzten Zigarrenmacher aus Ottensen – und Lukas' guten Freund.

26

Doch bevor ich am nächsten Morgen auch nur ein Auge aufmachen, geschweige denn etwas unternehmen konnte, klingelte es um halb neun an der Tür. Und das so energisch, dass selbst mir in meinem totenähnlichen Zustand klarwurde: Irgendetwas war hier anscheinend dringend.

Ich hörte, wie Kiki öffnete, mit jemandem sprach und dann denjenigen in die Küche führte.

Meine Zehen begannen zu kribbeln, immer ein schlechtes Zeichen, und tatsächlich ging kurz danach die Tür auf und Kiki steckte ihren Kopf herein: «Ich glaube, du solltest aufstehen. Wir haben einen Gast.»

«Kann nicht», murmelte ich, «out of order.» Ich stopfte mir das Kissen über die Ohren.

«Aaauuufstehen», röhrte es, dieses Mal etwa zehn Zentimeter neben meinem Kopf.

Ich bin immer wieder erstaunt, wie ein so zierlich geratenes Menschlein wie Kiki zu einer Stimme wie ein Tiefbau-Vorarbeiter kommt. Aber ich war nun definitiv wach.

«Wer ist es? Um diese Uhrzeit? Nein, sag nichts. Meine Mutter ... Ich weiß es, schmeiß sie raus. Sie soll jemand anderen nerven mit ihrem –»

«Di-do», schrawummelte Kiki noch einmal dicht neben meinem Ohr und zog mir das Kissen weg.

«Eh», fauchte ich.

«Du, da draußen sitzt eine gewisse Natascha Greenbaum aus Dublin. Sie sagt, sie sei die Tochter von Maxim Grigorov und wolle ihn abholen. Er habe ihr diese Adresse gegeben.»

Ich fuhr im Bett hoch und starrte Kiki an. «Das ist nicht wahr.»

Sie verzog das Gesicht und wedelte mit ihrer akkurat manikürten Elfenhand.

«Süße, es tut mir leid. Aber mir so was auszudenken, übersteigt meine Phantasie. Ich bin Wissenschaftlerin, keine –»

«Ist ja gut», brummelte ich und rollte mich seitlich aus dem Bett, wo meine Jeans lagen.

Auf der Suche nach einem passenden Oberteil schweifte mein Blick über den offen stehenden Kleiderschrank, in dessen unterstem Fach es sich Lord Nelson bequem gemacht hatte.

«Raus da, Speckmops», sagte ich, was das Tier mit keiner Reaktion würdigte. Also zog ich das karierte Herren-Flanellhemd mühsam unter seinem Bauch hervor. Ich hatte es nie wieder tragen wollen. Aber *nie wieder* schien eine sehr relative Zeitspanne geworden zu sein. Ich streifte es über und ging langsam Richtung Küche.

Dabei warf ich einen Blick ins Wohnzimmer. Das Sofa war leer – und ein weiterer Blick auf die Garderobe bestätigte meine Einschätzung: Der Professor war über Nacht nicht nach Hause gekommen, also offenbar bei Hans geblieben. Ich wertete das als gutes Zeichen.

Als ich dann die Küche betrat und das glatte runde Gesicht der jungen Frau betrachtete, die an unserem Esstisch saß, war mein erster Gedanke: Das kann unmöglich seine Tochter sein.

Natascha Greenbaum, die ich auf etwa Ende zwanzig schätzte, ging als irische Neuauflage von Nina Hagen durch: Pechschwarzes Haar umrandete ihr blasses Gesicht in einem so asymmetrischen Zottelschnitt, dass man vom Hingucken Schwindelattacken bekam. Ihre Augen betonte ein breiter 60er-Jahre-Lidstrich, unterstützt von großzügigen Lagen dunkelbraunen Lidschattens.

«Hallo», sagte ich.

Sie nickte nur hoheitsvoll und musterte mich von meinen nackten Füßen bis hinauf zum Lockengestrüpp auf meinem Kopf. Ihre violett geschminkten Lippen zuckten leicht nach oben.

«Sorry für stören.»

Ich wedelte müde mit der Hand und gähnte verstohlen. «Kein Problem.»

Sie nickte und sah sich um. «Wo Papa?»

Ich blickte zu Kiki, die die Kaffeemaschine bewachte und seltsame Grimassen zog. Dann sagte ich: «Einen Moment bitte, Frau Greenbaum», und ging zurück ins Bad.

Kiki folgte auf dem Fuße.

«Was ist?», zischte ich, da ich nicht wollte, dass Miss Gruftie alles mit anhörte.

«Das ist seine Tochter?»

Ich hob ratlos die Schultern. «Wenn sie's sagt.»

«Na gut, kann ja sein. Aber schick sie jetzt ja nicht zu Hans.»

Ich nickte. Dann trabten wir zurück in die Küche, verteilten den Kaffee und versuchten, Maxims Tochter mit den

Mitteln höflicher Konversation vom eigentlichen Zweck ihres Besuches abzulenken. Das Problem war nur, dass sie offenbar wenig von Konversation hielt – oder nicht gerade bester Stimmung war.

«Sorry, but you are behaving quite … seltsam. Was sein Problem?», fragte sie kauderwelschend und mit einer Unverblümtheit, der nur ihre freundlichen braunen Teddyaugen die Spitze nahmen.

«Well, the problem is: Your father is currently … well …», hob ich an.

«… talking with someone in a matter of special importance», soufflierte Kiki.

Natascha blickte von mir zu ihr und wieder zurück. Dann nahm sie einen Schluck Kaffee und runzelte die Stirn.

«Bitte entschuldigen, danke. But what I don't understand: Whom is he – Papa, I mean – talking to at 8.30 in the morning and where? Er mich anrufen gestern, kommen hier, ihn abholen.»

Zum Glück kam in diesem Moment Fritz hereingeschluppt und legte nach kurzer Beschnuffelung seine 40 Kilo Hund auf Nataschas Doc-Martens-Stiefel ab.

«Oh, aren't you a cutie?», zirpte sie und begann, ihm seinen Pelz zu kraulen.

Kiki und ich nutzten die Zeit, um uns wortlos mittels bühnenreifen Mienenspiels zu verständigen. Wir waren uns schnell einig: Wir würden Grigorovs Tochter reinen Wein einschenken.

Und das taten wir.

«So … Er sein with someone named Hans, you are saying?», fragte sie, nachdem wir sie aufgeklärt hatten.

Als wir dies noch einmal bestätigten, seufzte sie. Es war ein Stoßseufzer. Ein Jahrhundertseufzer. Ein großer, von Herzen kommender «Mein-Papa-ist-irgendwie-irre-aber-ich-hab-nur-den-einen»-Seufzer. Dann straffte sie sich, biss sich auf die violetten Lippen und betrachtete uns einen Moment forschend.

«Sie wissen, er haben ... heart surgery only ten days ago – wissen Sie?»

Sie sprang so schnell auf, dass Fritz beleidigt den Kopf hob, und lief in der Küche auf und ab wie aufgezogen. Und die ganze Zeit über redete sie – ob mit sich selbst oder uns, war schwer zu sagen.

«But why did he come here? What is he doing here – in Germany, the country he never ever wanted to go back to? I don't understand. Anything. At all.»

Sie sah kurz hoch und zu uns hinüber.

«Aber sein nur Tochter – Sie verstehen? Er nicht erzählen, never ...» Sie rang beide Hände, ballte sie zu Fäusten und vollführte mit ihnen eine Geste so hilfloser Empörung, dass ich trotz allem lächeln musste. Sie hatte mein vollstes Mitgefühl. Die Tochter von Maxim Grigorov zu sein, und zugleich von Gregor Malek und Grigori Häberle, war eine nicht unbeträchtliche Lebensaufgabe.

Zum Glück beruhigte sie sich so schnell wieder, wie sie sich aufgeregt hatte. Ich kochte noch mehr Kaffee – und dann erfuhren wir von Natascha Greenbaum an diesem trüben Novembermorgen über den trockenen Brötchen vom Vortag und in einem klingenden Singsang aus Englisch, Deutsch und Russisch das wenige, was sie wirklich über ihren Vater wusste.

«My great-grandpa sein schuld, ich denken», sagte sie und erzählte von ihrem Uropa, der noch in Ulm gelebt, eine Pickelhaube getragen und den Kaiser in Berlin verehrt hatte. Noch vor dem Ersten Weltkrieg war er mit seinem Sohn, dem Kaufmann Anton Häberle, nach Czernowitz gezogen. Und dort war er es, der später seinen kleinen Enkel Grigori mit Geschichten fütterte. Auf der Terrasse mit Blick auf die Karpaten ließ Opa Häberle offenbar alles auferstehen, was in der deutschen Mythen- und Heldenkunde Rang und Namen hat: von Siegfried mit dem Drachen über Barbarossa mit dem Bart bis zur Loreley auf ihrem Felsen. Der kleine Grigori aber hing an seinen Lippen und tränkte sein sechsjähriges Gemüt mit all jenen tönenden Mythen, die nach 1945 erst einmal auf dem Abfallhaufen der Geschichte landen sollten.

«Er sein fallen tief mein Vater, I think», kommentierte Natascha, «just imagine: In 1939 ein 18-year-old boy from Romania lassen machen sich falschen Papieren für gehen nach Deutschland – the land of his dreams. Doesn't it sound like a bad, a very bad joke?»

Ihre Waschbärenaugen blickten uns durchdringend an, ich nickte, doch Kiki warf ein: «Warum? Ein junger Mann eben. Prädestiniert für verrückte Ideen. Anfällig für große Versprechen. Perfektes Futter für Nazideutschland.»

Was genau dann passiert war, konnte Natascha nicht sagen. «Papa nix reden», wiederholte sie und runzelte ihre markanten Brauen, die deutlich an die beweglichen Pelztiere über den dunklen Augen von Maxim Grigorov erinnerten. «I just know, er studieren in Hamburg und kennenlernen Hans und Elisabeth. But somehow somewhen he got in contact with the KGB. Und dann …» Wieder rang sie beide Hände, blickte uns mit keinesfalls gespielter Verzweiflung an. «Who knows?»

Kiki und ich sahen uns an. Offenbar wusste sie wirklich nichts von dem, was Maxim Grigorov sein Leben lang mit sich herumgetragen hatte – zumindest nichts Genaues. Als wir ihr aber schließlich den Koffer ihres Vaters im Wohnzimmer zeigten, nahm sie den kleinen Stofflöwen, der noch immer darauf lag, in die Hand und war lange Zeit sehr still.

Schließlich drehte sie sich zu uns um mit einer Grandezza, die ebenfalls genetisch sein musste.

«Papa sein oft gewesen glücklicher Pilz in seine Leben», beschied sie in abschließendem Tonfall, «aber nicht oft sein glückliche Mann. Vielleicht doch gut – sein hier.»

Dann zückte sie ihr Handy und kauderwelschte sich ein Taxi herbei, das sie und Maxim Grigorovs XL-Koffer zu einem Hotel bringen sollte.

«Puh», machte Kiki, nachdem sie weg war und wir wieder in der Küche saßen, «kneif mich mal in den Arm. Das alles … ist kein sehr sehr seltsamer Traum, oder?»

Ich schüttelte nur den Kopf und starrte dumpf auf den Zettel vor mir, auf dem Natascha Greenbaum uns ihre Handynummer aufgeschrieben hatte. Nicht mal eine Woche zuvor, dachte ich jetzt, hätte ich alles gegeben für diese Nummer – zumindest an jenem Morgen, als ich im Dubliner Telefonbuch verzweifelt den oder die N. Greenbaum suchte, die Elisabeth Matthissen einen Brief geschrieben hatte.

«Das Leben ist eines der seltsamsten», verkündete ich.

Kiki ließ dies unkommentiert, aber beäugte skeptisch, wie ich den Zettel in meinen Rucksack stopfte.

«Was hast du vor?», fragte sie.

Ich deutete auf Kater und Hund, die schon geraume Zeit anklagend vor ihren leeren Futternäpfen saßen. «Die Zoofütterung vornehmen und Geld verdienen. Hans hat gesagt, ich soll den Laden aufmachen.»

Kiki stand auf und entschwand Richtung Bad. «Ich geh jetzt duschen. Wir sehen uns heute Abend, Putzelchen.» In der Tür drehte sie sich noch einmal um und lächelte mich freundlich an. «Ich weiß, es wird dir schwerfallen. Aber ich wäre dir sehr verbunden, wenn du bis heute Abend keine weiteren kalbgroßen Hunde oder russischen Professoren in unserer Küche deponieren würdest.»

Ich zuckte die Schultern und grinste. «Mal sehen, was der Tag so bringt.»

Bis mittags hatte ich den sabbernden Fritz wieder bei Oma Jansen abgeliefert, im Antiquariat für Ordnung gesorgt und zwei alte Karl-May-Ausgaben verkauft. Von Hans und Gregor aber hatte ich nichts gehört. Als ich versuchsweise an Hans' Haustür geklingelt hatte, hatte nur Oma Jansen noch mal den Kopf aus ihrem Küchenfenster gesteckt: «Keine Chance, Deern, die schlafen noch», hatte sie so laut in breitem Hamburgisch gerufen, dass auch das restliche Blankenese im Bilde war. «Bei denen war es halb drei heute Nacht, da war immer noch Licht. Das is man kein Pappenstiel mehr in dem Alter.»

Der Nachmittag im Antiquariat plätscherte ruhig vor sich hin – zu ruhig für meine angespannten Nerven. Nicht mal Spooky-Ears kam vorbei, um ihren Arztroman-Fundus aufzustocken. Nur eine kleine ältere Dame betrat den Laden, die ein wenig an eine Grille erinnerte und jene Arno-Schmidt-Gesamtausgabe erstand, die Hans immer für unverkäuflich gehalten hatte. Und dann noch ein Schornsteinfeger, der sämtliche Asterix-Hefte aufkaufte. Keine schlechte Bilanz, dachte ich gegen fünf, und dass ich eigentlich Feierabend machen konnte. Schließlich wollte ich noch nach Ottensen, um Zigarrenmacher-Zeli zu befragen, wollte ... ach, so vieles.

Doch dann ging die Tür auf, und Hans kam herein. Im Grunde genommen aber war es ein anderer, ein völlig veränderter Hans – und der lebende Beweis dafür, dass mein Hausarzt ein kluger Kopf ist. «Das Herz», sagt er immer, «ist ein höchst eigensinniger Muskel.» Anders war es auch nicht zu erklären, dass ein Vierundachtzigjähriger, der gerade einen Herzinfarkt hinter sich und kaum geschlafen hatte, aussah, als wolle er Bäume ausreißen – oder es zumindest versuchen.

So also ist es, wenn einem Zentner vom Herzen fallen, dachte ich noch, da hatte Hans mich schon geschnappt und so fest umarmt, dass mir fast die Luft wegblieb.

«Luft», keuchte ich, «hab Erbarmen mit den Angestellten.»

Er lachte und stellte mich wieder auf den Boden. «Tut mir leid, Deern. Musste sein.»

Ich sah mich um. «Gregor?»

Er schüttelte den Kopf. «Liegt zu Hause auf dem Sofa oder isst Kuchen bei Oma Jansen.»

«Ach ja?»

Helle Augen blickten mich arglos an. Ich seufzte und rang die Hände.

«Raus mit der Sprache, Käpt'n. Ist alles okay?»

Sein Blick schweifte ab, blieb an der Ernst-Bloch-Gesamtausgabe hängen, die seit vier Jahren niemand kaufen wollte. «Weißt du, was der alte Bloch mal gesagt hat?»

Ich zuckte mit den Schultern. «Keine Ahnung. Dass Kapitalismus böse ist und wir uns alle brav unser Nutella teilen sollen?»

«Das auch, Kind», sagte Hans großväterlich und nickte so würdevoll mit dem Kopf wie ein alter Marabu. «Tu dich mal da hinsetzen.» Er wedelte mit der Hand in Richtung Sofa, ging selbst aber zum Schrank und nahm zwei Gläser und eine Flasche Cognac heraus.

«Also ... Bloch hat gesagt», erklärte er, während er eingoss und mir ein Glas reichte, «dass Heimat eine Utopie ist. Es ist der Ort, zu dem wir alle unterwegs sind, den aber keiner je erreichen wird.»

«Ja, klar», murmelte ich und nahm einen großen Schluck, denn ich ahnte, dass die Philosophiestunde noch nicht zu Ende war.

«Gregor aber findet, dass Novalis das auch schon und viel besser gesagt habe und dass die Romantiker sowieso alles vorweggenommen hätten.»

«Ah, richtig, Novalis ... und seine E. T.-Nummer.»

Hans sah mich an, als hätte ich den Verstand verloren.

«Wohin gehen wir? Immer nach Hause», deklamierte ich stolz, weil ich mich zumindest an irgendetwas aus dem Seminar «Einführung in die Romantik» erinnerte, und hob dazu meine Hand mit ausgestrecktem Zeigefinger.

Hans sah jetzt ernsthaft besorgt aus und setzte sich zu mir auf das Sofa. «Ist dir nicht gut, Deern?»

Ich kicherte albern. «Du hast E.T. nie gesehen, oder?»

Er runzelte seine weißen Augenbrauen. «Was ist das? Ein Film über Tieck?»

Ich seufzte. «Na ja, der war ja auch irgendwie ein Außerirdischer.»

Hans prostete mir mit seinem Cognac zu. «Eben. Da hast du recht. Nur will Gregor nicht einsehen, dass erst Bloch den Begriff ‹Heimat› wieder gesellschaftsfähig gemacht hat. Die Romantiker dagegen haben den Nazis ja leider jede Menge Munition geliefert für all das Schlimme, was die aus dem Wort gemacht haben.» Er schnaufte, noch immer entrüstet über so viel Starrsinn.

Ich aber lächelte breit. Ich konnte es nicht ändern. Meine Mundwinkel flutschten nach oben wie die Nadeln eines Messgeräts zum Pluspol.

Hans sah mich irritiert an. «Ich freu mich ja, dass du so fröhlich bist, Deern. Aber was ist denn so komisch?»

«Ihr habt also die halbe Nacht über Ernst Bloch und Novalis gesprochen?»

«Oh nein, auch über Nietzsche. Und natürlich über Diskurs-Theorien. Gregor findet Bourdieu völlig überbewertet, aber ich glaube, er hat ihn einfach nicht verstanden.»

Ich hatte ihn ebenfalls nie verstanden und auch nicht vor, das an diesem Abend zu ändern. Also beugte ich mich vor und gab Hans einen Kuss auf die Wange.

«Wofür war der denn?»

«Ich freu mich nur, Hans. Ich freu mich nur», erwiderte ich.

Dann packte ich meine Sachen.

Bevor ich ging, fragte ich ihn aber doch noch: «Und Elisabeth?»

Sein Gesicht verdüsterte sich. «Ich war vorhin bei ihr. Sie hat nicht aufgemacht.»

«Vielleicht war sie nicht da.»

«Doch. War sie. Sie hat am Fenster gestanden und heruntergeblickt. Und dann ist sie weggegangen vom Fenster.»

Er stand auf, lief im Laden herum und pustete Staub von einem der ganz hohen Regale, die nur er einsehen konnte.

«Soll ich nachher noch mal hinfahren?», murmelte er schließlich, und sein zerfurchtes Gesicht sah dabei so jung und unsicher aus, dass ich ihn am liebsten in den Arm genommen hätte.

«Ich glaube nicht, Hans. Lass ihr ein bisschen Zeit.»

Er schwieg eine Weile. Doch als ich meine Jacke anzog und zur Tür ging, kam er hinter mir her.

«Das ist es eben», sagte er. «Zeit. Davon haben wir nicht mehr so viel.» Dann nahm er meine Hand und drückte sie. «Danke, Dido. Für alles.»

Ich umarmte ihn. «Da nicht für, Käpt'n, da nicht für.»

Draußen enteiste ich mit klammen Fingern mein Fahrrad, dessen Schloss am Zaun festgefroren war. Beim Losfahren trommelten feine Eishagel-Kügelchen wie kleine Nadeln auf mein Gesicht, und ich erwog wieder einmal, ob die Südsee nicht auch eine Lebensalternative sei.

Die Antwort ergab sich von selbst, als ich nun hinunter Richtung Hafen radelte. Dort spiegelten sich die Lichter der Schiffe und Containerkräne im Wasser. Die meisten hatten sich für den Advent mit Lichterketten und Weihnachtsbäumen rausgeputzt. Selbst das Trockendock, aus dem ein Frachter wie eine aufgespießte Ente ragte, schmückte eine alberne Glitzerkugel. Das Ganze war ein einziges kitschiges Lichterfest – und trieb mir fast schon wieder die Tränen in die Augen.

Was hatte Hans gesagt? Heimat ist kein Ort? Nur eine Utopie? Das mochte schon richtig sein. Genauso wie Liebe nur eine Utopie war. Und trotzdem – wie hatte Elisabeth Matthissen es noch formuliert? «Am Ende läuft alles doch immer auf die Liebe hinaus. Wir Menschen sind da recht einfach gestrickt.»

Aber es ist schon richtig, dachte ich, Heimat ist kein Ort.

Ich hatte mein Fahrrad an den Landungsbrücken festgemacht. Es war inzwischen halb sieben und zu spät, um noch zu Zeli zu fahren. Also lief ich zwischen den Souvenir-Shops herum, atmete Fischbrötchen, Pfeifentabak und Barkassen-Diesel ein und hörte das Hämmern der Werft gegenüber, wo die Arbeiter Überstunden machten.

Nein, Heimat ist viel eher eine brüchig gewordene Stimme, dachte ich weiter. Ein abgeschrabbeltes Stofftier. Ein alter Baum. Ein zerlesenes Buch, eine Melodie, ein Duft. Und manchmal, nur manchmal vielleicht auch ein Ort. Den wir uns selbst gesucht haben, weil er uns froh macht.

Ich kaufte mir goldgelbe, fettige Pommes und ein Krabbenbrötchen mit zu viel Mayonnaise und lauschte einem Saxophonisten, der so inbrünstig eine Swingversion von «White Christmas» in den Abendhimmel dudelte, dass mir ganz schwummrig wurde. Es konnte aber auch an dem Glas Glögg liegen, das ich mir zum Nachtisch gönnte.

Jedenfalls ließ ich mein Fahrrad lieber stehen, stieg in die S-Bahn und fuhr zum Jungfernstieg, um dort in die U-Bahn zu wechseln. Die aber blieb wegen einer Signalstörung einige Minuten stehen. Und so sah ich sie. In einem gegenüberliegenden Zug sitzen. Ich erkannte sie sofort. Auch wenn sie zwei Kinder dabeihatte und eine riesenhafte Hornbrille auf der Nase, die sie wie ein verschüchtertes Insekt aussehen ließ.

Mein erster Impuls war zu winken. Mein zweiter wegzuschauen. Am Ende tat ich gar nichts. Ließ den Moment einfach verstreichen. Den Moment, in dem ich meine Freundin Katja wiedersah. Katja, mit der ich nächtelang Tee mit Kirschgeschmack getrunken und über Gott und die Welt und die blauen Augen von Brad Pitt geredet hatte. Katja, die meinen Freund geküsst hatte. Katja, die mein Leben zerstört hatte. Aber hatte sie das wirklich? Ich war mir nicht mehr so sicher. Ohnehin hatte ich nie verstanden, warum sie es getan hatte. War sie in ihn verliebt gewesen? Ich glaube nicht. War es Einsamkeit gewesen? Neid? Zu viel Langeweile oder Prosecco?

Aber es war nicht mehr wichtig. Das merkte ich, während ich die fremd gewordene Frau drüben in der U-Bahn beobachtete. Wie sie mit fahrigen Bewegungen ein Stück Apfel für ihre Tochter aus der Tasche kramte und den Jungen anblaffte, der mit quengeliger Miene an ihrem Arm zog.

Als die U-Bahn anfuhr, blickte ich noch einmal hinüber. Sie erkannte mich. Es war nur der Bruchteil einer Sekunde, aber sie hatte mich gesehen. Da war ich mir sicher. Der Schrecken war ihr deutlich genug ins Gesicht geschrieben. Und dann war es auch schon vorbei.

In der Dunkelheit des U-Bahn-Schachtes lehnte ich meinen Kopf seitlich an die Scheibe und schloss die Augen. Ich war sehr müde.

27

Sie kam am nächsten Vormittag. Direkt ins Antiquariat spaziert. Ich wollte eigentlich gerade gehen. Schließlich war mein Plan gewesen, nur schnell den Kater abzuliefern, um dann nach Hause zu eilen und das nächste Adels-Opus für Herrn Hübchen zu verfassen. Doch der Plan musste warten. Erst, weil Hans ewig an einem Päckchen für Grigorov herumnestelte, das ich für ihn zur Post bringen sollte. Und nun, weil es niemand anderes als Elisabeth Matthissen war, die hier gerade die kleine Pforte am Zaun öffnete und langsam näher kam.

Ihr Gesicht über dem langen hellen Wintermantel wirkte streng, sehr blass und hochkonzentriert. Sie zögerte nur einen kurzen Moment, dann drückte sie die Türklinke herunter und betrat den Laden. Ein zarter Patschuli-Duft kitzelte meine Nase, und so verstand ich nun auch, warum Gregors kleiner Stofflöwe diesen ungewöhnlichen Duft hatte. Dann sah ich zu der Frau, die das Stofftier über sechzig Jahre gehütet hatte, und lächelte.

Sie lächelte ebenfalls, aber es wirkte etwas schwindsüchtig, dieses Lächeln, und erreichte niemals ihre Augen.

«Ist er ...?» Sie stoppte, räusperte sich, setzte erneut an. «Ist Hans ...?»

Ich nickte und bot ihr an, sich auf das betagte Besuchersofa zu setzen, auch wenn es leider voller Katerhaare war.

«Das macht doch nichts», sagte sie und nahm Platz, «die paar Haare.»

Ihre Stimme klang fast normal. Und jemand anderes hätte es wohl kaum bemerkt. Doch ich hatte dieser Stimme eine ganze Nacht lang gelauscht, hatte sie fluchen, flüstern, weinen und eisig klar werden hören. Daher vernahm ich es: das leichte Schwanken der Anlautbuchstaben und die zu hohe Modulation, die von der Anspannung des Kehlkopfes herrührte.

Ohne lang zu überlegen, ging ich zu ihr und drückte ihre Hand. Hätte ich überlegt, hätte ich es nicht getan. Elisabeth Matthissen schien mir einfach nicht der Typ Mensch dafür. Zu meinem Erstaunen aber griff sie mit beiden Händen nach meiner Hand und hielt sie fest.

«Tue ich das Richtige?», fragte sie leise – und erstarrte.

Da hörte ich ein Geräusch hinter mir und vernahm jetzt auch den leichten Pfeifentabaksduft, der nur eines bedeuten konnte: Hans war aus dem Lager gekommen und stand direkt hinter mir.

Elisabeth Matthissen ließ meine Hand los und senkte den Blick, was mich fassungslos machte. Wie sie da vor mir saß, so schmal trotz des dicken Mantels, den Kopf gesenkt und die Hände jetzt im Schoß ineinander verkrampft, war sie einfach Lichtjahre von der Grande Dame der Rhetorik entfernt, als die ich sie kennengelernt hatte.

Doch was half schon eine geschliffene Rhetorik, wenn sechs Jahrzehnte Schweigen zu verhandeln waren?

«Elli», hörte ich Hans sagen.

Und noch einmal. «Elli.»

Sonst nichts.

Ich ging etwas zur Seite und drehte mich vorsichtig um.

Hans blickte mich an, ein Lächeln zog über sein Gesicht. Und ich betete, dass Elisabeth Matthissen es jetzt endlich über sich bringen würde, den Kopf zu heben. Denn es gibt Momente, die sind niemals wiederholbar. Sie sind bezahlt worden mit Tagen, Monaten und Jahren des Traurigseins. Nur daraus wächst am Ende ein solches Lächeln – eines, das mit seiner Leuchtkraft Jahrzehnte überbrücken kann.

Doch Elisabeth Matthissen starrte weiter auf ihre Hände. Sie hielt sie so fest umklammert, dass die Knochen weiß hervorstanden. Da begriff ich, dass sie sich selbst überschätzt hatte. Dass sie sich bis zu diesem Moment getrieben hatte – bis zu diesem Moment des Wiedersehens, aber dass sie es jetzt nicht vermochte. Dass dieser wortgewandten, beherrschten alten Dame, die das Leben so gründlich imprägniert hatte, jetzt schlicht die Kraft, der Mut oder vielleicht sogar der Wille fehlten, den Blick zu heben.

Hans stand ein wenig unschlüssig vor ihr und betrachtete ihren gesenkten Kopf. Dann sah er erneut zu mir. Ich lächelte und zuckte mit den Schultern, während ich mich langsam umdrehte und ins Hinterzimmer ging.

Als ich ein paar Minuten später durch die angelehnte Tür spähte, saß Hans neben Elisabeth auf dem Sofa. Sie sprachen nicht, aber hielten sich bei den Händen. Beide sahen müde aus. Und friedlich.

Lord Nelson hatte es sich unterdes auf Hans' Schreibtisch bequem gemacht und zerkaute eine Ecke des Kassenbuchs.

Ich aber erledigte noch ein paar eilige Buchsendungen für Hans. Dann ging ich zur Hintertür hinaus und um das Haus herum, verschloss leise die Ladentür und drehte das Schild daran auf «Heute geschlossen».

Ich wollte einfach sichergehen, dass nichts und niemand auf der Welt die beiden störte.

Als ich zurückkam und meine Sachen packte, hörte ich Elisabeths Stimme.

«Du bist ein verbohrter Sturkopf, Hans Petersen, und ich sollte dich hier eigentlich sitzen lassen», sagte sie. Es klang nicht freundlich.

Ich schlich auf Zehenspitzen zur Tür und sah noch einmal durch den Spalt in den Laden. Elisabeth hatte ihren Mantel ausgezogen und trohnte auf einem Stapel Atlanten. Sie trug die lange Wolltunika, die ich schon kannte, und Leggings mit dicken bunten Wollstrümpfen darüber. Sie sah aus wie eine Elfenkönigin auf Alpenurlaub. Hans stand vor ihr, hielt ihre Hände und strahlte, während sie ihn beschimpfte.

Behutsam schloss ich die Tür und setzte mich noch einen Moment. Mir war schwindlig und heiß und kalt zugleich. Es war wohl die Rührung. Oder einfach Erleichterung.

Aus dem Moment wurden Minuten. Denn je länger ich dort saß, umringt von schiefen Büchertürmen und einer staubigen Topfpalme, und je länger ich den leisen Stimmen aus dem Laden lauschte, desto schwieriger wurde es, meine Gedanken zurückzupfeifen. Wie Raubmöwen schossen sie in die Tiefe und angelten sich aus einem Meer von Erinnerungen und Bildern, was immer sie erwischen konnten. Und dabei schien es, als wolle mein Gehirn Sesamstraße spielen und mir heute den Buchstaben «L» erklären: L wie Liebe sang es und dudelte dazu schwungvolle Begleitmusik. L wie Lachen. L wie Licht, wie Lavendelduft und Lebensfreude – L wie Luftschlösser bauen. Und weißt du was? L wie Lukas. L wie Lukas. L wie Lu...

Ein Gedanke zuckte durch meinen Kopf, eisiger als jeder Winterwind: Was, wenn er mich nicht mehr sehen will? Wenn ich das Spiel überreizt, zu lange gebraucht habe? Würden auch wir uns dann erst in sechzig Jahren wiedersehen? Ein gelebtes Leben hinter – und nur noch wenige Jahre vor uns? Würden wir bedauern, es nicht mehr und besser versucht zu haben – diese Sache mit uns beiden?

Ich kniff die Lippen zusammen, spannte alle Muskeln an. Es war die einfachste Methode, das Zittern abzustellen – dieses innere Zittern, das irgendwann in Zähneklappern übergehen würde. «Ist so eine Art Psycho-Schüttelfrost, Süße», hatte Kiki nur gesagt, als es das erste Mal aufgetreten war. «Aber mach dir keine Sorgen. Bei Beziehungsphobikern ist so was völlig normal.»

Die Tür ploppte auf, der Kater stolzierte herein und bewies erneut Zartgefühl. Er strich sanft um meine Beine – wie eine ganz normale freundliche Katze. Sollte es tatsächlich zum Waffenstillstand kommen zwischen seiner Lordschaft und mir?

«Na, komm, Speckmops», sagte ich zu ihm, «ich glaube, wir machen uns mal aus dem Staub.»

Natürlich hätte ich ihn auch dalassen können. Aber wer wusste schon, wie lange seine guten Phasen anhielten? Ob er sich zur Feier des Tages nicht irgendwann auf dreistes Pinkeln an die Bücherregale verlegen würde?

Also verfrachtete ich das Tier wieder in seinen Korb und schleppte es zurück zu Kikis Mini, der ein paar Häuser weiter parkte. Danach trabte ich zur nächsten Poststelle und lieferte Hans' Päckchen ab. Zudem verbrachte ich geschlagene siebenunddreißig Minuten in einem Copyshop mit dem Urahn aller Kopiergeräte und war gerade endlich ins Auto gestiegen, als ich merkte, dass mein Handy noch im Laden lag. Mit einem Fluchen, das jeden Bierkutscher zum Erröten brächte und selbst den in seinem Deluxe-Reisekorb schnarchenden Kater den Kopf heben ließ, stiefelte ich zurück zum Antiquariat. Dort aber musste ich feststellen, dass sich meine Tagesplanung erneut in Luft auflöste – was jedoch weder mich noch meinen Magen sonderlich betrübte.

Denn Hans und Elisabeth hatten inzwischen Kaffee gekocht und luden mich ein, mit ihnen das zu essen, was sie als die besten Franzbrötchen Hamburgs anpriesen. Die nämlich könne nur jener Meister des hanseatischen Zimtplunder-Stückchens backen, zu dem Elisabeth schon früher immer und auch heute wieder gegangen war.

«Und schau, Hans, das Logo auf der Tüte, es ist noch immer dasselbe.»

Es hatte etwas unendlich Rührendes, die beiden zu beobachten. Wie sie sich einander zuneigten im Gespräch, sich kleine Blicke und ruppige Sprüche zuwarfen und sich dabei anlächelten wie errötende Teenager.

Was immer sie sich gesagt hatten in den vergangenen anderthalb Stunden – es musste vieles geradegerückt und eine Brücke gebaut haben, eine Brücke über sechzig Jahre Lebenszeit hinweg. Doch ob sie halten würde – ich war mir nicht so sicher. *Das Herz ist ein einsamer Jäger*, kommentierte mein Gehirn. Doch Literatur würde hier nicht weiterhelfen, und schon gar nicht Carson McCullers. Und vielleicht musste sie das auch nicht. Denn trotz aller Zweifel konnte ich es spüren: dass da eine Weichheit war zwischen den beiden alten Menschen, eine staunende Zartheit und ein ungelenkes, aber stetiges Annähern an den anderen.

Durchs Fenster sah ich jetzt Spooky-Ears den Weg hochkommen. Offenbar war wieder Zeit für ihren Roman-Nachschub.

Da die Ladentür verschlossen blieb, rüttelte sie daran, klopfte und trat schließlich schimpfend den Rückzug an.

«Wollen wir sie nicht …?», fragte Elisabeth.

«Nein», riefen Hans und ich im selben Moment, «bloß nicht.»

Die nächste halbe Stunde füllten wir mit Geschichten aus dem wundersamen Alltag eines Gebrauchtbuchhändlers. Elisabeth Matthissen war eine gute Zuhörerin. Sie nickte, lachte und fragte an den richtigen Stellen nach. Und als ich schließlich gehen wollte und schon in der Tür stand, schwenkte sie ihr zweites Franzbrötchen und rief mir zu: «Und wann wollen Sie mich endlich interviewen? Oder haben Sie es sich anders überlegt?»

«N … Nein», stotterte ich, «keineswegs.»

Sie biss in das Zimtgebäck, kaute und lächelte ihr Mona-Lisa-Lächeln. «Abgemacht. Am Donnerstag um halb vier?»

Ich nickte nur. Hans grinste.

Es war schon kurz vor zwei, als ich die wacklige Gartenpforte vor dem Antiquariat schloss, und höchste Zeit, nach Altona zu fahren. Zuerst lieferte ich allerdings Lord Nelson zu Hause ab und betete, Kikis adeliges Sofa möge einen weiteren Nachmittag mit ihm überleben. Dann schob ich meine Best-of-Heavy-Metal-CD in den Player des Minis und fuhr solchermaßen gerüstet Richtung Königstraße, um mal wieder den unangenehmsten Termin der Woche hinter mich zu bringen: den Besuch bei Herrn Hübchen.

Denn der größte aller Chefredakteure bestand nun mal auf einem persönlichen wöchentlichen Vorsprechen, das verlangte allein schon die Hofhaltung. Zum Programm gehörte aber leider auch, dass er mich fast eine halbe Stunde warten ließ. Nachdem ich dann vorgelassen wurde, geruhte er, mich über seine Meinung zur aktuellen Weltlage, sein Mittagsmenü und die rheumatischen Beschwerden seiner Mutter aufzuklären, nur um dann auf sein Lieblingsthema zu sprechen zu kommen: sich selbst und seine Verdienste um das internationale Klatschpresse-Wesen.

Ich versuchte nicht, ihn zu unterbrechen. Es war zwecklos, solange er im Auto-Sprech-Modus war. Dieser währte aber in der Regel nicht länger als zehn Minuten, dann bedurfte der Meister eines neuen Cappuccinos.

Ich hatte Glück, gleich in der ersten Sprechpause konnte ich mein Anliegen vortragen, und ich erlebte, was ich kaum für möglich gehalten hätte: Wilfried Hübchen war sprachlos.

«Sie haben wirklich einen Termin bei ... bei ihr?», fragte er, als er des Wortes wieder mächtig war, und wiederholte seine Frage noch fünfmal, während ich ihm das doppelte

Honorar für das Interview mit Elisabeth Matthissen abschwatzte.

Auf der Rückfahrt legte ich Mozart ein. Und bog dann an der großen Kreuzung zum Ring 2 kurzentschlossen links ab nach Ottensen – um endlich zu tun, was dringend zu tun war.

28

Ich hatte schon gestern hierherfahren wollen. Aber vielleicht hatte erst Mozart kommen müssen. Mozart und sein Klarinettenkonzert. Und vielleicht auch Robert Redford, ja, vielleicht auch der. Jedenfalls war es in «Jenseits von Afrika» immer genau diese Kombi gewesen, die mir schon fast besorgniserregend zu Herzen ging: das Klarinetten-Thema von Mozart und dazu Robert Redford im Safarianzug, wie er sein karges Abenteurer-Lächeln zündet, das Grammophon anschmeißt und mitten im kenianischen Busch Mozart spielt – für Meryl Streep und die Affen.

Genau dieses Thema dröhnte jetzt durch den Innenraum des Minis, und ich lächelte dazu beseelter als jedes Mondkalb. Lukas und ich hatten den Film zigmal zusammen gesehen. Es war der einzige Liebesfilm, den der Mann ertrug, ohne alle zwei Minuten vom Sofa aufzuspringen.

Der letzte Klarinettenton knarzte aus den Lautsprechern, als ich mein Ziel erreichte: den kleinsten Laden Hamburgs, in dem Zeli, der Zigarrenmacher, arbeitete. Und ich hoffte und betete, dass er mir endlich Aufschluss geben konnte. Mir sagen konnte, wo um alles in der Welt er sich herumtrieb – der meistgesuchte Mann meines Herzens.

Es hatte sich nichts verändert: Beim Betreten des Ladens umarmte mich der Duft von Tabak, Vanille und diesem

Undefinierbaren, das an alte Bibliotheken und Wiener Kaffeehäuser erinnert und so anheimelnd ist, dass man sich vor dem nächsten Ofen zusammenrollen und nie wieder wegbewegen will. Noch immer stapelten sich die Zigarrenkisten in dem nur gut zwei Meter breiten Laden bis zur Decke – links die Importware von Cohiba bis Montecristo, rechts die Eigenmarken. Und auch Zeli saß an seinem Wickelbock und machte die Zigarren, als habe er in den vergangenen acht Jahren nichts anderes getan. Wahrscheinlich hatte er das auch nicht.

Denn Reinhold Zelinsky hatte in diesen zwei mal fünf Metern Ladengeschäft seine Berufung gefunden. Er kam aus Thüringen, wo er bis 1991 Zigarren der berüchtigten DDR-Marke «Sprachlos» hergestellt hatte. Die seien weit besser als ihr Ruf gewesen, versicherte er jedem, der es wagte, über das alte Werbeplakat an der Wand zu lächeln. Und auch sonst gab es wenig, was Zeli so sehr liebte wie seine Zigarren – ausgenommen seine Frau Astrid, eine Nichtraucherin, seinen Dackel Herrn Meyer, der nun wie eh und je, aber deutlich ergraut zu seinen Füßen saß, und eben Lukas. Was auch immer die beiden verband, ich hatte es nie ganz verstanden. Es hatte irgendwie mit den Angelhaken zu tun, die Lukas Zeli vor Jahren in Schweden besorgt hatte, sowie mit einer gemeinsamen Vorliebe für finnische Tangomusik, Nougatpralinen und die Gedichte von García Lorca – ein Mix, der bei den meisten anderen Männern wohl eher Fluchtreflexe auslösen dürfte.

«'s wird ja ooch Zeit, dass de dem Dämel d'Ohren lang ziehst», raunzte der Mann nun freundlich statt einer Begrüßung.

«Moin, Zeli», sagte ich, «wenn du mit dem Dämel Lukas meinst, bin ich ganz Ohr.»

Dann setzte ich mich auf den alten Holzschemel neben der Eingangstür, den Zeli den Trostsessel nannte. Er hatte nur drei Beine und kippelte so stark, dass jeder Haftpflicht-Versicherer Schnappatmung bekommen würde. Doch Zelis Besuchern war das egal. Die meisten kamen nicht nur zum Kaufen, sondern um Zeli bei der Arbeit zuzusehen – dem Glätten, Bestücken und Einrollen der Tabakblätter, dem Einpassen in das Wickelbrett, dem Beschneiden der Enden. Es beruhigte die Nerven besser als drei Liter Lavendeltee. Auch ich spürte meine versteinerten Nackenmuskeln eine Entspannung erwägen, drehte mich mit dem Schemel einmal um mich selbst und ließ die Beine flutschen.

Zeli sah mich über seine Brille hinweg an. «Geht's dir gut?»

Ich zuckte die Schultern.

Er nickte und drückte einen dicken Zigarrenwickel vorsichtig in die Passform. Dann holte er zwei Flaschen Bier aus dem hinteren Teil des Ladens und klappte das Türschild auf «Geschlossen».

Eine Stunde später war ich zwar nicht viel schlauer, was Lukas' Aufenthaltsort anging, aber ich fühlte mich trotzdem wie nach einer Frischzellenkur. Reinhold Zelinsky hatte die Aura eines Beichtvaters und die Weisheit einer alten Eule. Er sagte kaum etwas, aber hörte sehr genau zu.

Und als ich schließlich ging, schon fast zur Tür raus war, murmelte er mit Blick auf die Montecristo No. 5, die er sich zu jedem Feierabend gönnte: «Was würdste denn tun, wenn ich dir sagen könnt wo er ist?»

Ich überlegte fieberhaft, dann sagte ich das Einzige, was angemessen schien: «Endlich das Richtige, hoffentlich.»

Er nickte, paffte einen dicken Rauchkringel in die Luft und steckte den Zettel mit meiner Handynummer vorne in seine Schürze. Gleich neben das alte Tabakmesser.

Auf dem Nachhauseweg schwankte mein Geisteszustand irgendwo zwischen Pu dem Bären und Rumpelstilzchen. Dabei ging der Rumpelstilzchen-Part nicht auf Zelis Konto, sondern auf das meiner riesigen Enttäuschung darüber, dass ich nicht wirklich weitergekommen war. Mist. Mist. Mist. Ich sandte recht unliebe Gedanken Richtung Lofoten. Was trieb der Klotzkopf da oben? Warum meldete er sich nicht, bei niemandem, und wen um alles in der Welt sollte ich noch fragen? Seinen Bruder Bertie, die Schleimkröte? Rita und Helmut?

Ich schüttelte den Kopf. *Klank klank.* So schepperte auch der Mini – aber weil er bald einen neuen Auspuff brauchte.

Nein, Zeli oder Frau Schalinger waren meine einzige Hoffnung gewesen, also würde ich warten müssen. Wer weiß, wie lange. Ich zog einen Flunsch, während das alte Nörgel-Ich in meinem Kopf amüsiert «Geschieht dir recht» kicherte. Haha.

Zu Hause erwarteten mich ein zwar mit Katzenhaaren übersätes, aber immerhin nicht zerfetztes Sofa sowie erneutes heftiges Blinken auf dem Anrufbeantworter. Verursacht hatten es dreizehn Anrufe meines Vaters, der nie das richtige Maß für irgendetwas fand. Ich ersparte es mir, sie alle abzuhören, und rief ihn sofort zurück.

Er war wie üblich bester Laune und sprudelte vor Superlativen wie ein billiges Schaumbad.

Das ist es, was Kalifornien mit einem macht, flüsterte ich Lord Nelson zu.

Dann überraschte mein Vater mich damit, dass er seinen Besuch in Hamburg ankündigte, was mich nur mäßig begeisterte. Er war seit neun Jahren nicht mehr in Deutschland gewesen, und der letzte Besuch hatte in einer Katastrophe geendet – fachlich wie familiär. Meine Mutter und er hatten sich auf einer Tagung nicht nur in die Haare gekriegt, sondern aufs boshafteste beschimpft. Vor versammelter Fachschaft.

Ich machte seitdem an der Uni einen großen Bogen um den Fachbereich Geschichte. Irgendwer fing sonst immer an mit: «Huntemann? Huntemann? Sie sind aber nicht die Tochter von …?» Doch natürlich bin ich das, du Hirni, brüllte dann das Kind in mir. Äußerlich aber nickte ich, lächelte lauwarm und sagte: «Der Altphilologe und die Historikerin …» Nur um dann zu sehen, wie sich dieses spezielle Grinsen auf dem Gesicht meines Gegenübers ausbreitete, das irgendwo zwischen Mitleid und sanftem Spott schwankte.

Mein Vater aber versicherte mir nun über den Atlantik hinweg, dass es dieses Mal zu keinerlei Vorfällen kommen würde – was nur eine Folgerung zuließ: «Wie? Mama kommt auch?»

Mir wurde heiß, dann kalt, dann übel.

«Es ist ein internationaler Kongress, Dido, und wir arbeiten nun mal beide über dieselbe Epoche.»

Nachdem ich aufgelegt hatte, verbrachte ich den Abend

damit, Wiederholungen von «Bonanza» zu gucken und Kekse zu essen. Mehr war nicht drin für diesen Tag – und der Tag schien das zu verstehen. Er endete sanft und weiß und gemütsberuhigend: mit dicken weißen Flocken, die über Stunden langsam und systematisch vom Himmel rieselten.

Der Winter war endlich auch in Hamburg angekommen.

29

Die nächsten Tage vergingen mit Aufräumarbeiten. Zuerst den bitter nötigen (Schreibtisch/Socken-Schublade), dann den vertrackten (das Inhaltsverzeichnis meiner Doktorarbeit, eine Tüte mit alten Stofftieren) und schließlich den fast unmöglichen (der Karton mit Dingen, die Lukas mir geschenkt hatte/ mein Kopf).

Kiki unterstützte mich, so gut sie konnte. Und das war leider ziemlich gut. Es ist das eine und Schöne, eine beste Freundin zu haben. Das andere ist, eine beste Freundin zu haben, die diplomierte Expertin für seelisch delikate Verhaltensweisen ist.

«Weg damit, Dido. Einfach. Alles. Weg», grumpelte sie, während ich mit schwindsüchtigem Blick eine alte Fransen-Handtasche aus dem Schrank zog. «All dies Gerümpel belastet dich. Du musst lernen, Prioritäten zu setzen, klare Entscheidungen zu treffen.»

Klack, Klack, machte die Meisterin der Priorisierung sodann. Sie stand am Küchentisch und guillotinierte ein hartes Ei. Dann hieb sie Gemüse in Stücke.

«Alles andere macht dich wuschig im Kopf.»

Klack, Klack, ging es einer Gurke zu Leibe. Kiki versuchte offenbar, etwas Essbares herzustellen.

«Vielleicht bin ich ja manchmal ganz gern wuschig im

Kopf», nuschelte ich und näherte mich misstrauisch dem Küchentisch.

Ihr Blick hob sich für eine Sekunde von ihrem nächsten Opfer – einer Süßkartoffel, die aber dick und knubbelig ihrem Messer widerstand. Sie schwenkte sie wie ein Wurfgeschoss in meine Richtung. «Das bist du nicht. Du bist fertig mit wuschig.»

Klack. Die Süßkartoffel hatte keine Chance.

Ich auch nicht.

Zwei Stunden später stellte Kiki die kleine Bade-Quietschente auf meinen Schreibtisch, die wir beim Aufräumen gefunden hatten. Sie war pechschwarz und trug das Emblem des FC St. Pauli.

Ich versuchte gerade, das Schlusswort meiner Doktorarbeit zu erstellen – und sie somit einem Zustand anzunähern, der mir noch im Vormonat so wahrscheinlich erschienen wäre wie ein Meteoriten-Einschlag in unserem Hinterhof: ihrer Fertigstellung. Daran weiterzuarbeiten war aber nicht denkbar, solange mich eine Plastikente anstarrte.

«Was soll das, Kiki? Geh weg.»

Sie ging. Die Ente blieb.

Es ist, wie gesagt, das eine und Großartige, eine beste Freundin zu haben. Es ist das andere und überaus Fatale, wenn diese Freundin sturer ist als ein Sack Kartoffeln.

Ich ignorierte das Plastiktier, so lange ich konnte – immerhin drei Minuten. Dann nahm ich es und marschierte in die Küche. Auf dem Herd brodelte ein Topf. Es roch nach verschmortem Plastik und etwas undefinierbar Süßlichem.

«Was machst du da? Geschmorte Tupperdose mit Vanillesoße?»

Kiki schwieg eisern und schob ein Kochbuch über den Tisch.

Es hieß «Verwegen kochen» und stellte Rezepte aus der Molekularküche vor.

Ich betrachtete ihre störrische Miene, die nichts Gutes verhieß. Ich würde essen müssen, was immer sie da aus dem Topf herausholte.

«Ich habe das Rezept exakt umgesetzt», sagte sie und schob ihr Kinn vor wie einen kleinen Boxhandschuh. Kiki hat das ausdrucksstärkste Kinn, das ich kenne. Es führt ein Eigenleben und steht in denkbar scharfem Gegensatz zu den Zügen ihres runden Puppengesichtes mit der kleinen Nase und den großen Augen. Dieses Kinn versammelt alles in sich, was Kiki so großartig macht, so liebenswert und zuweilen so absolut nervtötend.

«Glaub ich dir, Schatz», sagte ich, ging zum Herd und hob den Deckel vom Topf. Ich erkannte die Süßkartoffel wieder, der Rest war eine graue Masse und nur schwer als essbar zu identifizieren. Neben dem Herd lag ein Lötkolben.

«Was hast du damit gemacht?», fragte ich und deutete auf das fremde Gerät in unserer Küche.

Ihr Kinn schob sich zurück und nahm eine Denkerpose ein, mit tiefen Falten, die sich quer darüberzogen.

«Es steht alles so da drin», wiederholte sie, dabei vernahm ich ein leichtes Zittern in ihrer Stimme und ahnte, was bevorstand: einer der seltenen Momente, in denen die Frau, die so stoisch war wie ein Maulesel, die Fassung verlor.

«He, Frau Doktor», brummte ich und schob sie Richtung

Küchensofa. Dort angekommen, nahm ich ihr das japanische Nakiri-Messer aus der Hand, das sie noch immer fest umklammert hielt. Es sah aus wie ein kleines Beil und hatte offenbar wichtige Funktionen für Kikis Seelenleben. Denn als ich es ihr abgenommen hatte, ertönte nur noch eine Art Gulplaut wie von einem sehr dicken Goldfisch, dann war es endgültig um sie geschehen.

Sie weinte so, wie sie alles tat: voller Energie. Zwischen Schluchzern und Schniefern epischen Ausmaßes wurde mir sodann klar, was für eine lausige Freundin ich war. Es war in den letzten Wochen völlig an mir vorbeigegangen: dass gerade einer ihrer Patienten versucht hatte, sich das Leben zu nehmen. Dass ihr Freund, ein etwas verpeilter, aber netter Astrophysiker aus Bielefeld, immer seltener anrief. Dass ihre Mutter als Oma-Au-pair nach Nepal reisen wollte. Und dass sie obendrein – ein weiterer Gulplaut – ihren Kaschmirpulli beim Waschen pink eingefärbt hatte.

Wenigstens hörte ich jetzt zu, gab tröstende Laute von mir und drückte ihre Hand. Mehr brauchte es meiner Erfahrung nach nicht. Den Rest schaffte Kiki immer ziemlich gut allein – sie war da einfach begabter als ich.

Als sie nur noch leise schniefte und ihr Kinn sich entspannte, stand ich auf, stellte den Herd aus und schmierte jedem von uns ein Erdnussbutterbrot mit Marmelade. Es geht nichts über die magische Kraft von Kindheitsessen.

«Warum will man immer das können, wofür man kein Talent hat?», grübelte die Psycho-Expertin schließlich mit Marmelade am Kinn.

Ich zuckte die Schultern. «Das weißt du, glaube ich, besser als ich.»

«Pah», sagte sie, «alles Theorie.»

Dann fiel ihr Blick auf die Ente, und sie belebte sich zusehends. «Er will sie bestimmt wiederhaben. Jeder Mann würde seine St. Pauli-Ente vermissen.»

Ich hob nicht mal eine Augenbraue. «Ist das alles, was du zu bieten hast?»

Sie lehnte sich vor, wischte sich die Marmelade vom Kinn und sah mir fest in die Augen. «Nun fahr schon. Zu ihm, meine ich.»

Ich lutschte lange auf den Resten der Erdnussbutter herum, pulte dann einen Krümel aus der Seitenritze des Sofas und blickte schließlich weit weniger fest zurück. Ich hatte Kiki natürlich von der Begegnung mit Lukas' Mutter berichtet – dabei aber eine Kleinigkeit verschwiegen. Warum, wusste ich selbst nicht so genau – vielleicht, um ihren Fragen zu entgehen. Doch wieder einmal überraschte sie mich. Denn als ich jetzt «Kann nicht, er ist irgendwie abgetaucht, und niemand weiß so genau, wo er steckt» murmelte, sagte Dr. Katharina Nonnenberg kein Wort. Sie nickte nur und nahm mich in den Arm.

30

Am nächsten Morgen schrieb ich das Porträt über Elisabeth Matthissen. Es war erstaunlich einfach – wenn man bedenkt, dass ich dafür das seltsamste Interview meines Lebens geführt hatte. Anfangs war es ein bisschen so gewesen, als hätte man das Orakel von Delphi in eine Talkshow eingeladen: Elisabeth Matthissen antwortete auf keine meiner Fragen – dafür aber auf viele, die ich gar nicht gestellt hatte. Daher erfuhr ich nicht, weshalb sie angefangen hatte, Kinderbücher zu schreiben. Auch nicht, was es mit dem mysteriösen Brüderpaar in ihrem bekanntesten Roman auf sich hatte. Stattdessen erklärte sie mir, warum sie Pippi Langstrumpf immer noch für DAS Ereignis in der Kinderbuchliteratur hielt. Und dass gerade wir Deutschen Pippi bitter nötig gehabt hätten. «Denken Sie mal, wann der Text geschrieben wurde: 1945! Ein Kind, das alle Regeln bricht. Wie mutig Astrid Lindgren war!»

Ich hatte gestaunt und genickt und mir Notizen gemacht. Doch erst nachdem ihre Schwester mit dem Schlehenlikör hereingeplatzt und die Stimmung deutlich entspannter geworden war, hatte ich die Dinge erfahren, die Herrn Hübchens Lesern gefallen würden: dass die beiden als Kinder einen dreibeinigen Hund gehabt hatten, der Anatol geheißen hatte. Dass Elisabeth als junges Mädchen gern zu Boxkämpfen gegangen war und eine Matrosenhose wie Marlene Dietrich gehabt hatte. Und ja, dass sie Harry Potter gern gelesen habe – «auch wenn diese Rowling manchmal übertreibt». Am Ende aber hatten die beiden alten Damen den Spieß rumgedreht und nach dem dritten Schlehenlikör alles aus mir herausgequetscht, was ich nicht erzählen wollte. Und so hatten auch sie mir schließlich das Versprechen abgenommen, endlich zu ihm zu gehen.

Aber was sollte ich machen, wenn der Mann «unbekannt verreist» spielte?

Das fragte ich mich noch immer, als ich ein paar Tage später – es war der 3. Dezember – abends um neun über den Uni-Campus stapfte. Im Seminar hatte es eine Weihnachtsfeier gegeben und viel Punsch und Halleluja. Ich hatte die meiste Zeit in der Ecke gestanden und darauf gewartet, gehen zu können.

Als ich es schließlich tat, empfing mich das, was wohlmeinende Hanseaten «Schmuddelwedda», die ehrlicheren schlicht «Schietwetter» nennen: Der Schnee der vergangenen Woche war zu braunen Matschresten geschmolzen, auf die konstant leichter Regen niederdröppelte. Und genau den pustete mir die obligatorische steife Brise nun ins Gesicht – stramm von vorn, natürlich. Den Kopf in den Kragen meiner Jacke geduckt wie eine Beutelratte, hastete ich Richtung Bushaltestelle und Abaton-Kino. Daher war es ein Wunder, dass ich ihn überhaupt bemerkte.

Maxim Grigorov. Er stand in der Mitte des Josef-Carlebach-Platzes. Stand einfach nur da, eine riesige Pelzmütze tief ins Gesicht gezogen und den Kopf nach unten geneigt, als suche er etwas. Hier, auf den grauen Pflastersteinen jenes Platzes, der sich groß und leer inmitten des Grindelviertels auftut und auch genau das sein soll: eine Leerstelle. Bis 1939 ragte hier die größte Synagoge Nordeuropas in die Höhe – ihre mächtige Kuppel weithin durch das ganze Viertel sichtbar. Nichts, nicht einmal ein Stein ist davon geblieben.

Auf diesem Platz nun stand Maxim Grigorov – oder vielleicht eher: Gregor Malek – und starrte auf den Boden.

Ich wagte nicht, ihn anzusprechen. Stattdessen lungerte ich unentschlossen am Rand des Platzes herum und entschied mich schließlich weiterzugehen, um ihn nicht zu stören.

«Sie haben sie nicht kleingekriegt, wissen Sie. Sie haben versucht, sie abzubrennen, aber sie ist stehen geblieben. Das ist es, was ich noch gesehen habe, als ich neununddreißig hierherkam. Verkohlte Mauern», hörte ich seine Stimme hinter mir.

Ich drehte mich um und ging zurück.

Seine Augen blitzten. Zorn lag darin. Eine unheimliche Wut.

«Und wissen Sie, was sie dann gemacht haben? Der Herr Reichsstatthalter und seine Kumpane? Sie haben die jüdische Gemeinde gezwungen, die Überreste abtragen zu lassen und auch noch dafür zu bezahlen.»

«Karl Kaufmann», sagte ich.

Er nickte. «Der Herr Gauleiter von Hamburg. Einer der vielen, die sich nie für ihre Verbrechen verantworten mussten. Wussten Sie, dass er bis zu seinem Tod 1969 friedlich hier in Hamburg gelebt hat?»

Als ich den Kopf schüttelte, brummte er nur leise etwas

und begann, im Zickzack umherzulaufen. Erst nach einigen Momenten begriff ich, was er da eigentlich tat: Er schritt den Grundriss der Synagoge ab, der als dunkle Granitspur in den Boden eingelassen worden war – ein steingewordener Schatten des zerstörten Gebäudes.

Immer wieder schüttelte er den Kopf. «Sieben, nein … achtundsechzig Jahre ist es her», murmelte er, «mein Gott.»

Von drüben auf dem Weihnachtsmarkt am Grindel dröhnte «Frosty, The Snowman» herüber, und es regnete jetzt sehr aufdringlich in meinen Jackenkragen hinein. Ich nestelte einen Schirm aus meinem Rucksack und klappte ihn auf.

Der alte Herr aber lief, seine große, nasse Pelzmütze auf dem Kopf, in immer größer werdenden Kreisen über den Platz, so zielstrebig, als suche er – ja, was eigentlich? Die Vergangenheit? Jene Geister, die in diesem Viertel lauter sind als in jedem anderen Hamburgs?

Ich wusste, dass er fündig werden würde. Spätestens als er zu dem riesigen alten Schulhaus stapfte, das an den verlassenen Synagogen-Platz grenzt: die alte Talmud-Tora-Schule, die heute Josef-Carlebach-Schule heißt – nach dem letzten Rabbiner der zerstörten Synagoge.

«Schauen Sie mal», rief er und winkte.

Ich ging hinüber, und wir sahen gemeinsam auf die achtzehn kleinen Messingtafeln, die vor der Schule in den Boden eingelassen sind.

«Das sind Stolpersteine, Herr Malek. Sie sind überall in diesem Viertel», sagte ich.

Sein Kopf schnellte hoch, erst da bemerkte ich, dass ich nicht seinen richtigen Namen verwendet hatte.

«Es ist lange her, dass mich jemand so angesprochen hat», sagte er. Der Furor in seinen Augen war verloschen, sein Gesicht bleich und starr wie aus Wachs.

Seine Hand zitterte, als er jetzt ein Taschentuch herausholte, ein großes weißes Leinending mit Monogramm.

Ohne irgendeine Vorwarnung sackte er dann in sich zusammen, als wollten seine Beine ihn nicht mehr tragen. Doch er fiel nur auf die Knie und beugte sich vor. Mit präzisen Bewegungen wischte er Schmutz und Regen von den kleinen Platten und polierte sie so fest und energisch, bis sie inmitten der grauen Pflastersteine glänzten wie kleine Sterne.

«Und sie sind wirklich überall?», fragte er, als er nur mit Mühe wieder hochgekommen war.

Ich nickte und erzählte ihm von den Debatten, die es um die Stolpersteine gab. Dass einige Vertreter der jüdischen Gemeinden sich vehement dagegen aussprächen. Das Andenken der Opfer würde hier mit Füßen getreten. Dass es zugleich aber auch viele Befürworter gebe.

Gregor Malek schwieg eine Weile und sagte schließlich: «Ich kann sie verstehen. Wer gesehen hat, wie eine Bande HJ-Kinder zwei alte jüdische Männer zwang, den Bürgersteig mit Zahnbürsten zu reinigen – der hat natürlich ein Problem mit diesen Steinen.»

Dann aber sah er noch mal auf die achtzehn kleinen Tafeln vor der alten Schule und las die Namen vor, die darauf standen. Einen nach dem anderen. Schließlich sagte er sehr leise in die dunkle Nacht: «*Ein Mensch ist erst vergessen, wenn sein Name vergessen ist*, sagt der Talmud. Diese Menschen hier sind so nicht vergessen.»

Er biss sich auf die Lippe.

«Aber ja. Gedenken ist schwierig – wenn die Verbrechen so unsäglich waren.»

Wir gingen dann zusammen weiter durch das Viertel. Gregor Malek las jeden Stein, jeden Namen vor jedem Haus. Als wir an dem kleinen Supermarkt vorbeikamen, der noch offen hatte, blieb er stehen und sah auf die Uhr.

«Liebes Fräulein Dido, hätten Sie vielleicht noch etwas Zeit?»

Eigentlich hatte ich alles andere als das. Aber irgendetwas in Gregor Maleks Augen sagte mir, dass das hier ebenfalls keine Zeit hatte.

Wir gingen hinein, und er kaufte alles, was an regenfesten Windlichtern zu haben war, sowie zwei Feuerzeuge. Mit Tüten beladen, begannen wir anschließend, die Straßen auf und ab zu laufen, schlichen wie zwei Nachtwesen von Haus zu Haus und hinterließen eine Spur von Licht. Wir stellten die Lichter direkt auf die Gehwege – eins neben jeden Stolperstein. Ihr Schein leuchtete schließlich hundertfach durch das Viertel. Ein Licht für jeden Namen.

Als wir alle verteilt hatten, blickte er mich an. Ein alter Mann mit immer noch jungen Augen und einer zerbeulten Netto-Plastiktüte in der Hand. «Wir sind noch nicht fertig», sagte er.

«Nein?», fragte ich und sah wahrscheinlich nicht sehr glücklich aus. Es war eiskalt und nieselte noch immer stetig in meinen Jackenkragen. Gregors Pelzkappe hatte mittlerweile große Ähnlichkeit mit einem nassen Hund.

Bevor er antworten konnte, schrillten hohe Stimmen durch die Dunkelheit der kleinen Seitenstraße, in der wir gerade standen. Sie kamen von dem Platz vor dem Zoologischen Museum, von dem uns jetzt eine Gruppe junger Frauen entgegentrudelte. Sie hatten mehrere offene Flaschen Prosecco dabei und rot blinkende Stoff-Elchgeweihe auf dem Kopf.

Gregor Malek lächelte und starrte, ob fasziniert oder schockiert vermochte ich nicht zu sagen, auf die kniehohen weißen Stöckel-Stiefel, auf denen die blonde Wortführerin des Trupps über das Pflaster tackelte und jetzt: «He, Opi», rief, «schicker Hut. Willste mitkommen? Wir gehen was chillen.»

Sie lallte leicht, trug Leoparden-Leggings und eine schwarze Kunstpelzjacke, die aussah wie von einem schlecht gekämmten Alpaka.

Als ich den Mund öffnete, um der Bilderbuch-Tussi den Marsch zu blasen, hob der alte Gregor erst beschwichtigend die Hand, dann grüßend die Pelzkappe und sagte in liebenswürdigem Tonfall: «Recht schönen Dank für die Einladung, mein Fräulein. Aber leider bin ich verhindert. Wir haben hier schon eine Verabredung, wissen Sie. Ich komme zwar sechzig Jahre zu spät, aber jetzt möchte ich es wirklich nicht verpassen. Ich wünsche Ihnen noch einen erquicklichen Abend.»

Blondie und ihre Freundinnen standen einen Moment da wie Salzsäulen und starrten ihn an. Dann giggelten sie und stakelten weiter – festen Schrittes direkt über die 31 Stolpersteine, die dort vor dem Platz eines früheren deutsch-jüdischen Waisenhauses liegen. Ich betete nur, dass ihnen nicht noch die Proseccoflasche darauffallen würde.

Gregor Malek aber sah mich an, hob eine Augenbraue

und lächelte. So sonnig und breit, dass seitlich eine goldene Zahnkrone blitzte.

«Großartig», sagte er, «das Leben schreibt einfach die besten Szenen.»

Mein Lächeln blieb dagegen weit unter seinen Möglichkeiten. Zwei Stunden Hamburger Schmuddelwetter hatten meinen Sinn für Ironie aufgeweicht.

Wir gingen weiter. Auf dem Weihnachtsmarkt schluchzte sich inzwischen Mariah Carey durch «All I want for Christmas». Es war kurz vor elf, und ich musste morgen früh in die Sprechstunde meines Doktorvaters, um eine ansatzweise Durchdringung meines Themas vorzutäuschen. Außerdem war ich hundemüde, im Gegensatz zu dem Siebenundachtzigjährigen, der mit großen Schritten neben mir herlief und schließlich vor einem Schnellimbiss stehen blieb, in dem sich nur noch Reste eines Döners drehten.

«Hatten Sie mir nicht mal eine Tasse Kaffee versprochen, liebes Fräulein Dido? Meine Tochter ist gerade in Dublin, wissen Sie. Ich habe heute Abend sozusagen ... Freilauf. Kann man das so sagen?»

«Kann man nicht, aber es klingt nett. Hier?»

Die weißen Pelztiere über seinen Augen hoben sich fragend. «Warum nicht?»

Ich seufzte, und wir betraten den Imbiss, der drei kleine Tische mit wackelig wirkenden Stühlen als Sitzgelegenheit bot. Der junge Mann an den Fleischspießen schob uns den gewünschten Kaffee über den Tresen und wandte sich dann wieder dem Grillgeschäft zu.

Gregor Malek starrte eine Weile in seine Tasse und rührte so lange und versunken darin herum, dass ich nicht stören wollte. Doch als ich mir ein zerlesenes Abendblatt vom Nebentisch nahm, hob er den Kopf und sagte leise: «Es ist schwer auszuhalten.»

Ich ließ die Zeitung sinken, sah ihn an.

In Gregor Maleks Augen flackerte etwas – etwas, über dem er schnell die Lider senkte und dann ein kurzes Lachen, fast ein Bellen hören ließ. Es klang nicht gut. Er legte beide Hände flach auf den Tisch. Anständige Hände. Breit, mit langen Fingern und kräftigen Gelenken, allerdings leicht gelb am rechten Zeigefinger, wahrscheinlich die Quittung der Herzegowina Flor – jener Knickzigaretten, die auch das Professoren-Trio in St. Petersburg favorisiert hatte.

Als er weitersprach, klang seine Stimme höher – ihre Anspannung so fühlbar wie das Vibrieren des Kühlschrank-Senioren, der in der Ecke vor sich hin brummte.

«Würden Sie mir glauben, wenn ich sagte, dass ich damals das Richtige tun wollte?»

Ich nickte vorsichtig.

«Und dass ich dann irgendwann einfach nicht mehr wusste, was richtig und was falsch ist?» Er nahm eine Papierserviette von einem Stapel auf dem Tisch und begann, daraus ein Schiffchen zu falten. «Für Hans jedenfalls musste es so scheinen. Ich kann es heute nicht mehr sagen. Oder vielleicht doch …» Er faltete das Schiffchen fertig, stellte es vor sich auf den Tisch.

«Ich glaube, ich kann es sagen. Es war richtig, trotz allem. Trotz allem», wiederholte er und sah mich an. Nicht fragend. Eher erstaunt.

Ich nickte erneut, auch wenn ich nur ahnen konnte, wovon er sprach.

Draußen war der Regen in Schnee übergegangen, der Mann am Dönergrill klapperte mit den Spießen. Gregor Malek aber griff nach einer weiteren Serviette und setzte die Schiffproduktion fort. Er summte leise vor sich hin, ein winziges Lächeln, fast nur der Schatten eines Lächelns flog über sein Gesicht.

«Rosenbaum. So hieß mein bester Freund, als ich ein Junge war. Samuel Rosenbaum. Wir waren unzertrennbar, haben alles, wirklich alles zusammen getan: die Schule geschwänzt, unseren ersten Fisch gefangen ... selbst die Masern haben wir geteilt.»

Sein Blick schweifte zur Wanduhr. Ihr Ziffernblatt schmückte ein Bild des Eiffelturms, in einer rosa Pailletten-Version.

Er fixierte sie eine Weile, wahrscheinlich in ästhetischer Schockstarre, dann sagte er seltsam unbeteiligt, als sei er nur Beobachter: «Ich habe ihn zurückgelassen, wie ich alles zurückgelassen habe – einfach alles, nur um nach Deutschland zu kommen. Und dann ...» Seine Stimme brach ab. Sein Kopf sackte nach unten auf die Brust, sein Körper wirkte plötzlich so starr wie eine Wachspuppe, seine Hände zerdrückten Schiffchen und Serviette.

«Herr Malek?»

Er antwortete nicht, holte nur tief Luft und stieß sie hörbar wieder aus.

«Dann ... ja dann ... hat das gute alte Leben mir eine Lektion erteilt», sagte er schließlich und nahm die Papierserviette wieder auf. Er glättete sie, faltete akribisch genau Diagonale und Senkrechte, die Augenbrauen konzentriert zusammengezogen, seine knochigen, vom Alter braun betupften Hände sicher und präzise. Als er fertig war, sah er nicht hoch. Seine Augen blieben gesenkt, schweiften vom Zuckerstreuer zum Salzfässchen und schließlich zu der zerknautschten Plastik-Senfflasche, die ein Exilant aus der Wurstbude von nebenan sein musste. Er nahm sie und drehte sie in den Händen.

«Sehen Sie, auch andere haben Probleme, den richtigen Platz im Leben zu finden.»

Wieder ertönte das bellende Lachen, er richtete sich auf und schüttelte den Kopf – nicht verneinend, sondern als wolle er etwas abschütteln. Regen, Staub oder Traurigkeit. Und dann fragte er mit einer Abruptheit, die ich allmählich als Vorrecht des Alters zu begreifen begann: «Wo ist eigentlich der nette junge Mann geblieben, der Sie in Russland begleitet hat?»

Volltreffer. Mir schossen Tränen in die Augen, selbst meine Unterlippe nahm Anteil und begann pflichtschuldigst zu zittern.

«Verzeihung, Fräulein Dido, ich wollte nicht ...»

«Schon gut», krächzte ich und wedelte mit den Armen, «aber jung ist er weiß Gott nicht mehr.»

Er betrachtete mich einen Moment mit hemmungsloser Freundlichkeit. «Sie wissen schon, dass es keinen besseren Ort gibt, um über die Geheimnisse des Herzens zu sprechen, als einen Schnellimbiss, ja? In Petersburg bevorzuge ich Piroschki-Buden, aber das hier ist auch nicht schlecht.»

Der junge Türke, der gerade die Gewürzstreuer von den Tischen einsammelte, sah ihn freundlich, aber etwas misstrauisch an. Ich konnte es ihm nicht verdenken. Wenn man mit Gregor Malek sprach, wusste man zuweilen nicht so genau, ob man es mit einem Weisen oder einem Irren, mit Ali Baba, Forrest Gump oder dem guten Menschen von Sezuan zu tun hatte. Als ich nun weiter stumm in meinem Kaffee rührte, lächelte Gregor Malek breiter als Lewis Carrolls Grinsekatze.

«Nicht das richtige Thema?»

«Nicht das richtige Thema», bestätigte ich und ruckelte auf meinem Stuhl herum. «Was ist mit Ihnen? Sind Sie verheiratet?»

Er zog die Pelztiere in die Höhe. «Moi? Où pensez-vous, Mademoiselle?»

«Sie haben immerhin eine Tochter.»

Er lächelte. «Der beste Irrtum meines Lebens. Ihre Mutter und ich können uns nicht ausstehen. Aber Natascha ist großartig. Ein bisschen verrückt vielleicht.» Er seufzte sehr russisch, unter Beteiligung beider Augenbrauen. «Ihre Mutter sagt natürlich, das hat sie von mir.»

Er hielt inne im Serviettenfalten und legte die Hände flach auf den Tisch, als wolle er sie zur Ruhe zwingen.

«Es gibt nur eine Frau, die ich geheiratet hätte. Aber sie wollte mich nicht.»

Wer gemeint war, lag nahe, ich brauchte trotzdem einen Moment.

«Haben Sie sie gefragt?»

Er senkte den Blick auf die beiden fertigen Papierschiffchen und gab ihnen einen Stups. Eines fiel um. «Hab ich. Damals, als –» Seine Stimme brach so jäh ab, als habe jemand die Austaste gedrückt. Er sah zur Seite.

«Nicht das richtige Thema?», fragte ich leise.

Er antwortete nicht, aber das war auch nicht nötig. Und

ich dachte wieder an den kleinen Stofflöwen aus dem Päckchen und überlegte, ob meine Theorie stimmte. Dann aber fiel mein Blick auf den Döner-Mann. Er war über seiner Zeitung eingeschlafen.

«Wir sollten ihn erlösen», sagte ich und deutete mit dem Kopf in seine Richtung.

Gregor Malek kramte sein Portemonnaie aus dem Parka. Dann fixierte er mich einen Moment mit unergründlicher Miene.

«Liebes Fräulein Dido, bitte verstehen Sie das jetzt nicht falsch. Ich bin fast sechzig Jahre älter als sie. Unappetitlichkeiten verbieten sich also von selbst. Aber wenn ich Sie jetzt fragen würde, ob Sie den Rest der Nacht mit mir verbringen möchten, was würden Sie sagen?»

Ich war sprachlos.

«Wissen Sie, ich leide seit Jahrzehnten unter Schlaflosigkeit. Wahrscheinlich ist es das Gewissen, das ich nicht mehr habe. Aber heute Nacht möchte ich gar nicht schlafen. Ich möchte wach sein, an die Toten denken, die nachts leichter sprechen können, meine alte und neue Heimat betrachten und vorzugsweise dabei Sie an meiner Seite haben. Immerhin sind Sie schuld, dass ich überhaupt hier bin, nicht wahr? Ohne ihren unvergesslichen Auftritt in Petersburgs schlechtestbesuchten Hotel wäre ich wohl in Selbstmitleid und meinem russischen Altherren-Trott versunken. Und es ist gut, dass ich hier bin. Man muss zurückblicken, wissen Sie, sonst kann man nicht nach vorne sehen. Was meinen Sie, wollen wir zum Hafen?»

Es wurde eine denkenswerte Nacht. Wir liefen bei Windstärke sieben die schaukelnden Pontons der Landungsbrücken entlang, kauften Gregor Malek eine Käpt'n-Blaubär-Postkarte und eine CD mit Hans-Albers-Liedern und fuhren schließlich mit der letzten Hafenfähre des Abends zur Veddel.

Dort bekamen wir im «Café Mutti» ein Heringsbrötchen mit breitem Hamburger Platt serviert. Die meisten anderen Gäste sahen aus, als wenn sie gerade von der Schicht kamen – und das seit mindestens dreißig Jahren. Niemand beachtete uns.

«Wie meinen Sie das?», fragte ich ihn schließlich. «Dass man zurückblicken muss, um nach vorn sehen zu können?»

Er grinste verlegen, winkte ab. «Ach, ein Poesiealbumspruch.» Dann wischte er sich etwas Heringssoße vom Mund. «Sie kennen natürlich den Orpheus-Mythos?»

Ich hmhmte zustimmend und lächelte leicht schief. Als Tochter einer Historikerin und eines Altphilologen hatte ich Goldhamster gehabt, die Neptun und Hekate hießen, und Plüschtiere, die wie der Minotaurus aussahen. Zeus und seine Götter waren quasi meine Kindermädchen gewesen.

«Dann wissen Sie doch sicher auch, was die Psychoanalyse sagt zu der Sache mit dem Nicht-zurückblicken-Dürfen?»

Ich zuckte die Schultern, während Freddy Quinn aus dem Lautsprecher direkt über meinem Kopf La Paloma röhrte. Orpheus hätte in dieser Kneipe keine Chance gehabt.

«Es hätte nie geklappt. Sollte es auch gar nicht. Die Götter hatten diese Regel aufgestellt in dem Wissen, dass sie nicht befolgbar war. Denn Orpheus muss sich umsehen. Erst im Blick zurück sieht er das Wesentliche: dass das, was hinter ihm ist, auch wirklich hinter ihm liegt. Erst als er die Distanz erkennen kann, kann er Eurydike auch loslassen – ihren Tod begreifen.»

Ich nickte reflexartig, doch ich hatte keine Ahnung, wovon der alte Herr da sprach. Vielleicht wollte ich es auch nicht wissen. Schließlich war es drei Uhr morgens. Draußen vor der Kneipe grölte ein Besoffener «Cheri, Cheri Lady». Der gut zwei Zentner schwere Kranführer am Tisch neben uns orderte Schweinskopfsülze mit Pommes. Und ich hatte zwei Jever getrunken. Ich fand, das war wirklich nicht der richtige Zeitpunkt für Psychoanalyse. Das hatte Freud nicht verdient. Die Schweinskopfsülze auch nicht.

Zum Glück beharrte Gregor Malek auch nicht auf Fortsetzung der Mythenkunde, sondern brachte mir lieber ein paar Worte Russisch bei. Das wiederum amüsierte den Kranführer, der Pommes kauend erklärte, aus Nowosibirsk zu stammen. Die beiden plauderten eine Weile auf Russisch, bis sich der Modern-Talking-Fan einschaltete, der mittlerweile hereingekommen war, und mit uns allen im Chor «You're My Heart, You're My Soul» anzustimmen wünschte. Der Kranführer konnte alle Strophen auswendig und gestand über den Resten der Schweinskopfsülze, als Junge ein Dieter-Bohlen-Poster über seinem Bett gehabt zu haben.

«Dieter wer?», fragte Gregor Malek.

«Super, super», lachte der Kranführer und klopfte ihm auf die Schulter. Er hielt es für einen Witz.

Wir sangen weiter. Noch mal «La Paloma» mit Freddy. Danach wollte der Besoffene mit uns schunkeln, was glücklicherweise durch einen kleinen dünnen Herrn im Blaumann verhindert wurde, der sehr resolut ein armenisches Volkslied anstimmte.

Wir verließen das «Café Mutti» gegen vier Uhr und riefen uns ein Taxi, um wieder zu den Landungsbrücken zu fahren. Der alte Herr an meiner Seite zeigte keinerlei Ermüdungserscheinungen – ganz im Gegenteil, sein schmales Raubvogel-Gesicht hatte richtig Farbe bekommen, seine Augen waren hellwach und schienen alles einzusaugen, was auf der Fahrt an uns vorbeirauschte: die roten Backstein-Paläste der Speicherstadt, die alten geschwungenen Bogenbrücken über die Seitenkanäle der Elbe, der kriegslustige Kaiser Barbarossa, der eisern von seinem Brückenkopf herabstierte, neben sich – ausgerechnet – den heiligen Ansgar, der einst Gottes Sanftmut unter die wilden Nordmänner zu bringen gedachte. So richtig gelungen schien es ihm nicht zu sein. Denn als wir an den Landungsbrücken ankamen, prügelten sich dort auf einem Parkplatz gerade mehrere Betrunkene.

«Wollen aussteigen?», fragte der Taxifahrer. Er hielt es offensichtlich für keine gute Idee. Gregor Malek und ich auch nicht. Doch wohin sollten wir gehen, bei Eiseskälte morgens um vier in einer wild gewordenen Hafenstadt?

«Wollen beten?», fragte der Taxifahrer als Nächstes.

Gregor Malek schnaubte nur.

Ich schüttelte den Kopf: «Nein danke.»

Doch der Taximann erwärmte sich zusehends für seine Idee. Offenbar sahen wir aus, als bedürften wir des spirituellen Zuspruchs. Und wie wir seinem beherzten deutsch-spanischen Sprachmix entnehmen konnten, war dies die «larga noche» der Kirchen, und wir hätten freie Wahl, in welcher der dreihundert schönen «iglesias» Hamburgs wir «al Señor» zu gedenken gedächten.

«Dreihundert?», murmelte Gregor. «Und das, wo sie ihren ersten Bischof aus der Stadt gejagt haben? Scheinheiliges Pack.»

«Es waren die Wikinger, die den guten Ansgar verjagt haben, nicht die Hamburger», warf ich ein.

Doch er hörte mich nicht, da er nun doch die Taxitür geöffnet hatte und ausgestiegen war.

«Einen Moment bitte», sagte ich zum Taxifahrer des Herrn, «wir sind gleich wieder da.»

Das hoffte ich jedenfalls. Mein Begleiter marschierte unterdes bereits leicht schwankend auf den schaukelnden Ponton von Brücke 5 zu. Dort angekommen, blieb er stehen und blickte stumm auf die dunkle Elbe.

Seine Stimme war nur ein Flüstern, als ich neben ihn trat.

«Ich weiß, dass es viel verlangt ist, liebes Fräulein Dido. Aber würden Sie mich auf noch einem weiteren Gang begleiten?»

Ich seufzte leise, aber nahm seine Hand und drückte sie kurz. Über den Punkt totaler Erschöpfung war ich sowieso hinweg. Ein Kaffee wäre schön gewesen, aber mein letzter Koffein-Kaugummi tat es auch. Zumal Gregor Maleks entschlossene Miene vielerlei bedeuten konnte: vielleicht ein weiteres Kapitel aus der Abteilung Sagen und Mythen, aber vielleicht auch die Wahrheit, zumindest ein Puzzlesteinchen davon – wer wusste das bei ihm schon?

Er wollte nach Eimsbüttel. Unsere letzte Station in dieser Nacht war eine kleine Straße in der Nähe des Israelitischen Krankenhauses. Seine Hände zitterten, als er den Taxifahrer bezahlte. Nachdem wir ausgestiegen waren, sah ich, dass auch seine Lippen, seine Augenbrauen – einfach alles Bewegliche an ihm – einem Tremor verfallen schienen. Er zitterte so sehr, dass er nicht sprechen, nur nicken konnte.

Dennoch richtete er sich nun sehr gerade auf und ging mit steifen Schritten die kleine Straße entlang, bis er vor dem Eingang eines großen Jugendstil-Wohnblocks stehen blieb und den Boden absuchte. Er musste nicht lange suchen.

Es waren drei. Drei Stolpersteine. Gregor Malek starrte sie an. Sein Gesicht war so verschlossen, als habe jemand die Läden zugezogen und innen das Licht ausgeknipst.

Ich kam näher und las die Aufschriften. Zwei Frauen-, ein Männername. Ruth Rosenfeld. Elina Buchheim. Simon Zuckermann. Alle drei waren deportiert und in Buchenwald ermordet worden. Und ich konnte nur vermuten, was den Mann, der nun über sechzig Jahre später neben mir stand, mit ihnen verbunden hatte. Es musste viel gewesen sein. Denn plötzlich drehte er sich um und sackte langsam gegen mich. Anders kann ich es nicht beschreiben. Den Kopf gesenkt, lehnte er sich an mich, als könne er nicht mehr allein auf den Beinen stehen. Er weinte nicht. Er tat keinen Muckser. Es war nur dieses Zittern, dieses stetige, nagende Zittern, das den ganzen Körper des alten Mannes noch immer in den Klauen hielt wie eine wütende Hyäne.

Abermals strich ich über weiche, weiße Altherrenhaare, versuchte, Beruhigendes zu murmeln, nahm schließlich seine Hand und führte ihn in den Hauseingang, wo er sich auf eine Mauer setzen konnte.

Er nahm seine Pelzkappe ab, drehte sie eine Weile in den Händen.

Ich überlegte gerade, wo wir jetzt ein Taxi herbekämen, da fragte er: «Sagen Sie, die Leute, die diese Steine machen – kennen die alle Geschichten?»

«Alle?» Ich hörte auf, nach meinem Handy zu kramen, und sah ihn an. «Wie meinen Sie das?»

«Na, wie viel wissen sie – wie viel wissen diese Leute wirklich? Über die Menschen, die hier gelebt haben, meine ich.»

Ich wiegte meinen Kopf hin und her, um Zeit zu schinden. Schließlich sagte ich: «Soweit ich weiß, wird lange und gründlich recherchiert, aber es ist kein wissenschaftliches Projekt.»

Er nickte, schwieg eine Weile. Dann sagte er mit einer Stimme, die so heiser und dünn klang, als könne sie zerbrechen: «Er ist nicht hier, wissen Sie.»

«Er?»

Gregor Malek nickte abermals, stand auf und begann, auf und ab zu gehen, den Blick gesenkt, als wolle er den Gehweg noch weiter absuchen. Schließlich kam er zurück und nestelte etwas aus seinem Anorak. Es waren vier der Windlichter, die wir im Supermarkt gekauft hatten.

Mühsam kniete er sich auf den Boden, entzündete die Lichter und stellte sie neben die drei Stolpersteine – ein Licht für jeden Namen und eines extra.

Er murmelte: «Frohes Chanukka, Ruth.» Und dann kamen die Tränen. Langsam, lautlos bahnten sie sich einen

Weg über die Furchen und Untiefen seines langen alten Gesichtes, er schien es nicht zu merken.

Ich ging neben ihm in die Hocke und legte vorsichtig meine Hand auf seinen Arm. So kauerten wir an diesem fies kalten Morgen in einer kleinen Hamburger Wohnstraße, in der bereits die ersten Lampen angemacht wurden, auf dem Boden und wachten über drei Namen – und einen Namen, der nicht da war.

Als der Bäcker an der Ecke gegen halb sechs seine Türen öffnete, gingen wir hinein und bekamen frischen Kaffee. Es gab sogar eine kleine Sitzecke mit Sesseln, und ich versank mit einem wohligen Seufzer im warmen Polsterglück.

Gregor Malek aber schwieg und rührte ausdauernd in seiner Tasse, obwohl er keinen Zucker hineingetan hatte.

Irgendwann konnte ich das *Klink-Klonk* nicht mehr ertragen und nahm ihm vorsichtig den Löffel aus der Hand.

Er blickte mich fassungslos an, verzog den Mund zu etwas, das ein Lächeln werden sollte – aber auf halber Strecke den Mut verlor.

«Ich habe dort gewohnt, wissen Sie», sagte er schließlich.

Ich nickte und wartete. Doch er sagte nichts weiter, griff in die Innentasche seines Parkas und holte etwas heraus, das in ein dünnes Tuch eingeschlagen war. Es war der kleine Stofflöwe, den er jetzt vorsichtig vor sich auf den Tisch stellte.

«Der gehörte Jakob Rosenfeld. Er war fünf Jahre alt und wohnte mit seiner Mutter Ruth in der Wohnung unter mir. Er wurde am 11. November 1941 deportiert. Ich habe zugesehen.»

All dies sagte er vollkommen monoton, als könne er nur so ertragen, es auszusprechen. Rote Flecken erschienen auf seinen Wangen.

Im Radio, das nonstop lief, plärrte der Jingle von NDR2, und ich warf der Bäckereiverkäuferin finstere Blicke zu. Doch Gregor Malek schien das gar nicht wahrzunehmen. Er nahm den kleinen Stofflöwen wieder vom Tisch und hielt ihn so vorsichtig in den Händen, als könne er sich beim leisesten Windhauch in Luft auflösen.

«Sie wollte ihren Sohn zurücklassen, wissen Sie, bei ihrer besten Freundin, die im Erdgeschoss wohnte – so hatten sie es abgesprochen. Sie meinte, es sei ein Versehen, dass Jakob mitkommen solle, er könne doch noch nicht arbeiten.»

Seine Stimme war heiser geworden, klang, als müsse er sie mit aller Kraft durch seinen Kehlkopf pressen.

«Aber es war kein Versehen», sagte ich.

Er schüttelte den Kopf.

«Einen Tag später kamen sie erneut. Morgens um halb sechs. Zwei Gestapo-Männer. Wegen eines fünfjährigen Jungen.»

Seine nächsten Worte verstand ich nur, weil die Verkäuferin endlich das Radio leiser gestellt hatte.

«Er hatte noch seinen Schlafanzug an. Und er hatte seinen Stofflöwen im Treppenhaus fallen lassen. Deswegen weinte er. Das ist das Letzte, was ich von ihm gesehen habe.»

Seine Stimme war nur noch ein Flüstern. Ich legte meine Hand vorsichtig auf seine, die noch immer den kleinen Stofflöwen festhielt.

«Es war beschämend. Hinter der Tür zu stehen und … und … nichts zu tun.»

Er senkte den Kopf, räusperte sich und griff nach seiner Kaffeetasse, als sei sie eine Rettungsboje. Er trank einen Schluck, dann hob er den Kopf und sah mir direkt in die Augen.

«Ich habe mich nie wieder so geschämt, wissen Sie.»

Ich drückte seine Hand, doch er schien es gar nicht wahrzunehmen.

«Als mich ein paar Tage später am Dammtorbahnhof ein Mann auf Russisch ansprach, musste ich nicht lang überzeugt werden.»

«Der KGB?»

«Sein Vorgänger, der NKWD.»

«Aha», machte ich so souverän, als berichtete mir täglich jemand von seinen Kontakten mit dem sowjetischen Geheimdienst. In meinem Kopf aber sprangen Bilder durcheinander, gegen die der Hexensabbat in Macbeth wie ein Kindergeburtstag wirkte.

«Und Hans und Elisabeth?», fragte ich schließlich.

Er schüttelte den Kopf. «Ich hätte es ihnen sagen sollen. Aber wo sollte ich anfangen? Meine gesamte Existenz war eine Lüge. Und als die Russen mich dann abziehen wollten, wurde es zu gefährlich. Ich hatte Angst, dass sie Mitwisser für ein Risiko halten würden.»

Ich seufzte. «Wie haben Sie das bloß alles ausgehalten?»

«Hatte ich eine Wahl?» Er zuckte die Schultern. «Sie glauben nicht, was man alles aushält, ganz einfach deshalb, weil man es muss.»

Er zog eine Grimasse irgendwo zwischen Traurigkeit und Gleichmut – dann stand er auf, holte neuen Kaffee und zwei Stücke Mohnstriezel.

«Und was war dann später?», fragte ich zwischen zwei Bissen.

Grigorov schwieg eine Weile, taxierte mich, dann holte er tief Luft. «Im Grunde habe ich alle belogen. Die Deutschen wie die Russen.»

«Die Russen?»

Er hob den linken Mundwinkel zu einem schiefen Lächeln. «Liebes Fräulein, was meinen Sie denn, warum wir Sie in Petersburg vor dem Hotel abgefangen und in das Café gelotst haben? Sie wurden beobachtet – schon seit Ihrem denkenswerten Auftritt in der Klinik. Das Russland Putins hat mir nie über den Weg getraut.»

«A… a… aber», stotterte ich.

Er winkte beruhigend mit der Hand. «Sie haben nichts getan. Wahrscheinlich haben Sie nur beim Pförtner meinen Namen erwähnt.»

Ich dachte an den dicken Käfer in der Pförtnerloge des Liskovskaya-Krankenhauses und nickte.

«A… aber wie sind Sie dann so einfach hierhergekommen? Lassen die Sie einfach so gehen?»

Er grinste. «Oh ja. Genosse Putin ist froh, dass er mich los ist. Nur zurück sollte ich jetzt nicht mehr wollen. Das könnte ein Problem sein.»

Er riskierte einen Blick zur Verkäuferin, die aber mit dem Drapieren frischer Franzbrötchen beschäftigt war. Dann griff er in die Innentasche seines Parkas, holte seinen Flachmann mit dem Wodka raus und kippte dessen Restbestände in unsere leeren Kaffeetassen.

«Das ist mein letzter echter russischer Wodka. Teilen Sie ihn mit mir. Ich werde in diesem Leben wohl keinen mehr bekommen. Aber es gibt niemanden, mit dem ich ihn lieber trinken würde.»

Irgendwann gingen wir zurück zu einer großen Straße, an der uns ein Taxi auflas und zu mir nach Hause fuhr. Bevor ich ausstieg, sah ich ihn noch einmal an und erschrak, wie erschöpft der alte Mann im Schein der kalt-weißen Straßenlaterne aussah. Seine Augen lagen tief in den Höhlen und flackerten so sehr, als könnten sie jeden Moment verlöschen. Trotzdem drückte er kräftig meine Hand, was mich etwas beruhigte.

«Schlafen Sie, *krasawitza maja*. Das werde auch ich jetzt können.»

«Gute Nacht», sagte ich. «Grüßen Sie Ihre Tochter.»

Dann beugte ich mich zu ihm und drückte ihm einen Kuss auf die Wange. Er aber tippte mit seiner Stirn kurz an meine und murmelte: «Danke, Fräulein Dido, ich danke Ihnen.»

31

Ich schlief zwei Stunden, ließ mich dann nach einem Blick in den Spiegel widerstandslos von Kiki mit ihrer 100-Euro-Wunder-Creme betupfen – sie behauptet, es seien geschredderte Perlen darin, was immer das bringen soll – und fuhr in die Uni. Dort gab ich Professor Bösig zu meinem und wohl auch zu seinem Erstaunen eine Reihe durchaus kohärenter Antworten und krönte das Ganze mit einem Monolog über die Bedeutung von Dada im Licht des Dekonstruktivismus der 70er Jahre.

Ich weiß auch nicht, was in mich gefahren war. Es muss der Weihnachtsfeier-Glögg vom Abend vorher gewesen sein. Oder der Hering aus der Hafenkneipe. Oder mein Lebensmut, der sich langsam, aber sicher aus seinem achtjährigen Exil zurückwagte.

Professor Bösig jedenfalls stand kurz der Mund offen. Immerhin hatte ich soeben mehr geredet als in den drei Jahren, die er mich nun kannte, zusammen. Dann fasste er sich, strich sich seine wallende graue Lockenmähne hinter die Ohren – ich fragte mich seit Jahren, ob er eine Dauerwelle hatte – und stand auf, um mir einen Kaffee anzubieten.

«Jaja», antwortete ich, mehr aus Verblüffung denn echtem Wunsch nach Thermoskannen-Gebräu.

Kaffeetrinken mit Studenten stand normalerweise nicht auf dem Sozialfahrplan des Professors. Doch es kam noch besser. Über dem labbrigen Kaffee machte er mir ein Angebot, für das jeder Germanistik-Doktorand töten würde: für zwei Jahre an einem Buchprojekt mitzuarbeiten.

Auch mir klappte erstmal der Mund auf und zu wie einem arbeitslosen Nussknacker. *Buchprojekt. Mitarbeit.* Ich als Co-Autorin vom Prof … ICH – die Versagerin, die NIE, NIE eine akademische Laufbahn hatte einschlagen wollen.

«Ich denke drüber nach», sagte ich und hätte mich an diesem coolsten Satz meines Lebens dann doch fast verschluckt.

«Tun Sie das, tun Sie das, Frau Huntemann. Die ersten Kapitel Ihrer Doktorarbeit lesen sich übrigens schon mal recht vielversprechend – und auch Professor Grigorov …» Sein verhuschtes Hermann-Hesse-Gesicht brachte nun tatsächlich ein Lächeln hervor. «… spricht nur in den höchsten Tönen von Ihnen. Der Vortrag über Eichendorff, den Sie in St. Petersburg gehalten haben, muss wirklich phänomenal gewesen sein. Hat dort großen Eindruck hinterlassen, wie er mir versicherte. Dabei wusste ich gar nicht, dass Sie auch Romantik-Expertin sind. Aber bestens, liebe Frau Huntemann, ganz formidabel. Wir brauchen Leute, die Allrounder sind.»

Ich war zu sprachlos, um etwas zu sagen.

Er aber schüttelte mir emphatisch die Hand und komplimentierte mich sodann hinaus, wo der Flur bevölkert war von beratungsbedürftigen Erstsemestlern.

Hans lachte nur, als ich ihm mittags davon erzählte.

«Deern, du solltest es doch allmählich wissen: Die Wahrheit ist für Gregor ein eher relativer Wert.»

«Ist nicht wahr, ist nicht wahr», rief Elisabeth Matthissen von hinten aus dem Büro des Antiquariats, wo sie jetzt viele ihrer Tage verbrachte – begleitet von Olympia, dem Schreibmaschinen-Fossil. Lord Nelson saß meist zu ihren Füßen und blickte sie anbetend an, während sie Seite um Seite tippte mit jenem tackenden *Plop-plop-plop*, das an schwarze Hornbrillen, Ärmelschoner und Journalismus der 50er Jahre erinnerte.

«Woran schreiben Sie?», hatte ich sie ein paar Tage zuvor gefragt.

Und wieder hatte mich jener Blick getroffen, der mich stets etwas fassungslos machte: Ihre Augen waren so hell, so licht – als würden sie direkt in mein Innerstes sehen. Dann aber hatte sie den Blick abgewandt und lange auf das Lyonel-Feininger-Bild gestarrt, das neben Hans' Schreibtisch hing. Es zeigte ein einsames Segelschiff auf einem kubistisch zerknitterten Meer.

«Ich schreibe», hatte sie schließlich gesagt, «über das Scheitern. Über das Hinfallen, das Mutlos-Sein, das Nicht-mehr-weiter-Können. Eine kleine Hymne an die Niederlage, wenn Sie so wollen.»

Ich hatte nur schief gegrinst und gemurmelt: «Sollten Sie noch Fallbeispiele brauchen, ich stehe zur Verfügung.»

Elisabeth Matthissen aber hatte gelächelt und ihre Nixenaugen wieder auf mich gerichtet, und da hatte ich es begriffen: Auch sie kannte sie alle – die kleinen, feigen Fluchten. Die Notlügen, mit denen wir uns das Leben schöntexten.

Die allzu bequemen Wege, die nur selten ans Ziel führen.

Aber was soll's? Wer ist schon Supermann?, schienen ihre Augen mir zu sagen. *Keiner ist das – auch wenn die meisten heute gern so tun.*

Danach war sie aufgestanden, zu Hans hinübergegangen und hatte ihm völlig unvermittelt einen Kuss gegeben – wie so oft, wenn sie bei ihm war.

«Aber das ist nur eines der Themen, die mir wichtig sind», fuhr sie dann fort, wieder zu mir gewandt. «Ansonsten schreibe ich viel über Sternschnuppen und schöne alte Bücher, über Herbstlaub und Vanillepudding. Und das Leben, das irgendwo dazwischen ist.»

Dabei hatte sie gelacht und ihre Augen kleine Blitze werfen lassen, und ich hatte wieder einmal verstanden, warum gleich zwei großartige Männer der alten Dame quasi aus der Hand fraßen. Sie war einfach unwiderstehlich: als habe man Simone de Beauvoir und Marlene Dietrich in einen Mixer getan – und noch einen kräftigen Schuss Pippi Langstrumpf dazu.

32

Das Päckchen an Kiki und mich kam eine Woche später. Es war ja kurz vor Weihnachten. Daher dachte ich mir nicht viel dabei, zumal kein Absender drauf war, und stellte es zur Seite. Sicher irgendein Werbegeschenk. Oder ein grässlicher Wein von Kikis Bruder, der sich als Hobbywinzer betätigt und mit seinen Erzeugnissen Geschmacksknospen regelrecht traumatisieren kann.

Erst als Kiki nach Hause kam und das Päckchen neugierig schüttelte wie ein Überraschungsei, würdigte ich es wieder eines Blickes. Der Poststempel zeigte Hamburg an, und die geschwungenen Buchstaben, mit denen die Adresse verfasst war, kamen mir jetzt doch irgendwie bekannt vor.

«Na, mach schon auf», drängelte Kiki, während sie aus ihrer Tasche eine glänzende Lackbox holte und auf den Küchentisch stellte. «Da, Abendbrot vom Mann mit den scharfen Messern.»

Sie hatte das Kochen aufgegeben. Gott, der Herd und ich waren dankbar. Und ein japanischer Messer-Nerd, der im teuersten Sushi-Laden Hamburgs arbeitete, ebenfalls.

«Und hol schon mal den Chablis aus dem Kühlschrank. Wenn schon prassen, dann richtig», orderte Frau Diplompsychologin und befingerte erneut das Päckchen. «Ich mach das jetzt mal auf, ja?»

Ich zuckte die Schultern, weil ich mir keinen Reim auf das Ganze machen konnte, und trollte mich in die Küche. Dort blieb mir nicht mal Zeit, den Aufenthaltsort des Korkenziehers zu ergründen – unsere Küche ist eine Art Bermuda-Dreieck für Scheren, Feuerzeuge & friends –, da erklang bereits der spitze Schrei der Freundin.

«Diiiiiii. Doooooo.» Mit mindestens drei Ausrufezeichen dahinter.

Ich fand eine bleiche Kiki vor, die zwei gammelig wirkende alte Bücher in den Händen hielt und sie an ihre flauschpulliumhüllte Brust presste.

«Er ist wahnsinnig. Aber reizend. Ganz reizend», murmelte sie und ließ die alten Schwarten so weit los, dass ich den Titel erkennen konnte: Es waren zwei Textbücher zu Wagners «Der Ring des Nibelungen», und sie mussten der Frakturschrift nach zu urteilen an die 100 Jahre alt sein.

«Von 1910», bestätigte sie, nachdem sie eines der Bücher aufgeschlagen hatte. Sie waren mit Goldschnitt versehen, der aber schon etwas angegriffen wirkte. Die Illustrationen dagegen, die mit dünnem Seidenpapier von den anderen Buchseiten getrennt waren, hatten nichts von ihrer Strahlkraft verloren.

«Schau nur», flüsterte Kiki und strich ehrfürchtig mit einem Finger über das Bild, «wie unsagbar schön.»

In der Tat waren die Illustrationen, die ein gewisser Arthur Rackham gezeichnet hatte, ganz wunderbar. In matten Farben und mit feinem, klarem Strich wirkten sie altmodisch und modern zugleich.

Beim Durchblättern fiel mein Blick auf das Deckblatt,

über das sich mit feinen Buchstaben eine penibel wirkende Unterschrift zog, mit einem Datum darunter: 9.6.1910.

Kiki klappte der Mund auf. Und wieder zu. Und wieder auf. Dann flüsterte sie: «Es ist signiert.»

Ich runzelte die Brauen und fingerte nach der schlichten weißen Karte, die Kiki auf den Tisch gelegt hatte.

«Darf ich?»

Sie nickte nur.

«Sehr geehrtes Fräulein Kiki ...», stand da.

Ein unvergesslicher Nachmittag unter den Rheintöchtern hat mich zu diesem kleinen Präsent inspiriert, das anzunehmen ich Sie höflichst und inständigst bitte. Denn es liegt mir sehr am Herzen, Ihnen und Ihrer Freundin Dido zu danken. Für so vieles – für Freundlichkeit, Zuwendung und etliche Tassen hervorragenden Kaffees –, aber vor allem für einen Platz auf einer Küchenbank, als ich ihn am dringendsten brauchte. Meinen aufrichtigsten Dank.
Ihr
Maxim Grigorov

«Wie nett», sagte ich.

Kiki nickte andächtig und schob mir ein in weißes Seidenpapier gehülltes flaches Päckchen über den Tisch. «Da, das ist deins.»

Ich schaute mit etwas gemischten Gefühlen auf das kleine Paket. Schließlich wusste man beim Professor nie so genau, was kommen würde. Und ich hätte so einiges erwartet – vielleicht eine Heine-Erstausgabe, eine Flasche

Premium-Wodka oder eines seiner Origami-Schiffchen –, aber nicht das. Ich packte ein längliches Schmucketui aus, dessen weinroter Samt etwas abgeschrabbelt aussah. Auch der altmodische Verschluss ließ ahnen, dass dieses Etui mindestens zwei Weltkriege, vielleicht noch einiges mehr erlebt hatte.

Von Kiki kam kein Wort. Sie schnaufte nur sehr laut und hielt sich die Hand vor den Mund.

«Alles in Ordnung?», fragte ich.

Sie wippte mit dem Kinn, ließ aber die Schatulle nicht aus den Augen.

Als ich sie öffnete, hatte ich einen surrealen Moment lang das Gefühl, in einem Film mitzuspielen. Vom Winde verweht. Ben Hur. Irgendwas mit leinwandgroßen Gesten, unterfiedelt von Heerscharen von Geigen.

Hier aber gab es keine Geigen, nur Kiki, die «Oh!» machte.

Bei mir reichte es nicht mal dazu.

Ich starrte einfach sprachlos auf die zwei langen Ohrgehänge. Sie waren dicht besetzt mit roten und weißen Edelsteinen, glitzerten und funkelten wie ein ganzer Weihnachtsbaum. Und obwohl ich von Schmuck etwa so viel Ahnung habe wie vom Kühemelken, wusste ich sofort, dass das hier ernst war. Dass hier kein Imitat, kein Talmi aus dem Woolworth-Grabbel vor mir lag.

«Bah», sagte Kiki und wischte sich die Stirn.

«Bah?», fragte ich und nahm einen der beiden Ohrringe aus seinem weißen Satinbett, um ihn näher zu besehen.

«Diamanten und Rubine», krächzte Kiki. «Ich brauch was zu trinken.»

Sie stand auf, um endlich den Wein aus der Küche zu holen.

Ich aber hielt das filigrane Schmuckstück gegen das Licht. Im Zentrum leuchtete tiefrot ein großer ovaler Rubin, der von Diamanten eingerahmt war. Von diesem Gehänge führte eine schmale, gut drei Zentimeter lange Kette nach oben zum Ohrclip, beides ebenfalls dicht besetzt mit kleinen Diamanten. Es sah aus wie ein Sonnenuntergang im Schnee. Oder kleine Sonnen um den Mars. Kurz gesagt: atemberaubend.

«Da», sagte Kiki, «trink das mal. Am besten komplett. Du siehst etwas blass um die Nase aus.»

Sie stellte ein Glas Wein vor mir ab, und da erst bemerkte ich, dass im Geschenkpapier auch noch ein Briefumschlag lag. Ich nahm einen großen Schluck Chablis und öffnete ihn.

Liebes Fräulein Dido,
meine Urgroßtante mütterlicherseits, Gräfin Alexandra Iwanowa Apraxin, war eine sehr pragmatische Frau. Und daher bin ich mir sicher, sie hätte meine Entscheidung wohl geheißen. Die Ohrringe, die Sie nun in den Händen halten, gehörten ihr. Als 1917 in Russland die Bolschewiken an die Macht kamen, nahm sie Großonkel Miklas, ihre Juwelen und ihr bestes Pferd und floh in die Schweiz, wo sie den Rest ihres Lebens zufrieden Orchideen und Schmetterlinge hegte. Dort habe ich sie 1939 besucht. Damals war sie 88 Jahre alt und hatte noch immer die Stimme eines Feldmarschalls. «Gregorschik, mein Jungchen», sagte sie und drückte mir diese

Ohrringe in die Hand, «die gibst du deiner Frau. Und wenn du keine haben solltest – Gott weiß, was dann aus dir werden soll –, dann mach sie eben zu Geld.» Ich habe sie all die Jahre bei mir getragen als eine Art Talisman. Doch nun sollen Sie sie haben – und ich hoffe, dass Sie dies annehmen. Tante Alexandra hätte Sie geschätzt, da bin ich mir sicher – sie mochte Frauen, die ihr Leben in die Hand nehmen.

Ich werde nie vergessen, liebes Fräulein Dido, wie Sie in jener Studentenheim-Küche eines verwahrlosten St. Petersburger Plattenbaus auftauchten, in der ich mein Seminar hielt – nur um Wort zu halten und mir mein Päckchen zu bringen. Wie Sie etwas später Hans und mir an einem trübgrauen Morgen über den Ohlsdorfer Friedhof folgten – wahrscheinlich mit dem Handy in der Hand, falls einer von uns beiden einen Krankenwagen benötigen würde. Und wie Sie dann zwei Tage später Hans, den stursten Dickschädel unter der Sonne, mit einem beeindruckenden Zucken Ihres eigensinnigen Kinns – Großtante Alexandra hätte ihre hellste Freude an Ihnen gehabt – dazu nötigten, sich doch zu mir an den Tisch zu setzen und zu tun, was er auf der Welt am meisten scheut: reden.

Sie bringen Dinge ins Rollen, liebes Fräulein Dido – manchmal vielleicht etwas schneller und größer, als Sie ahnen oder beabsichtigen –, aber die Welt braucht solche wie Sie. Sie sind eine großartige junge Frau.

Und daher werden Sie jetzt hoffentlich auch in ein Flugzeug nach Norwegen steigen, um das in Ordnung zu bringen, was Ihnen so merklich auf der Seele liegt. Ich für meinen Teil werde das ebenfalls tun. In ein Flugzeug steigen, um etwas in Ordnung zu bringen, meine ich. Mein Gang wird schwieriger als der Ihrige, glauben Sie mir. Dem Schatten gegenüberzutreten ist wohl das Schwierigste, was wir tun können. Ihr junger Mann weiß das. Großartige Ausstellung übrigens, sagen Sie ihm das. Und nun gehen Sie, meine Liebe. Irgendwann ist immer der Punkt, an dem wir springen müssen. Über alle Angst und Verzagtheit hinweg.

Ich wünsche Ihnen Mut dazu und alles Glück dieser Erde und danke Ihnen für Ihren gesunden Menschenverstand, Ihre Ausdauer und Ihre Unbeirrbarkeit – als ich all das schon so lange verloren hatte.

Herzlichst,
Ihr Maxim Grigorov

Mir liefen Tränen über das Gesicht. Warum, weiß ich auch nicht so genau.

«Alles in Ordnung?», fragte Kiki.

Ich reichte ihr den Brief, sie las ihn und war dann eine Weile sehr still. Zu still für Kiki.

Als ich schließlich ein verschämtes Schniefen hörte, ahnte ich es. Kiki, die Unerschütterliche, mit allen Psychowassern Gewaschene, heulte ebenfalls.

«Jetzt steht es fest», seufzte sie. «Ich werde ihm einen Heiratsantrag machen, wenn ich ihn das nächste Mal sehe.»

Wir probierten dann noch Tante Alexandras Ohrringe an, die keine von uns je tragen würde – die aber Kiki erstaunlich gut standen.

Bevor wir schließlich ins Bett fielen, schaute ich noch auf mein Handy, das schon länger Knurrlaute von sich gab, aber unter dem Ansturm der großen Gefühle schnöde missachtet worden war. Es hatte eine Mailbox-Nachricht von Hans für mich. Und eine SMS – die, auf die ich seit einer Woche gewartet und gehofft hatte.

«Bodø», stand darin, und: «Lukas wird mich umbringen. Viel Glück, Zeli.»

33

Bodø, West-Norwegen,
100 Kilometer nördlich des Polarkreises,
26 Stunden später

Der Elch hatte schlechte Laune. Das sah ich sofort. Und er hatte mein vollstes Verständnis. Schließlich befanden wir uns in einem heruntergekommenen Motel am Ende der Welt – er in seinem Fotorahmen an der Wand, ich auf den Überresten eines Sofas –, und das bei Eiseskälte. Die Heizung in der Ecke schnaufte zwar wie ein altes Walross, gab aber doch nur Laues von sich. Es reichte nicht mal, um die Socken zu trocknen. Außerdem hatten wir beide einen sauschlechten Tag gehabt. Der Elch, weil ihm damals ein Fotograf mit seinem Tele auf die Pelle gerückt war. Ich, weil mein Timing nicht mal mehr schlecht zu nennen war, sondern schlicht grottig: War ich doch an diesem gottverlassenen Ort, den Zeli mir genannt hatte, an exakt jenem Tag angekommen, an dem Lukas frühmorgens aufgebrochen war – zu einer Insel namens Yvingen.

Das jedenfalls behauptete der muffige Rezeptionist des Motels. Und das auch nur, weil ich wie eine Irre mit meinem Journalistenausweis vor seiner Nase herumgewedelt und was von *very important message* krakeelt hatte. Die einzige weitere Info, die ich dem Mann zu entlocken vermochte, war noch weniger erheiternd: Die nächste Fähre nach Yvingen fuhr erst in drei Tagen.

Also hatte ich nun die Wahl – entweder drei Tage Auge in Auge mit einem mies gelaunten Elch zu verbringen, bei Minusgraden ein unterbesiedeltes Fischerdorf zu besichtigen oder den Eiszapfen am Fenster beim Runterfallen zuzusehen.

Zum Glück offenbarte ein Gang zum Hafen noch eine vierte Option: Sie bestand darin, einen maulfaulen norwegischen Fischer dazu zu bewegen, seinen ollen Knatterkahn anzuschmeißen und mich persönlich auf jene Insel überzusetzen.

Das würde zwar eine verflucht kalte Angelegenheit werden, aber es war mir egal. Schließlich gab es einen Grund, warum ich zu Hause alles hatte stehen und liegen lassen. Warum ich am Morgen nach Zelis SMS wortlos nach den Autoschlüsseln gegriffen hatte, die Kiki mir nach einem kurzen Blick auf mein Gesicht ebenso wortlos gereicht hatte. Warum ich 900 Kilometer gefahren war, kaum geschlafen und immer noch keine Ahnung hatte, was ich ihm eigentlich sagen wollte. Der Grund war: Ich wollte einfach keine Zeit mehr verlieren. Ihn zu sehen, einfach nur vor mir zu sehen, das schiefe Lächeln, das struppige Haar, seinen komischen breitbeinigen Seemannsgang – war so notwendig geworden wie der nächste Atemzug.

Und so fuhr ich über das Meer. Auf einem windschiefen klapprigen Fischerkahn. Zu dem Mann, den ich niemals hatte wiedersehen wollen. Den zu hassen ich mir geschworen hatte – oder was man eben so tut, wenn man nachts zu lange wach liegt und nicht weiß, wohin mit all der Wut und Traurigkeit. All das war zwar nicht weg. Ich trug es mit mir herum, würde es immer mit mir tragen. Doch es hatte sich verändert, war klarer erkennbar geworden – als Teil meines Lebens, der nun mal zu mir gehörte.

Die Schatten, Dido, du musst die Schatten sehen – sie sind das Wesentliche.

Er hatte es mir immer gesagt. Aber ich hatte es nicht verstanden. Hatte die simple Gleichung nicht begriffen, dass es Licht nicht ohne Schatten gibt. Dass wir die Dunkelheit in uns umarmen sollten wie ein störrisches Kind. Und dass der Schmerz ein fürchterlicher, aber effektiver Lehrmeister ist – auch wenn wir vor ihm weglaufen möchten, als seien hundert Höllenhunde hinter uns.

Vielleicht war es das, was ich ihm sagen wollte. Dass ich «I'll be back» gehört hatte, sein Lieblingslied von den Beatles. Und dass ich ihn dabei unter all dem Gitarrengeschrammel klar erkannt hatte: den Lamento-Bass, von dem er mir mal erzählt hatte. Jenes traurige Grundmotiv aus vier absteigenden Tönen, das seit Jahrhunderten so viele Musikstücke durchzieht und ihnen verleiht, was jedes Kunstwerk am nötigsten braucht: Wahrhaftigkeit.

Als das Rent-a-wreck-Modell unter den Fischerbooten wider Erwarten die kleine Insel erreichte, schneite es. Oder vielmehr trudelten Schneeflocken vom Himmel, deren Größe nicht an Weihnachtsfilme mit Bing Crosby, sondern an Streifen wie «Gefangen im ewigen Eis» denken ließ.

«Are you sure, you want to stay?», fragte Ragnar Rasmussen, mein Fährmann. Dabei zog er das «stay» bedeutsam in die Länge und sah mich aus seinen hellen Nordmannaugen an, als sei ich nicht ganz richtig im Kopf. Wahrscheinlich war ich das auch nicht. Denn ich nickte, schnappte mir meinen Rucksack und kletterte aus dem Boot auf den Anleger – wo mir erstmal die Luft wegblieb. Es war so verflucht kalt auf diesem unwirtlichen Eiland, dass die Lungen dichtmachten.

Ganz ruhig, sagte ich mir, lass es fließen, die ewige Energie, du weißt schon.

Doch was immer ich über Yoga aufgeschnappt hatte, gegen die Kälte eines norwegischen Wintertages hätte selbst das Kamasutra keine Chance gehabt. Ich winkte Ragnar zum Abschied, zog meinen Schal über die Nase und stapfte über einen langen Steg auf die Insel. Es war sechzehn Uhr und bereits stockfinster. Straßenbeleuchtung gab es keine oder keine, die den Namen verdient hätte. Denn es gab ja auch keine Straße. Nur einen Fußweg, der von einer einzelnen müden Funzel beleuchtet wurde und aussah, als wenn er im Nichts enden würde. Wider Erwarten tauchten dann doch ein paar Häuser auf. Immerhin lebten dreiundsechzig Menschen auf dieser Insel, hatte das Internet behauptet. Gott weiß, was sie hier machten. Im Moment vermutlich nicht viel. In keinem der Häuser, die ich in der Dunkelheit ausmachen konnte, brannte Licht. Nur irgendwo in weiterer Entfernung sah ich etwas Helles flackern. Es schien eine Weltreise bis dahin. Ich biss mir auf die Lippe und schluckte die Tränen runter. Sie würden sowieso gefrieren.

Es dauerte fast eine halbe Stunde. Achtundzwanzig lange Minuten lang. Dann stand ich vor einem weißen Holzhaus, das ein handbemaltes Schild als «Café Himmelblå» auswies. Als ich eintrat, waren meine Finger so steif, dass sie sich wie kleine Zweige anfühlten, und mein Gesicht so eingefroren, dass ich nur mit Mühe sprechen konnte. Trotzdem schaffte ich es, mein Anliegen vorzutragen – und löste damit Heiterkeitsausbrüche bei der Café-Betreiberin und ihrem einzigen weiteren Gast aus: einem Mann, der wie ein Ziegenbock aussah. Er bleckte beim Sprechen große gelbe Zähne und kaute dazwischen geruhsam auf einem Stück Trockenfisch herum.

Ja, doch, ein *German photographer and his colleague* seien heute hier gewesen, beschied er mir schließlich zwischen zwei Bissen Kabeljau. Und sie hätten sein *little hut over there* – vage Gestik in Richtung der Schneehölle – angemietet.

Und nun fanden die beiden es offenbar sehr lustig, dass ich dorthin wollte. Sie stießen sich immer wieder gegenseitig mit den Ellbogen in die Seite und grinsten. Hätte ich einen Blick in einen Spiegel getan, hätte ich ihr Amüsement vielleicht teilen können. Lukas sagte später einmal, ich hätte, als ich ankam, ausgesehen wie ein Film-Komparse für «40 Tage vor Stalingrad»: glühend rote Nase, rot geränderte Augen, eingefallene Gesichtszüge und blaue Lippen.

Zum Glück hatte ich keinen Spiegel. Es war auch so schon schwer genug.

Ich spürte die Kälte kaum noch, als ich die etwa fünfhundert Meter vom Café hinüber zu der schlichten Holzhütte ging. Der Schnee knirschte unter meinen Schritten, es roch nach Holzöfen, Salzwasser und Kälte. In der Entfernung rief ein Kauz. Ansonsten war es still.

Was dann passierte, geschah wie in Zeitlupe. Als wenn das Leben gestoppt, den Zoom angestellt hatte und mir nun alles in XL und Slow Motion vorspielte. Ich klopfte an die Tür. Und wartete. Vielleicht habe ich sogar gebetet. Ich weiß es nicht mehr. Es war einer dieser Momente, die so angefüllt sind mit Erwartungen, Ängsten und Gott-weiß-was-allem, dass sie unwirklich scheinen. Zu groß für ein normales Leben, so als passierten sie jemand anderem und man selbst stünde daneben und schaute zu.

Schließlich hörte ich Schritte in der Hütte. Dann ging langsam die Tür auf, und ich sah ihm in die Augen – und erblickte dort: nichts. Nicht die kleinste Regung.

«Hallo», sagte ich. Es klang albern.

Lukas antwortete nicht. Er stand nur da und starrte mich an.

«Mir ist so kalt», flüsterte ich und hasste mich für den flehenden Ton in meiner Stimme.

Noch immer gab er kein Wort von sich. Nur einen Laut, irgendetwas zwischen Fluchen und Grunzen. Dann zog er mich in die Hütte, schloss die Tür hinter mir und hievte den Rucksack von meinen Schultern.

«Und nun?», fragte er. Es klang nicht freundlich.

«Zeli hat mir gesagt, wo du bist.»

Schweigen.

«Und deine …», ich stockte, sammelte mich, «deine Mutter meinte, es sei eine gute Idee herzukommen. Sie meinte, du würdest mir alles erklären.»

Es flackerte kurz in den Eisaugen, dann war es auch schon

wieder vorbei. Er sagte kein Wort, drehte sich um und ließ mich einfach stehen.

Was auch immer ich mir vorgestellt hatte, als ich hierhergefahren war, es hatte auf jeden Fall mehr beinhaltet. Mehr Worte, mehr Offenheit, eigentlich mehr von allem. Mein innerer Drehbuchautor war auch vor Tränen und stammelnden Geständnissen nicht zurückgeschreckt. Aber mein innerer Drehbuchautor war ein Idiot. Ich hatte es immer geahnt. Doch die Ahnung verdichtete sich zu einer ewigen Wahrheit, als ich nun zusah, wie Lukas zu seinem Laptop zurückging, sich hinsetzte, ein Bier aufmachte und weiter Fotos bearbeitete.

Es gibt ein Zittern vor Angst, da schlottern die Beine, alles ist ein bisschen wackelig. Und es gibt Zittern vor Kälte mit Gänsehaut und Zähneklappern. Das Zittern aber, das mich jetzt ergriff, kam aus der Mitte meines Körpers. Ich denke, dass es das Zwerchfell war. Es begann zu vibrieren, erst wie eine Stimmgabel, dann immer massiver, als wolle es meine kompletten Innereien durcheinanderwirbeln. Schließlich fühlte es sich an, als tobe ein Tsunami durch meine Eingeweide.

Ich setzte mich auf einen der beiden Stühle, die vor einem großen Holzklotz standen, offenbar dem Esstisch. Es rauschte seltsam in meinen Ohren. Dann wurde mir heiß. Ich nahm noch wahr, dass auf dem Holzklotz ein Buch lag. Die «Robotermärchen» von Stanislav Lem. Dann übergab ich mich.

In hohem Bogen kamen der Tee und der Zimtkringel heraus, die ich am Morgen zu mir genommen hatte, und mangels weiterer Inhalte folgte noch ein Schwall Galle hinterher. Ich würgte und hustete und versuchte dabei, in meinem Rucksack nach Taschentüchern oder einem Handtuch zu kramen. Eine Tarnknappe wäre mir noch lieber gewesen.

Schlimmer kann ein Wiedersehen nicht sein, dachte ich mir.

Aber es konnte.

Nachdem Lukas mir eine Küchenrolle gereicht hatte und gerade einen Eimer aus dem Küchenschrank holen wollte, ging die Haustür auf. Ein Schwall kalter Luft kam herein und mit ihm eine kleine, in schwarz-weiß gescheckten Kunstpelz gehüllte junge Frau. Sie schwenkte eine Tüte und rief: «Pookie, you don't believe what I got for dinner!»

Sie war schnell. Das musste man ihr lassen. Als ihr keine Antwort, nur Schweigen entgegenschwappte, blickte die junge Frau zu Lukas, dann zu mir und wieder zu Lukas. Dann war es einen Moment sehr still.

Als Lukas zu einer Erklärung ansetzen wollte, funkelte ein Grinsen über ihr hübsches rundes Koboldgesicht. Sie hob eine Hand, winkte und rief in bühnenreifer Missachtung ihrer vorherigen Aussage: «Cheeseburgers! I heard, the ones they do over there are just amazing. I'll go and have one. Or two. And I'll have a cup of coffee afterwards. And perhaps a cinnamon-roll. Yes, definitely the roll, too. See you later, guys.»

Und damit drehte sie sich um und verschwand.

«Sie ist ...», setzte Lukas an.

«Schon gut.»

Ich stoppte ihn mit einem Handzeichen. Vermutlich aus

schierer Überforderung. Denn all meine Konzentration war jetzt auf die Rolle Küchenpapier vor mir gerichtet, mit deren Hilfe ich die alten Kieferndielen vom Inhalt meines Magens zu befreien gedachte.

Lukas kam mit dem Eimer herüber und wollte helfen. Doch ich hob abermals abwehrend die Hand.

«Wenn ich schon auf dein Parkett kotze, würde ich vorziehen, das allein wegzumachen.»

Er schüttelte den Kopf und murmelte etwas.

«Was hast du gesagt?»

«Nichts, was ich wiederholen möchte.»

Ich lächelte frostig und wischte weiter. Er aber stand einfach nur da und blickte auf mich herunter, als sei er dort festgewachsen.

«Wird sie nicht frieren da draußen?», versuchte ich, das Thema zu wechseln, und machte eine Kopfbewegung Richtung Tür.

«Kari?»

Ich nickte.

«Niemals, die ist schon als Säugling durchs ewige Eis gefahren worden.»

Ich nickte erneut, ganz einfach, weil ich nicht wusste, was ich sonst tun sollte. Die Dielen waren nun wieder einigermaßen sauber. Geruchstechnisch würde es etwas länger dauern. Doch insgesamt war die Lage so weit bereinigt, dass ich mich umzusehen wagte.

Holz, war mein erster Eindruck. Auch mein zweiter und dritter. Unglaublich viel Holz. An der Decke, an den Wänden, als Baustoff der Möbel, und selbst die Teller, die auf dem Tisch standen, waren geschnitzt.

«Warum sieht's hier eigentlich aus wie in einer Alpenhütte?», murrte ich, während ich aufzustehen versuchte.

Meine Knie eierten, aber ich erreichte die Vertikale ohne weitere Unfälle und stand nun direkt vor ihm. Im selben Moment vollführte Lukas eine Halbdrehung und marschierte Richtung Küche. Es hatte etwas Fluchtartiges. Ich starrte auf sein schwarz-rotes Karohemd, das hundert Jahre alt sein musste, auf sein struppiges Haar, das in alle Richtungen stand, den ganzen baumlangen Kerl, der hier irgendein seltsames Spiel mit mir trieb, und wurde wütend.

«Hab ich die Krätze, oder was?»

Er fuddelte mit dem Wasserkocher herum, kramte Teebeutel aus seinem Rucksack, suchte nach einer Teekanne, fand keine, goss den Tee schließlich in einen Bierhumpen und ignorierte mich die ganze Zeit so angestrengt, dass eine Ader an seiner Schläfe pochte.

«Ich hab dich was gefragt», sagte ich, ging hinüber und baute mich vor ihm auf. Das war noch nie eine gute Idee gewesen. Ich bin fast einen Kopf kleiner als er. Und zu jemandem aufblicken zu müssen, dem man gerade die Meinung geigen will, ist nicht nur unpraktisch – es ist deprimierend.

Doch Lukas sah mich sowieso nicht an, sondern dem Tee beim Ziehen zu – die Miene stoisch unter seinem Dreitagebart, der ihn älter wirken ließ, aber auch noch mehr wie einen verdammten Cowboy, der nächtelang am Lagerfeuer sitzt und am liebsten kaltes Büchsenfleisch isst. Nicht, dass er jemals so etwas getan hätte. Die ganze Coolman-Aura war reine Tünche. Das wusste ich nur zu gut.

Mein albernes Herz machte trotzdem zack. Oder zosch. Oder was immer Herzen so tun, wenn sie entdecken, dass sie noch funktionieren. Wider Erwarten noch am Leben sind und gerade dem Herrn vor sich romantische Anträge machen wollen.

Der aber schob mir jetzt den Humpen mit Tee rüber, griff dann nach seiner Jacke und dem Rucksack und ging zur Tür. Dort drehte er sich noch einmal um, nickte zu einer Koje an der Wand hinüber und sagte: «Du kannst da schlafen.»

Bevor ich den Mund wieder zuklappen konnte, war er zur Tür hinaus – und ich blieb allein mit einem Bierhumpen voll Tee, dreihundert Quadratmetern Holzvertäfelung und den kläglichen Resten meiner Selbstachtung.

Was hatte ich mir eigentlich dabei gedacht? Aber das war ja das Problem: Ich hatte überhaupt nicht gedacht. Und deshalb sah das Ergebnis der letzten vierundzwanzig Stunden in Summe nicht gut aus. Ich war übernächtigt und magenkrank, hatte 300 Euro, die ich nicht entbehren konnte, einem norwegischen Fischer in den Rachen geworfen und mich dann vor meinem Exfreund und seiner Little Miss Sunshine komplett zum Narren gemacht.

Müde schleppte ich mich zur Wandpritsche und sackte darnieder. Dann versuchte ich, mir innerlich auf die Schulter zu klopfen und «well done» zu murmeln – einer musste es ja tun. Doch bevor ich genügend Sarkasmus zusammenkratzen konnte, ging die Tür wieder auf, und Little Miss Sunshine kam herein.

«Hi», sagte sie und winkte wieder fröhlich.

«Hi», sagte ich und winkte wie ein Roboter.

Mehr Kommunikation hielt sie offenbar nicht für nötig. Sie ging in die entgegengesetzte Ecke der Hütte, wo neben einer weiteren Pritsche ein riesiger pinkfarbener Rucksack lehnte. Sie kramte darin herum, zog sich dann splitterfasernackt aus und einen Jumpsuit-Schlafanzug an. Er war hellblau und hatte eine Kapuze mit Teddyohren.

Sie sah mich an, legte den Kopf schief und kicherte.

«You. Your face ... it looks exactly like his.»

Sie kicherte erneut. Dann nickte sie Richtung Tür.

«He is sitting over there in the Café. Or at least he was. Perhaps he is out now, because the owner is tired of watching him not drinking his beer, not talking, not doing anything at all.»

Ich schwieg, zuckte die Schultern.

«Faen», rief sie und kam herüber. Sie war noch kleiner als ich und definitiv so jung, wie sie aussah.

«Faen?»

«It's Norwegian. For stupid people.»

Sie drehte sich wieder um, ging zu einer dritten Koje in der Hütte, die hinter der Küchenzeile versteckt war. Als sie zurückkam, hatte sie eine Kamera in der Hand. Es war Lukas' alte Minolta, die er pflegte und hätschelte wie ein Baby.

Kari reichte sie mir. «You see?»

Ich drehte die Kamera ratlos in den Händen, zuckte noch mal die Schultern.

Die Teddyfrau seufzte hellblau, setzte sich neben mich auf die Pritsche und öffnete das Etui der Minolta. Im Deckel klebte ein Foto. Es war winzig. Und alt: ein Schnappschuss aus Prag. Meine Haare leuchteten wie ein Büschel Karotten, ich grinste selig und dämlich in die Kamera. Seine Kamera. Diese Kamera. Er hatte das Foto eingeschweißt und in das Etui geklebt.

«You see?»

Ich nickte. Sprechen konnte ich nicht. Mein Hals fühlte sich an wie zugewachsen.

«Now you go?»

Ratlos stand ich auf, lief ein paarmal von der Pritsche zum Holzklotz-Tisch und zurück. Dann holte ich tief Luft.

«And what … what … about you?» Ich fuchtelte vage mit der Hand durch die Luft.

Die Koboldaugen wurden rund. «Oh!? You thought ..?» Sie lachte so laut, als hätte ich den Witz des Jahrhunderts gerissen. Dann stand sie auf und stupste mich mit ihrem hellblauen Nickistoff-Ellbogen an.

«I am just the intern. Besides, he is much too old for me – unfortunately.» Sie verzog das Gesicht wie ein sehr trauriger Clown, dann grinste sie wieder. «And he is yours, isn't he?»

Ich biss mir auf die Lippen und wischte an meinen Augen herum. «Das Tal der Tränen» war nicht mehr weit – oder wie immer Queen Mum's Lieblingsroman geheißen hatte. Was hätte ich jetzt für ein Glas von ihrem Schlehenlikör gegeben!

Stattdessen patschte ich Kari unbeholfen auf die Schulter und schnuffte: «I thank you.»

34

Er saß im Café. Der Ziegenbock-Mann war auch noch da – und außerdem eine Horde Schafzüchter, die ihren Vereinsabend hatten. Das jedenfalls erklärte mir die Wirtin, als sie mir meinen Tee hinstellte, aber ich hätte es auch so verstanden. Andere Männer zeigen sich nicht reihenweise Fotos, auf denen Schafe drauf sind, die sie Kimi, Bjarne, Smilla oder Hedda nennen. Andere Männer riechen auch besser.

Lukas saß zwei Tische von mir entfernt und war dabei, Mus aus einem Stück Quiche zu machen. Er scharrte und kratzte mit seiner Gabel auf dem Teller herum, als gäbe es dafür einen Ausdauerpreis. Essen tat er keinen Bissen.

Als ich das Café betrat, hatte er kurz hochgeblickt. Das Eis in seinen Augen hätte für den halben Nordpol gereicht.

Daher saß ich nun zwei Tische entfernt und sah ihm beim Tellerkratzen zu. Es war höchst albern. Aber vielleicht war auch ich einfach albern. Dass ich gedacht hatte, ich könne nun einfach herkommen und – ja, was? Ihm in die Arme fallen? Die Idee schien im Moment etwa so attraktiv, wie den Yeti zu umarmen.

Ich linste hinüber und erwischte ihn, wie er mich anstarrte. Mit seiner versteinerten Miene und der großen Nase in dem scharf geschnittenen Gesicht erinnerte er mich an Sam, den schlecht gelaunten Adler aus der Muppet

Show. Vielleicht war es diese arrogante Miene, die mich ärgerte – oder vielleicht einfach die alte Dido-Unverzagt, die hier überraschend ihr Comeback feierte. Jedenfalls stand ich auf, ging zu seinem Tisch, sah ihm in die Augen und sagte: «Ich weiß zwar nicht, was für ein Spiel du hier treibst oder warum du Matsch aus deiner Quiche machst. Aber was ich weiß, ist Folgendes: Ich sitze hier jetzt noch genau zehn Minuten, dann gehe ich in die Hütte drüben, lege mich schlafen und verschwinde morgen früh, sobald irgendein Fischer sich meiner erbarmt. Ich für meinen Teil würde aber lieber mit dir reden.»

Er sah mich an, schwieg und fabrizierte doch allen Ernstes ein kleines mokantes Lächeln im linken Mundwinkel. Da hätte ich ihm beinahe eine runtergehauen. Nur unter eisernster Selbstbeherrschung ging ich zu meinem Tisch zurück und setzte mich.

Die Schafzüchter waren verstummt, nicht mal ein Blöken war zu hören. Nur Bob Dylan sang leise aus dem Lautsprecher neben mir. *The answer, my friend, is blowing in the wind.* Ach ja.

Ich wartete exakt zehn Minuten. Dann stand ich auf und ging.

Lukas sah nicht mal hoch.

Ich stapfte zur Hütte, legte mich auf die Pritsche und machte die ganze Nacht natürlich kein Auge zu. Er kam nicht. Auch nicht, als ich am nächsten Morgen um sechs meinen Rucksack nahm und leise die Hütte verließ, während Kari noch schnarchte.

Der Wind hatte aufgefrischt, was leider ein Euphemismus ist. Es fegte so fies aus Nordwest daher, als steckte Andersens Schneekönigin höchstpersönlich dahinter und wollte nun auch mein Herz in Glas verwandeln. Jedenfalls fühlte es sich so an, als ich vor mich hin stapfte, heulte und fror. Wie Stiche ins Herz. In Wirklichkeit war es natürlich nur die lausige Kälte, die meine Gefäße verengte. Ich heulte trotzdem weiter. Der Wind gefror die Tränen in meinem Gesicht. Und es gibt nur wenig, was meine Verfassung an diesem Morgen besser beschreiben könnte als diese Eistränen – alles war erfroren.

Irgendwann erreichte ich den Anleger und fand in einem alten Fischerschuppen ein weiteres Exemplar der Gattung männlich, bärtig, maulfaul, das willens war, mich aufs Festland zu bringen. Ich überreichte dem Mann mein restliches Bargeld, das er – ungelogen – hinten in seinen linken, mindestens hundert Jahre alten Gummistiefel schob.

Einen Tag später war ich wieder zu Hause – und am Rande einer Depression. Das jedenfalls behauptete Kiki, als ich keinen Schokoladenkuchen essen wollte. Obwohl sie ihn, wie sie mir zweifach versicherte, nicht selbst gebacken habe. Ich mochte trotzdem nicht. Ich mochte gar nichts, da hatte sie schon recht. Aber ich war nicht depressiv. Ich war einfach wie erstarrt, lag auf meinem Bett, hörte Musik und ließ mich treiben.

Es ging mir nicht mal schlecht dabei. Es war nur seltsam. Vor allem, da die Tage verstrichen und sich nichts änderte. Nur Kikis Stirn runzelte sich von Tag zu Tag stärker, wenn sie die Tür zu meinem Zimmer öffnete. Sie brachte mir Kaffee, Tee, meine Lieblingsspeisen. Aber ich rührte kaum etwas an. Ich dachte alle möglichen Gedanken, doch sie fielen durch meinen Kopf wie Regentropfen. Ich konnte sie nicht auffangen, also ließ ich es sein – und lebte wie in einem Vakuum. Als hätte mich jemand in Plastik eingeschweißt und die Luft abgesogen.

So ging es fast drei Wochen. Hans rief täglich an. Elisabeth Matthissen kam vorbei und brachte mir Schlehenlikör und aufmunternde Blicke. Sie machten sich Sorgen.

Ich machte mir auch Sorgen, aber gleichzeitig hatte dieses lautlose Dahingleiten meiner Tage etwas ungemein Tröstliches. Ich lag auf meinem Bett und sah der Zeit beim Vorbeigehen zu.

Dabei wusste ich, dass da draußen mein Leben auf mich wartete – und zornig gegen die Zimmertür trat, wenn wieder ein Termin verstrichen war, ein Anruf nicht entgegengenommen, eine weitere Mahlzeit nicht gegessen wurde. Es war mir schlicht egal. Meine Kleidung schlotterte um mich herum. Mein Gesicht wurde spitz und ließ die Augen riesig, wie zwei Billardkugeln wirken, die ziellos von Bande zu Bande kullerten.

Ich weiß nicht, wie lange das noch so weitergegangen wäre. Ob entweder Kiki oder Hans mir irgendwann einen Psychiater auf den Hals geschickt hätten. Doch es kam anders.

Es war schon spät am Abend. Ich hatte lange nach draußen gestarrt, auf die Schneeflocken, die im Schein der Straßenlaterne ihre lautlosen Walzer tanzten. Nun aber begann mein Blick im Zimmer umherzuschweifen – über das ungemachte Bett, die schmutzige Wäsche auf dem Boden, über angebrochene Kekstüten, Tassen mit kalten Kaffeeresten und ein halbvolles Weinglas hinweg – und blieb wieder einmal an den Fotos über meinem Schreibtisch hängen. Eigentlich waren sie ja nichts Besonderes. Einfach die Art Bilder, die jeder gerne aufhängt und dann irgendwann nicht mehr wahrnimmt: Opa und Oma in ihren grässlichen Partnerlook-Trachtenjacken von Peek & Cloppenburg, ich strahlend in der Mitte mit dem größten Eis meines dreijährigen Lebens. Ein paar Schnappschüsse von Klassenfahrten. Mein erster Freund mit seiner Poppertolle. Pontius und Pilatus, meine Zwergkaninchen, leider eines frühen mysteriösen Todes verstorben. Kiki vor dem Festspielhaus in Bayreuth mit glänzenden Augen und hochroten Wangen – und natürlich Papa und Mama.

Eines der Fotos von ihnen mochte ich besonders. Eigentlich waren es vier. Die beiden hatten sich dafür mit Baby-Dido auf dem Arm in einen Passfoto-Automaten gequetscht und alberne Grimassen gezogen. Papa trug eine speckige 70er-Jahre-Lederjacke und Koteletten bis zum Kinn und Mama etwas Unbeschreibliches im Batik-Look. Sie sahen glücklich aus. Auf dem letzten der vier Fotos küssten sie sich, während ich über meinem Babyspeck-Doppelkinn unfassbar griesgrämig in die Kamera blickte.

Ich hatte das Foto immer geliebt. Nun aber fragte ich mich, während ich es betrachtete, zum ersten Mal, was verdammt eigentlich passiert war. Wie und warum hatte sich dieses verliebte junge Paar in zwei Menschen verwandelt, die es keine fünf Minuten mehr zusammen in einem Raum aushielten? Wie konnte sich etwas so Schönes in etwas so Hässliches verwandeln?

So ist das Leben eben, Dummie, werd endlich erwachsen, höhnte eine altbekannte Stimme in meinem Kopf. *Du hast es doch selbst erlebt: Irgendwann ist Schluss mit lustig. Und was dann übrig bleibt, tut so weh, dass du kaum noch Luft bekommst.*

Ich runzelte die Stirn und lauschte auf den Ton dieser Nörgelstimme. Sie klang nach alter Gewitterziege.

Ich machte leise: «Mäh-äh-äh» und grinste etwas blöde.

Und was dann geschah, entzieht sich meiner persönlichen Logik. Aber manchmal sind es eben nur Sekunden im Leben, die etwas verändern – in denen man plötzlich den Mut für etwas findet, das vorher undenkbar schien. Jedenfalls stand ich auf, holte mir das Telefon aus dem Flur, und dann wählte ich ohne Umschweife die Nummer des Menschen, mit dem ich normalerweise etwa so gern plauderte wie mit meinem sadistischen Zahnarzt: meiner Mutter.

Ich sah auf die Uhr. Es war schon nach elf. Wahrscheinlich schlief sie längst oder absolvierte ihr abendliches Gymnastikprogramm. Egal. Ich ließ es klingeln. Einmal, zweimal, dreimal, vier-

«Huntemann?»

«Hallo, Mama.»

Sie schnaufte und sagte mit hörbarem Ausrufezeichen: «Dido.»

«Ja, Dido, deine Tochter», erwiderte ich.

Sie schwieg einen Moment, wahrscheinlich um ein fliederfarbenes Seiden-Negligé – meine Mutter ist der einzige mir bekannte Mensch, der tatsächlich etwas trägt, das diesen Namen verdient – überzuziehen.

Dann fragte sie: «Was ist?»

«Wie geht's dir?»

«Dido, es ist halb zwölf, und ich habe morgen früh –»

«Ich muss dich was fragen.»

Ein Seufzen drang durch den Hörer. Es rangierte irgendwo zwischen Unwillen und verständnislosem Mitleid – und hatte exakt die Wirkung, die beabsichtigt war: Ich fühlte mich klein, doof und unbeholfen.

«Es dauert nicht lang.»

Erneutes Seufzen.

Ich sah sie förmlich vor mir: ihre messerscharf gezupften Augenbrauen, die sich jetzt genervt bis in die Stirnmitte schoben.

«Also ... was ist denn so dringend?»

Eine Sekunde lang zögerte ich, war versucht auszuweichen. Doch dann siegte irgendein Mut, von dem ich nicht gewusst hatte, dass ich ihn besaß.

«Hast du es jemals bereut, Mama?»

«Kind, hast du getrunken?» Ihre Stimme klang jetzt nahezu besorgt.

Ich holte tief Luft. «Dass du ihn damals weggeschickt hast, meine ich? Dass du Papa keine Chance mehr gegeben hast?»

Es blieb still in der Leitung. Einen Moment lang dachte ich, sie würde auflegen.

«Warum fragst du mich das jetzt?»

«Warum nicht? Vielleicht hätte ich dich das schon vor Jahren fragen sollen.»

Wieder Stille in der Leitung. Schließlich ein: «Ich kann darauf nicht antworten, Dido.»

Ich hörte sie ausatmen. Es klang mühsam, dieses Atmen, als presse sie es mit aller Kraft aus sich heraus – so wie sie immer alles von sich gewiesen hatte, was keinen Platz in den streng sortierten Fächern ihres Innenlebens gefunden hatte.

«Warum nicht?»

Noch ein stockendes Luftholen. Doch dann übernahm wieder die gut geölte Kommandozentrale von Prof. Dr. Heidemarie Huntemann das Gespräch:

«Wer bist du? Der Großinquisitor? Ich würde mal sagen, das geht dich ganz einfach nichts an, oder?»

Einunddreißig Jahre Kindsein kämpften in mir mit der Überzeugung, das Richtige zu tun.

«Ich glaube schon, dass mich das etwas angeht, Mama. Ich würde sogar sagen, dass es für mich von außerordentlich großer Wichtigkeit ist.»

Ich spürte, wie sie mit sich rang. Mit ihrem Ärger über die späte Störung. Mit der Müdigkeit nach einem langen Tag. Und mit dem, was sie am meisten im Leben hasste: Verwirrung.

«Ich weiß nicht, was du willst, Kind, und ich bin wirklich sehr ...»

«Mama», meine Stimme klang fast flehentlich, aber es war mir egal, «kannst du mir bitte diese eine Frage beantworten?»

Es war sehr leise. Erst dachte ich, ich hätte mich verhört oder die Telefonleitung wäre gestört.

Doch dann sagte sie es noch einmal:

«Ja, Dido, ich habe es bereut. Ist es das, was du hören wolltest?»

Mir stockte der Atem, zugleich musste ich lächeln. Es war einfach so typisch für sie – dass sie dieses Mini-Türchen in ihrer Verteidigungsbastion öffnete und sofort wieder zum Angriff überging. Und dann begriff ich es. Meine überlegene, erfolgsverwöhnte Übermutter, die Frau, die auf Kongressen furchtlos lächelnd zu Tausenden von Zuhörern und in zwanzig Kameras sprach, hatte Angst. Schlicht und einfach Angst.

«Warum?», fragte ich.

«Dido, es ist spät...»

«Mama, bitte!»

Ich hörte, wie sie aufstand, in die Küche ging und den Kühlschrank öffnete. Dann machte es plopp, gluckerte leise, und da wusste ich, dass ich gewonnen hatte. Wenn meine Mutter sich nachts um halb zwölf ein Glas Chardonnay einschenkte, war das eine Unplanmäßigkeit, in deren Folge alles möglich war. Ich hatte sie selten erlebt, doch es gab sie: Momente, in denen selbst meine Mutter wie ein Mensch reagierte – lachte, weinte, brüllte oder auf dem Tisch tanzte. Es war immer ein bisschen so, als habe sie ein Haustier freigelassen, das sie sonst verschämt in der Besenkammer versteckte.

Was dann folgte, war das längste und ehrlichste Gespräch, das ich je mit ihr geführt habe. Wir waren beide todmüde, was wahrscheinlich ein Vorteil war. Wir hatten beide etwas getrunken, was ganz gewiss ein Vorteil war. Aber wir waren auch beide noch klar genug im Kopf, um zu merken, dass wir da gerade etwas Elementares verhandelten. Und irgendwann fiel er. Dieser Satz. Ein paar Worte nur. In meinem Kopf aber wirkten sie wie ein Schwall kaltes Wasser, der mehr Klarheit brachte als drei von Kikis Ratgeber-Bibeln zusammen.

«Ich kann es einfach nicht, Dido. Ich kann keine Grautöne», sagte meine Mutter. «Konnte ich noch nie. Ich kann nur schwarz oder weiß. Für Dazwischen-Sachen, für Lauwarmes und Halbgares bin ich nicht zu haben.»

«Aber so ist das Leben nicht, Mama.»

Es blieb einige Momente still in der Leitung.

«Da hast du wohl recht, Kind. Es ist so nicht – aber man sollte es sich so einrichten.»

Ich dachte an Pasquale, einen italienischen Gastdozenten an ihrer Uni und derzeit das, was sie stets «den Mann-den-ich-treffe» nannte. Ich hatte ihn einmal gesehen. Ein freundlicher, schmaler, etwas zerstreut wirkender Mann. Er besuchte sie jede Woche zur selben Zeit. So hatte sie es in ihren Terminkalender eingetragen. Für Monate. Mittwoch, 18 Uhr: «P». Der Termin endete gegen 21 Uhr. Jeden Mittwoch.

«Tja, das kann man wohl», sagte ich, «aber, weißt du was, Mama? Ich denke, das nutzt uns nichts. Das Leben ist doch kein Mondrian-Bild, in das du alles schön unterteilt in Kästchen packen kannst. So funktioniert das einfach nicht.»

Ich holte kurz Luft.

Sie machte «ts», und ich sah es förmlich vor mir: wie erneut ihre Augenbrauen hochschossen, diese sorgsam gezupften dunklen Halbmonde, in denen jedes Härchen seinen Platz hatte.

«Wer bist du? Der neue Paulo Coelho? Ein Quell universeller Lebensweisheiten?»

«Ach, hör doch auf, Mama. Du weißt sehr gut, was ich meine, richtig? Oder ... zumindest hast du es mal gewusst», bellte ich zurück.

«Wie meinst du das?» Ihre Stimme wurde schneidend. Und ich bin bis heute dankbar, dass mich an diesem Punkt ein Rest gesunder Menschenverstand zurückhielt. Was immer zwischen ihr und meinem Vater vorgefallen war, es war nicht an mir, darüber zu urteilen. Also sagte ich nur:

«Weißt du, ich glaube, es ist sogar das genaue Gegenteil – richtig gut, bunt und rund läuft es im Leben doch vor allem auf den Seitenwegen. Auf den Extratouren, die wir uns erlauben: dann, wenn aus schwarz und weiß eben mal pinkgrün gestreift wird. Meinst du nicht?»

Sie schwieg. Es war mir egal. Ich sprudelte einfach weiter. Paulo Coelho hätte seine Freude an mir gehabt.

«Und weißt du, was ich noch denke? Wir sollten das viel öfter tun. Der Vernunft die Zunge rausstrecken, meine ich. Den krummen Weg nehmen statt des geraden und dann stehen bleiben, um dem Regen beim Runterfallen oder der Sonne beim Scheinen zuzuschauen. Einfach mal drauf pfeifen, was andere denken, Chili mit Erdbeereis zum Frühstück bestellen oder bescheuert durch den Park tanzen und dazu das Lied der Schlümpfe singen, ja ... und einfach mal sagen, was wir wirklich meinen – auch wenn es ungeschickt, albern und so was von uncool wirkt. Verstehst du, was ich meine?»

Sie schwieg, es wurde irgendwie kalt durch den Hörer. Ich zuckte die Schultern und brachte es zu Ende.

«Denn weißt du, vielleicht ... wenn wir nicht mehr dauernd so wahnsinnig toll funktionieren müssen, wenn wir uns mehr Fehler, mehr Ungeplantes erlauben ... vielleicht können sie uns dann auch nicht mehr so schockieren – diese Momente, wenn ...» Ich stockte, japste nach Luft. «... wenn uns die Lebenspläne unter den Fingern zerbröckeln und nichts übrig bleibt als ein Haufen Scherben.»

Ich hörte ihr Kopfschütteln durch den Hörer.

«Ach, Kind», antwortete sie schließlich mit jener halbbelustigten Stimme, mit der sie mich schon als Achtjährige in Rage versetzen konnte, und dann noch mal: «Ach, Kind.»

Aber es war mir egal. Denn mehr kam nicht. Mehr kam nicht von Professor Dr. Heidemarie Huntemann. Unter all den Worten war es ein stiller Schlagabtausch gewesen. Es gab keinen Sieger und keinen Verlierer. Es gab nur eine Frau, die ihr Leben in Kästchen eingerichtet hatte – und eine andere, die keine Lust mehr dazu hatte.

35

Es war nicht so, dass danach plötzlich alles gut war. Eigentlich war gar nichts gut. Ich war pleite. Lukas wollte offenbar nichts mehr von mir wissen. Und ob Professor Bösig jemals wieder mit mir sprechen würde, nachdem ich wochenlang toter Mann gespielt hatte, war mehr als fraglich. Dennoch stand ich am nächsten Morgen früh auf, rief erst Hans an, dann den Professor und schließlich sogar Herrn Hübchen, der mich nach meinem Interview mit Elisabeth Matthissen noch immer wie die neue Henri-Nannen-Preisträgerin behandelte.

Langsam, aber sicher fand ich ins Leben zurück und begann auch wieder nachzudenken. Wirklich nachzudenken. Über mich. Über Lukas. Über alles, was passiert war. Und über die drei alten Menschen, in deren Geschichte ich hineingeraten war wie in ein Theaterstück – ein Drama, in dem ich bestenfalls den Hofnarren hatte geben können. Denn was hatte ich schon groß getan, außer nach St. Petersburg zu fahren und zu viele Fragen zu stellen? Hans, Elisabeth und Gregor aber sahen das anders. Sie beharrten darauf, dass ich eine Art Penthesilea und Käthchen von Heilbronn in Personalunion sei. Elisabeth sprach mich nur noch als *Angelita* an – kleiner Engel. Hans lachte dazu und sagte, er habe es gleich gewusst – damals, als ich in seinen Laden gekommen sei. Dann hatte er mir die Hand gedrückt und gesagt: «Schon sünnerbar, dat Leven, was, Deern? Dass wir es vorwärts leven – aber nur rückwärts verstahn. Aber du wirst keine sechzig Jahre brauchen, Dido. Du mit deinem Löwenherzen.»

Ich hatte ihm einen Vogel gezeigt.

Er aber hatte mich ungerührt angeblickt und erklärt: «Mine Sööte, du kannst so viel mehr, als du glaubst – aber das wirst du auch noch herausfinden.»

Ich konnte nur hoffen, dass er recht behalten würde.

Denn momentan fühlte ich mich eher, als habe man mich beim großen Lebenswettbewerb mit einem «Sechs, setzen!» in die Grundschule zurückgeschickt.

Aber es ist doch auch zu bescheuert, dachte ich, während ich als Beschäftigungstherapie Bücher abstaubte, Fenster putzte und Wohnungsecken von Unrat befreite. Dass einem verdammt noch mal keiner beibringt, wie das eigentlich geht: lieben. Denn wenn die Sache so wichtig ist, wie alle seit Jahrtausenden schreiben, dichten und singen – warum eigentlich gibt es dann kein Schulfach «Beziehung führen for Dummies»? Oder einen «Bausatz für die große Liebe – ohne Schrauben»?

Zwar verkaufen sich Beziehungsratgeber wie geschnitten Brot. Doch auch darin sagt einem keiner so wirklich, was zu tun ist, wenn die Prinzessinenträume erste Kratzer kriegen und aus dem süßen Knuddelbär wieder ein miesgelaunter Elektrotechniker geworden ist und aus Miss Wonderful die zickige Nageldesignerin, die sie nun mal ist.

Und auch Lukas und ich waren am Ende so megamäßig gescheitert, dass die Frage angebracht schien, was wir eigentlich noch voneinander wollten. Andererseits aber dachte ich: Wer kriegt es denn schon wirklich gut hin? Sind das die Paare, die nie streiten? Die quasi als doppeltes Lottchen durchs Leben marschieren, selbst ihre karierte Unterwäsche im Partnerlook kaufen? Oder die anderen, die kein gutes Haar am anderen lassen – aber auch nicht ohne ihn können?

Ich wusste nicht, in welche Kategorie wir fielen. Ob es überhaupt Kategorien gibt und nicht doch jede der 7,63 Milliarden Liebesgeschichten dieser Welt ihr ureigenes Geheimnis hat. Ich wusste ja nicht einmal, ob Lukas und ich noch eine Geschichte hatten. Oder ob diese in einem Café am Ende der Welt unter den Augen von dreizehn Schafzüchtern und einer zerbröselten Quiche ihr Ende gefunden hatte. Aber was ich wusste, und das endlich und mit absoluter Sicherheit: Ich würde es noch einmal versuchen.

«Er wird kommen», hatte Kiki gesagt. «Er braucht Zeit. Du hast acht Jahre gebraucht.»

Ich hatte nur genickt und weitergeputzt.

Als die Wohnung schließlich so keimfrei war wie ein Hochsicherheitstrakt gegen Bio-Terrorismus, entschied Kiki, dass es Zeit für Abwechslung sei. Sie kaufte ein riesiges Raclette-Gerät und gut drei Zentner Käse. Dann lud sie alle ein: Hans, Elisabeth und ihre Schwester, Oma Jansen und natürlich den Professor und seine Tochter, die jüngst mit ihrem Sohn Boris für ein Forschungssemester nach Hamburg gezogen war.

Es wurde ein legendärer Abend – vor allem, nachdem Kiki der Nachtisch aus den Händen gerutscht und auf den Boden geklatscht war: eine Riesenschüssel von Oma Jansens Bratapfel-Vanille-Traum. Ein Liter Eiercreme mit Zimt-Äpfeln und Keksen schwabbelte über das Wohnzimmer-Parkett – ein Fest für Fritz, Oma Jansens Golden Retriever, das er wahrscheinlich mit drei Tagen Bauchweh bezahlen würde. Kiki aber stand nur da, blickte auf ihre leeren Hände und den schmatzenden Hund zu ihren Füßen. Es zuckte um ihre Nase, und für einen Moment schien es, als wolle sie gleich in Tränen ausbrechen.

Da deklamierte Hans in die Stille: «Ein tiefer Fall führt oft zu höherem Glück.»

Alle lachten, und Elisabeth rief: «Seneca.»

Hans und Gregor sahen sich an und grinsten wie Pennäler.

«Quatsch. Montaigne», sagte der Professor.

Hans grinste noch breiter und schüttelte den Kopf und rief: «Shakespeare, ihr Luschen.» Seine Augen leuchteten wie Glasmurmeln, und ich ahnte, dass sie dieses Spiel nicht zum ersten Mal spielten. Denn mochten auch über sechzig Jahre vergangen sein, der Kampfgeist war doch ungebrochen.

«Entweder wir bleiben im Irrenhaus, oder die Welt wird eines», legte Elisabeth vor, die mit Hans unter dem Tisch Händchen hielt.

«Dürrenmatt, Physiker», konterte Gregor. «Mehr hast du nicht zu bieten?»

«Der Einfall war kindisch, aber göttlich schön», rief Hans.

«Kleist», sagte Natascha, Gregors Tochter, im Tonfall fester Überzeugung.

«Das kommt davon, wenn man in Oxford studiert hat», rief Gregor, «keine Ahnung von deutscher Literatur.»

Sie streckte ihm die Zunge raus. «Aber du wissen everything, yes, Papotschka?»

Gregor nickte geruhsam. «Das Zitat war von Schiller.»

Hans nickte ebenfalls, und der kleine Boris stellte sich auf die Zehenspitzen, reckte die Arme um seinen Großvater und gab ihm einen Schmatz auf die Wange. Gregor wurde etwas rot, seine Augen leuchteten. Es stand so viel Liebe darin, dass mir ganz schwindlig wurde. Auch Natascha sah es und wischte verstohlen an ihrem Waschbären-Augen-Make-up herum. Dann aber straffte sie sich und rezitierte: «I prefer men to cauliflowers.»

«Virginia Woolf, Mrs. Dalloway», brüllten Elisabeth und ich wie aus einem Munde und gackerten dann wie zwei Frettchen.

Kiki schüttelte zu all dem nur den Kopf, schenkte Wein nach und grinste.

Später, als alle gegangen waren, saßen wir noch in der Küche und sprachen über die Dinge, über die man nur nach Mitternacht und zu viel Wein redet. Ich sagte, glaube ich, irgendwas davon, dass mir mein Leben im Moment wie ein schlechter Roman vorkomme, dessen Autor die Pointen versemmelt habe – aber dass es schon in Ordnung sei. Ich käme jetzt klar. Und Kiki erwiderte, dass sie das gut verstehe. Denn ganz genau so sei es doch. Die meisten Leben hätten einfach eine sauschlechte Dramaturgie: zu viele platte Gags und krude Zufälle darin – und zu viele Leute, die dummes Zeug redeten.

«Aber weißt du was, Schatz?», flüsterte sie proseccoselig gegen drei. «Es ist mir wurscht. Wir müssen einfach irgendwie durchkommen und zusehen, dass wir immer noch das Komische an der Sache sehen, oder?»

Gegen vier legten wir Kikis alte Abba-CD auf und tanzten durch die Wohnung, bis Tante Dorchen von unten an die Decke klopfte.

36

Und dann war da noch dieser Sonntag. Es war der dritte in Folge, den Boris bei uns verbrachte. Natascha und Gregor waren jetzt häufig in Berlin, um dort in staatlichen Archiven nach etwas zu suchen – ich vermutete, dass es um den fehlenden Namen ging. Jenen Namen, der nicht zum Stolperstein geworden war.

Es regnete, und ich briet uns Arme Ritter. Kiki stand derweil mit unserem Gast am Fenster, und sie diskutierten darüber, ob man auf dem Regenbogen, der sich über Eimsbüttel wölbte, in den Himmel klettern könne.

Ich streute gerade Zimtzucker auf mein Werk, da sagte Boris: «There is a man standing over there and looking up all the time.»

Meine Nackenhärchen stellten sich auf, und ich ließ den letzten Armen Ritter auf den Boden platschen. Als ich mich bückte, um das Malheur zu beseitigen, schob mich Kiki sanft zur Seite, nahm mir das Wischtuch aus der Hand und sagte: «Ich glaube, du wirst am Fenster gebraucht.»

Er stand auf der gegenüberliegenden Straßenseite. Vor der verwaisten Eisbude. Und sah zu mir hoch.

Ich machte das Fenster auf, beugte mich leicht vor und sah zu ihm hinunter. Sonst nichts. Wir starrten uns einfach an. Lange Zeit. Irgendwann verzog sich sein Mund langsam zu einem Lächeln. Ebenso langsam zog er die Hand hervor, die er die ganze Zeit hinter seinem Rücken gehalten hatte. Und in dieser Hand hielt er den größten Stoff-Pinguin, den ich je gesehen habe. Ein Königspinguin mit einem roten Schal. Elf Jahre war es her. Da hatte ich ihm gesagt, dass ich Pinguine liebe. Ich tat es immer noch. Und ihn liebte ich auch. Wahrscheinlich niemals vorher und nachher so sehr wie in diesem Moment – oder vielleicht noch im nächsten. Da brummte mein Handy, weil eine SMS kam: «*Rainen no kono hi mo issho ni waratteiyoh* – Lass uns nächstes Jahr um diese Zeit zusammen lachen.»

Epilog

– oder was dann noch geschah

Kiki hat einen Kochkurs gemacht. Sie kann zwar immer noch nicht kochen, hat sich aber in den Kursleiter verliebt. Der macht ihr jetzt sonntags immer Blaubeer-Pancakes zum Frühstück.

Hans und Gregor sind zusammen zur Herz-Reha nach Malente gefahren – und haben Ärzte und Pflegepersonal dort fast in den Wahnsinn getrieben. Eine Ärztin, die auf Psycho-Kardiologie spezialisiert ist, hat sie für eine Studie interviewt: dass zwei alte Freunde nach Jahrzehnten ohne Kontakt fast zeitgleich einen Herzinfarkt erlitten haben, fand sie bemerkenswert.

Elisabeth Matthissen findet das nicht. Sie sagt, es liegt ganz einfach daran, dass Gregor zu viel trinkt und Hans hauptsächlich von Brathering mit Schokokeksen lebt. Ich glaube, sie beabsichtigt, beides zu ändern.

Und bei Hans zumindest scheint sie gut damit voranzukommen. Er sieht nicht mehr aus wie Herr Turtur, sondern wie der glückliche Riese aus Oscar Wildes Märchen.

Gregor Malek hat in einem Archiv in Berlin eine Information über den kleinen jüdischen Jungen gefunden, der bis 1939 in der Wohnung unter ihm in Eimsbüttel wohnte. Er lebt heute in Connecticut und hat Gregor auf seinen Brief geantwortet.

Meine Eltern haben neulich, als ich bei Lukas war und Kiki bei ihrem Blaubeer-Freund, gemeinsam in unserer Wohnung übernachtet. Es ging nichts zu Bruch. Allerdings war der Rotwein-Vorrat danach stark geschrumpft. Sie schreiben sich heute manchmal über Facebook und diskutieren über phönizische Vasen.

Lord Nelson hat drei Pfund abgenommen. Er liebt Elisabeth Matthissen und ist dadurch ein anderer geworden. Er schnurrt jetzt immer, wenn man ihn krault. Aber ich glaube, es ist ihm peinlich.

Lukas' Mutter ist nach Hamburg gezogen. Sie sagt, sie hat so viele Lebensjahre ihres Sohnes verpasst, mehr sollten es nicht werden. Sie wohnt jetzt im Nordwesten der Stadt in einer kleinen Straße, die *Heimat* heißt – was sie sehr amüsiert.

Natascha Greenbaum treffe ich jetzt oft in der Uni, wir trinken dann gern Kaffee miteinander. Und einmal fragte ich sie das, worüber ich oft gerätselt hatte: Warum eigentlich ihr Vater damals Elisabeth nicht selbst angerufen hatte – statt seine Tochter vorzuschicken.

«Oh, Papusch then was very schlecht, schon lange Zeit.

Seine Herz, you know. Aber …» Sie kniff ihre schlauen Waschbäraugen leicht zusammen. «Ehrlich? I think, besides – he simply was afraid. You understand?»

I understood. Indeed.

Katja habe ich nie wieder gesehen. Sie schickte mir einmal über Xing eine Kontaktanfrage. Ich habe nie geantwortet. Was vielleicht ungerecht ist – aber wer sagt, dass das Leben gerecht ist?

Alle paar Wochen ruft mich Elisabeth Matthissen an und lädt mich zum Frauenabend ein. Dann sitzen wir in ihren Sessel-Senioren, trinken teuren Rotwein und quatschen über Gott, die Welt und alles andere. Einmal sagte sie zu mir: «Jemand hat mal geschrieben: Eine große Liebe kann man nicht leben – nur überleben.» Dann schenkte sie sich Wein nach, lächelte und fügte hinzu: «Was meinst du? Kann es sein, dass das totaler Blödsinn ist?»

Und Lukas? Und ich …?

Nun … ich schreibe nicht mehr für Herrn Hübchen, dafür an einem Fachbuch mit Professor Bösig. Was prima ist, abgesehen vom Kaffee – und der Tatsache, dass meine Mutter selbst ihrem Tiefkühlkost-Lieferanten davon berichtet.

Lukas hat nach dem Erfolg der «Schatten-Ausstellung» einen Lehrauftrag für fotografische Gestaltung an einer FH bekommen – und ist der Schwarm seiner Studentinnen. Meine Mutter hat mir geraten, ich solle sein Handy kontrollieren. Ich habe *ihr* daraufhin geraten, mal einen Joint zu rauchen. Sie sagte, das sei nicht komisch. Ich hatte es auch nicht so gemeint.

Meine Haare sind wieder rot. Ich habe aufgehört, sie zu färben. Sie sprießen nun karottenfarben und leuchtender denn je, als wollten sie sich rächen für die Jahre in der schwarzen Verbannung. Lukas ist froh darüber. Er sagt, wir Rotköpfe seien eine aussterbende Gattung – wie die Einhörner. Haha, sehr komisch. Aber er hat schon recht. Dass es passt, meine ich. Auch mein Leben leuchtet wieder. Inzwischen zumindest.

Denn ich würde ja gern sagen, dass ich ihm damals an diesem Sonntag, als er da unter unserem Küchenfenster stand, in die Arme fiel und alles gut war. Dass das Leben schön und bunt und einfach wurde. Dass wir aufs Land zogen, uns einen Golden Retriever kauften und ihn John-Boy nannten. Oder erfolgreich eine Kunstgalerie für Pinguin-Fotografie und nebenher drei wild geratene Kinder aufzogen. Aber das würde mir wohl niemand abkaufen, ich selbst am wenigsten. Stattdessen war es so, dass wir uns zwar aufeinander zubewegten, aber nur langsam und zögerlich. Manchmal dachte ich: wie zwei Schiffbrüchige, die ans Ufer geschwemmt ihr Glück kaum fassen, das neue Leben aber auch noch nicht betreten mögen.

Spaß hatten wir trotzdem, keine Frage. Wir alberten herum wie früher, stritten noch immer um bevorzugte Bett-, Brötchen- und Zeitungsseiten und nahmen auch unsere Gewohnheit wieder auf, lange Spaziergänge durch unbekannte Stadtviertel zu machen. Doch daneben gab es eben auch unsichtbare Mauern – von Misstrauen gespeiste Hindernisse, die zwischen uns aufploppten wie böse Kobolde in der Geisterbahn.

Einmal etwa machte ich Lukas allen Ernstes eine Szene, weil er länger als geplant bei Zeli geblieben war und ich zwanzig Minuten auf ihn warten musste. In früheren Zeiten hätte ich einfach gelacht und ihn dazu verdonnert, das Kino zu bezahlen.

Ebenso idiotisch reagierte Lukas, als wir beim Spaziergang auf der Veddel zufällig Professor Bösig trafen. Der kurvte dort in violettem Stretch-Polyester auf seinem Akademiker-Porsche herum, einem futuristisch anmutenden Rennrad, und kam mit quietschenden Reifen neben uns zu stehen. Nachdem der Smalltalk erschöpft war, winkte er noch einmal beherzt und sauste weiter. Vorher allerdings fasste er mich kurz an die Schulter und murmelte: «Wir sehen uns am Montag.» Ein Fehler.

Denn während der Professor im Dunst der Elbwiesen verschwand, verfiel der Mann an meiner Seite zunächst in dumpfes Brüten und zischte schließlich mit schneidenden Untertönen ein «Ihr kennt euch gut, ja?» zwischen den Zähnen heraus.

«Spinnst du jetzt total?», fragte ich.

Lukas schob seine Unterlippe vor und zuckte die Schultern.

«Was weiß ich denn, was du in den acht Jahren ohne mich so getrieben hast?»

«Jedenfalls kein Faible für rennradelnde Philologen in lila Wurstpellen-Höschen entwickelt.»

Das entlockte ihm tatsächlich ein Lächeln. Ich lächelte auch. Doch zurück blieb ein Gefühl, das schon länger an mir nagte und immer deutlicher wurde: dass es ein altes, ein leicht angestaubtes Glück war, das wir zu leben versuchten. Denn unter all unserem Rumgeblödel blieben wir beide stumm, sprachen nie wirklich über das, was früher zwischen uns passiert war. Ich glaube, wir hatten beide Angst, ein falsches Wort könnte alles wieder zerstören.

Nach einem aber zumindest fragte ich ihn: warum er sie mir nie erzählt hatte, die Geschichte seiner Herkunft. Als Antwort gab es Schulterzucken, Ausflüchte, auch das, was ich sein Maultiergesicht nannte. Nur stockend und in Mikroportionen erfuhr ich dann nach und nach etwas mehr. Doch er kämpfte mit jedem Satz. Mir kam es vor, als wolle er ihm einfach nicht begegnen – dem Kind, das er einmal gewesen war. Dem kleinen Jungen, der fast sieben Jahre in staatlichen Kinderheimen verbracht hatte.

Wie sehr diese Vergangenheit ihn dennoch umschlungen hielt und wie brüchig das Vertrauen zwischen uns wirklich war, begriff ich erst ein paar Wochen später.

Eigentlich war es ein schöner Tag. Wir waren wieder gelaufen, dieses Mal die klassische «Bjutiful-Hämbörg»-Tour – vom Altonaer Balkon aus am Fluss entlang nach Övelgönne, wo wir uns in der Strandperle, der Legende unter den Imbissbuden, einen Hot Dog holten. Wurst kauend saßen wir dann am Elbstrand, inhalierten dessen Spezial-Parfüm aus Grillfleisch, Schiffsdiesel und dezenten Hasch-Wölkchen und flohen, als dies zu aufdringlich wurde, in den nächsten Park, wo Lukas mir Tai-Chi beibringen wollte. Das zumindest war der Plan.

Die Realität sah so aus, dass Lukas auf einem Bein stehend ein Knie anzog, seltsam mit den Armen ruderte und dabei wie ein Mammut-Storch mit Verdauungsproblemen wirkte. Als ich die dritte Kichersalve nur mit Mühe zurückhielt, stellte er sich mit ungerührter Miene hinter mich, legte die Arme um mich und eine Hand auf meinen Bauch.

«Sein mächtiges Energie, müssen kanalisieren hier», brabbelte er salbungsvoll vor sich hin und tätschelte leicht auf besagtem Bauch herum, der aber noch mit Bockwurst, Bier und Brötchen beschäftigt war.

«He, Kung-Fu», sagte ich, «du möchtest doch nicht, dass es ein Unglück gibt, oder? Dann nimm mal die Flossen da weg.»

Er strich erneut über meine Körpermitte.

«Hm, Bockwurst ... sein geben gutes Energie.»

«Und du sein haben großes Vogel.» Ich drehte mich um und küsste ihn gerade auf die Nase, als wir ein leises Lachen hörten, hell wie ein Weihnachtsglöckchen.

Wir sahen uns um und entdeckten einen Jungen, der allein unter einem Baum auf einer Bank saß. Da er noch so klein war, wahrscheinlich nicht mal vier Jahre alt, und weit und breit kein Elternteil in Sicht, gingen wir hinüber und sprachen ihn an.

«Mein Vater kommt und holt mich», antwortete der Kleine auf unsere Fragen. Er hatte ein Köfferchen dabei, so ein altmodisches Pappding, wie ich selbst es noch als Kind gehabt hatte.

«Und dein Vater, der weiß, wo du bist, ja?», insistierte Lukas und setzte sich neben das Kind – mit so vorsichtigen Bewegungen, als sei es aus Glas.

Der Junge kaute kurz an seiner Lippe, dann wippte er mit

dem Kinn, wobei zarte Röte über seine runden Wangen zog.

«Hier ist irgendwas schräg», grummelte Lukas leise in meine Richtung. Dann wandte er sich wieder dem Jungen zu, fragte nach seinem Namen und ob er ganz allein hierhergekommen sei.

Das bescherte uns ein «Jakob» samt stolzem Kopfnicken.

«Weiß dein Vater das denn?», versuchte Lukas es noch einmal.

Jakob wiegte sein rundes Gesichtchen hin und her und verkündete, während er den kleinen Pappkoffer noch fester umklammerte, erneut im Brustton der Überzeugung: «Papa hat gesagt, er kommt und holt mich.»

Lukas sah mich fragend an. Irgendetwas, das ich nicht einordnen konnte, flackerte in seinen Augen. Und als er nun weiter mit dem Jungen sprach, bemerkte ich erstmals dieses leichte Summen in seiner Stimme. Eigentlich eher ein Vibrieren, wie das Vibrato eines Streichinstruments.

In der folgenden Stunde sangen wir zusammen drei Kinderlieder, spielten Fußball mit Tannenzapfen und lasen aus den Wattewolken über uns Gesichter und Figuren. Und während Jakob und ich auch noch Micky Maus, seine Oma und einen Esel am Himmel entdeckten, sah Lukas bereits alle zwei Minuten auf die Uhr. Schließlich, etwa eine weitere halbe Stunde war vergangen, schüttelte er den Kopf, stand auf und holte sein Handy heraus. Und als er dann verkündete, so gehe das nicht, er werde jetzt die Polizei rufen, da wurde mir endlich klar, was mit seiner Stimme los war: Sie zitterte – so wie im Grunde der ganze Mann zitterte, was er aber offenbar durch Anspannung der

Muskeln zu verbergen versuchte. Er hatte beide Hände zu Fäusten geballt.

Ich hatte ihn noch nie so erlebt. Selbst die Finger des Mannes, der einmal als der «Fotoreporter ohne Nerven» gegolten hatte, bebten, als er am Handy einem Beamten erklärte, dass hier *ein verlassenes Kind* im Park sei. Es habe *nur ein Pappköfferchen, sonst nichts.*

Sonst nichts sagte er immer wieder zu dem Polizisten, der wahrscheinlich einfach nach dem Namen des Parks gefragt hatte.

Doch Lukas schien plötzlich abwesend, wie in einer anderen Welt. Ich nahm ihm das Handy ab. Er bemerkte es kaum.

Gerade als ich dem Beamten unseren Standort beschreiben wollte, sah ich ihn auf uns zugerannt kommen: einen abgehetzt wirkenden jungen Mann, der schon von weitem «Jakob!» rief. Immer wieder: «Jakob!» – mit einem A so lang, wie die Angst dahinter riesig war.

Der Kleine aber piepste «Papa» und lief seinem Vater entgegen, der ihn offenbar die ganze Zeit beim Klettergerüst vor dem Supermarkt gesucht hatte. Dort, wo er *doch eigentlich hätte bleiben sollen*, wie der Mann gebetsmühlenartig wiederholte.

«Ein Vierjähriger versteht das eben noch nicht», herrschte Lukas ihn an und guckte finster wie die Nacht. Er hätte wohl noch weit mehr gesagt, aber ich zupfte ihn am Arm und konnte ihn schließlich bewegen weiterzugehen. Der noch immer panisch wirkende Jakob-Papa schien mir gestraft genug.

Danach brauchte Lukas lange, um sich zu beruhigen. Er

schwieg vor sich hin und schüttelte unwirsch meine Hand ab, die ihm über die Schulter streichen wollte. Erst als ich mich vor ihm aufbaute und «Sprich. Mit. Mir.» in verschiedenen Dur- und Moll-Tonarten intonierte, gab es so was wie ein Erkennen in seinen Augen. Doch Worte fand er nicht dafür.

Und als ich ihn abends in der Küche sitzen sah, immer noch mit diesem ausdruckslosen, fremden Gesicht, formte sich ein Gedanke in meinem Kopf, deutlich und unüberhörbar: *Es hat sich nichts geändert*, dachte ich. *Irgendwann kommt immer der Punkt, wo er mich ausschließt.* Und was ich noch dachte, war, dass ich nicht wusste, ob ich das wollte – ob ich so leben wollte. Und dann schob ich diesen Gedanken ganz schnell wieder weg.

Aber vielleicht war es dieses Unbehagen, dieser leise quengelnde Alarmton in meinem Inneren, der mich sofort zusagen ließ, als Lukas von der Reise nach Lissabon anfing. Jener Reise, die wir schon vor Jahren hatten machen wollen. Doch nun gab es einen anderen, unerwarteten Grund: Er erzählte mir von den Nachforschungen, die er seit längerem anstellte – seit seine Mutter ihm den Namen seines Erzeugers, er sagte niemals Vater, genannt habe. Die hatten zunächst kaum etwas gebracht. Doch nun hatte Lukas von völlig unerwarteter Seite etwas erfahren, das zumindest nach einem Anhaltspunkt aussah – und zwar von seiner so betagten wie redseligen Nachbarin Mafalda Souza.

Die fing ihn eines Tages an den Briefkästen im Hausflur ab und berichtete in nur episch zu nennender Breite, was sie wiederum von ihrer Tochter aus Lissabon gehört hatte: dass dort jüngst jene steinalte italienische Gräfin gestorben war, die gleichermaßen für ihren Reichtum wie für ihre Vorliebe für attraktive Männer berüchtigt war. Und so sei ja, fuhr Mafalda fort, während Lukas seine Post aus dem Kasten klaubte und ungeduldig mit dem Fuß zu tappen begann, auch niemand erstaunt gewesen, als die alte Gräfin vor Jahren einen fast drei Jahrzehnte jüngeren Mann geehelicht hatte. Einen holländischen Varietékünstler, an dessen Namen sie sich aber leider nicht ganz erinnerte. Hier hörte Lukas auf, mit dem Fuß zu tappen. Piet auf jeden Fall. Und-dann-weiter. Es sei eben schon etwas her, fuhr die Nachbarin fort, denn der Arme sei bereits lange vor der Gräfin dahin geschieden. Und dann strahlte die alte Mafalda angesichts des wie hypnotisierten Blickes, den ihr sonst so unzugänglicher Nachbar ihr zukommen ließ.

Mehr aber konnte sie trotzdem nicht dazu sagen, und mehr wussten wir auch nicht, als wir an einem frühen Septembermorgen ins Flugzeug stiegen. Und mehr wussten wir noch immer nicht, als wir am Nachmittag desselben Tages über den Cemitério dos Prazeres liefen – den Friedhof der Freuden. Und der verblüffte nicht nur durch seinen Namen, sondern auch durch eine Toten-Kultur, die für nordeuropäische Gemüter so einiges an Überraschungen bereithielt.

Unsere Blicke schweiften über breite, von Zypressen beschattete Alleen. Sie waren dicht gesäumt von kleinen Mausoleen, die Häusern, Kirchen oder berühmten Palästen glichen, wenn auch im Zwergenformat. Eine Art Legoland für Tote.

«Und du meinst ernsthaft, dass hier ein holländischer Varieté-Künstler beerdigt ist?»

Lukas zuckte die Schultern. «Zumindest laut meiner siebenundsiebzigjährigen Top-Informantin von nebenan. Und immerhin hat ihn ja offenbar am Ende noch eine echte Gräfin geheiratet.»

«Ja, aber die war Italienerin, hast du gesagt. Du glaubst doch nicht, dass die hier ...», ich schwenkte meine Arme in die Runde, «... in dieser portugiesischen Toten-Metropole ein Häuschen für ihre Lieben hatte?»

Lukas schaute verbissen und verfiel in ein regloses Stieren, als gehe ihm gerade Wunder was durch den Kopf. Vielleicht tat es das auch. Vielleicht dachte er aber auch nur an das vergeigte HSV-Tor vom Samstag zuvor oder den Thunfisch in Aspik, den uns ein Lissaboner Wirt zu Mittag vorgesetzt hatte. Lord Nelson wäre begeistert gewesen, unser Enthusiasmus hielt sich dagegen in engen Grenzen.

Mittlerweile aber war ich froh, kaum etwas gegessen zu haben. Denn angesichts der 25-Grad-Marke, die der südländische Frühherbst gerade locker hinter sich ließ, schien es mit der letzten Ruhe hier ein wenig problematisch zu werden. Es roch, das mag jetzt unsensibel klingen, aber es roch ganz einfach nach Tod. Anders kann ich den leicht süßlichen, muffigen Geruch nicht beschreiben, den ein mageres Lüftchen durch die Alleen hauchte. Das war wahrscheinlich Einbildung, die hier aber problemlos auf Hochtouren lief. Schließlich gewährten die meisten der Mini-Mausoleen weit großzügiger Einblick, als mir lieb war. Gläserne Eingangstüren gaben ein Inneres preis, das vage an einen Schlafwagen der Deutschen Bahn erinnerte: Auf Wandhalterungen stapelten sich rechts und links teilweise bis zu drei Särge übereinander. Manche abgedeckt mit feinsten Stoffen, andere nackt und verstaubt und nach Jahrzehnten so porös und verzogen, dass sie an den Ecken leicht offen standen.

Passt ja prima zur unterirdischen Stimmung des Liebsten, dachte ich angesichts dieses Einrichtungstraums für Vampire und warf Lukas aufmunternde Blicke zu. Sie prallten jedoch an ihm ab wie Gummibälle. Je länger wir durch diese Stadt der Toten liefen, desto mehr wirkte sein Gesicht, als habe jemand den Schlüssel herumgedreht und zugeschlossen. Nur wenig erinnerte noch an den Mann, mit dem zusammen ich am Abend vorher die schlechteste Let's-Dance-Imitation aller Zeiten hingelegt und gelacht hatte, bis mir der Bauch weh tat. Neben mir lief ein Fremder – und das in wohl mehr als einer Bedeutung.

«Wie sollte ich ein Vater werden?», hatte er mich gefragt, Stunden nach der Begegnung mit dem kleinen Jungen im Park. Es war das Einzige, was er dazu gesagt hatte, und eigentlich völlig zusammenhangslos. Aber aus diesem Satz hatte so viel Verwirrung, auch Verzweiflung und Vergeblichkeit geklungen, dass ich keine Antwort gewusst hatte. Und nun standen wir hier in Lissabon und folgten den Spuren von Piet van Cleef, der das ebenso wenig gekonnt oder gewollt hatte: ein Vater werden.

Aus einem Impuls heraus fragte ich: «Was würdest du tun, wenn du ihm begegnen könntest? Deinem Vater, meine ich?»

Lukas' Schritte verlangsamten sich, er blieb stehen und spähte in eines der Mausoleen, aus dem uns der hier ruhende Vicente nebst Gattin aus einem goldenen Bilderrahmen entgegenblickte.

«Ihn umbringen?», schlug er vor. «Vorher steinigen?»

Es sollte lustig klingen, verunglückte aber zu Bitterkeit. Trotzdem verstand ich. Begriff, warum wir hier waren und dass Lukas einfach irgendeinen Beweis für die Existenz jenes Mannes finden wollte, der für ihn wie ein Phantom sein musste: ein Mensch, von dem es nicht einmal ein Foto gab. Der eine Leerstelle in seinem Leben war, die Lukas niemals zu füllen, nicht mal zu überdecken vermocht hatte.

Mich fröstelte. Bei über fünfundzwanzig Grad. Wahrscheinlich war es mein Unterbewusstsein, das gerade Überstunden machte und schon mehr wahrgenommen hatte als ich. Denn nachdem wir ein weiteres verwittertes Grab-Haus passiert hatten, an dem obendrein ein Schild *abandonado* – verlassen – verkündete, erstarrte Lukas plötzlich neben mir. Mitten im Schritt hielt er inne. Dann wandte er sich langsam nach links zu einem pompösen Marmorgebilde, das mit seinem von zwei Säulen getragenen Tempelvordach wie eine sehr schlechte Filmkulisse wirkte.

Im Inneren, das durch die Glastür sichtbar war, lagerten rechts und links des Eingangs zwei reich verzierte Särge. Perfektioniert wurde das Gesamtbild durch die riesige Plastik-Madonna dahinter, die, von innen beleuchtet, sanft ihre segnenden Hände öffnete – und dabei alle paar Sekunden die Farbe wechselte. Mal segnete sie in Grün, dann in Rot, in begünstigten Momenten war es nur ein fahles Weiß.

«Was ist das?», fragte ich unnötigerweise, denn ich wusste es bereits. Schließlich stand es gut sichtbar in Schwarz auf Messing am Fries des römischen Fake-Tempels.

«Das ist mein Vater», antwortete Lukas ebenso unnötig. «Und die Greisin, die er geheiratet hat.»

Und das meinte er wortwörtlich. Erst jetzt sah ich, dass auf einem Tischchen in der Mitte des Mausoleums ein monumentales Foto emporragte. Und dann klappte mir der Mund auf und mit einem lauten Aufeinanderklacken der Zähne wieder zu. Ich hielt erschrocken die Hand davor. Doch Lukas hörte mich gar nicht. Er starrte auf das Foto. Es steckte in einem breiten Goldrahmen und zeigte eine sehr alte Frau, die grell überschminkt war. Sie saß in einem Rollstuhl und hielt, fast musste man sagen: umklammerte die Hand eines weit jünger wirkenden Mannes, der neben ihr stand. Es war Lukas.

Natürlich war er es nicht. Aber es waren seine Augen, seine Statur, seine Lachfalten. Selbst die Körperhaltung, das etwas Schlaksige, Mit-den-langen-Armen-nie-so-recht-wohin-Wissende legte nahe, dass hier niemand einen Gentest brauchte. Hier, am äußersten Zipfel von Europa, in einer skurrilen Totenstadt und beleuchtet von einer Plastik-Madonna aus dem Baumarkt, hatte Lukas seinen Vater gefunden.

Minuten vergingen. Keiner sagte etwas. Nur eine der Friedhofskatzen kam und strich an meinen Beinen entlang. Ich beugte mich hinunter und kraulte ihr die Ohren.

Was Lukas dann am meisten beschäftigte, waren nicht die überraschenden Todesdaten – sein Vater war tatsächlich noch vor der alten Gräfin gestorben. Auch nicht das zweite, etwas kleinere Foto, das danebenstand: Es zeigte einen Hund oder vielmehr die Mikro-Idee davon – einen Chihuahua. Nein, was ihn irritierte, waren die Blumen, die jemand neben die Fotos gestellt hatte. Es war nur ein kleiner Strauß mit Veilchen, aber er war relativ frisch, vielleicht zwei Tage alt und definitiv etwas, das eine Privatperson hier hingestellt hatte. Offenbar gab es – entgegen Lukas' Informationen – wohl doch noch Verwandte, die sich um das Grab kümmerten.

Wir hatten Glück. Nachdem Lukas und ich den ganzen nächsten Morgen über Wache gestanden hatten und die Friedhofskatzen uns wahrscheinlich schon für mutierte Artgenossen hielten – wer sonst verbrachte so viel Zeit hier? –, kam gegen Mittag ein Teenager die Allee hochgelatscht. Es war dieser Gang, den nur ein Fünfzehnjähriger beherrscht: ein eindrucksvolles Schlingern, die Füße kaum vom Boden abhebend, sodass jeder Schritt durch ein *Schlurf-Schlurf* seiner weiten Cargohose untermalt wurde, die überlang auf dem Boden schleifte.

Das Bürschchen schluppte also heran, und weder Lukas noch ich beachteten ihn weiter. Er schien einfach nicht der Typ, der Veilchen auf das Grab einer alten Gräfin stellte. Das war er auch nicht, sondern er war der Typ, der direkt in das gräfliche Mausoleum hineinspazierte, die Madonna abstaubte und dann etwas aus seinem riesigen Rucksack hievte, das selbst im Sakral-Pomp liebenden Portugal seinesgleichen suchen dürfte: eine fast einen Meter hohe, LED-betriebene weiße Kerze, an der goldene Zopf-Girlanden emporrankten und oben in zwei große Engelsflügel mündeten. Nach einigem Testen stellte der Jüngling die Kerze auf Blinklicht ein. Dann schien er zufrieden, packte seinen Rucksack und wollte mit einem letzten wohlwollenden Blick auf sein Werk wieder seines Weges ziehen.

«Olá», rief Lukas – und erreichte damit bereits die äußersten Grenzen seiner Sprachkenntnisse. Zum Glück sprach der junge Mann etwas Englisch und tat dies auch recht bereitwillig – zumindest, bis er bei uns angelangt war. Dann verstummte er jäh und starrte Lukas an, als sei der gerade von den Toten wiederauferstanden. Zumindest fasste er kurz an das Kruzifix, das um seinen Hals baumelte, und räusperte sich wiederholte Male so heftig, dass ich um seinen Kehlkopf fürchtete.

«He is his son», sagte ich, da Lukas wenig geneigt schien, die Sache aufzuklären.

«Certo.» Der junge Portugiese nickte, wenn auch etwas überenthusiastisch. «Certo.»

Lukas fragte, ob er ihn zu einem Kaffee einladen dürfe. Denn auch für uns war natürlich etwas so *certo* wie der blaue Himmel über Portugal: Unser neuer Bekannter, der sich inzwischen als Rafael vorgestellt hatte, musste Lukas' Vater gekannt haben – vielleicht sogar gut.

Wir gingen in eine kleine Cafébar, wo Rafael zunächst immer noch recht still war und Lukas nur mit scheuen Seitenblicken streifte. Doch nach einem *Galão* – Portugals Antwort auf den Latte macchiato – sowie etlichen *Natas*, schier göttlichen Vanilletörtchen, kam wieder Leben in ihn, und er bestürmte Lukas mit Fragen.

Warum er Pedro denn nie besucht habe? Warum er erst jetzt komme? Ob er wisse, ob Pedro noch Verwandte in Holland habe?

Lukas lächelte dünn bis verzweifelt. Er wand sich auf seinem Stuhl, der viel zu klein für nordeuropäische Männer war, und flüchtete mit einer gekrächzten Entschuldigung auf die Toilette. Während er weg war, versuchte ich, Rafael schonend klarzumachen, dass das Verhältnis zwischen Piet/Pedro und seinem Sohn kein sehr inspiriertes gewesen war.

«They … they never see each other?», fragte er immer wieder, wobei seine Stimme leicht in die Höhe kiekste und Verwirrung aus seinen dunklen Augen leuchtete. Zum Glück hatte aber zumindest Lukas auf dem Weg zur Toilette seine Fassung wiedergefunden – er sollte sie brauchen.

In der folgenden Stunde erfuhren wir zunächst eine Menge seltsame Dinge über Piet van Cleef, von seiner Vorliebe für Rohe-Eier-Shakes bis hin zur Farbe seiner Jonglierkugeln. Dann aber kam Rafael langsam in Fahrt und setzte uns davon in Kenntnis, dass Piet «das Licht der letzten Tage der alten Gräfin» gewesen sei und dass er «sein Leben gelassen hatte, bei dem Versuch, Chantal zu retten».

Hier konnte er vor Rührung nicht weitersprechen. Es war auch nicht nötig. Es war auch so klar, dass er Piet van Cleef offenbar noch mehr verehrt hatte als Jackie Chan, der als Button an seinem T-Shirt klemmte.

Bevor er sich verabschiedete, er müsse nun wieder zur Schule, verriet er uns noch, wer er eigentlich war – und wer Chantal. Und ich weiß nicht, was von beidem für Lukas schwieriger zu verarbeiten war. Denn der junge Mann stellte sich nun als Sohn der Haushälterin vor, die viele Jahre für die Gräfin gearbeitet hatte. Er sei in ihrem Haus aufgewachsen und habe so auch Piet kennengelernt, der für ihn wie ein Vater gewesen sei. «Like a father», sagte er immer wieder – und jedes Mal zuckte Lukas zusammen.

Noch schlimmer wurde es, als Rafael vom traurigen Ableben seines Helden berichtete: Offenbar hatte Piet van

Cleef – der Mann, der sich einst bei Nacht und Nebel aus dem Staub gemacht hatte, um der Verantwortung für seine junge Familie zu entgehen –, hatte derselbe Piet van Cleef nun sein Leben gelassen, weil er den Hund einer alten Dame retten wollte. Genauer gesagt Chantal – das Drei-Pfund-Tier mit hundeähnlichen Genen und rosa Taftschleife um den Hals, das wir auf dem Foto im Mausoleum gesehen hatten.

Wir tauschten E-Mail-Adressen aus, dann ging Rafael schlurfend seiner Wege. Lukas schaute mich an. Seine Augen waren ausdruckslos, und seine Mundwinkel zuckten unentschlossen, als wisse er nicht recht, ob er heulen oder lachen sollte.

«Und? Was meint du?», fragte er schließlich.

«Na ja, es wäre irgendwie leichter, wenn er ... na ja, wenn er einfach nur tot wäre.»

Lukas nickte und schwieg einen Moment.

«Like a father», murmelte er dann noch, «absurd.»

Ich nahm seine Hand, und wir gingen zurück zum Friedhof, wo wir noch Stunden herum-, aber im Grunde nur im Kreis wanderten. Immer wieder lenkte uns Lukas zurück zum Talmi-Tempel der Gräfin und ihres treuen Vasallen und Lichtes aller Tage: seinem Vater.

Langsam wurden die Schatten der Zypressen länger. Am unteren Ende des Friedhofs gaben die Bäume den Blick frei auf den Tejo, der in der Nachmittagssonne glitzerte. Wir hatten kaum ein Wort gesprochen, uns nur bei den Händen gehalten. Doch dann, auf einer leicht modrigen Holzbank am äußersten Rand Europas, begann Lukas endlich zu sprechen – und hörte so schnell nicht wieder auf. Von dem Gefühl erzählte er mir, auf einem anderen Planeten aufgewachsen zu sein als «normale» Menschen. Von Schulkameraden, die ihn auf Geheiß ihrer wohlmeinenden Eltern zum Mittagessen einluden – weil doch auch «so ein Heimkind» mal rauskommen solle. Von Rita und Helmut, die es gut gemeint und ihm auch gewiss geholfen hatten, aber … Er winkte nur ab. Und von seinem Zorn sprach er. Seinem Zorn auf Eltern, die ihn als Säugling wie ein Kleidungsstück, das niemand mehr brauchte, vor das Kinderheim gelegt hätten – diesem Zorn, der ihn sein Leben lang begleitet habe.

«Und …», schloss er, «so wurde ich wohl von einem Jungen, der zu niemandem gehörte, zu einem Mensch, der zu niemandem mehr gehören wollte – oder das zumindest dachte. Bis …», seine Stimme kam ins Straucheln, «du vor mir standest.»

«Ich?»

Er nickte und sah mich an, als müsse ich doch verstehen. Und das Komische war: Ich tat es auch.

«Zu mir wolltest du gehören?»

Er senkte den Blick, starrte kurz auf den Boden, dann wippte er mit dem Kinn.

«Aber dann …» Er beendete den Satz nicht, nickte nur weiter vor sich hin wie ein sehr alter Mann.

Ich begriff auch so. Aber dann war plötzlich ein Kind aufgetaucht. Unser Kind. Eigentlich nur die Idee unseres Kindes. Doch es hatte gereicht.

«Ich bin damals völlig durchgedreht», sagte Lukas, «alles, was ich hatte hinter mir lassen wollen, stürzte auf mich ein. Natürlich auch die Lügen, die ich dir erzählt hatte – und ich hatte nichts. Nichts, um damit umzugehen.»

Ich erfuhr, dass er dann später bei «so einem Mann» gewesen sei, einem Psychologen. Zeli habte ihm das geraten. Anfangs sei es nahezu surreal gewesen, «aber mit der Zeit ...»

Ich hörte zu und ließ ihn reden. Es tat mir gut – aber auch weh. Denn sosehr mich seine Geschichte rührte, lief in meinem Kopf doch wie in der Endlosschleife eines Leuchtreklame-Bands immer nur die eine Frage durch: Warum? Warum nur hatte er mir all dies nicht damals erzählt? Warum erst jetzt? Natürlich hatte er selbst mir gerade die Erklärung geliefert – und ich war froh für ihn, dass er den Weg zu einem Therapeuten gefunden hatte, während andere Männer dies nur unter Androhung von Vierteilung in Erwägung ziehen würden.

Dennoch steckte wohl noch immer eine Art Rachegöttin in mir. Eine, die plötzlich ihr borstiges Haupt erhob und die Regie übernahm. Ich bin nicht stolz darauf. Ehrlich gesagt, treibt es mir heute noch die Schamesröte ins Gesicht. Aber manchmal denke ich, es war auch nötig: diese hässliche Kröte hinauszulassen, die wahrscheinlich all die Jahre in mir gelauert hatte. Gewartet hatte, um ihm den Schmerz eines Tages doch noch heimzuzahlen – den Schmerz, den er mir bereitet hatte.

Und so passierte es, schneller, als ich denken konnte. Als Lukas, der inzwischen wieder bei seinem Vater angelangt war, fast ungläubig in die Abendsonne blinzelte und sagte: «Ich verstehe es einfach nicht, weißt du. Wie kann jemand, der eine schwangere Frau im Stich lässt, derselbe Mensch sein, der für einen blöden kleinen Hund in ein Hafenbecken springt?» – da lehnte ich mich vor, blickte ihn an und erwiderte überdeutlich betont: «Und das wundert *dich* wirklich?»

Fast noch im selben Moment hätte ich alles dafür gegeben, eine Zeitmaschine zu haben und die letzten drei Sekunden aus diesem Universum radieren zu können. Doch der Giftpfeil war abgeschickt und hatte getroffen.

Lukas war einen Moment ganz still. Dann stand er ebenso still auf und ging. Ich aber saß da und schämte mich.

Na super, Dido, krakeelte es in mir, *das war nicht nur unter deiner Würde, sondern auch weit unterhalb deiner Intelligenz. Wie kann ein Mensch, der Hegel zumindest in Ansätzen versteht, derart blöd sein?*

Ich sprang auf und rannte hinter ihm her. Er stieg in die Straßenbahn und fuhr zurück in die Innenstadt. Ich folgte ihm. Auch, als er dann kreuz und quer durch die Alfama, die Lissaboner Altstadt, lief, gefühlt Hunderte alter Steintreppen hinauf- und wieder herunterstieg. Ich folgte ihm wie ein Schatten – der Schatten, zu dem er mich einst selbst gemacht hatte.

Irgendwann blieb er stehen, mitten auf einem kleinen Platz, über den Passanten in Richtung des nahen «Miradouro» strömten – einem der vielen Aussichtspunkte der Stadt. Langsam drehte er sich um. Sein Gesicht war blasser, als ich es je gesehen hatte. Und stumm. Ein stummes Gesicht, so erstarrt wie die Statue von Dom João dem Ersten, der neben ihm auf seinem Sockel in die Schlacht ritt. Auch ich musste jetzt in die Schlacht – und hatte ebenso wenig wie der royale João vor, sie zu verlieren.

«Ich bin eine blöde Kuh», begann ich als Eröffnung und kam näher.

Keine Reaktion.

«Unsensibel und nachtragend», schob ich nach.

Selbst die kriegerische Miene des Königs auf dem Sockel schien jetzt freundlicher als die des Mannes vor mir. Offenbar musste ich den Einsatz deutlich erhöhen. Ich holte tief Luft und ging dann ein paar Meter in Richtung des Aussichtspunkts. Ich brauchte Abstand für das, was ich vorhatte. Und zugleich konnte ich so auf die Alfama hinuntersehen. Schwaden von gebratenem Fisch und Knoblauch zogen herauf, von irgendwo ertönte ein leiser, melancholischer Gesang mit langgezogenen Tönen. Sollte es noch authentische Fado-Sängerinnen geben?

Ich dachte an unsere alte Wörterliste am Kühlschrank. *Saudade* hatte Lukas daraufgeschrieben – das Wort der Portugiesen für Sehnsucht.

Die Sehnsucht nach etwas, das einmal war oder gewesen sein könnte.

Ich drehte mich nicht zu ihm um, als ich schließlich sagte: «Unser Kind wäre so oder so gestorben. Ich habe damals einen Pathologen beauftragt, das embryonale Gewebe zu untersuchen, wie sie es nennen. Ein Kind ist es dann ja plötzlich nicht mehr.» Meine Stimme überschlug sich etwas, wurde wackelig.

Ich spürte, dass Lukas näher gekommen war.

«So erfuhr ich, dass es ein Junge gewesen war – und dass er niemals gesund auf die Welt gekommen wäre. Es lag ein schwerer Gendefekt vor.»

Ich hörte einen Laut hinter mir und drehte mich um. Lukas atmete komisch und starrte mich wie ein Irrer an. Immerhin ein Fortschritt, dachte ich und wollte mich gerade wieder zurückdrehen, als er vor mich trat, mein Gesicht in beide Hände nahm und einfach festhielt.

«Hör mir jetzt mal zu, Dido Huntemann», sagte er mit einer Stimme, die nicht wirklich freundlich klang, «ich könnte dich ohrfeigen dafür, dass du mir das erst jetzt erzählst. Dass du mich all die Jahre darüber im Unklaren gelassen hast. Aber …» Er öffnete den Mund, schloss ihn wieder. Es dauerte einige Sekunden, bis er schließlich hinzufügte: «Ich schätze mal, wir sind jetzt quitt.»

Dann ließ er mich los, drehte sich um und marschierte weg. Mittlerweile glubschten zahlreiche Leute, die hier in einem kleinen Freiluft-Bistro die Aussicht genießen wollten, zu uns herüber, aber es war mir egal. Ich stürmte hinter Lukas her und packte ihn am Arm.

«Du … ignoranter … bekloppter … Fotografen-Depp … und … überhaupt: Was bildest du dir eigentlich ein? Meinst du, du kannst mich hier nach Portugal zerren und einfach stehen lassen – weil der Herr jetzt nicht mehr zu kommunizieren wünscht? Hast du denn überhaupt nichts verstanden?»

Lukas sah auf meine Hand, die immer noch seinen Arm umklammerte, schüttelte sie ab und ging ein paar Schritte weiter. Dann drehte er sich um, stieß irgendein Wort aus, das ich – wahrscheinlich war es besser so – nur halb verstand, kam zurück und baute sich vor mir auf.

«Aber du, ja? Madame von und zu Ich-schweige-acht-Jahre … Lass den Idioten doch Briefe schreiben … lass ihn mir hinterherlaufen und bitten, flehen … Aber nein, schließlich hatte Königin Dido endlose Rache geschworen … So war es doch im antiken Mythos, oder? Aber das wirst du natürlich weit besser wissen … Professoren-Töchterchen!»

Seine Stimme schnitt durch die Luft wie Excalibur durch den Stein. Nur war dies leider eben keine Mythenstunde – sondern blanke Realität: dass wir hier standen und offenbar die letzten Reste unserer Beziehung auf einen Scheiterhaufen warfen.

«Königin Didos Racheschwur isch oi von Vergil nachträglich oigebaude Verstriggung», hörte ich jetzt eine ganz andere Stimme von rechts. Es war ein kleiner runder Mann mit Metallbrille und stramm sitzenden Wadenstrümpfen unter karierten kurzen Hosen. «In der Ursprungslegend gahd sie no oifach liebend zugrunde.»

«Wie reizend», fauchte ich, «und warum, bitte schön, mischen Sie sich hier ein?»

Der Mann zuckte zusammen. Und Lukas sagte mir später, er habe einen Moment gedacht, ich würde ihn schlagen – also nicht ihn, sondern die schwäbische Altphilologie-Granate.

Aber ich ignorierte den Kerl einfach und wandte mich wieder Lukas zu. Doch der drehte sich einfach um und ging zurück zum Aussichtspunkt, um in den Sonnenuntergang zu starren. Zumindest sah es von hinten aus, als wenn er starrte. Vielleicht zählte er auch an den Dächern der Alfama ab, ob er mich sofort oder erst morgen verlassen sollte.

Soll er doch, dachte ich, stellte mich ein paar Meter weiter unter einen Olivenbaum und maulte vor mich hin. *Professoren-Töchterchen.* Das würde ich ihm nie verzeihen. Ich kickte wütend einen Stein vor mir weg. Dann noch einen. Und noch einen. Und dann kicherte es plötzlich neben mir, untermalt von einem Krächzen – das nach einer verschnupften Krähe klang.

Die vier Gestalten, die nur wenige Meter von mir entfernt nebeneinandergequetscht auf einer Bank saßen, wären auf einem Krähenbaum auch nicht weiter aufgefallen. Es waren ein hutzeliger kleiner Mann und drei alte Frauen mit Kopftuch, allesamt tiefschwarz gekleidet – und offenbar bester Laune. Sie winkten fröhlich, als ich zu ihnen hinübersah. Meine Zahnärztin hätte angesichts ihrer Zahnlücken und Gebisse Schnappatmung bekommen, die vier Alten aber lachten und redeten nun unbekümmert auf mich ein.

Ich verstand kein Wort. Erst als die eine Frau immer wieder auf Lukas deutete und mir mit einem durch die schlecht geschliffene Brille übergroß wirkenden Auge wie eine alte Eule langsam zuzwinkerte, begriff ich, was sie von mir wollten.

Ich schüttelte den Kopf und machte eine freundliche, aber, wie ich hoffte, resolute Geste zur Beschwichtigung. Doch die vier Alten begannen nun, ihre Thermoskannen zu schwingen, und sangen irgendetwas, das verdächtig wie «That's Amore» klang. Und ich fragte mich gerade, wie um alles in der Welt es Dean Martin in die Köpfe von vier antiken Portugiesen geschafft hatte, als mein Blick wieder auf Lukas fiel.

Der hatte sich umgedreht und beobachtete die Szenerie mit unergründlicher Miene: links die vier netten, singenden Krähen mit ihren Thermoskannen, rechts der Mythologie-Champion mit den karierten Bermudas, der nun mit Hilfe eines riesigen Feldstechers die Aussicht genoss. Und dazwischen ich unter meinem Olivenbaum mit mittlerweile völlig wirren Pumuckl-Haaren und der Miene eines ratlosen Kampfhundes – jedenfalls beschrieb er es mir später so.

Als Nächstes bemerkte ich, dass Lukas Atemprobleme zu haben schien. Jedenfalls schnaufte er plötzlich wie ein Walross. Dann zuckten im regen Wechsel erst der eine, dann der andere seiner Mundwinkel. Und schließlich konnte er nicht mehr an sich halten und fing an zu lachen. Zunächst gluckernd, dann polternd und irgendwann offenbar nicht mehr zu bändigen, strömte das Lachen aus ihm heraus – während er dazu hilflos mit den Armen ruderte.

Die Portugiesen nahmen das als Aufforderung und sangen noch lauter. Mr. Mythology aber – der kleine Mann mit dem großen Wissen – ging kopfschüttelnd seiner Wege.

Und einen kurzen Moment überlegte ich, mit ihm zu gehen – sei es aus Rachsucht oder simpler Sturheit –, doch dann siegte mein Sinn fürs Absurde. Es war einfach zu komisch, wie wir uns da unter den Augen von Früchtetee schlürfenden Portugiesen und einem schwäbelnden Oberlehrer und weitestgehend unbeschwert von Intellekt und Reflexionsgabe unser gemeinsames Leben vor die Füße geleert hatten. Komisch und traurig und seltsam befreiend.

Ein Kichern ergriff auch mich und steigerte sich, bis schließlich Lachsalven aus mir herausquollen wie Wasser beim Öffnen einer Schleuse. Ich prustete und giggelte und nahm nur am Rande wahr, dass Lukas zu mir herübergekommen war. Dann aber sah ich seine Hand vor mir, diese breite, quadratisch-praktische Lukas-Hand, die sich mir entgegenstreckte. Einen klitzekleinen Moment zögerte ich. Doch dann gab ich mir einen Ruck, sprang wohl über einen letzten Schatten, vielleicht auch eine ganze Horde davon – und nahm seine Hand.

Tja, und das war es auch im Grunde. Viel mehr ist nicht passiert – aber auch nicht weniger. Wir blieben noch zehn Tage in Lissabon, pilgerten zu weiteren Miradouros, aßen Natas bis zum Umfallen, bestaunten das verrückte Schloss von Sintra – eine Mischung aus Neuschwanstein und einem Zirkuszelt – und gingen noch zweimal zum Grab von Lukas' Vater.

Ich erzählte Lukas, auf welche Arten ich in den acht Jahren versucht hatte, ihn zu vergessen – und ließ auch die Episode mit Olaf Huttenreuther, dem Schach-Nerd mit den gebügelten Unterhosen, nicht aus. Er revanchierte sich mit der Beschreibung seiner ersten Therapieversuche: Von Aura-Heilung bis Wurzel-Chakren-Blabla hatte er alles mitgenommen, Lukas war schon immer gründlich gewesen.

Wir hatten also Spaß – und er war endlich wieder echt. Wir hatten Schrammen, Kratzer, auch Narben davongetragen. Aber wir waren wieder da: Dido Unverzagt und Lukas-der-Lokomotivlose – so hatten wir uns in den ersten Monaten unserer Beziehung genannt. Und so schrieben wir es auch auf die neue Wörterliste, die wir nach unserer Rückkehr aus Lissabon an den Kühlschrank pinnten. Arbeitstitel: «Best-of-Wortspiel-Alarm».

Am Abend vorher – dem letzten in Lissabon – waren wir noch mal an jenem Ort gewesen, den Lukas den des Schreckens nannte: dem Aussichtspunkt, an dem ich um ein Haar einen Bad Godesberger Lateinlehrer stranguliert hätte, während wir gerade Hackfleisch aus unserer Beziehung machten. Diesmal jedoch kamen wir zum Essen her.

Es war ein Abendessen des Friedens. Wir verspeisten eine Maxi-Portion Stockfisch-Kroketten und schauten dabei auf die im Dämmerlicht funkelnde Stadt. Lukas war ein wenig still, aber ich dachte mir nichts dabei. Dann aber, wir waren fertig und hatten schon bezahlt, griff er plötzlich nach meiner Hand, räusperte sich und pfriemelte etwas umständlich daran herum.

«Ist dir irgendwie nicht gut?»

«Doch, alles bestens», krächzte er und starrte auf den Fettfleck auf meiner Bluse. «Ich habe nur gerade gedacht ...» Er verstummte und ruckelte auf seinem Stuhl herum. «Dass du ja einen wirklich schönen Namen hast.» Er grinste etwas albern.

«Ja?», sagte ich und warf einen Blick auf die Weinflasche auf unserem Tisch. Sie war noch halbvoll. Daran konnte es also nicht liegen.

«Na ja, und weil der so schön ist, dachte ich ... puh, das ist ja schlimmer als ... aber ich dachte eben ...» Er verstummte erneut, fuhr sich durch die Haare, die ihm nun, einem Stachelschwein nicht unähnlich, vom Kopf abstanden, holte Luft und platzte dann heraus mit einem: «Ach, Gruschenka, wollen wir nicht einfach mal heiraten, was meinst du? Ich fände das schön.»

Ich verschluckte mich am letzten Schluck Wein und hustete wirklich schlimm, während Lukas mir auf dem Rücken herumklopfte. Als ich mich beruhigt hatte, sah ich eine Weile auf Lissabon hinunter, wo sein Vater neben der greisen Gräfin in seiner Kiste ruhte.

Dann sagte ich das Einzige, was mir sinnvoll schien: «Warum?»

Er schwieg, sah mich verdutzt an, hatte sich aber relativ schnell wieder gefasst. Offenbar hatte er sich die Sache durchaus überlegt.

«Ich möchte den Rest meines Lebens neben dir aufwachen, außerdem das Exklusivrecht haben, deine Füße zu fotografieren – und einen neuen Namen, den möchte ich auch. Einen, der wirklich mir gehört.»

Ich streckte besagte Füße vor – eine knubblige, fast quadratische Fehlkonstruktion – und deutete darauf. «Meine Füße sind absurd. Und auch Huntemann ist jetzt nicht gerade das Supermodel unter den Familiennamen.»

Lukas knipste sein Lächeln an, es wärmte mich wie ein Heizstrahler.

«Ich fände es wunderbar. Lukas Huntemann. Lukas Huntemann? Gestatten, Lukas … derer von Huntemann …»

Ich lachte, und er drückte meine Hand etwas fester.

«Und? Was sagst du – Frau mit den absurden Füßen?»

In diesem Moment schrammelte mein Handy kurz. Ich stellte es aus, registrierte dabei aber, dass es eine SMS von Kiki war – und grinste innerlich. Niemand hat ein so seltsames Timing wie die beste Freundin aller Zeiten. Dann steckte ich das Handy weg und sah in die blauesten Augen aller Zeiten.

«Na ja, ich würde sage: Ein tiefer Fall führt oft zu höherem Glück.»

Lukas kniff besagte blaue Augen zusammen.

«Warum? Warum, Herr, konnte ich mich nicht einfach in ein nettes Mädchen verlieben, das mir auf meine Fragen antwortet?»

«Weil du, mein Lieber», ich tippte ihm auf die Brust,

«ziemlich gaga bist – und genau deshalb passen wir ja so wunderbar zusammen.»

Ich wischte ihm die Reste vom Stockfisch vom Mund, küsste ihn und sagte: «Ich denk drüber nach. Aber mal ernsthaft, mehr als *Ich hätt gern deinen Namen* hast du nicht zu bieten?»

Lukas warf ein übrig gebliebenes Stückchen Brot nach mir, ich schmiss es zurück und streckte ihm die Zunge raus.

«Na warte, du kleine Kröte.»

Doch bevor es zu Handgreiflichkeiten kommen konnte, sprang ich auf und rannte los. Die gewundenen Gassen der Altstadt hinunter, die nun Laternen in warmes gelbes Licht hüllten. Und gerade als er mich eingeholt hatte, wir uns kichernd in die Arme fielen und vor Glück und Übermut ein paar alberne kleine Polkaschritte vollführten, da sah ich sie, sah uns. An einer Häuserwand, herbeigezaubert vom Schein einer Lissaboner Straßenlaterne: Es waren Schatten – zwei tanzende, lachende Schatten.

Miriam Georg
Elbleuchten

640 Seiten

Lily Karsten ist Tochter einer der erfolgreichsten Reederfamilien Hamburgs. Sie lebt in einer Villa an der Bellevue und träumt von der Schriftstellerei. Sie glaubt, dass sie ihren Verlobten Henry liebt. An einem heißen Sommertag 1886 hält sie bei einer Schiffstaufe die Rede, als plötzlich eine Windböe ihren Hut in die Elbe weht. Ein Arbeiter soll ihn zurückholen – und gerät in einen grauenhaften Unfall.
Jo Bolten lebte als Kind im Elend des Altstädter Gängeviertels, jetzt arbeitet er im Hafen für Ludwig Oolkert, den mächtigsten Kaufmann der Stadt. Jo will bei den Karstens für seinen verletzten Freund um Hilfe bitten, aber er wird kaltherzig abgewiesen.
Lily will unbedingt helfen! Also nimmt Jo sie mit in seine Welt, in der der tägliche Kampf ums Überleben alles bestimmt. Mit eigenen Augen sieht Lily das Elend der Menschen und erkennt die Ungerechtigkeiten zwischen Männern und Frauen.

Bald kommen Lily und Jo sich näher. Doch eine Verbindung zwischen ihnen ist undenkbar. Und Jo hat ein Geheimnis, von dem Lily niemals erfahren darf …